KB259889

누가 사악한
늘대를
두려워하는가

DEN SOM FRYKTER ULVEN
by Karin Fossum
ⓒ 1997 J. W. Cappelens Forlag A/S

Korean translation copyright ⓒ 2006 by Dulnyouk Publishing Co.
All right reserved.
The Korean language edition published by arrangement with
J. W. Cappelens Forlag A/S through MOMO Agency, Seoul.

이 책의 한국어판 저작권은 모모 에이전시를 통해 J. W. Cappelens Forlag A/S사와의 독점계약으로 들녘에 있습니다. 저작권법에 의해 한국 내에서 보호받는 저작물이므로 무단전재와 무단복제를 금합니다.

누가 사악한 늑대를 두려워하는가
ⓒ 들녘 2006

초판 1쇄 발행일 · 2006년 8월 25일

지은이_카린 포숨
옮긴이_김승욱
펴낸이_이정원
책임편집_정미정
펴낸곳_도서출판 들녘
등록일자_1987년 12월 12일
등록번호_10-156
주소_경기도 파주시 교하읍 문발리 파주출판단지 513-9
전화_마케팅 031-955-7374 편집 031-955-7381
팩시밀리_031-955-7393
홈페이지_www.ddd21.co.kr

값은 뒤표지에 있습니다. 잘못된 책은 구입하신 곳에서 바꿔드립니다.
ISBN 89-7527-551-5 03890

누가 사악한 늦대를 두려워하는가

두려워하는가

카린 포숨 지음 · 김승욱 옮김

들녘

카리에게

나는 단순히 사람들이 존재한다는 이유만으로
사람들을 증오하고,
그들이 자기 나라에서 돌아다니는 모습을 보며
그들을 몹시 부러워한다.
나는 나의 얼음 덩어리 속에 앉아
특별히 나를 겨냥한 사람들의 적대적인 행동을
미치광이처럼 꼼꼼히 모두 적고 있다.
그 어두운 복수의 공간에서 세상의 주인이 모습을 드러낸다.

-엘가르트 욘손

1

눈부신 빛이 나무들 사이로 비스듬히 들어왔다.

그 충격에 그는 화들짝 놀라 깨어났다. 그는 아직 준비가 되어 있지 않았다. 그는 침대에서 나와 아직 반쯤 잠이 든 채로 양발을 번갈아 떼며 어두운 집 안을 걸어 현관 계단으로 나왔다. 그리고 그곳에서 태양을 만났다.

태양이 송곳처럼 그의 눈을 찔렀다. 그는 손을 눈 위로 들어 올렸지만 소용없었다. 빛이 연골과 뼈를 꿰뚫고 어두운 두개골 속까지 뻗어나갔다. 머릿속의 모든 것이 하얗게 변해서 아무것도 보이지 않았다. 그의 생각들이 조각조각 쪼개져서 사방으로 도망쳤다. 비명을 지르고 싶었지만 그는 비명을 질러본 적이 없었다. 그것은 그의 품위에 어울리지 않는 행위였으므로. 그래서 대신 그는 이를 악물고 계단 위에서 가능한 한 꼼짝도 하지 않으려고 안간힘을 썼다. 뭔가 일이 벌어지고 있었다. 머리의 피부가 팽팽하게 조여들기 시작했다. 간지러운 느낌이 점점 강해졌다. 몸을 부들부들 떨면서 그는 손으로 얼굴을 가린 채 서 있었다.

누군가가 두 눈을 양쪽에서 잡아당기는 것 같았다. 콧구멍이 벌름거리면서 열쇠구멍만큼 커졌다. 그는 들릴 듯 말 듯 한 소리로 울먹이며 그 힘에 저항하려고 했지만 그 폭력적인 힘을 멈출 수 없었다. 그의 이목구비가 조금씩, 조금씩 지워졌다. 남은 것이라고는 반투명한 하얀색 피부로 뒤덮인 벌거벗은 두개골뿐이었다.

그는 필사적으로 몸부림치고 신음하며 얼굴을 만져보려고 했다. 얼굴이 아직 제자리에 있는지 확인하려고 했다. 코가 물렁물렁하고 징그럽게 변해 있었다. 그는 얼른 손을 뗐다. 자신이 그나마 남은 것마저 망가뜨려 버렸다. 코가 썩은 자두처럼 미끄러져 내리는 것이 느껴졌다.

그런데 그때 그 힘이 그를 놓아주었다. 그는 불안하게 숨을 들이쉬었다. 자신의 얼굴이 다시 제자리로 슬그머니 돌아오는 것이 느껴졌다. 그는 여러 번 눈을 깜박여보고, 입을 벌렸다가 다물어보았다. 하지만 그가 막 앞으로 움직이려고 했을 때 가슴이 심하게 아파왔다. 눈에 보이지 않는 괴물이 날카로운 발톱으로 찌르는 것처럼. 그는 몸을 구부리고 팔로 몸을 감싸 가슴 피부를 자꾸만 잡아당기는 힘을 막으려고 했다. 젖꼭지가 겨드랑이 밑으로 사라졌다. 벌거벗은 가슴 피부가 점점 얇아지더니 혈관들이 매듭 많은 케이블처럼 툭툭 불거졌다. 그 안에서 검은 피가 고동치고 있었다. 그는 몸을 거의 반으로 접고 있었지만, 더 이상 그 힘에 저항할 수 없다는 것을 알고 있었다.

갑자기 그의 몸이 햇빛 속에서 괴물처럼 쩍 갈라졌다. 내장이 쏟아져 나왔다. 그는 상처의 가장자리를 잡아당겨 내장이 쏟아지지 않게 하려고 했지만, 밖으로 비어져 나온 내장이 그의 손가락 사이로 흘러내려 도살된 짐승의 내장처럼 그의 발치에 쌓였다. 심장은 여전히 뛰고 있었다. 갈비뼈 뒤에 갇혀서 겁에 질린 채 마구 뛰고 있었다. 그는 한참을 그렇게 있었다. 몸을 구부리고 숨을 헐떡이면서. 그러다가 한쪽 눈을 떠서 불안한 시선으로 자신의 몸을 내려다보았다. 복강이 텅 비어 있었다. 더 이상 쏟아져 나올 내장이 없었다. 그는 한 손으로 바닥에 쌓인 것들을 주섬주섬 주워 모아 다시 안으로 집어넣기 시작했다. 내장이 다시 비어져 나오지 않도록 다른 손으로는 갈라진 살가죽을 붙잡고 있었다. 그 어느 것도 제자리에 있지 않았다. 온통 이상한 모양으로 불룩불룩 튀어나와 있었다. 하지만 상처를 닫을 수만 있다면 아무도 눈치 채지 못할 것이다. 그는 애당초 다른 사람들과 다르게 만들어졌다. 비록 그것이 겉으로 확연히 드러나지는 않았지만. 그는 왼손으로 살가죽을 붙든 채 오른손으로 계속 내장을 밀어 넣었다. 마침내 내장이 대부분 다시 안으로 들어갔다. 피가 튄 작은 자국만이 계단 위에 남아 있었다. 그가 상처를 세게 누르자 살가죽이 닫히는 것이 느껴졌다. 그는 살가죽이 다시 벌어지지 않도록 숨도 조심스레 쉬었다. 태양은 여전히 나무들 사이에서 빛나고 있었다. 하얀 햇빛이 칼날처럼 날카로웠다. 하지만 이제 그는 다시 완전해졌다. 모든 일이 너무 빨리 일어났다. 침대에서 일어나 햇빛 속으로 그렇게 곧장 나오는 게 아니었는데. 그는 항상 다른 공간 속을 움직이며 흐릿한 베일 너머로 세상을 바라보았다. 그 베일이 날카로운 빛과 밖에서 들어오는 소리를 없애주었다. 그는 그 베일이 제자리를 벗어나지 않도록 정신을 집중했다. 그런데 조금 전 그는 얼떨결에 일어나서 제대로 준비도 하지 않은 채 새로운 하루를 향해 뛰어나갔다. 어린애처럼.

그가 받은 벌이 지나치게 가혹한 것 같았다. 어두운 침대에서 잠을 자다가 꿈 때문에 화들짝 놀라 아무 생각 없이 밖으로 뛰어나간 탓이었다. 그는 눈을 감고 몇 가지 영상들을 떠올렸다. 계단 밑에 쓰러진 엄마가 보였다. 엄마의 입에서 따스한 붉은 피가 콸콸 쏟아졌다. 둥글둥글하고 통통한 몸에 커다란 하얀 꽃무늬 앞치마를 입은 엄마의 모습이 쓰러진 병 같았다. 빨간 그레이비소스를 쏟아내고 있는 병. 엄마의 목소리가 기억났다. 항상 어둡고 부드러운 어조로 말하던 목소리.

그는 다시 집 안으로 들어갔다.

이것은 에르키에 관한 이야기다.

이야기는 이렇게 시작된다. 새벽 세 시에 그는 정신병원을 떠났다.

우린 여기를 정신병원이라고 부르지 않아, 에르키. 물론 너 혼자 있을 때는 여기를 네 마음 내키는 대로 불러도 되지만 다른 사람들을 생각해서 다른 이름으로 불러야 해. 그게 예의야. 아니면 요령이라고 해도 좋고. 혹시 요령이란 말 들어본 적 있어?

그녀의 말은 청산유수였다. 세상에. 하도 말솜씨가 좋아서 단어들이 마치 기름처럼 그녀에게서 배어 나오는 것 같았다. 단어 다음에는 소리가 뒤를 따랐다. 날카로운 전자음 같은 소리.

"사람들은 여길 등대라고 불러."

그가 이렇게 말하고 나서 심술궂은 미소를 지었다.

"여기 등대에 있는 우리들은 모두 한 가족이야. 전화벨이 울리면, 등대를 좀 바꿔달라고 하지. 등대에 우편물을 가져다주겠느냐는 말도 하고."

"바로 그거야. 그건 습관 문제라고. 다들 조금씩 남을 배려하는 태도를 보여줘야 돼."

“난 아냐.”

그가 뚱한 목소리로 대답했다.

“난 억지로 여기 끌려왔어. 법 조항 때문에. 나 자신에게 위험하고, 다른 사람들한테도 위험할 수 있대.”

그는 고개를 숙여 그녀의 귀에 입을 대고 속삭였다.

“내 덕분에 당신이 27호봉을 받으면서 유유히 살 수 있는 거니까 고맙게 생각해.”

야간 당직 간호사의 몸이 부르르 떨렸다. 지금이 하루 중 가장 불안한 때였다. 밤과 낮 사이의 중간지대, 새들이 노래를 멈추는 회색의 진공. 과연 새들이 다시 노래를 부를지 확신할 수 없는 시간. 무슨 일이든 일어날 수 있지만, 그 일이 무엇이 될지 아직 알 수 없는 시간. 현기증이 나서 몸에서 힘이 조금 빠져나갔다. 그녀는 그의 고통을 보고, 그가 자신의 환자라는 사실을 기억해낼 기운이 없었다. 그저 그가 저만 아는 불쾌하고 고약한 놈으로 보일 뿐이었다.

“그건 나도 알아.”

그녀가 쏘아붙였다.

“하지만 네가 여기 온 지도 넉 달이야. 내가 아는 한 너도 여기 생활을 좋아하는 것 같은데 뭐.”

이렇게 말하는 그녀의 입술이 암탉의 부리처럼 뾰조록해졌다. 오르간이 신경질적인 화음을 두드려댔다.

그래서 그는 그곳을 떠났다. 어렵지는 않았다. 밤공기가 따스했고, 창문이 십오 센티미터쯤 열려 있었다. 강철 막대가 창을 막고 있었지만, 허리띠 버클을 이용해서 어찌어찌 떼어낼 수 있었다. 건물을 지은 지 백년도 넘었기 때문에 썩은 나무에서 나사못이 쉽게 빠져나왔다. 그의 방은 일층이었다. 그는 창문에서 잔디밭으로 새처럼 가볍게 뛰어내렸다.

그는 주차장을 가로지르는 대신 숲 속의 작은 호수로 향했다. 사람들이 우물이라고 부르는 호수였다. 그가 어떤 길을 선택하든 그것은 중요하지 않았다. 중요한 건 그가 더 이상 등대에 있고 싶지 않다는 점이었다.

호수는 아름다웠다. 호수는 자신을 뽐내지 않고 그냥 그곳에 있었다. 조용히 풍경 속에 녹아들어서 잔물결 하나 없이 넓고 잔잔하게. 호수는 그를 밀어내지 않았고, 가까이 다가오라고 유혹하지도 않았다. 그를 건드리지도 않았다. 그냥 그곳에 있을 뿐이었다. 정신병원은 엎어지면 코 닿을 곳에 있었지만, 숲의 나무들 때문에 보이지 않았다. 네스토르가 그에게 잠시 걸음을 멈추라고 하기에 그는 멈춰 섰다. 그러고는 검은 우물 속을 물끄러미 내려다보며 토르모드를 생각했다. 언제나 그랬듯이 고무장갑을 끼고 얼굴을 아래로 한 채 물에 둥둥 뜬 시체로 발견되었던 토르모드. 그의 금발이 검푸른 물 위에서 흔들리고 있었다. 그의 안색이 별로 좋지 않았다. 하지만 생각해보면 그의 안색은 항상 좋지 않았다. 그는 뚱뚱하고 행동이 굼떴으며 눈이 흐릿했다. 게다가 멍청하기까지 했다. 자기가 남을 감염시키거나 남들의 방해가 될까 봐, 자신이 내뱉는 숨결이 더러운 세균에 감염되어 있다는 것을 누가 알아차릴까 봐 두려워서 사람들에게 연방 미안하다고 말하며 돌아다니던 역겨운 푸딩 같은 녀석. 그 불쌍한 녀석은 이제 하느님 곁에 가 있었다. 어쩌면 이제야 비로소 그 끈적끈적한 장갑에서 자유로워져 구름 위를 절벅

절벽 돌아다니고 있는지도 모른다. 어쩌면 그 위에서 에르키의 어머니를 만났는지도 모르고. 어쩌면 둘이서 나란히 구름 위를 떠돌아다니고 있는지도 모른다. 에르키는 엄마를 사랑했다. 토르모드가 금빛 속눈썹•이 달린 눈을 정신없이 깜박거리던 모습을 생각하니 기분이 묘해져서 그는 침을 꿀꺽 삼켰다. 그는 비쩍 마른 어깨를 짜증스러운 듯 두어 번 으쓱하고 나서 다시 걷기 시작했다.

밝은 초록색 나뭇잎들 속에서 그의 검은 형체가 상당히 분명하게 드러났지만 아무도 그를 보지 못했다. 다른 사람들은 자고 있었다. 사람들은 토르모드의 자살을 그냥 현실적인 관점으로만 바라보았다. 그가 죽어서 병상이 하나 비게 되었다고. 놀라운 변신이었다. 토르모드는 이제 토르모드가 아니라 빈 병상이었다. 앞으로 그도 빈 병상이 될 것이다. 이불을 단단히 여며놓은 병상. 그는 목소리에 귀를 기울이다가 기운차게 고개를 끄덕였다. 그러고는 어슬렁거리듯 울창한 숲 속을 계속 걸었다. 그가 숲 속을 걷기 시작한 지 두 시간이 넘어서야 비로소 야간 당직 간호사가 그의 방을 들여다보러 왔다. 그녀는 아까 그와 나눈 이야기를 감히 다른 사람들한테 할 수 없었다.

"아뇨, 이상한 낌새는 전혀 없었어요. 다른 때랑 똑같았어요."

이미 해가 뜬 다음이었기 때문에 아침 회의가 열리고 있는 직원실 창문으로 들어온 햇빛이 그녀의 얼굴을 비췄다. 자신이 방금 한 말들이 마치 산酸처럼 그녀의 목구멍을 태웠다.

그는 승마센터를 지나갔다. 그 커다란 검은색 짐승들이 잠시도 가만 있지 않고 발굽으로 바닥을 긁는 소리가 들렸다. 그중 한 녀석이 그를 보고 커다란 소리로 콧김을 내뿜었다. 그는 곁눈질로 녀석들을 보며 녀석들과 함께 있고 싶다는 갈망을 느꼈다. 녀석들처럼 되고 싶었다. 말에게 다가와서 넌 누구냐고 물을 사람은 아무도 없을 것이다. 말은 무엇이든 자신에게 주어진 짐을 감당해야 하지만, 그 후에는 휴식을 취할 수 있었다. 그리고 더 이상 아무것도 할 수 없게 된 말은 이마에 총을 맞고 죽었다. 하루하루 이어지는 삶. 아이 하나를 등에 태우고 울타리 안을 돌아다니고, 낡은 물통에 담긴 물을 마시고, 고개를 늘어뜨린 채 서서 잠을 자고, 몸에 붙은 벌레들을 떨어내려고 몸을 흔든다. 그런 날들이 더 이상 이어지지 않을 때까지.

이제 그는 도로 위를 걷고 있었다. 조금 있으면 사람들이 침대보와 이불 밑에서 기어 나올 것이다. 초라한 집과 주택가에서 마구 쏟아져 나올 것이다. 그는 그 순간이 다가오는 것을 느낄 수 있었다. 마치 공기의 떨림처럼. 오래지 않아 자동차들이 도로 위를 달리기 시작할 것이다. 에르키는 걸음을 빨리했다. 숲 속으로 다시 돌아가는 편이 나을 것이다. 그는 가끔 고개를 들었다. 가늘게 떨고 있는 나무들, 이파리 사이로 어렴풋이 가물거리는 빛, 코로 들어오는 풀 냄새가 좋았다. 발밑에서 잔가지와 덤불이 부러지는 소리. 땅 속에 닻을 내리고 서 있는 회색의 바짝 마른 나무들. 그는 고사리 종류의 식물을 뿌리째 잡아 뽑아 눈에 가까이 대고 중얼거렸다.

"뿌리, 줄기, 이파리. 뿌리, 줄기, 이파리."

시간이 흐르자 점점 피곤해졌다. 멀리 울퉁불퉁한 바위 밑에 어두운 그늘이 드리워져 있는 것이 보였다. 그는 내내 목소리에 귀를 기울이며 그곳으로 가서 풀밭 위에서 몸을 둥글게 말았다. 목소리가 그의 머릿속에서 웅웅거렸다. 마치 발전소처럼 꾸준히, 평화롭게. 주머니 안에는 작은 약병이 하나 있었다. 잠은 죽음의 형제다. 그는 이런 생각을 하며 눈을 감았다.

그는 초원이 끝나는 곳에 있었다.

오로지 에르키만이 그렇게 걸을 수 있었다. 그의 발걸음은 묵직했고, 날개를 잘린 까마귀처럼 절룩거리면서도 빠르게 움직였다. 그의 몸에 달린 모든 것이 늘어져 있었다. 긴 머리, 앞이 트인 재킷, 그가 오랫동안 한 번도 벗은 적이 없는 헐렁한 바지. 그 낡은 폴리에스테르 바지에서는 땀 냄새와 오줌 냄새가 섞인 악취가 났다. 그의 머리는 한쪽으로 기울어져 있었다. 마치 어떤 힘줄이 그의 목을 잡아당기고 있는 것처럼. 그는 거의 고개를 들지 않았다. 그의 시선은 거의 한결같이 바닥에 고정되어 있었다. 그래서 그의 눈에 주로 보이는 것은 터벅터벅 걷고 있는 자신의 발이었다. 그의 발은 스스로 알아서 움직였다. 그에게는 목적지가 필요하지 않았다. 그는 몇 시간이나 계속 걸어도 피로를 느끼지 않았다. 등에 달린 열쇠를 돌려 태엽을 감는 장난감처럼 그는 집요하게 걸었다.

그는 스물네 살이었으며, 어깨는 좁지만 엉덩이는 놀라울 정도로 펑퍼짐했다. 엉덩이 관절이 좋지 않은 것이 집안 내력이라 다리를 제대로 움직이려면 엉덩이를 남다르게 흔들어야 했다. 그 모습이 보기 싫었다. 마치 그의 등에 뭔가 소름끼치는 것이 붙어 있어서 그것을 떼어버리려고 몸을 흔드는 것 같았다. 그 모습을 보며 사람들은 그가 여자처럼 걷는다고 생각했다. 그의 목도 평범한 남자들에 비해 더 가늘고 길었다.

너무 가늘어서 머리 무게를 지탱할 수 없을 것처럼 보일 정도였다. 머리가 특별히 큰 편은 아니었지만 그 안에 들어 있는 것들은 보통사람들에 비해 훨씬 더 무거웠다.

그의 몸무게는 겨우 육십 킬로그램이었다. 그는 음식을 거의 먹지 않았다. 무엇을 먹어야 할지 쉽사리 결정하지 못했기 때문이다. 빵을 먹을까, 콘플레이크를 먹을까? 소시지를 먹을까, 햄버거를 먹을까? 사과를 먹을까, 바나나를 먹을까? 사람들은 살아가는 데 필요한 그 온갖 결정들을 어떻게 내리는 걸까? 자기가 옳은 결정을 내렸는지 아닌지 어떻게 알 수 있는 걸까?

주머니 안에는 약병이 있고, 그 안에는 그가 생각을 그럭저럭 괜찮은 순서로 정리하고, 다리를 마음대로 움직여 등대의 복도를 오르내리거나 버스와 기차에 오르거나 길을 걷는 데 필요한 모든 것이 들어 있었다.

움직이지 않을 때 그는 가만히 누워서 휴식을 취했다. 그의 머리카락은 길고, 검은색이고, 뻣뻣했다. 머리카락이 더러운 술 장식처럼 그의 얼굴을 덮었다. 피부에는 여드름 자국이 나 있었다. 여드름은 그가 열세 살 되던 해에 나타나서 작은 화산처럼 들끓었다. 그는 세수를 그만두었다. 비누와 물로 여드름을 문지르면 훨씬 더 흉측해졌으니까. 피부에 먼지와 기름때가 두꺼운 더께로 앉아 있으면 여드름이 별로 눈에 띄지 않았다. 뻣뻣한 머리카락 밑으로 길고 갸름한 얼굴이 언뜻언뜻 보였다. 광대뼈는 날카로웠고, 가느다란 눈썹은 검은색이었다. 움푹 들어간 눈은 이상하게 보였다. 대개 그는 사람들의 시선을 피하며 눈을 내리깔았다. 하지만 누군가가 그와 눈을 맞추는 경우에는 그의 눈이 창백하게 빛났다. 긴 머리와 옷 때문에 그의 피부는 여름에도 하얀색이었다. 엉덩이에 걸쳐 있는 바지를 붙들고 있는 것은 가죽 허리띠였다. 버클은 휘어진 부리에 날개를 활짝 펼친 청동 독수리 모양이었다. 에나멜을 칠해놓은 독수리의 자그마한 눈은 눈에 보이지 않는 사냥감을 굽어보고 있었다. 어쩌면 더러운 바지 속에 있는 에르키의 보잘것없는 성기를 내려다보는 건지도 모른다. 그의 성기는 같은 또래 남자들에 비해 작은 편이었으며, 여자의 몸속에 들어가 본 적이 한 번도 없었다. 아무도 이 사실을 몰랐다. 심지어 그 자신도 더 중요한 문제에 집중하느라 이 사실을 무시해버렸다. 게다가 에르키가 엉덩이를 흔들 때마다 함께 흔들리는 독수리만으로도 충분히 위풍당당했다. 어쩌면 그래서 사람들이 그 밑에 자리 잡은 연장이 사실은 맹수일지도 모른다고 속아 넘어가는 것인지도 모른다.

길은 조용하고 더웠다. 양편에는 노란색 들판이 한없이 펼쳐져 있었다. 어떤 여자가 유모차를 끌며 다가오고 있었다. 그녀는 멀리서 무거운 발걸음으로 걸어오고 있는 검은 형체를 보고 자신이 그 옆을 지나가야 한다는 것을 깨달았다. 그는 이상한 모습이었다. 그가 가까이 다가올수록 그녀는 긴장해서 몸도 뻣뻣해지고, 발걸음도 뻣뻣해졌다. 남자는 거칠게 몸을 흔들고 비틀면서 걷고 있었다. 왠지 수줍어하는 것 같으면서도 공격적인 모습이었다. 그의 눈을 들여다보지 말고 무심하고 도도한 표정으로 재빨리 그의 옆을 지나쳐야 한다는 생각이 여자의 머릿속에 떠올랐다. 두려움을 겉으로 드러내서는 안 되었다. 만약 그가 그녀의 두려움을 알아차린다면 달려들 것 같았으니까. 길들여지지 않은 개처럼.

에르키가 어둡고 추한 모습이라면, 여자는 살갗이 희고 예뻤다. 베일이 눈앞을 가리고 있는데도 점점 다가오는 그녀가 날카로운 빛 같았다. 그녀는 유모차의 손잡이를 꽉 움켜잡고 유모차를 방패처럼 앞에 내세운 채 거칠게 밀고 있었다. 이 자리를 무사히 벗어날 수만 있다면 유모차 안에 들어 있는 것을 희생할 각오가 되어 있다는 듯이. 어쨌든 에르키가 보기에는 그랬다. 그가 생각에 빠져 걷기 시작한 지 꽤 오랜 시간이 지났다. 종종걸음을 치며 그를 향해 다가오는 사람의 모습이 이제 막 그의 시야 안으로 들어서고 있었다. 별로 중요한 일 같지는 않았다. 펄럭이며 떨어지는 하얀 종이처럼. 그는 고개를 들지 않았다. 자신에게 다가오고 있는 형체의 윤곽을 파악한 것은 이미 오래전이었다. 에르키의 세상에서 유모차를 미는 여자는 그 무엇보다도 보잘것없는 존재였다. 여자가 아이를 낳았다는 이유만으로 멍청하게 최고로 행복한 표정을 짓는 것을 그는 이해할 수 없었다. 지구상에서 울부짖으며 살아가는 사람들이 이미 수십 억 명이나 되는데도 아이를 낳는 것이 여자의 인생관을 완전히 바꿔버리곤 했다. 그건 그가 도저히 이해할 수 없는 일이었다. 하지만 그녀를 힐끔 바라보며 속으로 이런 질문을 던져보기는 했다. 사악한 생각을 품고 있을까, 아니면 아무 생각도 없는 걸까? 그는 사람들의 선의를 경험한 적이 없었다. 그는 결코 속아 넘어가지 않았다. 겉으로 드러나는 모습만으로 적을 알아차리는 것은 불가능했다. 저 아기 담요 밑에 칼이 숨어 있는지도 모를 노릇이었다. 끝 부분에 미늘이 달리고 칼날이 톱날처럼 들쭉날쭉한 칼의 모양이 떠올랐다. 담요 밑에 무엇이 있을지 누가 알겠는가?

두 사람이 서로를 지나쳤다. 그 순간 에르키의 귀에 유리가 부딪쳐 딸랑거리는 소리가 들렸다. 여자는 유모차 손잡이를 더욱 세게 움켜쥐었다. 그녀가 순간적으로 시선을 들었다. 그러고는 그의 눈에서 반짝이는 이상한 빛을 보고 겁에 질리고 말았다. 그가 입고 있는 앞이 트인 재킷 안의 티셔츠에는 이렇게 적혀 있었다.

'놈들을 죽여라.'

그것은 도저히 잊을 수 없는 광경이었다. 그래서 그녀는 나중에 경찰관에게 그날 그 장소에서 경찰이 찾고 있는 그 남자를 보았다고 신고한 수많은 사람 중 한 명이 되었다.

놈들은 항상 그의 뒤를 쫓았다. 그들이 노리는 것은 장기가 온통 뒤죽박죽이 된 그의 황폐한 몸이나 창살 같은 뼈 뒤에서 바들바들 떨고 있는 돌처럼 딱딱한 심장만이 아니었다. 그들은 그의 몸속으로 들어오고 싶어 했다. 눈부신 등불이 켜 있는 그 비밀의 공간 속으로. 그들은 듣기 좋은 말로 사악한 의도를 감추고, 현실세계의 축복과 공동체의 짜릿한 도전에 관해 그에게 잔소리를 해댔다. 그는 참을 수가 없었다.

하지만 만약 그가 참기 싫어하는 거라면?

그는 혼란스러워서 고개를 흔들었다. 그의 생각이 통제를 벗어나 제멋대로 돌아다니면서 시간감각을 흐트러뜨리고 있었다. 그는 뒤뚱거리며 다시 방으로 들어와 더러운 매트리스 위에 주저앉았다. 질식할 것 같은 정신병원에서 도망친 것도, 이 버려진 오두막을 발견한 것도 다행이다 싶었다. 그는 모로 누워 무릎을 굽혀 몸을 둥글게 말았다. 손은 다리 사이에 집어넣었고, 뺨은 곰팡내 나는 매트리스에 닿아 있었다. 그는 자신의 깊숙한 내면을 들여다보고 있었다. 그 어두운 먼지투성이 지하실 안을. 지하실 천장의 좁은 구멍이 열리면서 창백한 빛 한 줄기가 들어왔다. 그 빛이 돌바닥에 원을 그렸다. 거기에 네스토르가 앉아 있었다. 그 옆에는 누더기가 된 외투가 있었다. 외투는 아주 순진해 보였다. 버려진 물건처럼. 하지만 에르키는 속아 넘어가지 않았다. 그는 오랫동안 가만히 누워서 기다리다가 다시 잠이 들었다. 상처가 아물려면 시간이 필요했다. 상처에서 새 살이 자라는 동안 그는 꿈을 꾸었다. 그렇게 벌을 받은 후에 그는 항상 위로를 받았고, 그것을 받아들였다. 그것이 협약의 일부였다. 시간은 오전 6시 3분, 날짜는 7월 4일. 맹렬한 더위가 벌써 집 안으로 스며들고 있었다.

울창한 숲 속에 숨어 있는 오두막을 발견했을 때 그는 깜짝 놀랐다. 이 오두막은 벌써 수십 년 전부터 사람이 산 적이 없는 낡은 집이었지만, 상태가 괜찮았다. 비록 떠돌이들이 이미 오래전에 대부분의 가구를 망가뜨린 후였지만. 세월이 흐르는 동안 적지 않은 떠돌이들이 잠시 이곳에 머물면서 자신들의 흔적과 빈병들을 남겨두었다.

그때 그는 숲 속에 한동안 서서 오두막을 물끄러미 바라보았다. 오두막은 목조건물이었으며, 집 앞의 작은 마당에는 풀이 우거져 있었다. 그는 손을 조심스레 문에 대고 밀어보았다. 그러고 나서 잠시 가만히 서서 코를 킁킁거리며 공기의 냄새를 맡았다. 집 안에는 부엌, 거실, 침실 두 개가 있었다. 그리고 한 침대에 낡은 줄무늬 매트리스가 있었다. 그는 까치발로 이 방 저 방을 돌아다니며 주위를 살피고, 오래된 나무 냄새를 들이마셨다. 이 집에서 에르키는 자신의 조상들에게 생각보다 가까이 다가가 있었다. 이곳은 1600년대에 형성된 수많은 핀란드인 거주지 중 한 곳이었으며, 이 집은 낡은 여름용 오두막이었다. 집 안을 걸어 다니며 그는 말 없는 벽에 귀를 기울였다. 이곳에서 무슨 일이 일어났던 것 같았다. 벽 속에 분노가 자리 잡고 있었다. 두꺼운 들보들 여기저기에 깊게 팬 상처에서 부서진 나뭇조각들이 많이 튀어나와 있었다. 누군가가 도끼로 나무를 내려친 것 같았다. 유리가 온전히 남아 있는 창문은 하나도 없었다. 부서진 창틀에 유리조각 몇 개가 남아 있을 뿐이었다. 여러 가지 생각이 한꺼번에 떠올랐다. 자동차로는 아무도 여기까지 올 수 없었다. 그리고 그가 아는 한, 자신이 도로를 벗어나 덤불 속으로 들어왔을 때 자신을 본 사람은 아무도 없었다. 시계가 없었지만 그는 자신이 도로를 벗어난 후 약 삼십 분 동안 걸었다는 것을 알고 있었다. 음식이나 갈아입을 옷이 없다는 것은 하나도 문제가 되지 않았지만, 목이 말랐다. 그는 입을 꽉 다물어 침이 조금 나오게 한 후 자기 혀를 잘근잘근 씹기 시작했다.

그는 예전에 부엌이었던 곳으로 들어가서 서랍들을 열어보았다. 서랍 손잡이가 사라지고 없었기 때문에 긴 손톱을 끼워 넣어 억지로 열어야 했다. 날이 부러진 포크 하나와 양초 상자가 나왔다. 빵 부스러기와 거미줄도 있었다. 병뚜껑과 빈 성냥갑도. 깨진 부엌 창문 밑에는 망사 커튼 조각이 놓여 있었지만, 그가 그것을 집어 들자 천이 그의 손 안에서 부스러져버렸다. 그는 다시 거실로 돌아갔다. 거실에는 집의 앞쪽과 뒤쪽으로 난 창문이 각각 하나씩 있었는데, 뒤쪽으로 난 창문으로 연못이 내다보였다. 한쪽 벽에는 거친 초록색 천을 씌운 낡은 소파가 있었다. 그리고 그 건너편에 커다란 옷장이 있었다. 그는 옷장을 열고 안을 들여다보았다. 옷장은 텅 비어 있었다. 나무로 된 마룻바닥에는 얼룩이 있었고, 발에 닿는 느낌이 까칠까칠했다. 그는 소파에 털썩 주저앉았다. 스프링이 삐걱거렸고, 낡아빠진 천에서 먼지 구름이 솟았다. 그는 생각을 바꿔 침대와 매트리스가 있는 침실로 들어갔다. 그러고는 재킷과 티셔츠를 벗고 침대에 누웠다. 그는 한없이 잠을 잤다. 잠에서 깨었을 때 그는 자신이 어디 있는지 기억하지 못했다. 자면서 꿈을 꾼 것도 문제였다. 그래서 아무 생각 없이 곧장 햇빛 속으로 나가는 커다란 실수를 저지른 것이다. 네스토르의 심술궂은 웃음소리를 들으며, 자신의 내장이 새끼 뱀처럼 손가락 사이로 미끄러지는 걸 느끼며, 계단에서 자기 창자를 주워 올리는 건 정말 굴욕적인 일이었다.

그는 두 번째로 깨어나 천천히 일어나 앉은 후 방 안을 둘러보았다. 자기 가슴이 멀쩡히 있는지 손으로 쓸어보면서. 울퉁불퉁한 빨간색 흉터만 남아 있었다. 흉터는 그의 젖꼭지 사이를 지나 배꼽까지 이어졌다. 그는 침대에서 일어섰다. 이제 태양은 더 높이 떠 있었다. 방에는 조잡한 협탁 외에는 아무것도 없었다. 사실 협탁은 그저 나무상자에 지나지 않았다. 그는 천천히 등을 펴고 협탁으로 가서 서랍을 열었다. 그러고는 서랍을 빤히 내려다보며 자기도 모르게 엉덩이의 아픈 부분을 문질렀다. 매트리스 속에 뭔가 딱딱한 물건이 있었던 모양이다. 그는 다시 침대로 가서 매트리스를 내려다보다가 손가락으로 여기저기를 더듬었다. 뭔가 가늘고 딱딱한 것이 거기 있었다. 그는 매트리스를 힘겹게 들어 올려 뒤집었다. 매트리스 아래쪽 줄무늬 커버에 커다란 구멍이 나 있고, 그 안에 있는 스펀지 일부가 뜯겨 나가고 없었다. 그가 손을 안으로 집어넣어 휘젓자 뭔가 차가운 것이 만져졌다. 그는 그것을 꺼내 놀란 눈으로 바라보았다. 자기 눈을 믿을 수가 없었다. 이 다 무너져가는 집에서, 곰팡내 나는 낡은 매트리스에서 다른 물건도 아니고 권총이 나오다니. 그는 그것을 양손으로 조심스레 들고 총신을 따라 끝을 내려다보았다. 에르키의 손에서 그것은 이질적인 물체였다. 하지만 오른손으로 그것을 들고 손가락을 방아쇠에 대보았더니 기분이 좋았다. 이 물건이 얼마나 커다란 힘을 지니고 있는지. 천국과 지상의 힘을 모두 갖고 있는 물건이었다. 산들바람, 질풍, 폭풍. 호기심 때문에 그는 레버를 돌려 총을 열어보았다. 약실에는 총알이 하나 있었다. 그는 신이 나서 그것을 꺼내 자세히 살펴보았다. 길고 반짝이는 총알의 끝부분이 놀라울 정도로 둥글었다. 그는 총알을 다시 약실에 넣었다. 총알이 약실 안에 꼭 맞아 들어가는 것을 보니 기분이 좋았다. 문득 그는 주위를 둘러보았다. 총이 발견되었다는 건 누군가가 여기서 밤을 보낸 뒤 총을 남겨두고 떠났다는 걸 의미했다. 이상한 일이었다. 어쩌면 누군가가 그 사람을 불시에 찾아오는 바람에 이 총을 가져갈 시간이 없었던 건지도 모른다. 아니면 이곳으로 다시 돌아와 총을 가져갈 수 있게 될 때까지 어딘가에서 기다리고 있을지도 모르고. 총은 품질이 좋은 물건이었다. 에르키는 총기류에 대해 아는 것이 별로 없었지만, 이것이 구경이 큰 값비싼 권총인 것 같다는 생각이 들었다. 그는 개머리판에 새겨진 작은 글자를 읽어보았다. 콜트.

"어떻게 생각해, 네스토르?"

그가 총을 이리저리 돌려보면서 부드러운 목소리로 중얼거렸다. 그러다가 갑자기 동작을 멈추고 총을 던져버렸다. 총이 커다란 소리를 내며 바닥에 떨어졌다. 그는 부엌으로 달려가서 긴 의자를 붙들고 잠시 서 있었다. 그럴 수도 있다는 생각을 미리 했어야 하는 건데. 네스토르가 뭐가 구역질 나는 생각을 해낼 거라는 생각을 미리 했어야 하는 건데. 저 아래쪽의 어두운 지하실에서 그들이 먼지가 풀풀 날릴 정도로 웃어대는 소리가 들렸다. 그는 다시 방으로 가서 한참 동안 총을 바라보며 서 있었다. 그러고 나서 그는 총을 다시 매트리스 안에 집어넣었다. 그는 총이 필요하지 않았다. 다른 무기가 있었으니까. 그는 집 안을 정처 없이 돌아다녔다. 부엌에서 거실로, 그리고 다시 부엌으로. 그러는 내내 그는 얼룩이 묻은 마룻바닥에서 눈을 떼지 않았다. 바닥의 널들은 삐걱거리는 소리를 내며 그의 무게를 견뎌냈다. 널마다 소리가 제각각이었다. 그래서 그는 이 방 저 방을 돌아다니며 아예 노래를 하나 만들어냈다. 그의 검은 머리와 재킷과 바지가 미친 듯이 흔들렸다. 그의 팔은 나무처럼 뻣뻣하게 몸에서 튀어나와 있었다. 그는 마룻바닥이 삐걱거리는 리듬에 맞춰 손가락을 움직였다. 리듬이 그를 빨아들였다. 그는 걷고 또 걸었다. 걸음을 멈출 수도 없었고, 멈추고 싶지도 않았다. 반복적인 움직임 속에서 그는 평화를 얻었다. 손가락을 벌리고 고른 발걸음으로 오락가락하는 것 외에 다른 건 하고 싶지 않았다. 삐걱, 삐걱, 에르키가 간다. 앞으로 뒤로, 자꾸만 자꾸만, 이 방에서 저 방으로, 쿵쿵.

그는 자기가 도대체 얼마 동안이나 이렇게 걸어 다닌 건지 알 수 없었다. 하지만 결국 용기를 내서 문간으로 가 섰다. 그러고는 잠시 망설이다가 문을 열었다. 밝은 햇빛이 공터에 흘러넘치고 있었다. 그는 눈을 내리깔고 조심스레 돌계단에 한 발을 내딛더니 곧 높게 자란 풀밭을 헤치며 앞으로 나아갔다. 그는 걸음을 멈추고 허공에 떠도는 솔방울 냄새와 바닥에서 올라오는 고사리 덤불 냄새를 맡았다. 뿌리, 줄기, 이파리. 마침내 그가 다시 움직이기 시작했다. 지금 어디로 가는 길인지, 앞으로 무엇을 할 건지 전혀 모르는 채. 네스토르가 덤불을 뚫고 문명세계를 향해 그의 발걸음을 인도하고 있었다.

아직 이른 아침이었다. 아침 일찍 일어나는 사람들만이 침대를 빠져나온 시간. 그들은 커튼을 열고 눈부시게 화창한 바깥 풍경을 내다보았다. 덥고 화창한 날씨. 초록 잎들이 희미하게 반짝였다. 그들은 너무나 짧은 여름의 이 아름다운 날씨를 즐기려고 낙천적인 계획을 짰다. 그런 사람들 중에 할디스 호른이 있었다. 그녀는 핀란드인들의 옛 거주지에 있는 그 낡은 오두막에서 그리 멀지 않은 작은 농가에 혼자 살았다. 에르키가 풀밭에서 첫 걸음을 떼고 있을 때, 그녀는 잠옷을 머리 위로 잡아당겨 벗고 있었다.

2

젊음의 꽃이 진 지 이미 오래인 그녀는 몸이 지나치게 무거웠지만, 아무런 편견이 없는 몇몇 사람들 눈에는 여전히 아름다운 여자였다. 그녀는 키가 크고, 포동포동하고, 가슴이 풍만했으며, 흰머리를 땋아 마치 굵은 강철 밧줄처럼 등에 늘어뜨리고 있었다. 둥근 얼굴은 혈색이 좋아서 뺨이 붉은 장미 같았으며, 눈은 나이에도 불구하고 여전히 초롱초롱했다.

그녀는 거실을 지나 부엌으로 가서 마당으로 통하는 문을 열었다. 격자무늬 앞치마에 나막신을 신은 그녀는 계단 위에 잠시 서서 실눈을 뜨고 태양을 향해 얼굴을 들어올렸다. 그녀는 무릎까지 올라오는 갈색 스타킹을 신고 있었다. 날이 추워서가 아니라 자기 나이의 여자들이 살을 너무 많이 내보이면 안 된다는 생각 때문이었다. 일주일에 한 번씩 찾아오는 식품점 주인 외에는 그녀를 만나러 오는 사람이 아무도 없었지만, 주님이 항상 그녀를 지켜보고 있었다. 그녀는 하느님을 믿었지만, 솔직히 말해서 가끔 주님을 향해 화를 낼 때도 있었다. 나중에 주님에게 용서를 구하지도 않았다. 이제 그녀는 뜰을 침범한 민들레를 바라보고 있었다. 뜰이 온통 민들레 천지였다. 민들레가 마치 발진처럼 번져나가면서 밭을 모두 오염시키고 있는 것 같았다. 그녀가 얼마나 세심하게 밭을 돌봤는데. 여름마다 두 번씩 그녀는 괭이로 잡초를 사정없이 내리쳐 하나씩 뿌리째 뽑아내곤 했다. 그녀는 일을 좋아했지만 가끔 불평을 늘어놓을 때도 있었다. 트랙터를 운전하다 쓰러져 죽어버린 얄미운 남편에게 그가 어떤 골칫거리를 남겨놓고 떠났는지 일깨워주기 위해서. 남편은 동맥에 쌀알만 한 피떡이 생기는 바람에 세상을 떠났다. 의사가 남편의 병을 열심히 설명해주었지만, 그녀는 튼튼하고 강인하며 산처럼 우람한 근육을 자랑하던 남편이 그렇게 쓰러질 수도 있다는 사실을 도무지 이해할 수 없었다. 비행기가 하늘을 나는 것, 저 북쪽의 함메르페스트에 사는 여동생 헬가에게 전화를 걸어 그 징징거리는 목소리를 그토록 선명히 들을 수 있다는 것도 믿을 수 없었다.

　날이 너무 더워지기 전에 일을 시작하는 편이 좋을 것 같았다. 그녀는 괭이를 찾아 들고 뜰로 나갔다. 그러고는 손으로 햇빛을 가린 채 사방을 둘러보며 어떤 방향으로 일을 해나갈 것인지 계획을 짰다. 그녀는 계단 근처에서 일을 시작해 부채꼴로 나아가 우물을 지나 헛간까지 가기로 하고 복도에서 양동이와 갈퀴를 찾아냈다. 그녀는 꾸준히 잡초를 두세 번씩 내리치며 빠르게 리듬에 맞춰 일을 했다. 그러다가 몸이 피곤해지자 속도를 좀 늦추고 양동이에 잡초를 채워 집 뒤의 퇴비 더미에 갖다 부었다. 재는 재로 가는 거지. 그녀는 양동이 바닥을 손으로 세게 치며 생각했다. 그러고 나서 그녀는 다시 괭이질을 시작했다. 그녀의 널찍한 엉덩이가 하늘을 향한 채 괭이질 리듬에 맞춰 이리저리 흔들렸다. 빨간색과 초록색으로 격자무늬가 그려진 앞치마는 햇빛 속에서 부드럽게 펄럭거렸다. 그녀의 이마는 땀에 젖어 있었고, 땋은 머리는 계속 어깨를 넘어 앞으로 내려왔다. 대개 그녀는 머리를 틀어 올려 반짝이는 뱀처럼 꼬아놓지만, 오늘은 아침에 해야 하는 이 일을 마친 뒤에 머리를 정리할 생각이었다.

그녀는 괭이로 풀밭을 내리칠 때 나는 소리가 마음에 들었다. 괭이는 도끼처럼 날카로웠다. 그녀가 직접 날을 갈아놓은 덕분이었다. 간혹 괭이가 돌에 부딪치면 그녀는 면도날처럼 날카롭게 빛나는 괭이 날을 생각하며 몸을 움찔했다. 그녀가 일을 하며 앞으로 나아가자 잡초들이 전장에 쓰러진 병사들처럼 드러누웠다. 그녀는 노래도, 콧노래도 부르지 않았다. 일을 하는 것만으로도 벅찼으니까. 게다가 노래를 부르면 창조주께서 인생이 너무 편안한가 하는 생각을 하게 될지도 모를 일이었다. 할디스의 삶은 결코 편안하지 않았는데 말이다. 그녀는 아침식사로 무엇을 먹을지 생각해보았다. 집에서 구운 빵과 염소젖으로 직접 만든 갈색 치즈를 먹을 생각이었다.

그녀는 몸을 똑바로 폈다. 새 여러 마리가 나무 위 높은 곳에서 날카로운 비명을 질러댔다. 뭔가 휙 하는 소리가 들리는 것 같더니 나뭇잎들 사이로 뭔가가 떨어졌다. 그러고는 침묵. 그녀는 잠시 일을 멈추고 앞을 빤히 바라보며 잠시 휴식을 취했다. 그리고 이 틈을 이용해 숲을 눈으로 훑어보았다. 그녀는 이 숲의 나무 하나하나를 모두 알고 있었다. 눈에 익은 검은 나무둥치들 사이에서 뭔가 검고 어두운 것을 언뜻 본 것 같았다. 전에는 그 자리에 없던 것.

그녀는 눈을 가늘게 뜨고 열심히 바라보았지만, 그것이 전혀 움직이지 않았기 때문에 자신이 헛것을 본 모양이라고 생각해버렸다. 그녀의 시선이 우물에서 멈췄다. 펌프 주위에 풀이 제멋대로 삐죽이 자라 있었다. 나중에 베어버려야 할 것 같았다. 그녀는 다시 일을 하려고 몸을 숙였다. 이번에는 집의 현관문을 등진 자세였다. 아직 이른 시간이었는데도 햇볕이 점점 뜨거워지고 있었다. 그녀의 펑퍼짐한 엉덩이가 햇볕을 고스란히 받고 있었고, 땀방울이 피부를 간질이며 허벅지 안쪽으로 흘러내렸다. 이것이 할디스 호른의 삶이었다. 아무런 불평 없이 문제가 생기는 대로 하나씩 해결해나가는 것. 그녀는 천지창조의 의미나 인생의 의미를 결코 궁금해하지 않는 유형의 사람이었다. 그런 의문을 품는 것은 적절하지 않았다. 게다가 어떤 답이 나올지 두렵기도 했다. 그녀는 엉덩이를 흔들어대며 괭이질을 계속했다. 능선 위의 나무 뒤에서 그 모습을 지켜보며 에르키가 서 있었다.

여자의 모습이 그의 마음을 사로잡았다. 육중한 가문비나무처럼 그녀는 땅에서 자라나온 존재였다. 그녀의 뒤에서 그는 그녀의 소리를 들었다. 고독하지만 위풍당당한 트롬본 소리. 그는 오랫동안 그 자리에 서서 눈으로 그녀를 집어삼켰다. 그녀의 둥근 어깨와 펄럭이는 옷자락을. 그는 전에 그녀를 본 적이 있었다. 그래서 그녀가 혼자 살고 있다는 것을 알고 있었다. 그녀가 말을 거의 하지 않으며, 듣는 것이라고는 바람소리나 날카로운 까치 소리뿐이라는 것도. 그가 두어 걸음을 떼자 작은 가지 몇 개가 부러졌다. 괭이 소리가 더 날카로워졌다. 그는 그녀의 손, 통통한 손가락, 손목에서 시선을 떼지 못했다. 풀밭을 가르는 괭이 날의 힘은 무서울 정도여서 여성적인 것과는 거리가 멀었다. 그는 이번에는 아무 소리 없이 움직였다. 하지만 여자가 뭔가 살아 있는 것이 자신에게 다가오고 있음을 의식하고 있다는 것을 알아챌 수 있었다. 혼자 사는 사람들은 주위 환경을 점점 더 날카롭게 의식하게 된다. 그녀가 일하는 리듬이 바뀌었다. 처음에는 느려졌다가 훨씬 더 빨라졌다. 마치 이제 곧 무슨 일이 일어날 것이라는 사실을 부정하듯이. 그녀가 일을 멈추고 몸을 똑바로 폈다. 그러다 갑작스레 그를 발견했다. 순간 긴장한 그녀의 몸이 뻣뻣해졌다. 그녀는 가슴을 들썩이며 팽팽한 활처럼 서 있었다. 두 사람 사이에서 두려움이 파르르 진동했다. 괭이를 잡은 그녀의 손에 힘이 들어갔다. 그를 보자마자 휘둥그레졌던 그녀의 눈이 가늘고 단단하게 변했다. 이 세상에서 그녀가 두려워하는 건 많지 않았다. 지금도 다만 기분이 좀 꺼림칙할 뿐이었다.

그가 갑자기 걸음을 멈췄다. 그녀가 일을 계속해주었으면 싶었다. 그가 원하는 건 그녀가 그 단순한 작업을 하는 모습을 지켜보는 것, 그녀의 리듬과 꿈틀거리는 엉덩이를 지켜보는 것뿐이었다. 하지만 할디스는 긴장하고 있었다. 에르키는 그녀가 발산하는 예리한 신호들을 모두 감지하고 그대로 멈춰 섰다. 주먹을 꼭 쥔 채로. 움직일 수가 없었다. 그녀의 시선이 빗발치는 화살처럼 그를 때렸다.

해가 계속 높이 떠오르며 인간과 짐승과 딱딱 소리가 날 정도로 바싹 마른 숲 위에서 무자비하게 이글거렸다. 지방경찰관 로베르트 구르빈은 혼자 앉아서 골똘히 생각에 잠겨 있었다. 그는 셔츠 단추를 하나 열고 가슴을 향해 입바람을 불었다. 목으로 땀이 줄줄 흘러내렸다. 이마로 흘러내린 머리카락을 밀어 올렸지만 이내 다시 흘러내렸다. 그래서 그는 머리카락을 내버려두고 대신 생각을 한 곳에 집중해서 심장박동을 늦춰보려고 했다. 늙은 인디언들은 그렇게 할 수 있다는 이야기를 들은 적이 있었다. 하지만 아무리 생각을 집중해봐야 땀만 더 흐를 뿐이었다.

밖에서 누군가가 발을 질질 끌며 걷고 있었다. 문이 열리더니 열두 살쯤 되어 보이는 뚱뚱한 남자아이가 멈칫거리며 안으로 들어왔다. 녀석은 거칠게 숨을 몰아쉬며 방 한가운데에서 걸음을 멈췄다. 한 손에는 여행가방과 비슷한 회색 가방을 들고 있었는데, 가방 모양이 조금 이상했다. 그 안에 하프 같은 악기가 들어 있는 것 같기도 했다. 하지만 녀석이 하프를 연주할 것처럼 보이지는 않았다. 구르빈은 아이를 자세히 살펴보았다. 아이는 엄청나게 뚱뚱했다. 누군가가 헬륨을 잔뜩 불어넣은 것처럼 보이는 몸에서 팔다리가 튀어나와 있었다. 몸이 하도 빵빵해서 금방이라도 공중으로 떠오를 것 같았다. 녀석의 머리카락은 갈색이었으며, 가늘고 더러웠다. 가느다랗게 뭉친 머리카락들이 녀석의 머리에 착 달라붙어 있었다. 녀석은 맨발에 끝단의 올을 풀어놓은 무릎길이의 연한 색 청바지와 꼬질꼬질한 티셔츠 차림이었다. 녀석은 잔뜩 흥분해서 입을 크게 벌리고 있었다.

"무슨 일이지?"

구르빈은 서류를 옆으로 밀쳤다. 오늘은 할 일이 별로 없으므로 손님이 찾아온 것이 반가웠다. 지금은 자기 앞에 서 있는 저 엄청난 녀석을 아무리 봐도 질릴 것 같지 않았다.

"무슨 일로 왔니?"

아이가 한 걸음 앞으로 다가왔다. 녀석은 여전히 숨을 헐떡이고 있었다. 가슴속에 들어 있는 말을 서둘러 하고 싶어 하는 기색이 역력했다. 아마 자전거를 도둑맞았다느니 하는 이야기일 것이다. 녀석의 반짝이는 눈과 심하게 떨고 있는 몸을 보자 오븐 속에서 바람이 빠져 푹 꺼지기 직전의 따스한 수플레 같다는 생각이 구르빈의 머릿속에 저절로 떠올랐다.

"할디스 호른 할머니가 죽었어요!"

녀석의 목소리가 아이 특유의 밝은 소리와 어른의 음험한 목소리 사이에서 비틀거렸다. 녀석은 낮은 목소리로 말을 시작했지만 '죽었어요'라는 말을 할 때쯤에는 목소리가 가성처럼 높아졌다.

구르빈의 얼굴에서 미소가 가셨다. 그는 놀란 눈으로 자기 앞에 서 있는 아이를 바라보았다. 자기가 녀석의 말을 제대로 들은 건지 확신할 수가 없었다. 그는 눈을 깜박이며 한 손으로 목덜미를 눌렀다.

"뭐라고?"

"할디스 할머니가 죽었어요. 현관 계단에 누워 있어요."

아이는 혼자 진영으로 살아 돌아와서 소대가 전멸했다는 참담한 소식을 전하는 용감한 병사 같았다. 영혼이 흔들릴 정도로 충격을 받았지만, 그와 동시에 일종의 위엄을 얻은 병사. 그는 이제 사령관 앞에 서서 자신의 임무를 완수했다.

"좀 앉아라, 이 녀석아!"

구르빈이 고갯짓으로 의자를 가리키며 명령했다. 아이는 꼼짝도 하지 않았다.

"그러니까 피네마르카에서 농사짓는 할머니 말이냐?"

"네."

"너 거기서 곧장 오는 길이야?"

"거길 지나던 중이었어요. 할머니가 계단에 누워 있었어요."

"그 할머니가 죽은 게 확실해?"

"네."

구르빈은 이맛살을 찌푸렸다. 이 정도 더위라면 누구라도 영향을 받을 만했다.

"네가 할머니를 자세히 살펴봤어?"

아이는 어떻게 그런 말을 하느냐는 표정으로 그를 바라보았다. 그런 생각만 해도 기절할 것 같다는 듯이. 녀석은 고개를 저었다. 녀석의 뚱뚱한 몸에서 출렁출렁 잔물결이 일었다.

"할머니 몸에 전혀 손대지 않았어?"

"네."

"그럼 할머니가 죽었는지 어떻게 알아?"

"확실해요."

아이가 숨을 헐떡이며 말했다.

구르빈은 셔츠 주머니에서 펜을 꺼내 메모를 했다.

"이름이 뭐냐?"

"스넬링겐이에요. 카닉 스넬링겐."

황당했다. 아이만큼이나 독특한 이름이었지만, 아이에게 잘 어울렸다. 구르빈은 메모지에 이름을 적었다. 어떤 부모가 저런 이름을 지어주었을까 하는 생각이 들었지만 내색하지는 않았다.

"세례명이 카닉이야? 별명 아니지? 그러니까, 카를 헨리크를 짧게 줄인 이름이라든가 뭐 그런 거."

"아니에요, 카닉 맞아요. 끝이 ck로 끝나요."

구르빈은 화려한 필체로 그 이름을 적었다.

"네 이름을 듣고 놀라서 미안하다."

그가 정중하게 말했다.

"흔한 이름이 아니라서 말이야. 나이는?"

"열두 살이에요."

"그러니까 할디스 호른 할머니가 죽었단 말이지?"

아이가 고개를 끄덕였다. 녀석은 여전히 숨을 몰아쉬면서 불안한 듯 맨발을 꼼지락거리고 있었다. 녀석이 들고 있던 가방은 바닥에 놓여 있었다. 가방에는 스티커가 덕지덕지 붙어 있었다. 하트 모양 스티커, 사과 모양 스티커, 그리고 두어 개의 이름이 구르빈의 눈에 띄었다.

"너 지금 장난치는 거 아냐?"

"아니에요!"

"어쨌든, 내가 그 할머니한테 전화를 해봐야겠다. 혹시 할머니가 전화를 받는지 보게."

구르빈이 말했다.

"마음대로 하세요. 아무도 전화를 안 받을 테니까!"

"그동안 좀 앉아 있어."

구르빈이 말했다. 그는 또 다시 고갯짓으로 의자를 가리켰지만 아이는 꿈쩍도 하지 않았다. 순간 녀석이 의자에 엉덩이를 붙였다가는 다시 일어설 수 없을지도 모른다는 생각이 구르빈의 머릿속에 떠올랐다. 그는 전화번호부에서 토르발트 호른이라는 이름으로 등록된 번호를 찾아냈다. 전화벨이 계속 울렸다. 할디스는 나이 많은 할머니였지만 여전히 몸이 민첩했다. 구르빈은 정말로 전화를 받는 사람이 없는지 확인하려고 수화기를 든 채 한참을 기다렸다. 날씨가 이렇게 좋으니 할디스가 밭에 나가 있는지도 모를 일이었다. 아이는 입술을 핥으며 그에게서 눈을 떼지 않았다. 녀석의 가느다란 머리카락이 이마에 그늘을 드리운 덕분에 이마가 뺨보다 더 희었다. 티셔츠가 너무 작아서 녀석의 거대한 뱃살이 바지 위로 조금 비어져 나와 있었다.

"제가 뭐랬어요?"

녀석이 숨을 헐떡이며 말했다.

"이제 가도 되죠?"

"아니, 안 돼."

구르빈이 수화기를 내려놓으며 말했다.

"전화를 받는 사람이 없어. 네가 언제 그 집에 갔는지 알아야겠다. 보고서를 써야 할 테니까. 어쩌면 이게 아주 중요한 사건이 될 수도 있어."

"중요하다고요? 할머니가 죽었다니까요!"

"대략적인 시간을 말해봐."

구르빈이 부드럽게 말했다.

"전 시계가 없어요. 그리고 농장에서 여기까지 오는 데 시간이 얼마나 걸리는지도 모르고요."

"한 삼십 분쯤 잡으면 될까?"

"여기까지 내내 뛰어왔어요."

"그럼 이십오 분으로 하자."

구르빈은 자신의 시계를 보고 나서 메모지에 적었다. 저렇게 뚱뚱한 녀석이 빨리 움직일 수 있을 거라고는 도저히 상상할 수 없었다. 더구나 손에 뭘 들고 있기까지 했으니. 그는 수화기를 들고 할디스의 집에 다시 전화를 걸었다. 하지만 한참을 기다려도 전화를 받지 않아 수화기를 내려놓았다. 기분이 좋았다. 지루한 일상에 새로운 변화가 생겼으니까. 그에게는 이런 변화가 필요했다.

"이제 집에 가도 돼요?"

"네 집주소를 좀 적어둬야겠다."

갑자기 아이가 날카로운 소리를 내며 울어댔다. 녀석의 이중 턱이 흔들렸고, 아랫입술도 바르르 떨렸다. 녀석이 안됐다는 생각이 들기 시작했다. 마치 녀석에게 무슨 일이 일어난 것 같았다.

"네 엄마한테 전화해줄까?"

그가 부드럽게 물었다.

"와서 널 데려가라고?"

카닉이 코를 훌쩍거렸다.

"저는 구테바켄에 살아요."

이 말을 듣고 나니 녀석에게 새로이 흥미가 생겼다. 그의 눈에 색안경이 씌워지는 것 같았다. 카닉은 구르빈이 자신에게 '믿을 수 없음'이라는 새로운 꼬리표를 붙였음을 곧바로 알 수 있었다.

"그래?"

구르빈은 천천히 손가락 마디를 하나씩 꺾었다.

"그럼 내가 거기 전화해서 널 데려가라고 할까?"

"거긴 직원이 많지 않아요. 지금 근무 중인 사람은 마르군 원장님뿐이에요."

아이가 다시 발을 꼼지락거리며 계속 코를 훌쩍거렸다.

구르빈의 목소리가 부드러워졌다.

"할디스 호른 할머니는 나이가 많아."

그가 말했다.

"나이 많은 사람들은 죽기 마련이지. 그런 게 인생이야. 너 지금까지 죽은 사람을 본 적이 없지?"

"방금 보고 왔다니까요!"

구르빈은 미소를 지었다.

"대개 노인들은 자다가 세상을 떠나지. 흔들의자 같은 데 앉아서. 무서워할 필요 없어. 한밤중에 잠도 못 자고 그 생각을 할 필요도 없고. 알았지?"

"거기 누가 있었어요."

아이가 불쑥 말했다.

"그 집에?"

"에르키 요르마."

아이가 마치 입에 담아서는 안 되는 말을 하는 것처럼 작은 소리로 속삭였다.

구르빈은 깜짝 놀라서 아이를 바라보았다.

"에르키가 헛간 옆에 있는 나무 뒤에 서 있었어요. 제가 분명히 봤어요. 에르키가 숲 속으로 들어가는 거까지 똑똑히 봤다구요."

"에르키 요르마? 그럴 리가 없어."

구르빈은 고개를 저었다.

"그 녀석은 정신병원에 있어. 몇 달 전부터."

"그럼 도망친 거겠죠."

"그거야 금방 확인할 수 있지."

구르빈은 차분한 목소리로 이렇게 말했지만 곧 아랫입술을 깨물었다.

"너 그 녀석한테 말을 걸어봤니?"

"미쳤어요?"

"내가 알아보마. 하지만 그 전에 먼저 할디스 할머니가 어떤지 가봐야겠다."

그는 에르키에 관한 이야기를 가슴속에 새겨두었다. 그는 미신을 믿는 편이 아니었지만, 다른 사람들이 미신을 믿는 이유를 이해할 수 있을 것 같았다. 에르키 요르마가 근처 숲을 살금살금 돌아다니고 있고, 할디스가 죽었다. 아니 적어도 의식을 잃은 상태로 누워 있다. 전에도 이런 이야기를 들은 적이 있는 것 같았다. 같은 이야기가 자꾸만 저절로 되풀이되고 있는 것 같았다.

그때 그의 머릿속에 무슨 생각이 떠올랐다.

"너 왜 저 가방을 갖고 다니는 거냐? 숲 속에서 오케스트라 연습을 한 건 아닐 텐데."

"그런 거 아니에요."

아이가 가방 양쪽에 각각 한 발을 디디며 대답했다. 구르빈이 가방을 압수할지도 모른다고 걱정하는 것 같았다.

"그냥 제가 항상 갖고 다니는 물건이 들어 있을 뿐이에요. 저는 숲 속을 걸어 다니는 걸 좋아해요."

구르빈은 상대를 꿰뚫어버릴 듯한 시선으로 아이를 바라보았다. 아이는 분명히 반항적인 태도를 취하고 있었지만, 그 밑에는 두려움이 깔려 있었다. 마치 어떤 사람 때문에 뼛속까지 겁에 질린 것 같았다. 구르빈은 구테바켄에 전화를 걸어 원장과 이야기를 나눴다. 구테바켄은 행동에 문제가 있는 남자아이들이 수용된 곳이었다. 그는 원장에게 상황을 간결하게 설명했다.

"할디스 호른이요? 현관 계단에 죽어 있다고요?"

의심과 걱정 때문에 원장의 목소리가 점점 거칠어졌다.

"아이가 거짓말을 한 건지 어떤 건지 저로서는 알 수가 없네요."

그녀가 말했다.

"아이들은 모두 자신에게 필요할 때 거짓말을 하거든요. 하지만 거기에 일말의 진실이 들어 있을 수도 있어요. 어쨌든 녀석은 이미 오늘 저를 한 번 속였습니다. 아무래도 녀석이 활을 가지고 나간 것 같네요. 어른이 감독하고 있을 때만 활을 써야 한다는 걸 잘 알 텐데."

"활이라고요?"

구르빈은 무슨 소리인지 알 수가 없었다.

"녀석이 가방을 들고 있지 않나요?"

구르빈은 아이와 아이의 두 발 사이에 놓인 물건을 흘깃 바라보았다.

"예, 갖고 있습니다."

카닉은 두 사람이 무슨 얘기를 하고 있는지 알아차리고 뚱뚱한 두 다리를 더 단단히 붙였다.

"거기에 유리섬유로 만든 활과 화살 아홉 개가 들어 있어요. 녀석은 숲 속을 돌아다니면서 까마귀를 쏘곤 해요."

화가 났다기보다는 걱정스러운 목소리였다. 구르빈은 전화를 한 통 더 걸었다. 에르키 요르마가 입원해 있던 정신병원으로. 그래서 에르키가 도망친 것이 사실임을 확인할 수 있었다. 그는 아무 일도 아닐 거라고 생각하려 애썼다. 에르키에 관해 지금 떠돌고 있는 소문만으로도 충분히 불길했으니까. 그는 병원 측에 할디스의 이야기는 하지 않았다.

카닉은 점점 더 불안해하고 있었다. 녀석이 문 쪽을 흘깃 바라보았다. 도대체 무슨 일이 일어난 걸까? 구르빈은 생각해보았다. 설마 저 녀석이 화살로 할디스 호른을 쏜 건 아니겠지?

"그래도 할디스 할머니가 이렇게 화창한 날에 세상을 떠나셔서 다행이다."

그가 기운을 내라는 듯이 아이를 바라보며 말했다.

"어쨌든 나이가 많은 분이었으니까. 우리 모두 그렇게 죽는 걸 꿈꾸지. 이제 더 이상 철부지가 아닌 사람들은 모두."

카닉 스넬링겐은 아무 말도 하지 않았다. 그는 고개를 절레절레 저으며 다리 사이에 가방을 놓은 채 꼼짝도 하지 않고 서 있었다. 어른들은 항상 자기들이 모든 걸 다 아는 줄 안다니까. 하지만 저 경찰관 아저씨도 곧 그게 아니라는 걸 알게 될걸.

3

그는 할디스의 집까지 차분하게 차를 몰았다. 그곳에 참으로 오랜만에 가보는 것이었다. 한 일 년쯤 된 것 같았다. 그의 가슴속에서 깔쭉깔쭉한 돌덩이가 정신없이 뱅글뱅글 돌고 있는 것 같았다. 차 안에 혼자 있다 보니 속에서 자꾸만 불안감이 치솟았다. 그 아이가 도대체 무얼 본 걸까?

카닉은 구테바켄까지 이 킬로미터나 되는 거리를 그냥 걸어가겠다고 우겼다. 마르군은 그 아이를 마중 나와 있겠다고 약속했다. 만약 마르군 원장에 대한 구르빈의 생각이 맞는다면, 그녀는 아이에게 주스와 달콤한 롤빵을 주고 따끔하게 혼낸 다음 머리를 부드럽게 쓰다듬어줄 것이다. 다른 사람들이 뭐라고 하든 그녀는 신경 쓰지 않았다. 아이에게 무엇이 필요한지 잘 알고 있었으므로. 파출소에서 나갈 때쯤 아이는 조금 차분해져서 용감한 표정을 짓고 있었다.

구르빈의 스바루 자동차가 숲이 우거진 산길을 테리어처럼 열심히 올라갔다. 이 동네 사람들은 모두 사륜구동 자동차를 갖고 있었다. 겨울에는 눈 때문에, 봄에는 진창길 때문에 그런 자동차가 필요했다. 길의 경사가 가팔랐으므로 물기 없는 포장도로를 달릴 때에도 운전하기 힘들었다. 운전을 하면서 그는 에르키 요르마에 대해 생각했다. 병원에서는 에르키가 열린 창문으로 쉽게 병실을 빠져나가 이 근처로 향했다고 확인해주었다. 이곳에 그를 모르는 사람이 없는데도 말이다. 하긴 그가 이리로 오지 말아야 할 이유도 없었다. 그가 집처럼 편안하게 생각하는 곳이었으니까. 또한 파출소를 찾아온 아이가 거짓말을 한 것 같지도 않았다. 대부분의 사람처럼 구르빈도 온갖 소문들 때문에 그를 경계했다. 에르키에 관한 소문들은 에르키 자신만큼이나 험악했다. 그가 가는 곳마다 불운이 따라다녔다. 그는 공포와 두려움을 남기고 가는 불길한 징조 같았다. 사람들은 그를 억지로 병원에 집어넣은 후에야 비로소 그에게 일말의 동정을 느끼기 시작했다. 그래, 저 불쌍한 녀석은 정상이 아니라 그런 거야. 제대로 치료를 받게 해주는 게 저 녀석한테도 제일 좋아. 사람들은 이렇게 말했다. 그런데 그가 스스로 굶어죽으려 했다는 소문이 돌았다. 문을 잠가둔 병실에서 전쟁포로처럼 빼빼 마른 상태로 발견되었다는 것이다. 그때 그는 똑바로 누워서 천장을 노려보며 단조로운 목소리로 이렇게 중얼거리고 있었다고 한다.

"완두콩, 쇠고기, 돼지고기, 완두콩, 쇠고기, 돼지고기."

자꾸만 자꾸만.

구르빈의 머릿속에 오래전의 일들이 떠올랐다. 그는 창밖을 흘깃 내다보았다. 어느 면에서 그는 에르키가 나타나지 않기를 바라고 있었다. 녀석은 너무 이상해서 도무지 종잡을 수 없었다. 음울하고, 불쾌하고, 지저분한 녀석. 완전히 뜨는 법이 없는 그의 눈은 가늘게 찢어진 틈새 같았다. 때로는 그에게 정말로 눈 두 개가 다 있는지 궁금할 지경이었다. 어쩌면 생살이 벌어진 그 심연을 통해 그의 뒤틀린 뇌를 곧장 들여다볼 수 있을지도 모른다는 생각이 들 때도 있었다.

할디스가 죽었다는 말은 믿기 어려웠다. 구르빈은 어렸을 때부터 할디스와 토르발트를 알고 지냈는데, 할디스는 항상 절대 죽지 않을 것처럼 보였다. 두 사람이 세상에서 사라지고 그 작은 농가가 폐허가 된 모습을 도저히 상상할 수 없었다. 그 집은 기억할 수도 없을 만큼 오래전부터 그 자리에 있었다. 카닉이 틀림없이 뭔가를 잘못 보고 오해했을 것이다. 그것이 무엇인지 이해할 수 없어서 겁을 집어먹었을 것이다. 어쩌면 나무 뒤에서 인상을 쓰고 있는 에르키 요르마를 보고 놀란 건지도 모른다. 누구라도 에르키의 그런 모습을 보면 깜짝 놀라서 눈앞의 것을 제대로 분간할 수 없게 될 것이다. 특히 문제아가 되는 길에 이미 한 발을 들여놓은, 흥분하기 쉬운 사내아이라면 더더욱. 그는 자동차의 앞 창문 두 개를 모두 열어놓았다. 그런데도 땀이 줄줄 흘러내렸다. 이제 할디스의 집 헛간이 눈에 들어왔다. 할디스처럼 나이 많은 할머니가 모든 것을 그토록 깔끔하게 정돈해두다니 놀라울 따름이었다. 틀림없이 할디스는 항상 갈퀴와 낫을 들고 마당을 청소하고 있을 것이다. 이제 밭이 나타났다. 가뭄인데도 초록색 식물들이 풍성하게 자라고 있었다. 다른 곳의 풀밭은 모두 누렇게 변해 있었다. 오로지 할디스만이 자연의 힘에 맞설 수 있었다. 어쩌면 불법적인 방법을 동원해서 밭에 물을 주고 있는지도 모른다. 구르빈은 고개를 돌려 집을 바라보았다. 가장자리를 빨간색으로 두른 나지막한 흰색 건물. 현관문이 열려 있었다. 그때 처음으로 충격적인 광경이 그의 눈에 들어왔다. 현관 계단 위에 보이는 머리와 팔. 아연실색한 그는 자동차를 세우고 시동을 껐다. 지금 보이는 거라고는 할디스의 머리와 팔뿐이었지만, 그는 할디스가 죽었다는 것을 금방 알 수 있었다. 젠장, 그 녀석 말이 사실이었어! 그는 머뭇거리다가 자동차 문을 열었지만 그대로 운전석에 앉아 있었다. 누구나 인생을 살면서 같은 길을 향해 간다. 게다가 할디스는 나이가 많았다. 하지만 지금 그는 갑자기 혼자서 죽음과 맞닥뜨린 기분이었다.

구르빈은 전에도 시체를 본 적이 있었다. 하지만 그때의 기분이 얼마나 이상한지 잊어버리고 있었다. 완전히 혼자가 됐다는 이 가늠할 수 없는 느낌. 자신이 혼자라는 사실이 그 어느 때보다 실감나는 이 기분. 유일한 사람이 된다는 것. 그는 자동차에서 내려 천천히 집으로 다가갔다. 마치 시체와 대면하는 순간을 가능한 한 미루고 싶어 하는 사람처럼. 그는 어깨 너머로 뒤를 돌아보았다. 어쩔 수가 없었다. 그가 할 일은 별로 없었다. 그냥 할디스에게 다가가서 몸을 숙이고 손가락으로 그녀의 목을 만져본 뒤 그녀가 정말로 죽었다는 사실을 확인하면 그만이었다. 물론 그는 이제 그녀의 죽음을 조금도 의심하지 않았다. 하얀 팔과 머리의 각도가 이상했고, 손가락이 벌어진 모양도 이상했다. 하지만 그녀의 죽음을 반드시 확인해야 했다. 그러고 나서 자동차로 돌아가 구급차를 부르고, 담배를 말아 피우고, 라디오를 틀어 음악을 들으면서 기다리면 될 터였다. 집 안의 물건들을 조사할 필요는 없었다. 이것은 자연사였으니까. 굳이 성가신 일들을 해야 할 이유가 없었다. 그녀가 누워 있는 곳에 거의 다다랐을 때 그는 갑자기 걸음을 멈췄다. 잿빛 우유 같은 것이 계단 위에 흘러 내려 있었다. 어쩌면 할디스가 뭔가를 들고 있다가 쓰러지면서 떨어뜨린 건지도 모른다. 그는 벌렁거리는 가슴을 안고 마지막 몇 걸음을 옮겼다.

눈앞의 광경이 완전히 그를 압도했다. 그는 몇 초 동안 숨도 못 쉬고 가만히 서서 뚫어지게 바라본 후에야 비로소 그 광경이 무엇을 의미하는지 해석할 수 있었다. 그녀는 등을 바닥에 대고 다리를 벌린 채 누워 있었다. 그녀의 왼쪽 눈에 괭이가 깊이 박혀 있었다. 반짝이는 괭이날의 일부가 보였다. 그녀의 벌어진 입 밖으로 틀니 위쪽이 나와 있었기 때문에, 그가 그토록 친숙하게 알고 있던 그녀의 얼굴이 흉하게 일그러진 것처럼 보였다. 그는 비틀비틀 뒷걸음질을 치면서 숨을 들이 삼켰다. 당장 그녀의 얼굴에서 괭이를 빼버리고 싶었지만 그럴 수는 없었다. 그는 그대로 뒤돌아서서 간신히 잔디밭까지 달려가 위 속의 내용물을 게워내기 시작했다. 그는 토하면서 에르키를 생각했다. 할디스가 죽었고, 에르키가 근처에 있었다. 어쩌면 에르키가 지금도 저 숲 속 나무 뒤에 숨어서 그를 지켜보고 있을지도 모른다. 구르빈의 귓가에 자신이 했던 말이 윙윙 울렸다.

"우리 모두 그렇게 죽는 걸 꿈꾸지. 이제 더 이상 철부지가 아닌 사람들은 모두."

그로부터 한 시간이 채 안 되어 할디스의 집에 사람들이 우글거리고 있었다.

콘라드 세예르 경감은 피해자의 훼손되지 않은 눈을 빤히 바라보았다. 그의 얼굴은 무표정했다. 피해자의 얼굴은 내출혈로 인해 변색되어 있었다. 그는 집 안으로 들어갔다. 모든 것이 너무 깔끔하게 정리되어 있어서 놀라울 정도였다. 조용하기도 했다. 작은 부엌을 들여다보았지만, 그 안의 어떤 물건들도 그를 향해 소리를 지르지 않았다. 그는 그녀에게 온 우편물들을 살피다가 편지 한 통을 꺼내더니 수첩에 뭔가를 적었다. 그러고는 한참 동안 주위를 살펴보았지만, 이상한 점은 하나도 눈에 띄지 않았다.

이 자리에 있는 사람들 대부분이 명확하게 규정된 임무를 지니고 있으며, 눈앞의 일에 최선을 다하면서 하루를 살아냈다. 하지만 그들은 알고 있었다. 나중에, 기분이 우울한 날이면 오늘의 기억이 되살아나리라는 것을. 이런 상황에 압도되어 곧장 일을 시작할 수 없는 사람들은 계단에 등을 돌리고 담배에 불을 붙였다. 그러고 나서 꽁초의 불을 확실하게 끈 후 담뱃갑에 다시 집어넣었다. 발걸음을 뗄 때마다, 물건을 손으로 만질 때마다 조심해야 했다. 차분하게 움직이면서 사진사가 움직일 수 있는 공간을 남겨주어야 했다. 이건 그냥 또 하나의 사건에 불과해. 앞으로도 이런 사건은 얼마든지 일어날 거야. 이 죽은 여자는 우리가 모르는 사람이야. 이 여자의 죽음을 슬퍼해줄 사람들이 있을 거야. 그러기를 바라자.

구르빈은 우물가에 서서 담배를 피우고 있었다. 그는 차량들이 도착한 이후로 줄곧 줄담배를 피워댔다. 이제 그는 몸을 돌려 사람들을 바라보았다. 그들의 목소리가 들려왔다. 나지막하고, 활기차고, 진지한 목소리. 죽은 여자 할디스를 조금은 존중하는 듯한 어조. 할디스는 자신의 죽음을 그려본 적이 있었을까. 여든 살에 가까운, 삶이 얼마 남지 않은 노인들이라면 그렇게 하지 않을까. 아름다운 드레스를 입고 양손을 포갠 채 뚜껑을 열어놓은 관 속에 누워 있는 모습. 어쩌면 뺨에 연지가 살짝 발라져 있을지도 모른다. 그녀가 구세주를 만나기 전에 그녀를 가능한 한 아름답게 꾸며주는 일을 하는 사려 깊은 사람이 조심스레 발라놓은 연지. 하지만 할디스의 죽음은 그렇게 이루어지지 않았다. 그녀는 전혀 아름답지 않았다. 머리 반쪽이 뭉개져버렸으니, 무슨 수를 써도 그것을 가릴 수 없을 터였다. 그는 새 담배에 다시 불을 붙이며 숲을 바라보려다 그만두었다. 마치 에르키가 그 타는 듯한 눈으로 여전히 그들을 지켜보고 있는 것 같았다. 왜? 구르빈은 생각해보았다. 왜 저런 할머니를? 할디스 할머니가 에르키에게 위협적으로 보였을까? 아니면 에르키는 누구를 만나든 모두 적으로 간주하는 걸까? 할디스가 도대체 무슨 짓을 했기에 에르키가 그토록 공포에 사로잡혀 할디스를 무참히 죽인 걸까? 그는 대부분의 일들을 이해할 수 있었다. 적어도 열심히 노력하기만 한다면. 그는 밤중에 짜릿한 일을 찾아 거리를 돌아다니는 열여섯 살짜리 사내아이들을 이해했다. 열쇠도 없이 억지로 차에 시동을 걸고 술을 나눠 마시며 도시를 질주하는 아이들. 속도감. 황홀감. 누군가가 자신의 뒤를 쫓고 있다는 느낌. 누군가가 마침내 자신의 존재를 알아봐주었다는 느낌. 그는 남자가 어떻게 해서 강간을 저지르게 되는지도 이해했다. 분노, 여자와 마주쳤을 때의 무력감, 여자가 여전히 이해할 수 없는 수수께끼 같은 존재라서 남자가 그 수수께끼를 풀어야 한다는 사실. 기분이 우울하게 가라앉아 있을 때에는 심지어 여자를 때리는 남자도 이해할 수 있었다. 하지만 이건 이해할 수 없었다. 누군가의 내면에서 뭔가가 독버섯처럼 싹을 틔워 자라나 천천히 번져나갈 수 있다는 것. 그것이 정상적인 금기들을 모두 지워버리고, 그 사람을 야수로 만들어버린다는 것. 대개 그런 사람들은 나중에 아무것도 기억하지 못했다. 그들에게 살인은 현실이 아니라 나쁜 꿈이었다. 사람들의 생각과는 반대로 그들이 건강을 회복해 어느 정도 정신이 말짱해졌을 때, 누군가가 그들에게 네가 병에 걸렸을 때 이렇게 끔찍한 일을 저질렀다고 말해주어도 기억하지 못했다.

구르빈은 경감을 물끄러미 바라보았다. 경감은 감정을 겉으로 드러내지 않았다. 가끔 손으로 머리를 쓸어 넘길 뿐이었다. 마치 모든 것을 질서 있게 정돈해두려는 것처럼. 일정한 간격을 두고 그는 명령을 내리거나 질문을 던졌다. 그럴 때마다 권위가 그의 내면에서부터 자연스럽게 배어 나오는 것 같았다. 그는 이 미터 가까운 큰 키에서 울려나오는 깊고 묵직한 목소리를 갖고 있었다. 구르빈은 할디스의 시신이 고무로 만든 시체가방 속으로 막 사라지는 순간 마침 고개를 들어 그 광경을 보았다. 이제 남은 건 창문과 문이 활짝 열린 채 널브러져 있는 집뿐이었다. 이 집은 십중팔구 시내에서 온 어떤 멍청이에게 팔릴 것이다. 숲속에 작은 농장을 가꾸는 꿈을 꾸는 멍청이. 어쩌면 처음으로 아이들이 여기에 나타날지도 모른다. 그러면 이곳에 그네와 놀이용 모래상자가 놓이고, 잔디밭에는 색색가지 플라스틱 장난감이 흩어져 있을 것이다. 낯 뜨거울 정도로 노출이 심한 옷을 입은 젊은 사람들이 나타날지도 모른다. 할디스는 결코 그런 광경을 보지 못할 테니 다행이었다. 그런 건 다 그런대로 괜찮은 일이었다. 하지만 그의 마음속에서 무언가가 그를 괴롭히고 있었다. 그는 그것을 무시할 수 없었다.

7월 5일. 날은 여전히 더웠다.

콘라드 세예르 경감은 묘한 충동에 사로잡혀 방향을 돌려 파크 호텔의 바로 어슬렁어슬렁 걸어 들어갔다. 그는 결코 술집을 찾는 법이 없는 사람이었다. 그는 엘리제가 죽기 전에도 이곳에 들어와 본 적이 없다는 것을 깨달았다. 바의 어둑한 조명이 편안했고, 온도도 바깥보다 훨씬 시원했다. 두꺼운 카펫이 발소리를 없애주었고, 반쯤 어둠에 잠긴 듯한 조명 덕분에 그는 눈을 크게 뜰 수 있었다.

손님이 거의 없는 바 안에 어떤 여자가 혼자 앉아 있었다. 그녀가 유난히 눈에 띈 것은 혼자였기 때문이기도 하고, 눈에 확 띄는 빨간 옷을 입고 있기 때문이기도 했다. 그가 있는 곳에서는 그녀의 옆모습이 보였다. 그녀는 가방 속을 뒤지며 뭔가를 찾고 있었다. 옷이 아주 아름다웠다. 부드럽고 섹시한, 양귀비 같은 빨간색 옷. 금빛 머리카락이 귀 주위에서 구불구불 물결치고 있었다. 그녀가 고개를 들고 미소를 지었을 때 미처 준비가 되어 있지 않았던 그는 딱딱한 목례로 답했다. 그녀가 왠지 친숙하게 느껴졌다. 경찰서에서 근무하는 젊은 경찰관과 닮은 것 같았다. 그 경찰관의 이름은 기억나지 않았지만. 그녀 앞에는 술잔이 없었다. 아직 술을 많이 마시지 않은 모양이었다. 어쩌면 가방 속에서 돈을 찾고 있는지도 모를 노릇이었다.

"안녕하세요?"

그가 다가가면서 말했다.

"날이 덥군요. 제가 한 잔 사도 될까요?"

미처 생각도 하기 전에 입에서 튀어나온 말이었다. 그는 자신의 대담함에 살짝 놀라면서 자신 있는 태도로 바에 몸을 기댔다. 어쩌면 더위 때문인지도 몰랐다. 아니면 나이 때문이거나. 가끔 나이 때문에 가슴이 갑갑해질 때가 있었다. 지금 그의 나이는 쉰 살이었다. 이제부터는 신비로운 어둠을 향해 내리막길이 뻗어 있을 뿐이었다.

그녀가 고개를 끄덕이며 미소를 지었다. 그녀의 가슴 속이 살짝 들여다보였다. 빨간 천에 닿아 있는 그녀의 가슴을 보니 숨이 멎을 지경이었다. 선명한 선을 이루며 날씬하게 똑바로 뻗어 있는 쇄골도 마찬가지였다. 그는 당혹스러웠다. 이 여자는 경찰서의 젊은 경찰관이 아니라 법무부의 안내 데스크 직원인 아스트리드 브레닝겐이었다. 내가 이렇게 멍청한 짓을 하다니! 그녀는 젊은 경찰관보다 스무 살이나 많았으며, 외모도 전혀 닮지 않았다. 틀림없이 희미한 조명 탓일 것이다.

"그럼 캄파리를 마실게요. 감사합니다."

그녀가 놀리는 듯한 미소를 지었다. 그는 침착한 척하려고 애쓰면서 지갑을 찾아 뒷주머니를 더듬거렸다. 그녀가 혼자서 여기 있을 거라고는 짐작도 못했다. 하지만 아스트리드가 시내에 나와 술을 마시면 안 될 이유가 뭐란 말인가? 그리고 그가 그녀에게 술을 사주면 안 될 이유도 없지 않은가? 어쨌든 두 사람은 동료라고 할 만한 사이였다. 서로 이야기를 많이 나누지는 않았지만, 그건 그가 걸음을 멈추고 가벼운 이야기를 나눌 시간이 없기 때문이었다. 그는 로비에서 가벼운 이야기를 나누는 것보다 더 중요한 일이 항상 있었다. 게다가 그는 절대 여자에게 치근대는 법이 없었다. 자기가 도대체 무슨 생각으로 이런 짓을 했는지 도무지 알 수가 없었다.

그녀가 캄파리를 우아하게 한 모금 마시더니 너무나 친숙한 미소를 지었다. 뭔가가 그의 목덜미를 따끔따끔 찔러대는 것 같아서 그는 쓰러지지 않으려고 바에 몸을 기댔다. 무릎에서 힘이 빠져나가고 심장이 격렬하게 뛰었다. 이 여자는 아스트리드 브레닝겐이 아니었다. 그의 엘리제였다!

식은땀이 흐르기 시작했다. 도대체 어떻게 그녀가 여기 앉아 있게 되었는지, 이렇게 세월이 흐른 지금 바로 그의 앞에 앉아서 아무 일도 없었다는 듯이 미소를 지을 수 있는지 도무지 이해할 수 없었다.

"그동안 어떻게 지냈어?"

그가 손등으로 이마의 땀을 닦으며 더듬거렸다. 바로 그 순간 겉으로 드러난 자신의 팔 아래쪽이 눈에 들어왔다. 이번에도 그는 하마터면 기절할 뻔했다. 셔츠를 입고 있지 않았던 것이다! 파크 호텔의 바에 웃통을 벗은 차림으로 서 있다니! 그는 필사적으로 옆으로 몸을 굴려 이불을 끌어올렸다. 그러고는 눈을 떴다. 그는 쏟아져 들어오는 빛 때문에 잠시 어리둥절해서 눈을 깜박거렸다. 그의 개 콜베르크가 침대 옆에 앉아 그를 빤히 바라보고 있었다. 아침 여섯 시였다.

콜베르크의 커다란 눈이 윤기 나는 알밤처럼 빛나고 있었다. 녀석이 다정하고 사랑스러운 표정으로 고개를 갸우뚱하더니 무거운 꼬리를 명랑하게 두 번 흔들었다. 세예르는 꿈을 떨쳐버리고 정신을 차리려고 애썼다.

"너도 늙어가는구나."

그가 개의 코를 바라보며 무뚝뚝하게 말했다. 콧잔등의 털이 그의 머리카락처럼 빛바래 있었다.

"오늘은 집에 있어라. 집 보고 있어."

목소리가 생각보다 엄격하게 나왔다. 마치 꿈으로 인한 당혹감을 감추려는 듯이. 그는 침대에서 나왔다. 화가 난 콜베르크가 낑낑대며 바닥에 털썩 드러누웠다. 누군가가 감자 자루를 바닥에 떨어뜨린 것 같았다. 개가 상처 입은 시선으로 주인을 바라보았다. 가슴을 저미는 그런 표정을 볼 때마다 세예르는 놀라움을 금할 수 없었다. 몸무게는 칠십 킬로그램이지만 뇌는 미트볼만 한 동물이 그에게 그런 감정을 불러일으킬 수 있다는 것도 놀랍기 그지없었다.

그는 풀이 죽어서 평소보다 오래 샤워를 했다. 샤워를 하는 동안 콜베르크에게 누가 칼자루를 쥐고 있는지 강조하기 위해 줄곧 문을 등지고 있었다.

그는 이렇게 더운 날씨를 좋아하지 않았다. 구름이 조금 끼고 바람 한 점 없는 날씨, 팔월이나 구월의 섭씨 십사 도에서 십오 도쯤 되는 날씨가 훨씬 좋았다. 그럴 때면 어두운 밤이 편안하게 느껴졌다.

오늘 아침에 그는 서두르지 않았다. 그는 신문을 처음부터 끝까지 샅샅이 읽었다. 피네마르카의 살인사건이 일면에 나와 있었다. 라디오 뉴스에서도 이 사건을 첫 소식으로 다뤘다. 그는 이 비극적인 사건에 앞으로 몇 주 동안 매달리게 될 것이다. 아침을 먹으면서 그는 구르빈 경관과의 인터뷰에 귀를 기울였다. 그러고 나서 개를 데리고 산책을 나갔다가 돌아와서 부엌 창문을 조금 열고 덧창을 내렸다. 문밖 화분에 여벌 열쇠가 있는지도 확인했다. 오랫동안 집을 비우게 된다면 이웃에게 개를 산책시켜달라고 부탁할 생각이었다.

그가 출근하려고 거리로 나간 시각은 아침 여덟 시였다. 꿈 때문에 여전히 기분이 좋지 않았다. 누군가가 손으로 그의 심장을 쥐고 흔들어놓은 것 같았다. 아직도 가슴이 아팠다. 엘리제는 가버렸다. 아니, 그냥 가버린 것이 아니라 아예 이 세상에 존재하지 않는다. 그는 벌써 구 년째 홀로 세월을 견디고 있었다. 그의 다리가 한결같이 그의 몸을 운반해주었다. 그는 세수하고, 옷 입고, 식사를 하고, 일을 했다. 심지어 잘 살고 있기까지 했다. 사실 그는 대부분 기분이 좋았다. 이것이 과장일까? 무력감이 고개를 드는 건 가끔 있는 일에 지나지 않았다. 오늘 아침처럼. 아니면 저녁에 혼자 앉아 음악을 들을 때. 그녀가 좋아하던 음악, 두 사람이 함께 듣던 음악. 어사 키트와 빌리 홀리데이의 노래.

인도를 따라 여름옷을 입은 사람들의 물결이 이어지고 있었다. 오늘은 금요일이었다. 긴 주말이 기다리고 있었으므로, 모든 사람의 얼굴에 주말에 대한 기대가 가득했다. 세예르에게는 주말 계획이 하나도 없었다. 그의 휴가는 팔월 중순에나 예정돼 있었고, 지금은 한여름의 조용한 기간이었다. 날이 너무 더워서 사람들이 완전히 미쳐버리지 않았다면 그렇다는 말이지만. 지금까지 삼 주째 더위가 계속되고 있었다. 지금 시각이 아침 여덟 시 십삼 분인데도 백화점 지붕의 온도계는 벌써 이십칠 도를 가리키고 있었다.

법무부가 시내 중심가 너머에 있었으므로 그는 사람들로 붐비는 거리에서 보행자들을 피해 움직여야 했다. 마치 강물을 거슬러 올라가는 물고기가 된 기분이었다. 그를 제외한 모든 사람이 광장 주위에 있는 사무실과 상점들을 향해 그와 반대방향으로 움직이는 것 같았다. 그는 구름 한 점 없는 하늘을 바라보았다. 밝은 파스텔 색조가 그의 눈을 때렸다. 얇은 베일 같은 빛 뒤에 거대하고 차가운 어둠이 있었다. 하필이면 지금 왜 이런 생각이 드는 거지?

세예르는 거리를 오가는 사람들의 얼굴을 재빨리 살펴보았다. 그는 모든 사람과 순간적으로 눈을 마주쳤다. 그들도 모두 똑같은 행동을 했다. 잠시 상대를 바라보다가 시선을 떨어뜨리는 행동. 그들의 눈에 비친 건 키가 크고 다리가 길고 강단이 있어 보이며 머리가 세기 시작한 남자였다. 누가 물어보면 그들은 그가 고위직에 있는 사람이라고 대답할 것이다. 미남이지만 다소 보수적인 옷차림을 한 사람이라고. 유리창을 메울 때 쓰는 접착제 같은 색의 바지, 푸르스름한 회색 셔츠, 검푸른색의 좁은 넥타이. 넥타이에는 가까이 다가가야 비로소 보일 정도로 작은 버찌가 하나 그려져 있었다.

그는 한 손에 검은색 가죽 서류가방을 들고 있었다. 가방에는 황동 자물쇠가 달려 있었고, 가방 꼭대기에는 KS라는 머리글자가 있었다. 검은색 신발은 반짝반짝 윤이 났다. 은빛 머리 밑에 자리 잡은 그의 눈은 호기심으로 가득 차 있었으며, 유난히 까맸다. 하지만 겉모습만으로는 그에 대해 많은 것을 알아낼 수 없었다. 그는 아름다운 덴마크에서 태어나 자랐으며, 그가 태어나던 날 그와 그의 어머니는 모두 힘겨운 시련을 겪었다. 오십 년이 흐른 지금도 그의 머리선에는 겸자 때문에 움푹팬 자국이 조그맣게 남아 있었다. 그는 그곳을 자주 긁었다. 희미한 기억이 그렇게 시키는 것 같았다. 거리에서 그를 보는 사람들은 새로 다림질한 셔츠 밑에 마른버짐 때문에 피부가 비늘처럼 벗겨진 곳이 여러 군데 있다는 사실을 알아내지 못할 것이다. 그의 몸이 가끔 잠시도 가만히 있지 못하고 마구 움직인다는 것도. 그의 내면 깊숙한 곳에 약한 부분이 하나 있었다. 그는 아내 엘리제와 사별한 슬픔에서 완전히 벗어나지 못했다. 슬픔은 오히려 점점 커지다가 안으로 폭발해서 블랙홀이 되었고, 그 블랙홀이 가끔 그를 빨아들였다.

그는 자신을 향해 걸어오는 수많은 사람에게 다시 초점을 맞췄다. 바람이 잘 통하는 밝은 색의 여름옷들 중에서 한 사람의 모습이 유독 눈에 띄었다. 이십 대 초반의 남자가 건물 벽에 가까이 붙어서 빠르게 걷고 있었다. 더운 날씨인데도 그는 두꺼운 옷을 입고 있었다. 어두운 색 바지와 검은 스웨터. 발에는 끈을 매게 되어 있는 갈색 가죽구두를 신 었고, 목에는 칠월의 이 더위에 골이 진 천으로 만든 스카프를 두르고 있었다. 하지만 분주한 거리에서 그가 유난히 눈에 띈 건 옷차림 때문 이 아니었다. 그가 단 한순간도 고개를 들지 않는다는 점이 문제였다. 그가 바닥에 시선을 고정시키고 있었을 뿐만 아니라 빠르고 단호하게 걷고 있었기 때문에 사람들은 모두 그를 피하기 위해 방향을 바꿔야 했 다. 세예르는 그가 십오 미터에서 이십 미터쯤 되는 거리에 왔을 때 그 를 보았다. 그는 빠른 걸음으로 점점 거리를 좁히고 있었다. 그의 빠른 걸음걸이와 긴장한 듯한 분위기, 게다가 이상한 표정이 세예르를 자극 했다. 긴 스카프가 그의 목 주위에 느슨하게 여러 번 둘러져 있었다. 세 예르는 방금 포쿠스 은행 앞을 지나면서 찰칵 하는 작은 전자음을 들었 다. 이제 은행이 문을 열었다는 뜻이었다. 어쩌면 저 스카프는 남자가 단번에 머리에 뒤집어쓸 수 있는 후드일 수도 있었다. 그러면 가늘게 찢어진 눈만 겉으로 드러날 것이다. 남자는 어깨에 가방을 메고 있었 다. 그런데 열린 가방 속으로 남자의 오른손이 미끄러지듯 들어갔다. 왼손은 주머니에 찔러 넣은 상태였다. 그러니 만약 그가 장갑을 끼고 있다 해도 아무도 그걸 알 길이 없었다.

세예르는 계속 걸었다. 몇 초 만에 남자가 겨우 몇 미터 거리까지 다 가왔다. 세예르는 갑작스러운 충동 때문에 벽으로 가까이 다가서서 바 닥에 시선을 고정시킨 채 그 남자와 똑같이 걸었다. 그는 이런 식으로 계속 걷기로 했다. 남자가 옆으로 비켜서는지, 아니면 자신과 충돌할지 확인하기 위해. 자신의 변덕스러운 행동이 조금 재미있게 느껴지기까지 했다. 그런데 그때 어쩌면 자기가 경찰 노릇을 너무 오래 한 건지도 모른다는 생각이 들었다. 하지만 그 남자에게서 뭔가 안 좋은 느낌이 드는 것도 사실이었다. 그는 걸음을 빨리했다. 시커먼 남자의 모습이 자기 앞에 불쑥 나타나는 모습이 눈으로 보인다기보다는 감각으로 느껴졌다. 그가 예상했던 대로 충돌은 없었다. 남자가 마지막 순간에 방향을 꺾어 빠른 속도로 그를 지나쳤다. 그러니까 남자가 완전히 생각에 빠져서 걸었던 건 아닌 셈이었다. 그도 주위에 신경을 쓰고 있었다. 어쩌면 아무도 자기 얼굴을 못 보게 하려고 그렇게 걸었는지도 모른다. 자기 얼굴을 기억하지 못하게 하려고. 하지만 세예르는 기억할 것이다. 널찍하고 살이 많이 붙은 얼굴과 곱슬곱슬한 금발머리에 둘러싸인 둥근 턱, 똑바로 뻗은 눈썹, 짧고 펑퍼짐한 코를.

남자는 세예르 옆을 지나친 후 다시 벽에 붙어서 훨씬 더 빠른 속도로 걸었다. 세예르는 눈을 가늘게 뜨고 멀어져가는 남자를 지켜보았다. 그가 포쿠스 은행의 문 안으로 사라지는 순간 세예르의 피부가 따끔거렸다. 그가 찰칵 하고 자물쇠가 열리는 소리를 들은 것이 겨우 삼십 초 전이었다. 세예르는 은행 내부를 머릿속으로 그려보았다. 그의 계좌도 이 은행에 개설되어 있었다. 은행 고객들은 먼저 유리문을 지나 안으로 들어가서 왼쪽으로 휘어진 좁은 복도를 따라 걸어야 했다. 은행 내부가 거리에서는 보이지 않는다는 뜻이었다. 안으로 들어가면 직원들이 앉아 있는 창구가 왼쪽에 있었고, 입금 용지를 비롯한 각종 서식이 비치된 대는 출구 옆에 있었다. 그리고 오른쪽에는 의자 네댓 개가 있었다. 창구에는 손님이 많을 때 직원이 다섯 명까지 앉을 수 있는 자리가 있었다. 지금은 십중팔구 직원이 한 명뿐일 것이다. 볼일을 마친 고객은 광장으로 통하는 문을 통해 밖으로 나갈 수 있었다. 강도라면 도주용 차를 그곳에 세우고 열쇠를 차에 꽂아둔 채 건물 옆을 돌아 유리문을 통해 은행 안으로 들어가서 은행을 턴 다음 몇 초 만에 감쪽같이 자취를 감출 수 있을 것이다. 인도에 차를 세운다면 사람들의 주의를 끌지 않을 도리가 없었다. 하지만 광장 쪽 입구에는 은행 측이 고객들을 위해 차 네 대를 세울 수 있는 유료 주차장을 마련해두고 있었다.

세예르는 여전히 제자리에 서서 은행을 빤히 바라보았다. 아무래도 불안한 마음을 떨쳐버릴 수 없었다. 그는 어쩔 수 없다는 듯 어깨를 한 번 으쓱하고는 단호한 걸음으로 오던 길을 되짚어갔다. 이 일에 대해 누군가에게 미리 알릴 필요는 없었다. 그는 문을 열고 좁은 복도를 터 벅터벅 걸어 창구 근처에 도착했다. 은행 안에는 손님이 두 명 있었다. 가방을 든 그 남자와 젊은 아가씨. 창구의 여직원은 방금 안경을 쓰고 컴퓨터 자판 위로 고개를 수그리는 참이었다. 가방을 든 남자는 등을 돌린 채 서식을 작성하고 있었다. 세예르가 안으로 들어갔을 때 그는 고개를 들지 않았다. 급히 서두르는 듯한 모습이었다.

세예르는 혼란스러운 기분으로 주위를 둘러보았다. 의심을 사지 않기 위해 그는 벽 앞의 진열대에서 은퇴연금에 관한 팸플릿을 하나 뽑아 그 자리를 떠났다. 사람이 자제할 줄 알아야지. 그는 엄격하게 자신을 타일렀다. 게다가 이미 출근 시간이 몇 분 지나 있었다. 그는 원래 직장에 가장 늦게 나타나는 사람이 아니었다. 그는 다시 인도로 나와 조금 전보다 더 빠른 걸음으로 법무부 건물을 향했다. 그는 세일 광고를 내 건 보석상을 지나고, 브루네르의 꽃집을 지나고, 엘리제가 옷을 사곤 했던 피노피노를 지났다. 꿈속에 나왔던 빨간 옷도 거기서 산 것이었다. 몇 분 후 경찰본부 건물의 꼭대기가 눈에 들어왔다. 그리고 그 순간 총소리가 났다. 조금 떨어진 곳에서 들리는 소리였지만, 분명히 총소리였다. 누군가가 비명을 지르기 시작했다.

4

거의 모든 사람이 걸음을 멈췄다. 소리를 듣고 어깨 너머를 힐끔거리며 계속 걷는 사람은 몇 명밖에 없었다. 다른 사람들은 은행 건너편의 건물들 벽에 달라붙어 있었다. 어떤 어머니는 아이를 보호하려는 듯 팔로 감쌌다. 어떤 노인은 귀가 안 좋은지 왜 사람들이 모두 걸음을 멈췄는지 의아해하면서 당혹스러운 표정으로 주위를 둘러보았다. 노인이 입을 벌린 채 멍하니 세예르를 바라보았다. 세예르는 서류가방을 마구 흔들면서 정신없이 달려오고 있었다. 그는 빨리 달리는 편이었지만, 서류가방이 리듬을 방해하는 바람에 왠지 서투르게 보였다. 어떤 여자가 비틀거리며 은행에서 나왔다. 그녀는 건물 벽에 몸을 기대고 손에 얼굴을 묻었다. 세예르는 그녀가 창구직원임을 알아보았다. 그 순간 여자가 무너지듯 쓰러지며 길바닥에 주저앉았다.

"경찰입니다."

그가 숨을 몰아쉬며 말했다.

"무슨 일입니까? 다친 사람은 없습니까?"

"경찰이요?"

여자가 놀란 표정으로 그를 올려다보았다.

"강도가 들었어요."

그녀가 숨을 집어삼키며 말했다.

"강도가 돈을 빼앗아서 광장으로 도망쳤어요. 하얀 차를 타고 가버렸어요."

여자의 이야기가 이어지는 동안 세예르의 눈이 점점 커졌다.

"그놈이 아가씨를 데려갔어요."

"뭐라고요?"

"그놈이 아가씨를 데려갔다고요. 은행 밖으로 데리고 나가서 자기 차에 태웠어요."

"인질입니까?"

"그놈이 아가씨 귀에 총을 겨눴어요!"

세예르는 몸을 돌려 광장 쪽을 바라보았다. 분수에서 가느다란 물줄기가 똑똑 떨어지고 있었고, 비둘기들은 아무 근심 없이 평화롭게 빵가루를 쪼고 있었다. 그는 은행 여직원의 곁을 떠나 잔뜩 흥분해서 이야기를 나누고 있는 두 젊은이에게 다가갔다. 그들은 분수 근처에 서 있었으므로 은행과 대로를 잘 볼 수 있었다.

"놈이 어느 쪽으로 가는지 봤나?"

두 젊은이는 이야기를 멈추고 그를 바라보았다.

"경찰이다."

그는 가방을 내려놓으며 이렇게 덧붙였다.

"진짜 죽여주게 빨랐어요!"

젊은이 한 명이 소리쳤다. 콩 줄기처럼 비쩍 마른 청년이었다. 그는 선글라스를 머리 위에 걸치고 있었으며, 검은 머리 한가운데에는 하얗게 염색한 줄무늬가 한 줄 나 있었다. 그가 몸을 돌려 대로를 가리켰다. 대로는 소방서와 다이아몬드 식당을 지나며 휘어져 도시 밖으로 이어져 있었다.

"놈이 여자를 밀치면서 앞세워 가다가 차에 밀어 넣었어요."

"어떤 차였지?"

그는 휴대전화를 빼내려고 손가락으로 허리띠를 더듬거리며 물었다.

"작은 흰색 차였어요. 르노였던가."

"어디 가지 말고 여기 있어."

그가 말했다.

"이미 출근 시간이 지났어요."

입을 다물고 있던 청년이 말했다.

"그리고 제가 보기에 그 차는 르노가 아니었어요. 푸조랑 더 비슷하던데."

"오늘은 두 사람 다 직장에 조금 지각해야 할 거야."

세예르가 무뚝뚝하게 말했다.

"누구나 이런 일을 겪을 수 있으니까. 놈이 스키마스크를 쓰고 있었나?"

"예."

"검은 점퍼에 코르덴바지 차림?"

"놈이 누군지 아세요?"

"아니."

"저희가 경찰서로 가야 하나요?"

"아마 그럴걸."

어쩌면 연극일 수도 있다는 생각이 들었다. 두 사람이 처음부터 한패였을 수도 있다. 아마 그 아가씨는 놈의 여자친구일 것이다. 가짜 인질. 은행이 문을 연 지 삼십 초도 안 돼서 은행에 두 사람이 들어올 가능성이 얼마나 될까? 요즘은 범죄자들의 잔꾀가 점점 늘어 지긋지긋할 정도였다.

삼삼오오 거리에 모여 있던 사람들이 점차 흩어졌지만, 몇몇 사람은 그 자리에 남아 머뭇거렸다. 경찰이 자기에게 질문을 해주기를 바라고 있는 것 같기도 했다. 여기에는 더 둘러볼 것이 없었다. 범인은 사라져버렸다. 모든 일이 몇 초 만에 끝나버렸다. 몇몇 사람들은 그 일이 정말 쉬워 보였다는 생각을 했을 것이다. 속도 빠른 자동차와 인근 지역에 대한 지식만 있으면 겨우 삼십 분 만에 아주 멀리까지 도망갈 수 있었다.

오소리처럼 머리에 흰 무늬를 넣은 청년이 선글라스를 썼다.

"비디오에 전부 녹화돼 있겠죠?"

"그러기를 바라야지."

세예르가 중얼거렸다. 지금까지 감시 카메라가 항상 좋은 결과만 낳은 건 아니었다. 그가 돌아서는 순간 경찰 순찰차 한 대가 광장으로 들어왔다. 괴렌 수트가 차에서 뛰어내리는 것을 보고 세예르는 인상을 찌푸렸다. 수트의 뒤를 이어 카를센이 곧바로 모습을 드러내자 세예르는 안도의 한숨을 내쉬었다.

"인질이 있다. 젊은 여자야. 총은 장전돼 있고. 놈이 은행 안에서 한 발을 쐈어."

카를센은 청년의 오소리 무늬 머리를 빤히 바라보았다.

"이 두 사람을 데려가서 진술을 받아. 범인이랑 자동차를 목격했으니까. 그리고 안으로 들어가서 가능한 한 빨리 비디오테이프를 확보해. 인질이 누군지 알아내야 해. E18과 E76 지점의 도로를 봉쇄하고. 우리 개인 주파수대를 사용해. 차는 작은 흰색 자동차야. 프랑스제일 가능성이 있고."

"돈을 많이 가져갔나요?"

카를센이 은행 문 안쪽을 힐끔거렸다.

"아직 몰라. 지금 우리가 동원할 수 있는 인력이 얼마나 되지?"

"얼마 안 돼요. 스카레는 구르빈 순경을 만나보라고 보냈고, 순경 네 명은 연수 중이고, 또 다른 네 명은 휴가 중이에요."

"지원을 요청해야 할 거야. 지금 우리가 집중해야 하는 건 인질이야."

"녀석이 가다가 차 문을 열고 여자를 거리에 내던져버리기를 바라야겠네요."

"그건 희망사항이지."

세예르가 우울한 표정으로 말했다.

"창구 여직원을 만나러 가보지."

두 젊은이는 순찰차 뒷좌석에서 기다려야 했지만 조금도 개의치 않았다. 세예르와 카를센은 은행 안으로 들어갔다. 창구 여직원은 창구 근처의 의자에 앉아 있었다. 그녀 옆에는 은행 지점장이 있었다. 그는 사건 당시 금고에 들어가 있었기 때문에 총소리가 들릴 때까지 상황을 전혀 알지 못했다. 그리고 총소리가 들린 다음에는 경찰차 사이렌 소리가 날 때까지 감히 밖으로 나오지 못했다.

세예르는 방금 강도를 당한 젊은 여자 은행원을 조용히 관찰했다. 그녀의 얼굴은 백짓장처럼 하얗게 질려 있었고 이마에는 땀방울이 맺혀 있었지만 다친 곳은 없었다. 그녀가 한 일이라고는 손을 든 다음, 선반에 있던 지폐 다발을 들어 카운터 위에 놓은 것뿐이었다. 하지만 앞으로 그녀는 결코 예전과 똑같은 삶을 살 수 없을 터였다. 어쩌면 유언장을 써두어야겠다는 생각을 하게 될지도 모른다. 물려줄 재산이 많을 것 같지는 않았지만, 그녀는 아직 시간이 있을 때 그런 일을 미리 처리해두어야겠다는 생각을 하게 될 것이다. 그는 그녀 옆에 앉아 부드럽게 말했다.

"괜찮습니까?"

그녀가 흐느끼기 시작했다.

"예."

그녀가 가능한 한 단호한 목소리를 내려고 애쓰면서 말했다.

"전 괜찮아요. 하지만 그놈이 데려간 아가씨를 생각하면……. 그놈이 한 말을 들으셨어야 해요. 그놈이 아가씨를 어떻게 할지 생각조차 하기 싫어요."

"자, 자."

세예르가 말했다.

"너무 앞서 나가지는 맙시다. 놈은 자동차를 타고 무사히 빠져나가려고 아가씨를 데려간 거예요. 전에 그 아가씨를 본 적이 있습니까?"

"한 번도 못 봤어요."

"범인이 카운터 앞에 서서 뭐라고 했는지 말해줄 수 있어요?"

"그놈이 한 말을 정확히 기억해요."

그녀가 대답했다.

"절대 못 잊을 거예요. 그놈은 뒤에서 그 아가씨한테 다가갔어요. 먼저 아가씨 목을 팔로 감고 카운터에서 먼 곳으로 데려가더니 바닥에 밀쳐서 넘어뜨리고 아가씨 머리를 발로 밟았어요. 그러더니 저한테 고함을 질렀죠. '네가 일 초라도 머뭇거리면 내가 이 여자 머리를 사방에 터뜨려줄 테다!' 그러고는 총을 한 발 쐈어요. 그러니까, 천장에 대고요. 천장 타일이 터져서 사방으로 날아갔어요. 지금 제 머리카락 속이 그 가루투성이예요."

그녀는 블라우스 소매로 이마의 땀을 닦았다. 세예르는 잠시 질문을 멈추고 카를센을 지켜보았다. 카를센은 천장에서 카메라를 떼어내 비디오테이프를 꺼내고 있었다.

"그놈이 노르웨이어를 쓰던가요?"

"예."

"발음이 이상하지는 않고요?"

"맞아요. 목소리가 높았어요. 조금 거칠었던 것 같기도 해요."

"그 아가씨 말인데, 뭐라고 말을 하던가요?"

"한마디도 안 했어요. 죽도록 겁에 질려 있었죠. 그놈은 이런 일에 도통한 사람이었어요. 모든 사람을 무시하고 경멸하는 태도였어요. 틀림없이 전에도 강도짓을 해본 적이 있을 거예요."

"그건 두고 보면 알겠죠."

세예르는 비디오테이프를 건네받으면서 그녀의 말을 끊었다.

"경찰서까지 같이 가서 이 테이프를 봐주셨으면 좋겠는데……."

"전화 걸 데가 있는데요."

"그건 저희가 주선해드리지요."

카를센이 그녀를 바라보았다.

"그놈에게 주신 돈이 얼마나 되는지 대략 추정하실 수 있겠습니까?"

"돈을 줘요?"

그녀가 미친 사람을 보듯이 그를 바라보며 소리쳤다.

"어떻게 그런 말을 할 수 있어요? 난 그놈한테 아무것도 안 줬어요. 그놈이 강도짓을 한 거라고요!"

세예르는 눈을 깜박이며 천장을 올려다보았다.

"죄송합니다."

카를센이 말했다.

"그냥 놈이 갖고 도망친 돈이 얼마나 되는지 짐작하실 수 있느냐는 뜻이었어요."

"오늘은 금요일이에요."

그녀가 여전히 분이 풀리지 않는 듯한 목소리로 말했다.

"제가 서랍에 넣어둔 돈이 아마 십만쯤 됐을 거예요."

세예르는 열린 문밖을 물끄러미 바라보았다.

"저 밖에서 놈을 본 사람들과 얘기를 해보지. 목격자가 여러 명 있었어. 어쩌면 쓸 만한 인상착의를 알아낼 수 있을지도 몰라."

그는 이 말을 하면서 무겁게 한숨을 내쉬었다. 그도 고작해야 일 미터 밖에 안 되는 거리에서 그놈을 보았다. 과연 그놈의 얼굴을 얼마나 기억해낼 수 있을까?

"차는 흰색이었고, 새 차 같았어요. 정말 작은 차였어요."

그녀가 말을 덧붙였다.

"그 밖에는 차에 달리 특별한 점이 없었어요. 차 문은 잠겨 있지 않았어요. 열쇠는 처음부터 안에 있었던 것 같아요. 놈이 문이 닫히기도 전에 차를 출발시켰으니까. 광장을 곧바로 가로질러서 화단 두 개 사이를 지나 도로로 빠져나갔어요."

"아마 훔친 차겠죠. 그놈은 자기 차를 어디 다른 데다 세워놓았을 겁니다. 위험한 놈일 수도 있겠어요. 인질을 잡은 건 순전히 충동적인 행동이었을 겁니다. 그게 정말로 인질이라면 말이지만. 놈은 아마 은행이 문을 열고 얼마 안 됐을 때 손님이 들어올 거라고는 생각하지 못했을 겁니다. 그런데…… 그 아가씨가 반대편 문으로 들어왔나요?"

"예."

세예르는 천장에 난 구멍을 올려다보며 인상을 찌푸렸다.

"머리가 빨리 돌아가는 놈이군요. 아니면 아주 필사적이었거나."

또 다른 순찰차가 은행 앞에 서더니 작업복을 입은 감식반원 두 명이 안으로 들어왔다. 그들은 들어오자마자 범인이 천장에 총을 쏘는 바람에 생긴 구멍을 가늘게 뜬 눈으로 올려다보았다.

"총알이 몇 개나 장전돼 있는지 모르겠네요."

감식반원 한 명이 말했다.

"차마 그 생각은 하고 싶지 않네."

세예르가 우울한 표정으로 말했다.

"하지만 그놈이 거친 놈인 건 틀림없어. 우선 인질을 잡고 나서 한창 거리가 붐비는 아침 시간에 총을 쏘았으니 말이야."

"아주 효과적인 방법이죠."

감식반원이 말했다.

"그러면 다들 그대로 얼어버리니까. 놈은 아마 한 가지 생각만 했을 겁니다. 이짓을 빨리 끝내자. 꾸물거리지 말고 전속력으로 나아가자. 놈이 장갑을 끼고 있었습니까?"

은행원이 고개를 끄덕였다.

"얇은 장갑이었어요."

세예르는 은행에 좀더 머무르면서 강도짓을 미연에 방지하지 못한 자신을 책망했다. 하지만 그래봤자 놈은 다음 날 다시 돌아와 일을 저질렀을 것이다. 그는 은행원을 한 번 더 바라보았다. 그녀의 눈이 특이하게 빛나고 있었다. 이제 그녀가 당연하게 생각했던 삶을 잃어버렸다는 뜻이었다. 그는 이해할 것 같으면서도 동시에 이해할 수가 없었다.

"좋았어."

그가 말했다.

"할 일이 많아. 빨리 움직이지."

그는 거칠게 숨을 몰아쉬고 있었다. 그는 빨리 시내를 빠져나가라고 차를 채근하려는 것처럼 앞으로 몸을 숙였다. 그는 오래전부터 이 계획을 짰다. 그리고 머릿속으로 그 계획을 여러 번 실행해보며 모든 것을 세심하게 그려보았다. 하지만 그의 생각은 잘못된 것이었다. 모든 것이 어지러울 정도로 빠르게 진행되었다. 그에게는 이제 돈이 있었다. 그건 계획과 맞아떨어지는 일이었지만, 뭔가가 마음에 걸렸다. 그의 옆 조수석에 누군가가 앉아 있었던 것이다.

거리는 서둘러 움직이는 사람들로 가득 차 있었다. 그들은 하얀 자동차를 거들떠보지도 않았다. 그는 클러치를 밟고 교차로를 미끄러지듯 지나가며 분노를 억누른 채 도로를 뚫어져라 바라보았다. 그리고 허파 속에 들어 있던 뜨거운 공기를 밖으로 내뱉었다. 십오 분 후 그는 후드를 벗었다. 그러고 나니 벌거벗은 것 같은 느낌이 들었다. 그는 고개를 돌려 인질을 바라보지 않았다. 선택의 여지가 없었다. 후드를 쓴 채로 계속 운전을 할 수는 없었으니까. 그랬다가는 앞에서 다가오는 차의 운전자들이 그 모습을 보고 그가 어떤 방향으로 갔는지, 차의 종류와 번호가 무엇인지 유심히 보아둘 터였다. 인질은 고개를 떨어뜨린 채 꼼짝도 하지 않고 앉아 있었다. 차가 신부용품 전문점을 지나갔다. 그는 속도를 늦춰 메르세데스가 추월하도록 한 다음 계속 똑바로 앞을 바라보는 데에 신경을 집중했다. 몇 분이 지나 맥박이 느려지기 시작한 지금에야 비로소 자동차 안이 이상할 정도로 조용하다는 생각이 들었다. 그는 곁눈질로 조수석에 앉아 있는 사람을 바라보았다. 뭔가가 이상했다. 속이 뒤틀려서 토할 것 같았다. 욕지기와 함께 두려움이 몰려왔고, 두려움과 함께 뭔가가 잘못되었다는 공포가 밀려왔다. 그가 이미 저지른 일보다 더 나쁜 일이 벌어진 것 같았다.

저 인질을 어떻게 해야 하지?

거기까지는 미처 생각해본 적이 없었다. 그는 오로지 누군가에게 밀려 넘어지지 않고 되도록 빨리 도망치는 데에만 신경을 집중했다. 신문에서 그런 기사를 읽은 적이 있었으니까. 영웅 행세를 하려는 사람들에 관한 이야기.

"넌 내 얼굴을 봤어."

그가 거칠게 말했다. 튼튼한 몸에 비해 그의 목소리는 가는 편이었다.

"그 문제를 어떻게 해야 할 것 같아?"

그 순간 두 사람은 어떤 장례식장 앞을 지나가고 있었다. 창 너머에 진열된 하얀 관 하나가 그의 눈에 들어왔다. 손잡이는 황동이었고, 관 위에는 빨갛고 하얀 꽃으로 엮은 화관이 놓여 있었다. 그 관은 몇 년째 거기 놓여 있었다. 아마 플라스틱으로 만든 모조품일 것이다. 관이 더위 속에서 금방 녹아버릴 것처럼 보였다. 바로 지금의 그처럼. 그의 스웨터는 몸에 착 달라붙어 있었고, 코르덴바지에서는 정말로 김이 올라오고 있었다. 그는 오른쪽의 트럭 때문에 기어를 바꾸고 브레이크를 밟았다. 인질은 아무 대답이 없었다. 하지만 그녀의 어깨가 떨리기 시작했다. 이제야 뭔가 반응을 보이려는 것 같았다. 그러면 조금 안심이 될 터였다. 그는 자신도 어떻게든 스트레스를 분출할 필요가 있다는 생각이 들었다. 어떻게 분출하든 상관없었다. 반쯤 열린 창밖으로 고함을 지르는 것도 괜찮았다. 그가 자신을 억제하려고 애썼기 때문에 몸이 부들부들 떨렸다.

"그 문제를 어떻게 해야 할 것 같냐니까?"

너무 한심하게 들리는 말이었다. 그 속에 그의 두려움이 배어 있었고, 두려움 때문에 그의 목소리가 날카로운 비명처럼 높아졌다. 혼자 있고 싶다는 생각이 간절했지만, 차를 세우기에는 아직 너무 일렀다. 우선은 시내에서 한참 떨어진 곳까지 가야 했다. 이 반갑지 않은 손님을 자동차 밖으로 밀어버릴 한적한 곳까지. 이 손님은 목격자니까.

그녀는 계속 말이 없었다. 그는 점점 불안해졌다. 이제 모든 일의 여파가 밀려왔다. 몇 주에 걸친 계획, 잠 못 이룬 나날들, 불안감과 회의. 대개 그는 그저 차를 운전하는 일만 맡았다. 계획을 짜는 데는 관여하지 않았던 것이다. 그건 다른 사람들이 알아서 했다. 그는 시동을 걸어

놓은 채 밖에서 기다리기만 했다. 심지어 무장도 하지 않았다. 하지만 그는 약속을 했고, 이제 그 약속을 지켰다. 그런데 인질이 있었다. 그때는 인질을 잡는 것이 똑똑한 짓인 줄 알았다. 은행 밖에서는 사람들이 돌처럼 굳어서 손가락 하나 까딱하지 못하고 서 있었다. 인질이 그의 총에 맞아 자기들 눈앞에서 산산조각 날까 봐 두려웠으므로. 그런데 지금은 어떻게 해야 할지 알 수가 없었다. 그를 도와줄 사람도 없었다. 침묵이 너무 깊었다.

"방법은 둘 뿐이야, 당연히."

그가 목을 가다듬으며 말했다. 더 이상 참을 수가 없었다.

"네가 나랑 같이 가든지, 아니면 내가 너를 길가에 버리든지. 물론 너를 다시는 말할 수 없는 상태로 만들어서."

인질은 그래도 아무 말이 없었다.

"너 도대체 그렇게 아침 일찍 은행에는 왜 온 거야, 응?"

그래도 대답이 없자 그는 창문을 더 내리고 타는 듯 뜨거운 얼굴 위로 지나가는 바람을 느꼈다. 자동차들이 지나갔다. 이렇게 얼굴을 드러내면 안 되었다. 심지어 말도 하지 말아야 했다. 하지만 가슴속에서 이렇게 많은 감정들이 솟아오를 줄은 미처 예상하지 못했다. 뭔가가 그의 안에서 끓어 넘치는 것 같았다. 그는 너무나 오랫동안 기다렸으며, 영원처럼 긴 시간 동안 혼자였다. 지금 그는 금방이라도 끊어질 듯한 얇은 끈에 지나지 않았다. 게다가 설상가상으로 누군가가 옆자리에 앉아 모든 것을 지켜보고 있었다.

그는 병원을 지나 정형외과 연구소 앞에서 날카로운 소리를 내며 왼쪽으로 차를 틀어 중심대로를 건너 외브르 스토르가테에 들어섰다. 그리고 폐허가 된 약국과 정비소를 지나갔다. 그는 다시 왼쪽으로 방향을 꺾어 낡은 다리를 건너 남쪽 강변을 따라 계속 차를 몰아 공장지대를 지나갔다. 그가 철로에 가까이 다가가고 있을 때 마침 신호등이 빨간색으로 바뀌었다. 잠시 그는 그냥 지나갈까 생각했지만 이내 마음을 바꿨다. 그랬다가는 사람들의 시선을 끌 테니까. 그는 이를 악물고 으르렁거렸다.

"꼼짝 말고 입 다물고 있어. 내가 널 총으로 겨누고 있으니까."

쓸데없는 말이었다. 인질은 아무 소리도 내지 않았으니까. 백미러를 통해 빨간색 볼보 한 대가 그의 차 바로 뒤에 서는 것이 보였다. 그 차의 운전자는 운전대를 손가락으로 두드리고 있었다. 거울 속에서 두 사람의 눈이 마주쳤다. 그는 고개를 돌려 기차가 오는지 철로를 바라보았다. 멀리서 우르릉거리는 기차 소리가 들려왔다. 그 소리에 자신의 심장박동 소리가 묻혀버린 것 같았다. 인질은 꼼짝도 하지 않고 창밖만 바라보았다. 기차가 천둥 같은 소리를 내며 지나갔지만 차단기는 아래로 내려진 채 움직이지 않았다. 그는 기어를 넣고 기다렸다. 그의 뒤에 있는 차가 거의 범퍼가 닿을 정도로 가까이 다가왔다. 반대편 차선에는 초록색 시트로엥이 있었다. 땀이 그의 눈 속으로 흘러들어 갔지만, 차단기는 여전히 올라올 생각을 하지 않았다. 경찰이 그의 앞을 막으려고 차단기를 내렸다는 생각이 순간적으로 떠올랐다. 금방이라도 경찰이 총을 들고 옆에 나타나 그를 잡아갈 것 같았다. 함정에 빠진 것이다. 차를 돌려 뒤로 돌아갈 공간이 없었다. 저놈의 차단기는 왜 안 올라가는 거야! 기차가 지나간 지가 언젠데. 그의 뒤에 서 있던 볼보가 엔진의 회전 속도를 올렸다. 그는 총을 쥐고 있는 손을 들어 이마를 훔쳤다. 그 순간 반대편 차선의 초록색 시트로엥이 기억났다. 그 차의 운전자가 틀림없이 권총을 보았을 것이다. 마침내 차단기가 올라갔다. 고통스러울 정도로 천천히. 그는 똑바로 앞을 바라보면서 철로를 건넜다. 볼보는 오른쪽으로 돌아 사라져버렸다. 그는 원래 광장을 지나 강을 건널 작정이었다. 경찰과 사람들이 밖에 있는 동안 말이다. 경찰이 분주히 목격자들의 진술을 듣고 있을 때 그는 겨우 삼십 미터 떨어진 곳을 지나게 될 터였다. 굉장한 계획이었다. 그런데 문제는 인질이었다. 그는 느닷없이 브레이크를 밟아 차를 세웠다. 차가 선 곳은 버스 정류장 근처에 서 있는 쓰레기 운반용 손수레 뒤였다. 그는 사이드브레이크를 걸었다.

"궁금한 게 있는데 말이야."

그가 목을 가다듬으며 말했다.

"너 그렇게 일찍 은행에는 왜 온 거야?"

아무 대답이 없었다.

"너 귀머거리지? 아무 소리도 못 듣는 거지?"

인질이 고개를 들었다. 그는 그녀의 깜박이는 초록색 눈을 처음으로 응시했다. 차 안은 조용했고 점점 기온이 올라가고 있었다. 그는 머뭇거리며 그녀의 창백한 얼굴에서 표정을 읽으려고 했다. 멀리서 사이렌 소리가 들렸다. 처음에는 희미하게 들리더니 점점 커지다가 작게 꼴깍 소리를 내며 그쳤다. 묘한 느낌이 엄습했다. 자신이 은행을 턴 것이 아니고, 이 모든 일이 뒤죽박죽된 꿈에 불과하며, 이상한 사람들이 꿈에 나타났다 사라져서 그들의 역할이 뭐였는지 이해할 수 없다는 생각이 들었다.

"좋아."

그가 총구로 인질을 쿡쿡 찌르며 말했다.

"귀머거리도 들을 수 있지. 어깨를 툭툭 쳐주면 말이야."

그는 기어를 넣고 다리를 건너 은행을 지나갔다. 은행 쪽으로는 고개
도 돌리지 않기로 마음먹고 있었지만 어쩔 수 없었다. 그는 재빨리 왼
쪽을 바라보았다. 입구 주위에 몇 명이 옹기종기 모여 있었다. 그중 한
사람은 다른 사람들보다 키가 훌쩍 컸다. 짧은 은발 머리의 기둥 같은
남자였다.

5

그는 지금 피네마르카의 살인사건을 수사하고 있어야 했다. 그런데 그 대신 책상에 앉아 빈 종이를 물끄러미 바라보고 있었다. 눈을 감으면 강도의 얼굴이 보였다. 거의 사진처럼 선명하게. 문제는 맞은편에 앉은 남자에게 그 얼굴을 설명하기가 어렵다는 점이었다.

지금까지 이 자리에 많은 사람들이 앉았다. 그들은 식은땀을 흘리며 모든 것을 기억해내려고 애썼다. 뚜렷한 특징, 눈 색깔, 코가 긴지 짧은지. 그는 기억력이 좋다고 자부했다. 관찰력도 뛰어나다고 생각했다. 그런데 이제 의심이 들기 시작했다. 놈의 머리가 금발이었던 건 분명하지만, 그때 거리를 비추던 햇빛 때문에 머리가 금색으로 보였는지도 모른다는 생각이 들었다. 게다가 놈이 어두운 색 옷을 입고 있었기 때문에 머리카락이 실제보다 밝은 색으로 보였을 수도 있었다. 그의 입은 작았다. 그건 분명했다. 놈은 피부가 많이 그을린 것 같았는데, 햇빛에 화상을 입은 것 같기도 했다. 옷차림도 기억났고 놈이 상당히 근육질이고 건장하다는 것도 기억났다. 하지만 세예르 자신만큼 키가 크지는 않았다. 사실 남자치고는 그렇게 큰 키가 아니었다.

세예르는 몽타주 전문가를 빤히 바라보았다. 그는 원래 신문 삽화가였지만 우연히 이 일을 하게 된 후 상당한 재능이 있음을 입증했다. 특히 심리적인 측면에서 그러했다.

"먼저 내가 긴장을 좀 풀게 해줘야겠네."

세예르가 미소를 지으며 말했다.

"먼저 신뢰를 확립해야 하는 것 아닌가? 자네가 내 말에 귀를 기울이고 있으며, 내 말을 믿는다는 걸 증명해봐."

몽타주 전문가가 그에게 짓궂은 미소를 지어보였다.

"상황을 장악하지 못할까 봐 그렇게 두려워할 필요는 없어요, 콘라드."

그가 말했다.

"지금 경감님은 경감이 아니라 목격자일 뿐이에요."

세예르가 미안하다는 듯 한 손을 들어 올렸다.

"경감님이 제일 먼저 할 일은 범인의 얼굴을 잊어버리는 겁니다."

세예르는 깜짝 놀란 얼굴로 그를 바라보았다.

"자세한 특징들을 잊어버리세요. 눈을 감고 앞에 서 있는 범인의 모습을 그려보면서 놈이 어떤 인상을 주는지에 생각을 집중하는 겁니다. 그자가 어떤 신호를 보내고 있는가? 놈이 벌건 대낮에 경감님을 향해 걸어오고 있는데, 무슨 이유에서인지 경감님이 놈을 발견합니다. 이유가 뭘까요?"

"아주 긴장하고 있는 것 같았지. 뭔가를 생각하느라고 머리가 꽉 찬 것 같았어."

세예르는 몽타주 전문가의 말대로 눈을 감고 범인의 모습을 그려보았다. 이제 놈의 얼굴은 그의 기억 속에서 안개에 싸인 듯 흐릿하고 밝은 얼룩에 지나지 않았다.

"놈은 빠르고 단호하게 걷고 있었네. 어깨는 웅크린 채였고. 두려움과 결심이 섞인 모습. 표면 바로 아래에 공포가 도사리고 있었지. 놈은 너무 무서워서 감히 고개를 들어 잠시라도 사람들을 쳐다보지도 못했어. 딱히 전문적인 은행 강도는 아니었네. 그러기엔 너무 필사적인 모습이었어."

몽타주 전문가가 고개를 끄덕이며 종이 아래쪽에 메모를 했다.

"이제 범인의 몸을 설명해보세요. 놈이 걸으면서 몸을 어떻게 움직였는지."

"몸은 거의 움직이지 않았네. 아주 조금씩 변덕스럽게 움직일 뿐. 팔을 흔들지도 않았고, 몸을 흔들지도 않았고, 다리를 절지도 않았어. 그냥 똑바로 앞으로만 움직였지. 뻣뻣한 다리로. 어깨도 뻣뻣하고."

"몸의 비례를 생각해보세요."

몽타주 전문가가 말을 이었다.

"팔다리와 몸통의 비율. 머리 크기. 목 길이. 발 크기."

"팔다리는 그냥 평범한 수준이었네. 조금 짧은 편이라고나 할까. 한 손은 가방 안에, 다른 손은 주머니 속에 있었지. 목은 짧고 굵었네. 발은 별로 크지 않았고. 내 발보다 작았으니까. 난 44 사이즈를 신거든. 옷은 헐렁했지만, 근육이 울룩불룩 솟은 몸 같다는 인상을 받았어."

몽타주 전문가는 또 다시 고개를 끄덕였다. 연필이 처음으로 종이에 닿았다. 연필심이 종이 위를 움직이는 소리가 들렸다. 그것은 그냥 대충 선을 그린 스케치에 불과했지만, 그림 속의 인물이 살아서 움직이는 것처럼, 가볍게 떨고 있는 것처럼 보였다.

"놈의 어깨는요? 넓은 편인가요 좁은 편인가요?"

"넓은 편이야. 둥글고. 역기를 많이 들면 어깨가 그렇게 되지. 내 어깨랑은 달라."

"아, 경감님 어깨도 아주 넓은 편인데요."

"하지만 그놈 어깨처럼 불룩하지는 않잖아. 내 어깨는 좀더 평평하고 앙상하다네."

두 사람 모두 이 말 때문에 웃음을 터뜨렸다. 원래 이름은 리스테이지만 스케치라는 별명으로 통하는 몽타주 전문가는 키가 작고 땅딸막한 대머리였으며, 작은 달걀형 안경을 쓰고 있었다. 그의 손가락은 가늘고 길었다.

"머리는요?"

"커. 둥글고. 뺨이 넓지만, 딱히 만두 같은 모양은 아닐세. 턱은 둥글지. 날카롭거나 단단해 보이지 않았어. 가운데에 홈이 있지도 않고."

"머리가 몸에 어떻게 놓여 있던가요? 이게 무슨 말인지 아시죠?"

"어깨 사이에 푹 가라앉아 있는 것 같았네. 머리가 몸보다 앞쪽으로 나와 있었어. 부루퉁한 아이처럼 말이야."

"아주 좋습니다. 그건 아주 중요한 정보예요."

그가 말했다.

"머리선은 어떻습니까?"

"그게 중요한가?"

"중요하죠. 머리선이 얼굴의 많은 것을 결정하니까요. 경감님 얼굴을 한번 보세요. 경감님의 머리선은 거의 완벽하군요. 이마 위에 똑바르고 고르게 나 있어요. 관자놀이 부분이 보기 좋게 호를 그리고 있고. 게다가 그 선을 따라 머리카락이 고르게 나 있어요. 이런 머리선은 드뭅니다."

"그래?"

그는 고개를 저었다. 그는 허영에 빠지는 사람이 아니었다. 어쨌든 이제는 그렇지 않았다. 게다가 그는 범인의 머리선에 전혀 주의를 기울이지 않았다. 그는 잠시 생각에 잠겼다.

"둥글었네. 일직선이 아냐. 이마 한가운데가 약간 뾰족했던 것 같기도 하고. 머리카락은 짧았네. 그래서 머리선을 똑똑히 볼 수 있었지."

이렇게 범인의 얼굴에 천천히 접근해가자 범인의 외모가 그 어느 때보다 선명해졌다. 이 몽타주 전문가는 분명히 실력이 뛰어났다. 세예르는 홀린 듯이 종이를 바라보았다. 어떤 사람의 얼굴이 점차 모습을 드러내고 있었다. 마치 암실에서 사진을 인화할 때처럼.

"이제 머리카락 얘기를 해보죠."

그가 계속 가벼운 손길로 스케치를 했기 때문에 윗부분이나 옆 부분에 끊임없이 새로운 선들이 덧붙여졌다. 그는 지우개를 사용하지 않았다. 수십 개의 가느다란 선들이 실제의 얼굴을 만들어가고 있었다.

"두껍고 곱슬곱슬했네. 거의 아프리카인 같았어. 두개골에서 똑바로 위로 서 있었는데, 길이는 아주 짧았네. 내 머리처럼."

그는 손으로 자신의 머리를 쓸어 넘겼다. 짧은 머리카락이 마치 솔처럼 느껴졌다.

"색깔은요?"

"금발. 어쩌면 아주 옅은 색일 수도 있고. 그 점에 대해서는 확신할 수가 없네. 아주 밝아 보이는 머리카락이 젖으면 어두운 색으로 변하기도 하니까 말이야. 모든 게 빛의 양에 달렸지. 난 잘 모르겠네. 어쩌면 자네 머리색하고 비슷했는지도 모르지."

"제 머리요?"

스케치가 그를 올려다보았다.

"전 머리카락이 하나도 없는데요."

"그래. 옛날 자네 머리를 말하는 거야."

"옛날에 제 머리가 어땠는지 어떻게 아세요?"

세예르는 머뭇거렸다. 스케치가 기분이 상해서 이러는 건지, 아니면 단순히 그가 멍청한 말을 했다고 생각해서 이러는 건지 알 수가 없었다.

"모르지."

그가 대답했다.

"그냥 짐작한 거야."

"뭐, 제대로 짐작하셨네요. 제 머리는 밝은 금발이었어요. 관찰력이 좋으시군요."

"그림이 점점 놈을 닮아가는군."

"이제 눈 차례입니다."

"그건 좀 어려울 것 같은데. 눈을 못 봤거든. 놈이 땅바닥만 보면서 걷고 있어서 말이야. 은행 안에서는 나한테 약간 등을 돌린 자세로 서 있었고."

"그것 참 애석하네요. 하지만 은행 직원이 눈을 봤으니까요. 그 여자가 다음 차례거든요."

"그냥 애석한 정도가 아니지. 내가 은행에 조금 더 머무르지 않은 게 얼마나 속상한지 모르겠네. 나이도 먹을 만큼 먹었으니 직관을 진지하게 받아들일 때도 됐는데."

"사람이 항상 모든 일을 제대로 해낼 수 있는 건 아니에요. 놈의 코는 어땠습니까?"

"짧았네. 상당히 펑퍼짐했고. 코도 조금 아프리카인 같았어."

"입은요?"

"작고 뾰족했지."

"눈썹은요?"

"머리카락보다 어두운 색이야. 일직선이고, 널찍하고. 가운데가 거의 붙어 있다시피 했지."

"광대뼈는요?"

"별로 튀어나오지 않았어. 얼굴이 워낙 통통해서."

"피부에 눈에 띄는 특징은 없었나요?"

"전혀. 매끈하고 좋은 피부였어. 턱수염이나 수염 자국도 안 보였고. 윗입술 위에 거무스름한 자국도 없었고. 금방 면도를 한 얼굴이었지."

"아니면 애당초 수염이 별로 없는 사람일 수도 있죠. 옷에 무슨 특징은 없었나요?"

"내 기억으로는 없어. 아니지, 그래, 한 가지 있군."

"뭐죠?"

"남의 옷을 빌려 입은 것처럼 보였어. 원래 그렇게 옷을 입는 사람이 아니라는 얘기지. 유행이 지난 것 같은 옷이었거든."

"지금쯤이면 옷을 갈아입었겠네요. 신발은요?"

"끈이 달린 갈색 구두."

"손은요?"

"아까도 말했지만 손을 못 봤어. 만약 손이 몸의 다른 부분과 비슷하다면, 통통하고 짤막하겠지."

"그럼 나이는요, 콘라드?"

"열아홉에서…… 스물다섯 사이."

그는 스케치의 모습을 지우기 위해 다시 눈을 감았다.

"키는요?"

"나보다 상당히 작았어."

"다들 경감님보다 작아요."

스케치가 건조한 말투로 말했다.

"일 미터 칠십쯤 될걸."

"몸무게는요?"

"몸이 건장했어. 팔십 킬로는 넘을 것 같더군. 귀에 대해서는 안 물어보나?"

세예르가 말했다.

"귀가 어떻게 생겼던가요?"

"작고 잘생겼지. 귓불이 둥글고. 귀고리나 징을 박아 넣지는 않았어."

세예르는 의자에 앉은 채 등을 뒤로 기대며 만족스러운 미소를 지었다.

"이제 남은 건 놈이 어떤 정당에 투표하는지 알아내는 것뿐이로군."

스케치가 쿡쿡 웃음을 터뜨렸다.

"어떤 정당일 것 같아요?"

"아마 아예 투표를 안 할걸."

"인질은 못 보셨어요?"

"못 봤다고 봐야지. 나한테 등을 돌리고 서 있어서……. 그건 창구 여직원한테 물어보게."

그는 말을 덧붙였다.

"인질로 잡힌 아가씨가 그런 상황을 잘 감당하는 사람이면 좋겠는데."

구르빈은 경감이 찾아올 거라고 생각했지만, 아침 일찍 시내에서 발생한 무장강도 사건 때문에 고작 순경 한 명이 그의 진술을 받으러 왔다.

야콥 스카레는 밝은 색 곱슬머리에 이목구비가 섬세해서 어린 성가대 소년 같았다. 제복이 그에게 잘 맞아서 그의 호리호리한 몸매에 맞춘 맞춤옷 같았다. 구르빈은 제복을 입은 자신의 모습이 마음에 든 적이 한 번도 없었다. 아마 몸매 때문일 것이다. 어쨌든, 제복은 그에게 전혀 편안하지 않았다.

젊은이의 자신감 넘치는 모습 때문에 마음이 불편해진 그는 자신의 삶을 돌아보게 되었다. 그건 정기적으로 한 번씩 생각해보는 일이었지만, 그 시기는 자신이 고르고 싶었다.

할디스의 시체를 발견하면서 느꼈던 충격은 어느 정도 가라앉고 있었다. 이제는 구르빈이 관심의 초점이 되었다. 그런 일을 경험해본 지 오래되었으므로 그는 자신이 이 순간을 즐기고 있음을 인정할 수밖에 없었다. 그래도 그와 할디스는 오래전부터 알던 사이였다. 그와 그의 친구들이 어렸을 때 그녀를 찾아가 뭔가를 달라고 하면 그녀가 곧잘 하던 말이 생각났다.

"너희 같은 녀석들이 왜 이렇게 많은 거냐! 내가 어렸을 때는 제일 강한 녀석들만 살아남았어!"

"어떻게 생각하나?"

구르빈이 스카레의 셔츠 주머니에서 삐죽 고개를 내밀고 있는 담뱃갑을 발견하고 조심스레 물었다.

"금연 규칙을 깨볼까?"

스카레는 고개를 끄덕이며 주머니에서 담배를 꺼냈다.

"난 어렸을 때부터 할디스 아주머니랑 토르발트 영감님과 아는 사이였어."

구르빈이 담배를 한 모금 빨아들이면서 말을 시작했다.

"우린 그 집 헛간 뒤에서 나무딸기와 장군풀을 딸 수 있었지. 할디스 아주머니는 나이가 그렇게 많지도 않아. 겨우 일흔여섯 살이니까. 건강도 좋았고. 토르발트 영감님도 그랬는데 칠 년 전에 심장마비로 세상을 떠났지."

"그럼 할머니 혼자 사신 거예요?"

스카레가 천장을 향해 연기를 내뿜었다.

"두 분 사이에 아이가 없었거든. 할디스 아주머니의 가족이라고는 함메르페스트에 사는 여동생뿐이야."

"보고서를 이미 작성하셨죠?"

스카레가 말했다.

"제가 좀 볼 수 있을까요?"

구르빈은 책상 서랍에서 플라스틱 서류철을 꺼내 스카레에게 건네주었다. 스카레는 보고서를 한 줄 한 줄 찬찬히 읽었다.

"여기에는 '집에서 없어진 것이 있는지 아직 확실하지 않다'고 되어 있네요. 서랍이랑 찬장도 보셨나요?"

"그게 말이지 할디스 아주머니네 집에는 은그릇이 상당히 많았거든.

그런데 거실 찬장에 모든 게 그대로 있더라고. 아주머니가 침실에 놓아 둔 보석 몇 개도 그렇고."

구르빈이 말했다.

"현금은요?"

"집에 현금이 있었는지 어땠는지 몰라."

"하지만 그분의 핸드백을 찾아내셨죠?"

"침실 옷걸이에 걸려 있었지."

"지갑은요?"

"지갑을 못 찾은 건 사실이야."

"어떤 도둑들은 현금만 가져가죠."

스카레가 말했다.

"연줄이 없어서 귀중품 처분이 어려운 놈들 말이에요. 어쩌면 처음부터 그분을 죽일 생각은 없었는지도 몰라요. 갑자기 그분이 들어오는 바람에 깜짝 놀랐겠죠. 그분이 밖에 있는 동안 도둑이 부엌으로 몰래 들어왔을 거예요."

"그런데 할디스 아주머니가 갑자기 문간에 나타났다? 그런 소린가?"

"예, 뭐 그런 얘기죠. 돈이 없어졌는지 반드시 알아내야 해요. 그 할머니가 직접 장을 보셨나요?"

"가끔 택시를 타고 시내로 가기는 했지. 하지만 식료품은 여기 식품점 주인한테 배달을 시켰어. 일주일에 한 번씩."

"그럼 가게 주인이 식료품을 배달해주면, 그 할머니가 현금으로 지불한 건가요? 아니면 은행에 계좌가 있었나요?"

"난 모르지."

"가게 주인한테 전화를 해보세요."

스카레가 말했다.

"할머니가 돈을 어디다 보관하는지 그 사람이 알지도 몰라요. 그 할머니가 가게 주인을 믿었다면."

"틀림없이 그랬을 거야."

구르빈이 전화기를 향해 손을 뻗으면서 말했다. 그는 가게 주인과 몇 분 동안 전화로 중얼중얼 이야기를 나눴다.

"빵을 넣어두는 통에 지갑을 놔뒀다는데. 부엌 선반에 금속으로 된 통이 있다는군. 사실 내가 그걸 열어봤어. 빵 반 조각밖에 없었지. 가게 주인 말로는 무늬가 있는 빨간 가죽지갑이래. 악어가죽을 흉내 낸 모양이라지. 고리는 황동이고."

스카레는 다시 보고서를 끝까지 읽었다.

"에르키 요르마라는 사람이 피해자의 집 근처에서 목격되었다고 쓰여 있네요. 그 사람 얘기를 좀 해주세요. 에르키를 봤다는 아이는 믿을 만한 목격자인가요?"

"그건 좀 의문의 여지가 있지."

구르빈은 카닉의 모습을 떠올리며 미소를 지었다.

"하지만 만약 그 녀석 말이 사실이라면, 엄청난 일이야. 사람들이 에르키를 정신병원에 입원시켰는데 그놈이 도망쳐 나온 거니까. 에르키는 여기서 자랐지. 그러니까 그놈이 이 근처로 돌아와서 숲 속을 돌아다닐 가능성도 있어."

"에르키가 사람을 죽일 정도인가요?"

"그 정도는 아냐."

"더 얘기해보세요. 어떤 사람입니까?"

"젊지. 자네 나이쯤 될까. 핀란드의 발티모에서 태어났어. 부모랑 여동생이랑 함께 살았는데 항상 남들하고 달랐지. 그놈 병명이 정확히 뭔지는 나도 모르지만, 어쨌든 다른 세상에 가 있었어. 옛날부터."

"위험한 사람인가요?"

"우리도 몰라. 그놈에 관한 얘기들이 아주 많은데, 그게 다 사실인 것 같지는 않아. 거의 신화 속 인물처럼 돼버렸지. 부모들이 아이들한테 겁을 줘서 일찍 들어오게 하려고 할 때 들먹이는 그런 사람 말이야. 나도 우리 애들한테 그렇게 하거든."

"하지만 병원에 입원시켰다면서요. 그건 그 사람이 위험하다고 판단해서 그런 거 아닌가요?"

"내 생각에 그놈 때문에 제일 위험한 건 그놈 자신일 거야. 이 근처에서 나쁜 일이 일어날 때마다 항상 에르키가 죄를 뒤집어쓰거든. 항상 그랬어. 그놈이 어렸을 때부터. 자기가 잘못을 저지른 게 아니더라도 말이야. 욕먹으려고 기를 쓰는 놈 같았다니까. 그놈이 왜 그러는지는 아무도 몰라. 게다가 그놈은 혼자 중얼거려."

"정신병자인가요?"

"틀림없이 그럴 거야. 할디스 아주머니가 살해당한 날 에르키가 그 근처에 나타난 건 정말 그놈다운 짓이야. 전에도 비슷한 일이 있었거든. 하지만 지금까지 범죄와 관련된 적은 없어. 그놈은 불길한 징조처럼 주위를 둥둥 떠다니지. 동화에서 죽음을 예언하는 검은 새처럼. 내가 더 객관적인 얘기를 못 해줘서 미안하네."

구르빈은 한숨을 내쉬었다.

"그냥 이 동네 사람들이 그놈을 어떻게 생각하는지 설명하고 있을 뿐이야."

"에르키가 언제부터 아팠죠?"

스카레는 구르빈의 커피잔 받침접시에 담뱃재를 털었다.

"나도 정확히 몰라. 하지만 옛날부터 그랬던 것 같아. 항상 남들과 달랐으니까. 특이하고, 사람들을 두려워했지. 친구도 하나 없었고. 그놈이 친구를 사귀고 싶어 하는 것 같지도 않았어. 그놈이 여덟 살 때 그놈 엄마가 죽었는데, 아마 모든 게 그때부터였을 거야. 엄마가 죽은 후에 에르키 아버지가 그놈과 여동생을 데리고 미국으로 갔지. 뉴욕에서 칠 년을 살았어. 에르키가 거기서 어떤 요술쟁이의 도제였다는 소문도 있고."

"요술쟁이요?"

스카레가 미소를 지었다.

"마술사를 말하는 겁니까?"

"나도 잘 몰라. 무슨 마법사 같은데. 그 집 식구들이 노르웨이로 돌아온 다음에 에르키가 요술을 부릴 수 있다는 소문이 나돌기 시작했지. 의지력으로 물건을 움직인다느니 뭐 그런 거 말이야."

"세상에."

스카레가 고개를 절레절레 저으며 말했다.

"웃고 싶으면 웃어. 하지만 자네나 나보다 훨씬 더 정신이 멀쩡한 사람들 중에도 에르키 요르마에 대해서는 이상한 얘기를 몇 가지 알고 있는 사람들이 있어. 예를 들어 토르발트 영감님도 언젠가 나한테 이런 얘기를 하더군. 에르키가 지나갈 때 자기 집 개가 귀를 뒤로 눕히고 으르렁거렸다고. 에르키가 모습을 드러내기 훨씬 전부터. 마치 개가 멀리서 날아오는 에르키의 냄새를 맡은 것 같더래. 에르키의 몸에서 나는 냄새는 대개 좋지 않아. 항상 지저분하니까. 하지만 그놈이 거리를 걸어오는 걸 보고 말들이 도망쳤다는 얘기도 있어. 시계가 멈추고, 전구가 터지고, 문이 저절로 닫히고. 에르키는 마치 낙엽을 휘말아 올리는 돌풍 같아. 게다가 그 눈은 또 어떻고. 미안하군."

구르빈이 느닷없이 사과했다.

"내가 하는 얘기가 그놈한테 별로 좋은 내용이 아니라서. 하지만 그놈에 대해 뭔가 긍정적인 걸 찾아내기가 어려워. 어느 모로 보나 더럽고, 역겹고, 매력이라곤 없으니까."

"그렇다고 해서 에르키가 살인자라고 할 수는 없죠. 그 사람이 영리한 요술쟁이든, 아니면 환자든 간에."

스카레가 말했다.

"병원에 연락해서 그 사람 주치의랑 얘기를 해봐야겠어요. 주치의라면 많은 얘기를 해줄 수 있겠죠. 에르키가 그 산 위에서 뭘 하고 있었는지 알아내려면 에르키를 찾아야 해요. 괭이에서 쓸 만한 지문이 좀 나왔나요?"

"희미한 지문 두 개밖에 없어. 할디스 아주머니의 것을 제외하면. 그런데 그게 이상하단 말이야. 괭이 손잡이가 유리섬유로 돼 있거든. 그래서 아주머니의 지문은 아주 또렷해. 범인이 괭이를 닦았다면 아주머니의 지문도 같이 지워졌을 텐데. 집 안에는 지문이 아주 많았어. 현관 계단의 핏속에 발자국도 여러 개 있었고. 복도와 부엌에도. 범인이 운동화를 신었던 것 같기도 해. 신발바닥 무늬가 상당히 또렷하니까 거기서 필요한 정보를 얻을 수 있겠지. 감식반이 그 무늬를 그림으로 그릴 거야. 살인은 복도에서 일어났어. 할디스 아주머니는 현관 계단을 등진 채로 서 있었고, 범인이 집 안에서 아주머니를 향해 다가온 거지. 어쩌면 원래 괭이를 쥐고 있던 사람은 아주머니인지도 몰라. 그랬다면 범인이 아주머니 손에서 괭이를 억지로 빼앗은 게 되지. 그럼 쓸 만한 지문이 좀 남아 있어야 되는데. 범인이 왜 아주머니를 죽일 수밖에 없었는지 이해가 안 돼. 돈을 찾았다면, 그냥 그걸 갖고 도망치면 되잖아. 아주머니는 범인을 쫓아가서 잡을 능력이 없으니까. 하지만 나는 할디스 아주머니가 어떤 사람인지 잘 알지. 아주 고집이 셌어. 틀림없이 아주머니가 문간에 버티고 섰을 거야. 그 모습이 눈에 선해."

그가 부드러운 목소리로 말했다.

"할디스 아주머니가 화를 내며 서 있는 모습."

"범인이 그 할머니를 죽였다는 건, 면식범이라는 뜻일 수도 있어요. 할머니가 경찰에 정체를 알려줄 수 있는 사람."

"맞아."

구르빈이 생각에 잠긴 표정으로 말했다.

"할디스 아주머니는 틀림없이 에르키를 알고 있었지. 에르키는 막 병원에서 도망친 신세니까 아마 돈이 한 푼도 없었을 거야."

스카레가 고개를 끄덕였다.

"하지만 그 집에는 돈이 많이 없어."

구르빈이 말을 계속했다.

"아주머니가 집 안에 돈을 많이 놔뒀을 것 같지 않거든. 어쨌든 혼자 살고 있었으니까."

"그러게요. 그것도 외딴 집에서. 아마 강도를 당할지도 모른다는 생각은 별로 안 한 모양이에요. 전에 그 할머니가 강도를 당한 적이 있나요?"

"아니. 할디스 아주머니는 강한 사람이었어. 아주머니가 괭이를 들고 범인을 뒤쫓아 갔다고 해도 별로 놀랄 일이 아니지."

"그렇다면 범인이 부상을 입었을 수도 있겠는데요."

"시체 사진 봤나?"

"예. 봤어요."

"별로 보기 좋은 광경은 아니지?"

스카레는 그날 아침 일찍 본 사진을 떠올리며 잠시 마음이 약해졌다.

"에르키 요르마의 아버지는 어디 살죠?"

"미국으로 돌아갔어."

"여동생은요?"

"여동생도."

"식구들이 에르키와 연락은 하나요?"

"아니. 그 쪽이 연락을 하기 싫어서가 아니라 에르키가 식구들을 보지 않으려고 해서."

"이유를 아세요?"

"그놈은 자기가 식구들을 초월했다고 생각해."

"정말 그런가요?"

"그놈은 모든 사람을 다 그렇게 생각해. 자기만의 세계에 살면서 자기만의 법칙을 따르지. 그놈은 자기만의 우주를 다스려. 설명하기가 쉽지 않네. 이걸 이해하려면 그놈을 직접 만나보는 수밖에 없어."

"하지만 에르키도 조금은 절망을 느끼지 않을까요? 그렇게 병이 심각하다면?"

"절망?"

구르빈은 그런 생각을 한 번도 해본 적이 없는 모양이었다.

"그놈이 만약 그런 걸 느낀다면, 속내를 아주 잘 숨기고 있다는 애
긴데."

스카레가 고갯짓으로 도로를 가리켰다.

"우리가 에르키를 전국에 지명수배 했어요. 저랑 같이 저 위로 올라
가 보실래요? 그 집을 한번 보고 싶은데."

구르빈은 의자 등받이에 걸쳐 놓았던 웃옷을 집어 들었다.

"스바루 자동차를 타고 가지."

그가 낮은 목소리로 말했다.

"아주머니네 집까지 가는 길이 지독하게 가파르거든."

6

할디스의 집을 둘러싼 숲이 평소보다 더 울창하게 보였다. 마치 나무들이 자기들을 그토록 잘 보살펴주던 죽은 여자를 기리기 위해 서로 가까이 다가선 것 같았다. 그녀는 연장이든 외바퀴 손수레든, 햇볕 잘 드는 담장 밑에 깜빡 잊고 놓아둔 옷가지든 정원에 뭔가가 어질러져 있는 꼴을 가만히 두고 보지 못하는 사람이었는데도, 집이 벌써 폐가처럼 보였다. 집은 더 이상 숨을 쉬지 않았다. 부엌 창문 밑의 꽃들은 벌써 고개를 떨어뜨리고 있었다. 하루도 채 안 되는 사이에 이글거리는 태양이 꽃들의 생명을 위협하고 있었던 것이다. 현관 계단을 닦았는데도 거무스름한 자국이 남아 있었다.

스카레는 고개를 돌려 숲을 바라보았다.

"그 아이는 여기서 뭘 하고 있었던 거예요?"

"화살로 까마귀를 쏘고 있었대."

"허락을 받고 하는 일인가요?"

"그럴 리가 있나. 그놈은 제멋대로야. 구테바켄에서 사는 놈이거든."

구르빈은 모든 것을 한꺼번에 설명하기 위해 이 마지막 말을 했고, 스카레도 그 뜻을 이해했다.

"그럼 그 녀석은 에르키가 누군지 확실히 아는 거예요?"

"알지. 에르키는 알아보기 쉬워. 그 아이가 불쌍하지. 할디스 아주머니의 시체를 발견한데다가 숲에서 에르키까지 봤으니. 녀석이 파출소까지 왔을 때는 거의 허파가 터질 지경이더라고. 그 녀석 틀림없이 이제 자기가 죽을 차례라고 생각했을걸."

"에르키는 그 아이가 자기를 봤다는 걸 알았을까요?"

"그 녀석은 그랬다고 생각하더군."

"그런데 에르키가 그 아이를 잡으려 하지 않았다고요?"

"그런 것 같아. 숲 속으로 그냥 사라져버렸으니까."

"안으로 들어가 보죠."

구르빈이 앞장서서 문의 자물쇠를 열고 짧은 복도를 지나 부엌으로 들어갔다. 야콥 스카레가 리놀륨 바닥에 발을 딛고 깔끔한 부엌을 둘러보는 동안 할디스 호른의 모습이 그의 머릿속에서 형태를 갖춰가기 시작했다. 구리 주전자는 반짝반짝 윤이 나게 깨끗이 닦여 있었고 구식 싱크대 가장자리에는 초록색 고무가 둘러져 있었다. 낡은 냉장고는 에발렛 제품이었다. 그리고 접어놓은 낡은 신문 한 장이 창턱에 놓여 있었다. 스카레는 빵을 넣어두는 통의 뚜껑을 열어보았다.

"지문을 어디서 찾으셨어요?"

"부엌 문고리랑 문틀. 빵을 넣어두는 통에서는 할디스 아주머니의 지문만 나왔어. 만약 괭이에 남은 지문이 범인의 것이라면, 왜 그렇게 흐릿한 걸까? 빵을 넣어두는 통에는 왜 하나도 남아 있지 않은 걸까? 놈은 어떻게 지문 하나 안 남기고 지갑을 빼낸 거지? 집 안 다른 곳에는 지문을 남겼으면서. 도무지 이해할 수가 없어."

스카레가 눈을 가늘게 떴다.

"하지만 다른 사람들도 가끔 이곳에 들르잖아요."

"그런 일은 거의 없어. 하지만 편지를 한 통 찾아내기는 했지."

구르빈이 말했다.

"이번 주에 오슬로에서 부친 거야. '제가 뵈러 가겠습니다. 안녕히 계세요, 크리스토퍼'라는 내용이었지."

"친척인가요?"

"우리도 몰라. 하지만 내 생각에 할디스 아주머니는 면식범한테 당한 것 같아. 통계를 봐도 내 생각이 옳을 거야. 범인이 분명히 허둥댄 것 같으니까."

"그러고 보면 인간은 참 이상해요."

스카레는 거실로 들어갔다. 털이 복슬복슬한 담요를 덮어놓은 할디스의 흔들의자가 있었다. 그는 담요를 들어 조심스레 냄새를 맡아보았다. 비누 냄새와 장뇌 냄새가 났다. 머리카락 한 올이 그의 코를 간질였다. 그는 손가락 두 개로 그것을 들어 올렸다. 머리카락의 길이는 거의 오십 센티미터나 되었고, 색깔은 은색이었다.

"그 할머니의 머리가 길었나요?"

그가 놀랍다는 표정으로 물었다.

구르빈이 고개를 끄덕였다.

"젊을 때는 미인이었어. 우리는 어려서 몰랐지만. 우린 그냥 아주머니가 뚱뚱하고 친절하다고만 생각했지. 결혼사진이 저쪽 벽에 있을 거야."

스카레는 사진을 보러 갔다. 신부 복장을 한 할디스 호른의 모습은 숨이 막힐 정도로 아름다웠다.

"그 드레스는 낙하산 비단으로 만든 거야."

구르빈이 말했다.

"베일은 낡은 영국산 레이스 커튼이고. 아주머니가 우리한테 전부 애기해줬어. 우리는 예의 바르게 듣고 있었고. 애들이 원래 그렇잖아. 아주머니네 뜰에서 나무딸기랑 장군풀을 딴 대가를 어떤 식으로든 치러야 했으니까."

그가 갑자기 몸을 돌려 다시 부엌으로 들어갔다.

"침실은 어디죠?"

스카레가 큰 소리로 물었다.

"초록색 커튼 뒤."

그는 커튼을 젖히고 문을 열었다. 방은 작고 좁았다. 침실 창을 통해 스카레는 숲과 헛간 한쪽을 내다보았다. 높은 기둥이 달린 침대에서 토르발트가 사용하던 쪽은 깔끔하게 정리되어 있었다. 시 한 편이 들어 있는 액자가 침대 위에 걸려 있었다.

너는 송골매들 사이에서 그를 보았다.

그가 남쪽에서 온다, 온통 불길에 휩싸여서.

그가 아무것도 남기지 않고, 모든 것을 가져간다.

네가 잊어버린 갈라진 금 속의 모기에 대해

그가 너에게 책임을 물을 것이다.

그 밑에 누군가가(아마 할디스일 것이다) 파란 잉크로 이렇게 써 놓았다. '정말 불쾌해!'

스카레는 살짝 미소를 지었다. 그는 구르빈이 밖으로 나간 것을 알고 그의 뒤를 따라 나갔다. 두 사람은 혹시 단서를 찾을 수 있지 않을까 하고 잔디밭을 샅샅이 뒤지기 시작했다. 다른 사람들이 간과한 것이 있을지도 모르니까. 담배꽁초든 성냥이든 무엇이든 좋았다. 그는 고개를 돌려 집을 바라보았다. 부엌 창문 바로 밑의 나무 벽에 깊이 갈라진 부분이 있었다. 수리를 해놓았지만 여전히 갈라진 금이 보였다.

"저건 토르발트 영감님이 죽던 날 생긴 거야."

구르빈이 그곳을 손가락으로 가리키며 말했다.

"할디스 아주머니는 부엌에 서서 저녁 먹으러 오라고 영감님을 막 부르려던 참이었지. 영감님이 이상하게 트랙터를 빨리 몬다는 생각이 들더래. 늘그막에 갑자기 사람이 무모해져서 으쓱거리고 싶어 하는 것처럼. 트랙터가 엄청난 굉음을 내면서 길을 구르듯이 올라왔지. 그러더니 순식간에 벽을 그대로 들이박은 거야. 아주머니는 창가에 서 있었기 때문에 운전석 안을 정면으로 들여다볼 수 있었어. 그래서 영감님이 운전대 위에 엎어져 있는 걸 본 거야. 트랙터가 벽에 부딪혀서 멈추기 전에 이미 숨이 멎어 있었지."

스카레가 다시 숲 쪽을 힐긋 올려다보았다.

"에르키를 찾으려면 어딜 뒤져봐야 할 것 같아요?"

구르빈이 눈을 가늘게 뜨며 해를 바라보았다.

"틀림없이 여기저기를 어슬렁거리고 있을 거야. 아무 데서나 잠을 자면서. 그놈이 제가 살던 집으로는 돌아가지 않았으니까. 적어도 아직까지는. 아마 아직 숲 속에 있을 거야."

"이 위쪽은 전부 개간되지 않은 땅인가요?"

"응, 대부분이 그래. 면적은 사백삼십 평방킬로미터. 강 건너편에 오두막 몇 채가 있고, 옛날에 핀란드인들이 살던 곳이 몇 군데 있어. 여름용 오두막도 몇 채 있고. 사냥꾼들이 가을에 그런 집들을 자주 이용하지. 열매를 따러 온 사람들이 가끔 몰래 들어가서 쉬기도 하고. 에르키는 산을 잘 타. 숲으로 들어가서 마구잡이로 찾아봤자 소용이 없을 거야. 녀석이 병원 지하실에 숨어 있을지도 모르지. 아니면 누군가의 차를 얻어 타고 스웨덴으로 가고 있거나. 아니면 고향인 핀란드로 갈 수도 있고. 녀석은 항상 움직이는 타입이니까."

"에르키가 선배님 말씀처럼 이상한 사람이라면, 쉽게 눈에 띄지 않을까요?"

"쉽지는 않을걸. 녀석은 소리도 없이 돌아다니는 편이라서. 아무도 녀석이 오는 소리를 못 들었는데, 갑자기 녀석이 저기 서 있는 식이야."

"우리한테는 실력 좋은 수색견들이 있어요."

스카레가 말했다.

"에르키가 혹시 약을 먹고 있나요?"

"그건 병원 쪽에 물어봐. 그게 왜 궁금한 건데?"

"만약 약을 안 먹으면 에르키가 어떻게 될지 궁금해서요."

"아마 녀석의 머릿속에 있는 목소리들이 주도권을 쥐겠지."

"누구나 머릿속에 이런저런 목소리들이 있어요."

스카레가 말했다.

"아이고, 그거야 그렇지."

구르빈이 말했다.

"하지만 그 목소리들이 전부 우리한테 이래라 저래라 하지는 않잖아."

구르빈이 나무들 사이로 차를 능숙하게 몰았다. 먼지구름이 차 뒤에서 피어올랐다.

"에르키가 나타날 때마다 고약한 일이 일어난다니까."

그가 딱딱한 목소리로 말했다.

"그 녀석 어머니가 죽었을 때 그 녀석은 여덟 살이었어. 내가 말했던가?"

"예. 에르키 어머니는 어떻게 죽은 거죠?"

"계단에서 떨어져서 죽었어. 에르키가 그 죄를 뒤집어썼고."

"죄를 뒤집어써요?"

"자기가 어머니를 그렇게 만들었다면서 다른 애들한테 겁을 준 거지. 아이들은 겁에 질려서 에르키를 멀리했고. 그 녀석도 그런 걸 원했던 것 같아. 몇 년 뒤에 어떤 늙은 농부의 시체가 교회 옆에서 발견되었는데, 사다리에서 떨어져 죽은 거였지. 그런데 에르키가 현장에서 도망치는 걸 본 사람이 있어. 그러니까 자네도 이제 알겠지? 에르키가 할디스 아주머니의 죽음과 아무 관계가 없다고 해도 이 동네 사람들은 지금쯤 이미 결론을 내렸을 거야. 자네가 내 생각을 묻는다면, 나도 십중팔구 같은 생각이라고 할 거고. 주위를 한번 둘러봐. 여기는 외딴 곳이야. 여기를 잘 아는 사람이 아니면 괜히 여기까지 올라와서 들쑤시고 돌아다니지는 않아. 에르키는 여길 잘 알아. 여기서 자랐으니까."

"하지만 사실,"

스카레는 공연히 아는 척하는 것처럼 들리지 않으려고 애쓰면서 천천히 말했다.

"정신병자들에게 폭력적인 성향이 있다는 얘기는 엄청나게 과장된 거잖아요. 편견이나 두려움이나 무지 때문에. 선배님은 객관적인 태도를 유지할 필요가 있어요. 사건의 중심에 있으니까. 그리고 에르키도 알고, 죽은 할머니도 아는 분이니까. 이런 얘기가 신문기자들 귀에 들어가면, 에르키가 마치 괴물처럼 둔갑해버릴 거예요."

구르빈이 그를 바라보았다.

"그래서 어려운 거야. 그 녀석이 항상 혼자 지내면서 다른 사람들을 피하니까. 누구한테든 말을 거는 법이 거의 없어. 그래서 사실 우리는 그 녀석이 누군지, 어떤 사람인지 잘 몰라."

"에르키는 환자예요."

스카레가 말했다.

"사람들은 그렇게 말하지만 난 정말 모르겠어."

그가 고개를 절레절레 저었다.

"이상한 목소리들이 어떻게 사람의 정신을 침범해서 이런저런 일을 시키고, 그 사람은 어떻게 나중에 자기가 그런 일을 했다는 걸 기억도 못하게 되는지 이해가 안 돼."

"에르키가 무슨 일을 저질렀는지 우린 아직 몰라요."

"지문도 있고 발자국도 몇 개 있어. 에르키가 미쳐서 제가 한 일을 순식간에 잊어버리는 건 그 녀석 마음이지만, 과학적인 증거 앞에서는 도망칠 수 없다고. 이번에는 우리한테 증거가 있어."

"이번 일로 에르키를 아주 끝장내고 싶은 것처럼 말씀하시네요."

스카레의 목소리에는 순진무구한 구석이 있었기 때문에 구르빈은 그의 속내를 읽을 수 없었다.

"그럴 수 있다면 좋겠어. 그 녀석을 법에 따라 영원히 없애버릴 수 있다면 우리 모두한테 좋은 일이 될 거야. 지금 그 녀석은 혼잣말을 중얼거리면서 저기 어딘가를 정처 없이 돌아다니고 있어. 나도 어쩔 수 없는 일이지만, 녀석이 그렇게 마음대로 돌아다니는 한 우리 애들한테 밤 늦기 전에, 일찍 집에 들어오라고 말하게 될 거야."

"어쩌면 에르키가 선배님 아이들보다 더 겁먹었을지도 몰라요."

스카레가 말했다.

구르빈은 입을 꾹 다물고 차의 속도를 높였다.

"자네는 이 동네 출신이 아니니까 그 녀석을 잘 몰라."

"그건 그래요."

스카레가 안타깝다는 듯이 말했다.

"하지만 선배님 말씀 때문에 호기심이 생긴 건 사실이에요."

"자네가 인간에 대한 흔들리지 않는 믿음이라는 축복을 받은 건 좋은 일이야."

구르빈이 말했다.

"하지만 할디스 아주머니가 죽었다는 걸 잊으면 안 돼. 누군가가 아주머니를 죽였다고. 누군가가 여기로 와서 그 괭이를 들어 아주머니의 눈에 똑바로 찔러 넣었단 말이야. 그것이 에르키든 아니면 다른 사람이든, 그 살인자가 도저히 변명할 수 없는 짓을 저질렀는데도 변호를 받을 권리가 있다는 생각을 하면 몸이 오싹해져."

"그런 짓을 변호해줄 수는 없죠. 다만 그런 짓을 저지른 사람을 변호

할 뿐이에요."

스카레가 그의 말을 바로잡았다.

"게다가 우리는 그 할머니가 왜 죽었는지 아직 몰라요. 차 안에서 담배 피워도 돼요?"

구르빈이 고개를 끄덕이며 자신의 담배를 더듬더듬 찾았다.

"자네 상관은 어떤 사람이지? 얘기 좀 해봐."

스카레는 미소를 지었다. 콘라드 세예르와 우연히 마주친 사람들은 흔히 이런 반응을 보이곤 했다.

"엄격하고 노련하시죠. 약간 권위적인 면도 있고. 말수가 적어요. 머리가 좋고. 낫처럼 날카롭죠. 철저하고, 참을성이 강하고, 믿음직스럽고, 끈기 있고. 어린 아이와 할머니들한테는 약해요."

"다른 사람들한테는 아니고?"

"부인과 사별하셨어요."

스카레가 창밖을 응시하며 말했다.

"결혼식에서 죽음이 두 분을 갈라놓을 때까지만 부인에게 충실하기로 약속했다는 걸 잊어버리셨죠. 여기서 죽음이란 바로 자신의 죽음을 의미한다고 생각하세요."

세예르는 회색 화면을 열심히 들여다보았다.

은행의 내부였다. 창구가 있고, 광장에 면한 창문들이 보였다. 창문으로 빛이 비스듬히 들어와 화면이 흐릿하게 보였다. 테이프에는 사건이 처음부터 끝까지 전부 녹화되어 있었지만 화질이 선명하지 않았다. 사람의 얼굴을 알아보기가 힘들었다.

범인의 자동차는 이미 오래전에 사라져버렸다. 경찰이 도주로를 모두 차단했지만, 그 자그마한 하얀 차는 발견되지 않았다. 어쩌면 범인이 벌써 한참 전에 차를 버렸는지도 모르고, 다리를 건너 남쪽 강변을 따라 계속 내려가 시내 중심가에 숨어 있는지도 모른다. 세예르는 범인이 인질을 놓아주었을 거라고 짐작했지만, 확인할 방법은 없었다. 그는 의자에 앉은 채 뒤로 등을 기대며 긴 다리를 쭉 폈다. 넥타이를 풀고 소매를 걷어 올린 모습이었다. 셔츠는 꾸깃꾸깃했다. 은행 직원과 지점장과 증인 몇 명이 차례로 경찰에게 진술을 했다. 그도 자신이 본 것들을 메모해놓고, 세세한 점들을 가능한 한 많이 기억해내려고 자신의 기억을 뒤졌다. 몽타주 전문가는 고개를 끄덕이며 그의 말을 열심히 듣더니 훌륭한 그림을 만들어냈다. 세예르 자신도 그 그림이 범인과 닮았다는 걸 인정했다. 적어도 처음에는. 하지만 시간이 흐르자 의심이 고개를 들기 시작했다. 그가 의자에서 등을 똑바로 펴고 앉았을 때 누군가가 문을 두드렸다. 스카레가 구르빈과 함께 들어왔다.

파출소 순경인 구르빈이 흥미롭다는 듯 세예르를 빤히 바라보았다.

"인질사건이 있다고 들었습니다."

그는 선글라스를 어떻게 해야 할지 몰라 잠시 머뭇거리다가 의자에 앉았다. 이제 역할이 바뀌었다. 그가 온갖 장비를 다 갖춘 잘 나가는 형사들 앞에 앉아 있는 것이다.

"여기 앉아서 이 망할 놈의 비디오를 보고 있었네."

세예르가 우울한 목소리로 말했다.

"화질이 너무 안 좋아."

"저희가 좀 봐도 될까요?"

스카레가 너무나 보고 싶다는 듯이 물었다.

"물론이지. 안경을 쓰게. 필요하다면."

그는 테이프를 다시 돌리며 두 사람이 놀라기를 기다렸다. 창구가 보였다. 젊은 아가씨가 먼저 광장으로 통하는 입구에서 모습을 드러냈다. 그녀는 불안한 듯 잠시 주위를 둘러보더니 팸플릿들을 꽂아놓은 곳으로 갔다. 겨우 십오 초 후 은행강도가 들어왔다. 그는 자기보다 먼저 와 있는 손님을 보고 깜짝 놀라 걸음을 멈추더니 급히 서식을 하나 집어 들고 서류를 작성하기 시작했다. 그때 문이 세 번째로 열렸고, 탄성이 터져 나왔다.

"세상에!"

스카레가 소리쳤다.

"경감님이에요?"

그는 당혹스러운 표정으로 상관을 바라보았다. 세예르는 모든 것을 담담히 받아들이기로 이미 마음을 정하고 있었다. 그가 소리 내어 웃었다. 구르빈은 놀란 표정으로 두 사람을 바라보았다.

"그래, 나야. 내가 출근길에 거리를 걷고 있는데 갑자기 조금 전에 지나친 사람이 은행강도 같다는 생각이 들지 뭔가. 그래서 방향을 돌려 그 사람이 어딜 가는가 봤더니 은행으로 들어가더군. 그래서 그놈 뒤를 따라가기로 했네."

"그래서요? 그래서 어떻게 됐어요?"

"저 비디오에 나오는 대로 내가 안을 들여다봤더니 젊은 아가씨가 있고, 모든 것이 깨끗하고 차분하더군. 그래서 그 자리를 떠났네."

그는 두 사람을 동시에 바라보며 말 대신 어깨를 으쓱했다.

"그냥 떠났어."

스카레가 소리 내어 웃기 시작했다. 구르빈은 이 자리에 자신의 동료가 없다는 것이 무척이나 아쉽다는 생각이 들었다.

"내가 은행에서 나오자마자 강도가 공격을 개시했지. 저걸 보게."

강도가 은행 안을 가로질러 성큼성큼 걸어가서 인질을 잡았다. 잠시 후 총이 발사되었다. 구르빈이 놀라서 숨을 집어삼키며 눈을 몇 번 깜박이고는 믿을 수 없다는 듯 화면을 뚫어지게 바라보았다.

"저 여자를 찾아야 해."

세예르가 말했다.

"저 여자를 무사히 구출해내지 못하면, 인질 잡기가 유행이 될지도 몰라. 그건 정말이지 최악의 상황이야. 그런데 이 망할 놈의 비디오 화질 때문에 저 여자가 누군지 알 수가 없네. 오늘 누군가가 저 여자의 실종 신고를 해오더라도 말이야. 하지만……."

그는 테이프를 다시 앞으로 돌려 재생시켰다.

"조금 이상한 게 있어."

"뭐가요?"

스카레가 말했다.

"저 여자의 반응 말이야. 아무 반응이 없는 게 이상해. 소리를 지르지도 않고 팔을 휘두르며 버둥거리지도 않아. 거의 무아지경에 빠진 사람처럼. 아니면, 전혀 놀란 것 같지 않다고 해야 하나? 마치 이런 일이 있을 줄 미리 알고 있었던 사람 같아. 어쩌면 저게 미리 꾸며진 연극인지도 모르지."

스카레가 깜짝 놀란 얼굴로 그를 바라보았다.

"놈들이 모든 걸 미리 꾸몄다고 생각해보자는 말이야. 두 사람이 공범이라고. 저 여자는 저놈의 애인이고."

"저 여자가 애인인 것 같지는 않은데요."

구르빈이 끼어들었다. 그의 시선은 깜박이는 화면에 못 박힌 듯 고정되어 있었다.

"저 인질은 남자입니다. 이름은 에르키 요르마고요."

갑자기 그는 어떻게 된 일인지 깨달았다. 그 깨달음이 커다란 충격파처럼 그의 의식을 뚫고 솟아올랐다. 그가 인질로 잡은 사람은 미친놈이었다!

그는 사람들의 주의를 끌지 않고서 낼 수 있는 최대한의 속도로 차를 몰면서 백미러로 거리의 교통 상황을 계속 지켜보았다. 맥박은 여전히 빨랐고, 몸은 잔뜩 긴장해 있었으며, 숨이 가빴다. 현기증이 날 정도였다. 그는 자기 옆에 앉아 있는 남자를 향해 험상궂은 표정을 지었다.

"다시 묻겠다. 그렇게 이른 시간에 은행에는 왜 온 거야?"

에르키는 북이 둥둥 울리는 소리를 들었다. 그들이 박자가 하나도 맞지 않는 트레몰로를 북으로 연주하고 있었다. 그는 대답하지 않았다. 그냥 주먹을 폈다 쥐고서 차 바닥을 뚫어지게 내려다보기만 했다. 마치 뭔가를 찾고 있는 사람처럼. 남자의 말이 북소리 속에 묻혀 버렸다. 움직이지 마. 아무 말도 하지 마. 그는 의자에 앉은 채 몸을 앞뒤로 흔들며 눈을 감았다.

"그렇게 이른 시간에 은행에는 왜 왔냐니까!"

이번에 에르키의 귀에 들려온 것은 성난 목소리였다. 남자는 겁에 질려 있었다. 그는 이 정보를 머릿속에 저장해놓고 소리 없이 답을 만들기 시작했다. 네스토르가 그의 생각을 열심히 들었다. 그가 승인해야만 말을 뱉을 수 있었다. 그래서 시간이 걸리는 것이다. 네스토르는 빈틈이 없었다. 네스토르는…….

"너 귀머거리냐?"

귀머거리냐고? 에르키는 속으로 생각했다. 이것은 새로운 질문이므로 새로운 답변이 필요했다. 그는 첫 번째 답변을 옆으로 밀쳐버리고 두 번째 답변을 만들기 시작했다. 네스토르는 여전히 귀를 기울이고 있었다. 외투는 말이 없었다. 아냐. 그는 생각했다. 내 귀는 아무 이상 없어. 저 사람의 혈관 속에서 맥박이 요동치는 소리도 들을 수 있어. 저 사람 혈압이 너무 높으니까. 그리고 저 사람이 의사소통이라는 간단한 문제에 엄청난 에너지를 쓰고 있으니까. 그런데 저 사람은 제대로 찬찬히 생각해보지도 않은 답변을 원하는 걸까? 시간을 들여 답을 찾는 것이 상대를 존중한다는 뜻 아닌가? 하지만 저 사람을 존중해줄 필요가 있을까? 어떤 식으로든?

젊은 창구 직원에게 돈을 요구한 건 결코 훌륭한 업적이 아니었다. 적어도 에르키가 생각하기에는 그랬다. 게다가 그는 총까지 휘둘렀다. 하지만 남자는 자신의 업적 때문에 흥분해 있는 게 분명했다. 그래서 그의 뺨이 터질 듯 부풀어 있는 것이다. 따라서 힘을 분출해서 가라앉힐 필요가 있었다.

"왜 대답을 안 해?"

듣기 좋은 테너인 그의 목소리가 북소리 때문에 망가져버렸다. 북소리가 단어를 뒤섞어놓고 그의 목소리를 비명처럼 바꿔놓았다. 정말 유감이야. 남자들은 목소리보다 다른 것에 더 관심이 많았다. 근육, 허세, 멋진 청바지. 그렇게 한심한 것들에. 에르키는 자신이 아무 짓도 하지 않고 그냥 입만 다물고 있어도 성인 남자들을 거의 미칠 듯한 상태로 몰아갈 수 있다는 것을 예전부터 알고 있었다. 남자들은 대답을 듣지 못하는 것을 견디지 못했다. 상대가 누구이며 어떤 사람인지 알아낼 수 없을 때도 마찬가지였다. 에르키는 계속 입을 다물고 있었다.

강도가 그의 옆자리에서 거세게 숨을 몰아쉬고 있었다. 그것이 힘든 지 그의 곱슬머리가 땀에 젖어 있었다. 그는 백미러를 들여다보고 속도 를 늦추더니 길을 벗어나 차를 세웠다. 엔진은 계속 돌아가고 있었다. 그가 에르키를 재빨리 흘깃거리며 버럭 소리를 질렀다.

"난 옷을 좀 벗어야겠어. 도망칠 생각은 하지도 마!"

에르키는 도망칠 생각이 없었다. 총이 마음에 걸렸다. 총이 광선처럼 자신의 몸을 꿰뚫는 것 같았다. 강도는 대시보드에 총을 내려놓았다. 그러고는 스웨터와 코르덴바지를 힘들게 벗었다. 장갑은 벗지 않았다. 차가 작았기 때문에 옷을 벗기가 쉽지 않았다. 그는 끙끙거리고 욕을 해대며 바지를 잡아당겼다. 마침내 옷을 다 벗었을 때에는 몸이 아까보 다 더 땀투성이가 되어 있었다. 이제 그는 에르키가 보기에 변장하려고 입었음이 분명한 옷차림으로 앉아 있었다. 네스토르가 지하실에서 작 은 소리로 쿡쿡 웃어댔다. 강도는 과일과 야자수로 뒤덮인 화려한 반바 지와 가슴에 도널드 덕이 그려진 파란색 민소매 셔츠를 입고 있었다. 그가 에르키 앞으로 손을 뻗어 대시보드의 서랍을 열었다. 그러고는 거 기서 선글라스를 꺼내 썼다. 완벽한 옷차림이었다. 에르키는 그에게서 눈을 뗄 수 없었다. 근육질의 남자가 화려한 반바지를 입은 모습이 너무나 이상했다. 그는 목소리를 제대로 내려고 애를 쓰고 있었다.

"넌 아무것도 이해하지 못할 테니까 그냥 입 닥치고 있어! 말을 걸기 전에는 그냥 입 닥치고 있으란 말이야!"

에르키는 지금까지 한마디도 하지 않았다. 가죽 재킷과 검은 바지를 입고 있는데도 땀도 흘리지 않았다. 그는 움직이지 않으려고 정신을 집중했다. 만약 그가 꼼짝도 하지 않으면 거의 눈에 보이지 않는 존재가 될 터였다.

"젠장, 너 냄새가 지독해!"

강도가 커다란 소리로 코를 킁킁거리며 노골적으로 역겹다는 기색을 드러내더니 창문을 더 열었다. 에르키는 남자가 이 말을 하면서 대답을 기대한 건지, 아니면 그냥 욕을 해댄 건지 알 수가 없었다. 신중을 기하기 위해 그는 계속 입을 다물고 있었다. 게다가 네스토르가 나지막한 목소리로 아름다운 찬송가를 부르고 있었다. 네스토르가 이렇게 기분이 좋을 때를 이용하는 것이 최선이었다. 에르키는 이 차가 어디로 가고 있는지, 나중에 무슨 일이 일어날지 별로 생각해보지 않았다. 그는 자신을 닫아 그 무엇도 안으로 들어올 수 없게 하는 데 온 힘을 기울이고 있었다. 이 남자도, 이 순간도, 저 총도. 하지만 그는 자신의 손을 억제할 수 없었다. 손이 점점 빠른 속도로 쥐었다 폈다를 반복하고 있었다.

"그 손 좀 가만 내버려둘 수 없어?"

강도가 눈을 커다랗게 뜨고 말했다.

"소름이 끼친단 말이야. 그것 때문에 내가 미치겠어!"

에르키는 대신 몸을 앞뒤로 흔들기 시작했다. 여기서는 자신을 눈에 보이지 않는 존재로 만들기가 불가능했다. 옆 자리에 앉은 폭풍이 가라앉을 기미가 없었으니까. 그는 남자에게서 시선을 돌리려고 애썼다. 그래서 창밖을 바라보았다. 북소리 때문에 귀가 아팠다. 그는 북소리를 멈추려고 손을 살짝 흔들었다.

"넌 돈에 관심 없겠지."

강도가 말했다. 이제 조금 차분해진 것 같았다.

"아마 돈이 무엇에 쓰는 물건인지도 모를 거야."

에르키는 귀를 기울였다. 남자의 목소리가 낮아져 있었다. 이제 그는 갑자기 극도로 긴장하기 시작했다. 남자의 질문은 호기심으로 가득 차 있었다. '돈에 관심이 없다.' 글쎄, 어느 정도는 관심이 있었다. 하지만 그의 주머니에 이미 돈이 조금 있었으므로 그의 대답은 그렇다이기도 하고 아니다이기도 했다. 그렇게 말해야 하나?

"너 아무래도 정신병원 같은 데서 도망친 것 같은데 말이야. 그거 아주 힘든 일이지. 많은 사람이 애써 도망쳐 놓고서는 나중에 꼬리를 말고 터벅터벅 다시 돌아오거든. 너도 그러냐? 너도 그런 부류야?"

'너도 그런 부류야?' 이 질문은 그가 어떤 사람인지 알고 싶다는 것을 숨기려 하지 않는다는 점에서 거의 감동적이었다. 에르키는 다시 눈을 감았다. 도시가 두 사람 뒤에서 점점 사라지고 있었다. 악의가 있는 걸까, 아니면 전혀 없는 걸까? 저 남자를 어떻게 판단해야 할지 알 수가 없었다. 완두콩, 쇠고기, 돼지고기. 그는 생각했다. 피, 땀, 눈물. 마음이 어지러웠다.

오르막길이 시작되었다. 저 앞에서 왼쪽으로 약간 비켜서 있는 언덕 꼭대기에 전망대가 있었다. 그는 다시 정신을 차렸다. 그러자 이곳이 어디인지 알아볼 수 있었다. 이곳은 그가 몇 년 동안 터벅터벅 걸어 다닌 도로 중 하나였다. 두 사람이 터널로 들어가자 짙은 어둠이 차 위로 내려앉았다. 남자는 즉시 조바심을 쳤다. 누군가가 공격을 해올까 봐 겁이 나는 모양이었다. 그는 오른손에 총을 든 채 차를 운전하다가 사방이 어둡다는 것을 깨닫고 선글라스를 거칠게 벗었다. 차가 터널을 빠져나왔다. 에르키는 눈을 깜박거렸다. 일 킬로미터만 더 가면 톨게이트가 있었다. 남자는 차를 세우고 돈을 내든지, 아니면 차단기를 뚫고 달려 나가야 할 것이다. 차단기는 빨간색과 하얀색이 칠해진 나무막대에 불과했다. 남자도 톨게이트를 생각한 모양이었다. 그가 속도를 늦추기 시작했다.

"아무 짓도 하지 마!"

그가 고함을 질렀다.

에르키는 그럴 생각이 전혀 없었다. 오로지 꼼짝 않고 앉아서 눈에 보이지 않는 존재가 되는 데에만 온 힘을 기울이고 있을 뿐이었다. 하지만 그의 몸은 저만의 생명을 갖고 있어서 그의 명령을 따르려 하지 않았다.

남자가 차를 세웠다. 마음을 정한 모양이었다. 그는 차를 왼쪽으로 돌려 전망대를 향해 올라갔다. 에르키는 그가 언덕 꼭대기에서 무엇을 할 생각인지 알 수 없었다. 도로에는 차가 하나도 없었다. 아직 시간이 이르니 저 위에는 아마 아무도 없을 터였다. 강도가 권총을 움켜쥐고 손등으로 이마의 땀을 닦았다. 나무가 우거진 언덕길을 힘겹게 올라가는 자동차 꽁무니에서 흙먼지와 모래가 피어올랐다. 이제 도로는 한참 아래에 있었다. 자동차들이 밝은 색 장난감처럼 보였다. 남자는 마지막으로 급하게 커브를 돌더니 난간을 향해 차를 몰았다. 여기에서는 톨게이트가 내려다보였다. 통행료 징수소 오른쪽의 갓길에 경찰차 두 대가 서 있는 것이 두 사람의 눈에 동시에 띄었다. 강도가 이를 악문 채 숨을 내쉬자 헉 하는 소리와 휫 소리가 차례로 들려왔다. 그는 차를 후진시켜 난간에서 멀어졌다. 그러고는 다시 차를 세우더니 총으로 운전대를 두드려댔다. 남자의 머릿속에 들어 있는 혼돈의 소리가 에르키의 귀에 들려왔다. 그는 폭발 직전이었다. 이마에서 땀이 콸콸 쏟아지다시피 했고, 그의 심장은 거의 한계에 이를 정도로 혹사당하고 있었다. 지금 그의 경동맥을 살짝 긁어주기만 하면 피가 붉은 선을 그리며 저 아래 톨게이트까지 뿜어져 나갈 터였다.

"좋아, 친구, 좋은 생각이 있으면 말해봐."

강도가 말했다.

친구라. 불쌍하기도 하지. 이 가엾은 남자는 완전히 궁지에 몰려 있었다. 참을 수가 없었다. 에르키는 여기서 도망치고 싶었다. 그는 몸을 돌려 창밖의 숲을 응시했다. 나무들 사이로 길이 구불구불 뻗어 있는 것 같았다. 그는 거의 알아차릴 수 없을 만큼 재빨리 숲에서 시선을 돌려버렸지만 강도는 그것을 놓치지 않았다. 그의 시선이 에르키의 시선을 따라갔고, 그의 뇌가 다시 제대로 작동하기 시작했다. 그는 기어를 넣고 자동차의 방향을 돌려 주차장을 가로질렀다. 처음에는 길이 아주 넓었기 때문에 십오에서 이십 미터쯤 차를 몰고 들어갈 수 있었다. 하지만 곧 길이 좁아지면서 발길로 다져진 오솔길이 나타났다. 그가 차를 세운 곳은 울창한 나뭇잎에 가려져 있었으므로, 전망대에서 보면 자동차가 보이지 않았다. 그는 몸을 돌려 뒷좌석의 가방을 움켜쥐었다.

"이제 내려서 걷는 거야."

에르키는 제자리에 가만히 있었다. 강도가 문을 열고 내려서 차를 빙 돌아 다가오며 총으로 손짓을 해댔다.

"네가 먼저 가. 길이 좋고 잘 말라 있네. 어두워질 때까지 여기서 기다리면 되겠어. 도로 봉쇄가 오랫동안 계속되지는 않을 거야. 인력이 모자라니까. 가자! 여길 벗어나자고, 빨리!"

움직이지도 말고, 아무 말도 하지 마. 멀리서 외투가 깨어나 네스토르에게서 그동안 일어난 일을 들으며 펄럭이는 소리가 들렸다. 그들의 웃음소리가 그의 머릿속에 울리면서 그의 몸 전체가 진동했다. 그는 압력을 줄이기 위해 가슴에 손을 얹었다.

"너 왜 그래? 아픈 척해봤자 소용없어. 난 그렇게 멍청하지 않아. 빨리 차에서 내리지 못해!"

에르키는 서둘러 차에서 내렸다. 강도가 차 뒤로 가서 트렁크를 열고 안을 들여다보았다. 그 순간 에르키의 머릿속에 자신이 저 자그마한 트렁크에 갇혀 움직이지도 못하고 밖을 내다보지도 못하게 될 거라는 무시무시한 생각이 떠올랐다. 하지만 강도는 트렁크 안을 뒤지더니 플라스틱 꾸러미 같은 것을 꺼냈다. 그러고는 그것을 열어 방수포를 꺼내면서 초록색 이파리들을 흘깃 올려다보았다. 방수포도 초록색이었다. 그가 에르키를 바라보았다.

"이걸 차에 씌워. 밑에서 고리로 고정시켜야 돼. 그러면 차를 위장할 수 있어. 놈들이 차를 늦게 찾아낼수록 좋아."

강도가 방수포를 그의 품속으로 던져주었다. 에르키는 그 초록색 물건을 안은 채 가만히 서 있었다. 그 물건은 나일론이었으며, 얇고 미끌미끌해서 다루기 어려웠다. 그것이 그의 힘없는 손에서 미끄러져 땅으로 떨어졌다.

"주워. 먼저 그걸 활짝 펼친 다음에 차 위에 씌우는 거야."

에르키는 초록색 물건을 땅바닥에 놓고 펼치기 시작했다. 귀퉁이마다 금속 고리가 달린 작은 끈이 있었다. 그는 방수포의 한쪽 끝을 잡고 들어 올려 자동차 보닛 위에 펼치려고 했다. 방수포는 곧장 땅바닥으로 미끄러져 내렸다. 그는 이 미끌미끌한 초록색 방수포처럼 기분 나쁜 물건을 손에 쥐어본 적이 없었다. 역겨웠다.

"젠장, 이 멍청한 놈아!"

에르키는 총구가 옆구리를 찔러대는 것을 느끼면서 다시 시도해보았다. 결국 방수포를 자동차 지붕 위에 펼치는 데 성공했지만, 그가 자동차 옆구리에 방수포를 씌우려 하자마자 다시 떨어져버렸다. 강도는 땀을 뻘뻘 흘리면서 어떻게 그리도 서투를 수 있냐며 투덜거렸다. 그가 반바지 허리에 총을 찔러 넣고 에르키의 손에서 방수포를 빼앗더니 몇 초 만에 자동차에 방수포를 씌웠다. 그러고는 다시 총을 꺼내 들었다.

"널 빨리 정신병원으로 돌려보내는 게 낫겠다. 너 혼자서 옷은 입을 수 있는 거야? 아니면 계속 같은 옷만 입고 다니는 거냐? 보아하니 그런 것 같은데. 가자. 산길을 좀 걸어야 돼."

마침내 에르키에게 걷는 것이 허락되었다. 걷기는 그가 몇 시간 동안이라도 할 수 있는 일이었다. 그는 나무가 우거진 오르막길을 흔들흔들 걸어 올라가며 마음을 차분하게 해주는 리듬에 빠져들었다. 그의 뒤에서 강도가 어깨에 가방을 메고 총을 치켜든 채 걷고 있었다. 가방에는 돈이 들어 있었다. 길이 점점 좁아졌다. 숲은 두 사람의 머리 위에서 천장이 되었다. 아주 가느다란 빛만이 나뭇잎 사이를 뚫고 들어왔다. 강도는 긴장을 풀었다. 사람들에게서 멀리 떨어져 있으니 더 안전해진 것 같았다. 여기서는 아무도 두 사람을 볼 수 없었다. 이 생각을 진작 했어야 하는 건데. 놈들은 숲을 수색할 생각은 하지 못하고 도로와 자동차만 확인할 것이다.

이제 그는 약속을 지켰다. 돈이 수중에 있으니까.

성큼성큼 걷는 에르키의 뒤에서 강도는 헉헉거렸다. 날은 덥고, 가방은 가볍지 않았다. 가방 안에는 여행용 라디오, 축하주로 마실 위스키 한 병, 총알 한 상자, 그리고 돈이 있었다.

"천천히 걸어. 뒤쫓아 오는 사람도 없는데."

하지만 에르키는 계속 같은 속도로 걸었다. 남자가 그를 쫓아오느라 애쓰는 소리가 들렸다. 겨우 몇 백 미터밖에 걷지 않았을 때부터 그는 심하게 숨을 헐떡이고 있었다. 길은 가팔랐고, 걷기가 점점 더 힘들어졌다.

"야, 대장은 나야!"

북 세 대가 날카로운 트레몰로를 연주했다. 네스토르가 기침을 해서 가래를 끌어올리는 소리가 들렸다. 강도의 말에 의사를 표현하는 그만의 방법이었다. 에르키는 속도를 늦추지 않고 계속 걸었다. 그에게 속도는 하나뿐이었다. 빨리 걷든지, 아니면 누워서 쉬든지. 하지만 능선을 향해 오르막길이 계속 이어지자 그도 속도를 늦췄다. 꼭대기에 오르면 도로에 경찰이 아직 있는지 살펴볼 수 있을 것이다. 그는 여윈 몸을 좌우로 흔들었다. 남자는 경련하듯이 몸을 거칠게 움직였다. 그는 에르키보다 근육질이었지만, 체력은 별로 좋지 않았다. 그러나 한 시간이 흐르자 강도도 리듬에 빠져들었다. 그의 근육도 이제 준비가 갖춰진 상태였다. 그에게는 돈이 가득 든 가방이 있었다. 갑작스레 기쁨이 솟아올라서 그는 이 미친놈과 그 기쁨을 나누기로 했다. 그가 헛기침을 하며 목을 가다듬었다.

"너 이름이 뭐냐?"

그가 소리쳤다.

거의 다정하다고 할 수 있는 목소리였다. 이 질문이 둔탁하게 찰싹 하는 소리를 남겼다. 마치 북의 가죽이 느슨해졌을 때처럼. 에르키는 대답하지 않고 그냥 계속 걷기만 했다. 그것은 악의 없는 질문 같았지만, 결코 확신할 수는 없었다. 네스토르가 희미한 빛 속에서 쪼그리고 앉아 그를 올려다보고 있었다. 그의 눈에서 작은 파란 불꽃이 번쩍였다.

"그 정도는 말해줄 수 있잖아!"

남자가 고집스레 말하면서 기분 나쁘다는 듯이 콧방귀를 뀌었다.

"금방 대답하지 않으면, 널 정말로 벙어리 취급 할 거다. 아니면 혹시 너 외국인이냐? 외국인처럼 보이기는 하는데. 타타르인 같은 거 말이야. 아니면 집시거나. 아냐, 그 둘이 똑같은 건가. 대답해, 젠장!"

에르키는 왼쪽으로 방향을 틀었다. 길에 거대한 사시나무포플러 한 그루가 가로누워 있었으므로. 덤불이 발목을 붙들자 그는 가느다란 팔로 가지와 이파리를 옆으로 밀었다. 그의 뒤에서 남자가 양손에 각각 가방과 총을 들고 더 힘겹게 애를 쓰고 있었다. 두 사람이 다시 길로 돌아왔을 때 저 앞쪽에 빛이 보였다.

"네가 그렇게 비싸게 구니까 나라도 좀더 너그러워져야겠다."

강도가 걸음을 멈추는 소리가 들렸다.

"내 이름은 모르간이야."

에르키는 귀를 기울였다. 그는 모르간이라는 이름을 말할 때 자음을 날카롭게 발음했다. 마치 이 이름이 그가 오랫동안 기다리던 것이라도 되는 것처럼. 하지만 이것은 그의 본명이 아니었다. 그것만은 분명했다. 네스토르가 킬킬거렸다. 누군가가 엄숙한 표정으로 값비싼 포도주를 쏟아버릴 때 나는 소리 같았다. 네스토르에 대해 사람마다 좋다 싫다 말을 할 수는 있겠지만, 어쨌든 그에게는 세련된 구석이 있었다. 에르키는 계속 경쾌하게 걸었다. 자기를 모르간이라고 불러주기를 간절히 바라는 남자가 뒤에서 소리를 질렀다.

"좀 쉬었다 가자. 서두를 게 뭐 있어?"

에르키는 계속 걸었다.

"너 당장 안 멈추면 내가 쏴버릴 거야!"

계속 걸어. 저놈은 쏘지 못해.

에르키는 뒤로 돌아섰다. 모르간은 그의 얼굴을 바라보았다. 그의 얼굴을 보니 바싹 마른 화강암 조각이 생각났다. 그는 미소를 짓지도 않았고, 이제는 떨고 있지도 않았다. 생기라고는 하나도 없는 표정으로 눈도 깜박이지 않은 채 그를 뚫어지게 바라보고 있었다. 몹시 불편한 느낌이 강도의 몸 전체로 퍼져나갔다. 말도 없고, 돌로 만든 악마 같은 녀석. 기계처럼 걷기만 하는 녀석. 저건 도대체 어떤 녀석이야?

"거기 둔덕 옆에서 멈춰. 잠시 쉬어야겠어."

시키는 대로 해. 병, 죽음, 불행. 네스토르가 가느다란 입술 사이로 속삭였다. 에르키는 그 명령에 복종했다. 그는 이삼십 미터 떨어진 회색 둔덕으로 향했다.

모르간은 녹초가 되어 있었다. 총을 갖고 있으면 상황을 완전히 장악

할 수 있을 줄 알았는데 현실은 그렇지 않았다. 못된 말을 내뱉고 싶은 것을 참을 수 없었다.

"이런 말을 해서 미안하지만 말이야, 너 걷는 게 꼭 할머니 같아!"

에르키는 그 자리에서 멈춰 섰다. 그의 머릿속에서 생각 하나가 솟아올랐다. '강을 다 건널 때까지는 악어를 건드리지 마라.'

세예르가 벼락을 맞은 것 같은 표정으로 구르빈을 바라보았다.

"뭐라고?"

"제대로 들었잖아요."

"저 인질이 정신병원에서 도망친 그 녀석이라는 얘긴가? 할디스 호른의 살인사건과 관련해서 수배 중인 그 사람이라고?"

구르빈이 양손을 벌렸다.

"틀림없어요. 저 강도 녀석 조금 있으면 엄청나게 놀랄 겁니다."

세예르는 창밖을 내다보며 창밖 풍경이 여느 때와 똑같은지 확인해 보지 않을 수 없었다. 도대체 이게 무슨 일인가? 그는 다시 구르빈에게 고개를 돌렸다.

"에르키가 위험한가?"

"모릅니다."

"언제 도망쳤지?"

"그저께요. 밤중에. 창으로 나갔답니다."

세예르는 다시 비디오를 틀어 인질의 모습이 똑바로 잡힌 부분에서 화면을 정지시켰다.

"난 여자인 줄 알았는데."

그가 중얼거렸다.

"이해해요."

구르빈이 말했다.

"저 녀석이 고개를 가누는 모습이나 걸음걸이가 그래요. 머리도 길고."

"저놈이 병에 걸린 지 한참 됐나?"

"제가 기억하는 한 항상 그랬죠."

"정신분열증?"

"그럴 겁니다."

세예르는 자리에서 일어나 몇 걸음 걸으면서 이 정보를 소화해내려 애썼다.

"좋아 그럼, 저 강도가 정말로 깜짝 놀라겠군. 그러니까 이제 수배 중인 놈이 둘로 늘어난 건가. 한 명은 심하게 불안정한데다 살인을 저질렀을지도 모르고, 또 한 명은 장전된 총을 갖고 있는 은행강도라. 끝내주는 짝이로구먼! 두 놈이 힘을 합칠지도 모르겠는걸."

"에르키랑 힘을 합칠 수 있는 사람은 없습니다."

세예르가 무서운 시선으로 그를 한참 동안 바라보았다.

"정신병원은? 저 녀석 주치의랑 얘기해봤나?"

"간호사하고만 얘기해봤습니다. 녀석이 도망친 게 맞다고 확인해주더군요. 의사는 나중에 만나보겠습니다."

"그리고 피해자를 발견하고 현장에서 에르키를 봤다는 그 아이, 그

녀석은 믿을 만한가?"

"뭐 가끔은 그럴 수 있겠죠. 사내아이들을 모아놓은 구테바켄에 사는 녀석이니까요. 하지만 이번 일에 대해서는 그 녀석의 말을 믿습니다. 녀석이 처음 저를 만나러 왔을 때는 수상쩍었지만요. 조금 지나치게 흥분한 것 같았거든요. 하지만 녀석의 말이 맞다는 것이 확인됐어요. 그리고 에르키 얘기라면, 그 아이는 틀림없이 에르키가 누군지 알고 있습니다."

"에르키는 아침 일찍 은행에서 뭘 하고 있었던 거야? 사회복지 보조금 수표라도 바꾸러 간 건가?"

"저도 모르겠습니다. 강도도 녀석에게 틀림없이 똑같은 걸 물어봤겠죠. 그리고 아마 제대로 된 대답을 못 들었을 겁니다. 저 두 놈이 지금 무슨 일을 꾸미고 있는지 저도 정말 알고 싶습니다. 도무지 상상을 할 수가 없으니."

구르빈이 말했다.

"아직 둘이 같이 있다면 그렇지. 어쩌면 강도가 너무 무서워서 요르마를 놓아주었을지도 몰라."

"충분히 그럴 수 있죠."

"하지만 풀려나더라도 에르키는 경찰에 신고를 하러 오지는 않을 거야. 이 사건을 도대체 어떻게 풀어가야 하나?"

세예르는 책상 위의 서류철을 열어 큰 소리로 읽었다.

"최신형 흰색 르노 메간이 어젯밤 늦게 프리덴룬트에서 도난당했다는 신고가 들어왔네. 강도가 비슷한 차를 갖고 있었으니, 어쩌면 이 차인지도 모르지. 지금쯤이면 차를 갈아탔을지도 모르고. 어쩌면 강도가 요르마를 놓아주었을지도 몰라. 그걸 바라는 수밖에."

스카레와 구르빈은 아무 말도 하지 않았다. 강도들은 다양하지만, 지극히 위험한 행동을 하는 경우는 드물었다. 이번 사건에서는 강도가 어떤 녀석인지 확인할 길이 없었지만.

"우리가 요르마를 심문해볼 수는 있는 건가?"

구르빈은 잠시 생각을 해보다가 대답했다.

"아마 그럴 수 있을 겁니다. 의사가 동석한 상태에서. 하지만 질문을 해도 대답을 얻지 못할 수도 있습니다. 적어도 우리가 이해할 수 있는 대답을 듣지 못할 수도 있다는 얘깁니다. 만약 에르키가 정말로 할디스 아주머니를 죽였다 해도 유죄선고를 받을 가능성은 별로 없습니다."

"자네 말이 맞을 거야."

세예르는 눈을 세게 비빈 후 다시 떴다.

"에르키가 병원에 강제로 입원했나?"

"예."

"그럼 그 친구가 위험하다는 뜻인가?"

"저도 자세히는 모릅니다. 아마 그 녀석 때문에 가장 위험한 건 그 녀석 자신일 걸요."

"자살을 시도한 거야?"

"그건 잘 모릅니다. 그 녀석 주치의한테 물어보셔야 할 겁니다. 그 녀석이 병원에 여러 달 있었으니, 지금쯤이면 의사들이 그 녀석에 대해 뭔가 아는 게 있겠죠. 과연 그 녀석을 진정으로 이해할 수 있는 사람이 있을지 의심스럽지만. 제가 보기에 녀석의 병은 아주 고질이에요. 어렸을 때도 유별났어요."

"그 친구 부모는 아직 살아 있나?"

"아버지와 여동생이 있습니다. 미국에 살죠."

"그 친구한테 집이 있었나?"

"사회단체에서 마련해준 원룸이 있었어요. 저희가 이미 가서 확인해봤습니다. 제가 이웃사람에게 그 녀석이 나타나면 연락해준다는 약속도 받았고요. 하지만 아직 아무 연락이 없습니다."

"그 친구가 핀란드 사람인가?"

"아버지가 핀란드인입니다. 에르키는 발티모에서 태어나 자랐어요. 에르키가 네 살 때 노르웨이로 왔습니다."

"마약을 한 적은?"

"제가 아는 한 없습니다."

"힘이 센 편인가?"

"전혀요. 그 녀석의 힘은 다른 데 있죠."

구르빈은 손가락으로 이마를 톡톡 두드렸다.

스카레는 화면을 열심히 바라보며 검은 머리 아래의 눈을 보려고 했지만 볼 수 없었다.

"저 테이프를 보고 나니 어쩐지 저 친구를 좀더 이해할 수 있을 것 같아요."

그가 말했다.

"저 친구는 저런 상황에서 사람들이 흔히 보이는 행동을 하지 않습니다. 저항을 하지 않아요. 말도 한마디 않고. 저 친구가 속으로 무슨 생각을 하고 있었을까요?"

스카레는 구르빈을 바라보며 화면을 가리켰다.

"저 녀석, 무슨 소리에 귀를 기울이고 있군."

"내면의 목소리인가요?"

"그런 것 같아. 저 녀석이 고개를 흔들면서 걷는 걸 봤는데, 마치 내면의 대화 같은 것에 열심히 귀를 기울이고 있는 것 같았거든."

"저 친구가 말을 하기는 하나요?"

"가끔. 아주 이상할 정도로 격식을 갖춰서 말하지. 무슨 말인지 알아들을 수 없는 경우가 많아. 마스크를 쓴 저 악당 녀석도 아마 저 녀석 말을 못 알아들었을걸. 둘이 한마디라도 대화를 했다면 말이지만."

"이 일대에서 에르키가 유명한가요?"

"아주 유명하지. 항상 도로를 따라 돌아다니니까. 가끔 남의 차를 얻어 타기도 하는데, 감히 그 녀석을 태워주려는 사람은 많지 않아. 녀석은 버스나 기차를 타고 여기저기 돌아다니는 걸 좋아해. 항상 움직이는 걸 좋아하니까. 잠은 어디든 제 마음 내키는 데서 자고. 공원 벤치든, 숲 속이든, 버스 정류장이든."

"친구는 하나도 없어요?"

"저 녀석이 친구를 원하지 않아."

"자네가 저 친구한테 물어보기라도 했나?"

세예르가 무뚝뚝하게 말했다.

"에르키한테 뭘 물어보는 사람은 없어요. 항상 녀석과 거리를 유지하죠."

구르빈이 말했다.

세예르는 생각에 잠긴 채 앉아 있었다. 짧게 깎은 그의 회색 머리에 햇빛이 부딪쳐 희미하게 빛났다. 구르빈은 그를 보면서 그리스의 금욕

주의자를 떠올렸다. 머리에 월계관만 씌우면 완벽할 것 같았다. 경감은 무심히 한쪽 팔꿈치를 긁으면서 오랫동안 생각에 잠겨 있었다.

"등대에는 나이 많은 사람들만 있는 줄 알았는데."

마침내 그가 말했다.

"옛날에는 그랬죠."

구르빈이 말했다.

"지금은 젊은이들을 위한 정신병원입니다. 환자 사십 명이 네 구역에 분리 수용돼 있는데, 그중 한 구역은 출입통제구역이에요. 우리 식으로 표현하면 잠겨 있다는 얘기죠. 거기 사는 사람들은 그 구역을 구치소라고 부릅니다. 저도 구테바켄 출신인 아이를 데리고 거기 한 번 가본 적이 있습니다."

"에르키의 주치의를 찾아서 얘기를 해봐야겠어. 에르키가 위험한지 아닌지 판단하기가 왜 그토록 어려운 건가?"

"소문이 워낙 많아요."

구르빈이 그를 바라보았다.

"무슨 일만 일어나면 녀석이 그 탓을 뒤집어쓰죠. 하지만 제가 알기로도 그 녀석이 범죄라고 할 만한 일에 얽혀든 적은 한 번도 없습니다. 기차에 무임승차를 하거나 가게에서 물건을 훔친 것 외에는. 그런데도 확신할 수가 없어요."

"에르키가 가게에서 뭘 훔치는데?"

"초콜릿이요."

"가족들하고는 전혀 접촉이 없고?"

"에르키가 가족들을 안 보려고 합니다. 어쨌든 가족들도 그 녀석을 도울 수 없는 처지고요. 그 녀석 아버지는 아들을 포기해버렸죠. 그렇다고 그 아버지를 욕할 수도 없습니다. 간단히 말해서 에르키한테는 아무 희망이 없어요."

"에르키의 주치의가 지금 이 자리에서 자네 말을 듣고 있지 않은 게 다행인지도 모르겠군."

세예르가 조용히 말했다.

"그럴지도 모르죠. 하지만 녀석은 거의 평생 동안 환자였습니다. 적어도 십육 년 전에 그 녀석 어머니가 죽은 후로는 줄곧 그랬어요. 그 정도면 알 만하죠."

세예르가 자리에서 일어나 책상 밑으로 의자를 밀어 넣었다.

"가서 커피나 한 잔 하세. 자네가 알고 있는 걸 전부 듣고 싶군."

카닉은 마치 부처처럼 침대에 앉아 있었다. 바닥에 반원형으로 둘러앉아 그의 이야기를 듣고 있는 아이들은 그가 그 뚱뚱한 몸으로 가부좌를 할 수 있다는 것에 놀라고 있었다. 처음에는 아무도 그의 말을 믿지 않았다. 카닉이 숲 속에서 시체를 발견한다는 것이 있을 법한 일인가? 그것도 난도질당한 시체를 발견하다니. 적어도 카닉의 말에 의하면 시체가 그런 상태였다고 했다. 난도질당했다고. 특히 가장 나이가 많은 카르스텐은 카닉의 말을 믿을 수 없었다. 대개 진실을 독점하는 것이 자신이었으므로. 마르군이 카닉의 이야기를 확인해주었을 때 그가 지은 표정을 카닉은 지금도 생생히 기억하고 있었다. 그것은 그가 거둔 최고의 승리 중 하나였다. 이제 아이들은 모두 카닉의 입에서 그 이야기를 직접 듣고 싶어 했다. 아무리 작은 것이라도 하나도 빼놓지 않고.

하지만 구테바켄이 어떤 곳인지 잘 아는 그들은 세상에 공짜는 없다는 것을 알고 있었다. 따라서 갖가지 선물이 카닉 앞의 침대보에 놓여 있었다. 피르클뢰버 초콜릿 바, 분홍색의 후바부바 껌 한 통, 바삭바삭한 포테이토칩 한 봉지, 모카 초콜릿 한 상자. 선물은 이것뿐만이 아니었다. 담배 열 개비와 일회용 라이터도 있었다. 모두들 눈을 반짝이며 기다리고 있었다. 카닉은 그들이 사실만을 담은 무미건조한 이야기로는 만족하지 않으리라는 걸 분명히 알 수 있었다. 그들은 피를 원하고 있었다. 그 욕구를 충족시켜주지 못하는 이야기는 아무 소용이 없었다. 게다가 그들은 할디스를 알고 있었다. 할디스는 신문 부고란에 실리는 낯선 사람이 아니라 생생하게 살아 있는 사람이었다. 아니 적어도 얼마 전까지는 그랬다.

카닉은 살인사건에 대해 너무 많이 떠들어대면 안 된다는 말을 들었다. 마르군은 아이들이 흥분하는 것을 원하지 않았다. 그렇지 않아도 다루기 힘든 아이들이었으니까. 이곳 직원들은 열악한 환경에서 일하면서 잡다하게 뒤섞인 아이들을 간신히 통제하고 있었다.

카닉은 푸른 눈을 가늘게 떴다. 그는 시몬으로 시작해서 카르스텐으로 끝내기로 마음먹었다. 시몬은 겨우 여덟 살이었는데, 그를 보면 녹고 있는 초콜릿 무스가 떠올랐다. 달콤하고 부드러운 검은색 초콜릿 무스.

"난 활과 화살을 가지고 나갔어."

카닉이 시몬의 갈색 눈에 시선을 고정시킨 채 이야기를 시작했다.

"두 번째 화살로 살찐 까마귀 한 마리를 막 쏘았을 때였지. 덴마크에 주문해서 만든 화살촉 두 개가 내 가방 속의 비밀 주머니에 숨어 있어. 아무한테도 말하면 안 돼. 여기 노르웨이에서는 불법이니까."

그가 아주 중요한 이야기를 하는 것처럼 덧붙였다.

카르스텐은 아주 오랫동안 고통을 받은 사람 같은 표정을 하고 있었다.

"까마귀가 설탕 자루처럼 뚝 내 발치에 떨어졌어. 숲에는 아무도 없었지만 누가 근처에 있는 것 같은 기분 나쁜 느낌이 들더라. 너희도 내가 항상 숲 속을 돌아다니는 거 알잖아. 무슨 일이 일어날 것 같으면 나는 감이 온다고. 아마 내가 동물들의 세계에서 워낙 많은 시간을 보내서 그럴 거야."

그는 이렇게 극적으로 서두를 뗀 것에 흡족해하며 숨을 들이쉬었다. 시몬은 그의 말 한마디 한마디에 목을 매고 있었다. 아무도 감히 한숨조차 내쉬지 못했다. 그의 이야기에 방해가 될까 봐.

"나는 까마귀를 땅바닥에 그냥 놔두고 할디스 할머니네 집으로 향했어."

그는 이제 고개를 돌려 시베르트를 바라보았다. 시베르트는 머리를 뒤로 땋아 늘인 열한 살짜리 주근깨 소년이었다.

"그런데 집이 이상하게 조용한 거야. 할디스 할머니는 항상 일찍 일어나는 사람이니까, 나는 할머니가 어디 있나 찾아봤지. 주스라도 한 잔 얻어먹을까 하고. 그런데 아무도 보이질 않더라고. 하지만 커튼이 열려 있어서 할머니가 커피를 마시면서 잡지를 보나보다 했어. 그런 적이 많으니까."

야파라고 불리는 얀 파르스타드가 카닉의 눈을 들여다보며 잔뜩 긴장해서 다음 말을 기다렸다.

"그렇다면 염소 치즈랑 집에서 만든 빵을 한 조각 얻어먹을 수도 있겠다 싶었어. 한번은 할디스 할머니가 나한테 빵을 여덟 조각이나 먹게 해준 적도 있었거든. 그게 마지막이었지만."

그는 그때의 기억을 떠올리며 눈을 깜박거렸다.

"빨리 요점을 말해!"

카르스텐이 침대보 위의 모카 초콜릿을 흘깃 바라보며 소리쳤다. 모카 초콜릿은 그가 이 이야기를 듣기 위해 바친 선물이었다.

"우물가를 돌아 나오자마자 할디스 할머니가 보였어. 그런데 말이지,"

그가 침을 꿀꺽 삼켰다.

"아마 그 광경이 평생 내 머릿속에서 떨어지지 않을 거야."

"그건 알겠는데, 도대체 뭘 본 거야?"

카르스텐의 목소리가 가성처럼 높아졌다. 그는 아이들 중에서 콧수염이 거뭇거뭇하게 나기 시작하고 양쪽 콧방울에 여드름이 처음 돋기 시작한 유일한 아이였다.

"할디스 호른 할머니의 시체를 본 거야!"

카닉이 이렇게 말하면서 커다란 소리로 숨을 내쉬었다. 그동안 숨 쉬는 것을 잊어버리고 있었기 때문에.

"현관 계단에 하늘을 보고 누워 있었어. 한쪽 눈에 괭이가 박힌 채로. 눈구멍에서는 뇌수가 쏟아져 나오고. 오트밀 같았어."

그의 시선이 점점 아련해졌다.

"뇌수가 뭐야?"

시몬이 낮은 목소리로 물었다.

"뇌를 말하는 거야."

카르스텐이 재미없다는 듯이 말했다.

"뇌가 쏟아져 나올 수는 없잖아, 안 그래?"

"쏟아져 나올 수 있지. 정신없이 쏟아져 나와. 네 두 귀 사이에 수프처럼 묽은 것이 들어 있다는 걸 모르는 모양이구나."

시몬은 셔츠에서 실밥을 하나 잡아당기더니 기어코 그 실밥을 뜯어내고 말았다.

"병에 뇌가 들어 있는 걸 본 적이 있어. 그건 흐르지 않던데."

그가 샐쭉한 목소리로 말했다. 하지만 경험이 더 많은 다른 아이들에게 감히 반대 의견을 말하고 있기 때문에 조금 불안한 것 같기도 했다. 그가 가장 어리다는 사실을 피해 갈 길은 없었다.

"저런 바보! 보존 처리를 했으니까 흐르지 않은 거지. 처리를 하면 그게 버섯처럼 단단해져서 얇게 자를 수도 있다고. 텔레비전에서 봤어."

"보존 처리가 뭐야?"

시몬이 물었다.

"단단하게 만드는 거야. 단단하게 만드는 것 속에 그걸 넣는 거야. 하지만 카닉의 뇌를 그렇게 하지는 않을걸. 저 녀석 뇌는 이미 오래전에 단단해져버렸으니까."

"그만해! 카닉의 얘기를 끝까지 들어야지."

이번에는 필립이 끼어들었다. 그 둘이 한번 말싸움을 시작하면 절대로 끝나지 않았다. 게다가 마르군이 언제라도 이곳에 나타날 수 있었다. 그녀는 살인사건 이야기를 하지 말라는 자신의 지시를 아이들이 따를 거라고는 생각하지 않을 것이다. 그렇게 순진한 사람이 아니었으니까. 문제는 그녀가 나타날 때까지 시간이 얼마나 남았느냐는 것이었다. 그동안 카닉에게서 자세한 이야기를 많이 끌어내야 했다.

카닉은 목사처럼 참을성 있게 기다리며 인상을 살짝 찌푸리고 자기 앞에 놓인 선물들을 바라보았다. 그는 모카 초콜릿부터 시작하기로 했다.

"할머니의 시체가 벌써 썩기 시작했더라고."

그는 썩기 시작했다는 말에 유독 힘을 주면서 말을 계속했다.

"뭐?"

카르스텐이 코웃음을 쳤다.

"웃기는 소리 하지 마! 시체가 썩기 시작하려면 며칠이 걸려. 에르키가 아직 현장을 떠나지도 못했다면서 그런 소리를……."

"저 위의 숲 속이 얼마나 더운지 알아?"

카닉이 앞으로 몸을 숙이며 말했다. 그의 목소리가 분노 때문에 가볍게 떨리고 있었다.

"그렇게 더운 데서는 몇 분 만에 썩기 시작해."

"쥐뿔도 모르는 녀석이. 경찰이 오면 내가 물어볼 거야. 그런데 네가 별로 중요한 인물이 아닌가 보다, 카닉. 그렇지 않다면 경찰이 벌써 옛날에 널 찾아 왔을 텐데."

"구르빈 순경이 그러는데, 경찰이 반드시 올 거라고 했어."

"그건 두고 봐야지. 어쨌든 시체가 썩었다는 얘기는 집어치워. 우린 네 말을 안 믿으니까. 내가 선물을 준 건 진실을 듣고 싶어서야."

"좋아! 제일 심한 부분은 그냥 건너뛰지 뭐. 어쨌든 여기에 애들이 있으니까 말이야. 그럼 괭이 얘기로 돌아가서……."

"그게 어떤 괭이였어?"

또 필립이었다.

"네가 흙을 뒤집을 때 쓰는 거. 감자랑 잡초를 파낼 때 쓰는 거 말이야. 자루가 긴 도끼처럼 보였어. 사실 도끼였는지도 몰라. 할디스 할머니의 머리가 거의 둘로 쪼개질 지경이었으니까. 눈알이 빠져나와서 뺨 위에 대롱대롱 매달려 있었어. 그리고……."

카르스텐이 눈을 흘겼다.

"넌 비디오를 너무 많이 봤어. 에르키 얘기를 해봐."

그가 말했다.

"에르키가 누구야?"

시몬이 물었다. 그는 다른 도시 출신인데다 여기 온 지도 얼마 안 되었다.

"숲 속의 공포지."

카르스텐이 자기 얼굴에 난 여드름을 잡아 뜯으며 이죽거렸다.

"이번에도 그냥 넘어갈 거야. 항상 그냥 넘어가니까. 게다가 에르키는 진짜 미친놈이거든. 미친놈들은 절대로 유죄판결을 안 받아. 정신병원에 앉아서 약이나 삼키고 있다가 밖에 나와서 곧장 사람을 죽이기 시작하지. 사람들이 에르키한테 구속복을 입히면 이빨로 계속 사람을 줄일걸."

"에르키가 밖으로 나와?"

시몬이 불안한 목소리로 말했다.

"이미 나왔어, 이 멍청아. 경찰이 아직 에르키를 못 찾았대."

"어디 있는데?"

"저 위 숲 속에."

시몬은 겁에 질린 시선으로 창밖을 흘깃 바라보았다. 저 위의 나무들이 있는 곳을.

"에르키는 미쳤어. 하지만 미친 거랑 멍청한 건 달라."

카닉이 생각에 잠긴 목소리로 말했다.

"에르키는 내가 자기를 보는 걸 봤어. 어쩌면 날 뒤쫓을지도 몰라. 내가 경찰한테 보호를 받아야 하는 건데."

그는 걱정스럽게 얼굴을 찡그리며 아이들을 바라보았다. 이 말이 아이들의 머릿속에 제대로 박혔는지, 자기가 그토록 위험에 처해 있다는 말의 뜻을 아이들이 제대로 이해했는지 보기 위해서였다. 복수심에 불타는 미친놈이 그의 뒤를 쫓고 있었다. 이보다 더 위험한 일은 있을 수 없었다.

"하. 에르키는 아마 벌써 멀리 가버렸을걸. 네 말대로 에르키는 멍청하지 않으니까 말이야. 에르키가 어떤 꼴을 하고 있었냐?"

카르스텐이 물었다.

"몸에 피가 묻어 있기라도 했어?"

"나무 뒤에 서 있었어."

카닉이 낮은 목소리로 말했다.

"서 있는 꼴이 웃겼어. 팔을 옆구리에 늘어뜨리고 똑바로 앞만 바라보고 있었다고. 눈이 진짜 이상해. 우리 삼촌이 그린란드 개를 기르는데, 에르키 눈이 그 개들하고 똑같아. 죽은 물고기 눈처럼 허여멀건 한 게."

그는 벌렁거리는 심장을 안고 할디스의 집 마당에 서서 겁에 질려 숲 속의 검은 나무들을 바라보다가 갑자기 나무줄기들 사이에서 그 이상한 형체를 발견했던 운명적인 순간을 다시 생각해보았다. 그 형체는 처음에는 꼼짝도 하지 않았지만, 잠시 후 움직이기 시작했다. 뭔가 시커먼 것이 천천히 앞으로 수그러진 것이다. 카닉은 그제야 그것이 사람의 얼굴임을 알아보았다. 그림자가 드리워진 그 얼굴에서 두 눈이 그를 뚫어지게 바라보고 있었다. 악마가 직접 나타났다 해도 카닉이 그렇게 겁에 질리지는 않았을 것이다. 그는 토끼처럼 길을 따라 내달렸다. 활과 화살이 들어 있는 가방을 버려야 한다는 것을 알고 있었지만 그럴 수는 없었다. 그는 한 번도 뒤돌아보지 않고 계속 달렸다.

"에르키가 전에도 사람을 죽인 적이 있어?"

야파가 물었다.

카닉은 가부좌 자세를 바꿔 뻣뻣해진 다리를 폈다.

"처음에는 자기 엄마를 죽였어. 그 다음에는 교회 옆에서 노인을 죽였지."

그가 밝은 목소리로 말했다.

"그런데도 사람들은 여전히 에르키가 자유롭게 돌아다니게 내버려두고 있어."

그는 방과 마당을 차례로 바라보며 말을 이었다.

"살인마가 사는 곳에 미성년자들로 가득 찬 이런 건물을 짓다니, 미친 짓이지."

"이 멍청아."

카르스텐이 말했다.

"이 고아원이 먼저야. 에르키가 미쳐버리기 훨씬 전부터 있었다고."

"그런데 사람들은 왜 에르키를 가둬두지 않는 거야?"

시몬이 말했다.

"갇혀 있었어. 그러다가 도망쳤지. 아마 야간 당직 간호사를 때려눕히고 열쇠를 훔쳤을걸."

시몬은 생각해보아야 할 이야기를 오늘 너무 많이 들었다. 그는 아주 천천히 카르스텐에게 다가가서 그에게 몸을 기댔다.

"걱정 마, 시몬. 여기 문에는 자물쇠가 달려 있으니까."

카르스텐이 그를 달랬다.

"게다가 에르키는 잠시도 가만히 앉아 있지 못하는 녀석이야. 항상 여기저기를 돌아다니지. 잠도 거의 안 자. 지금쯤 누군가 다른 사람을 또 죽이려고 시내로 가고 있을걸."

"누굴?"

시몬이 우는 소리를 냈다.

"아무나 마음 내키는 대로 고르는 거지. 에르키는 자기가 미워하지 않는 사람도 죽일 수 있거든."

"왜 죽이는데?"

"그럴 수밖에 없으니까. 그게 내면의 충동이거든."

시몬은 '내면의 충동'이 뭐냐고 묻고 싶었지만 용기가 없었다. 카닉이 모카 초콜릿 상자를 집어 들어 뚜껑을 열고 꼭대기의 작은 마분지를 꺼냈다. 그러고는 인심 좋게 상자를 아이들에게 돌렸다. 자신이 새로 얻은 이 지위가 그를 압도했다. 지금까지 어느 누구도 이렇게 오랫동안 가만히 앉아서 그의 말에 귀를 기울여준 적이 없었다. 다들 모카 초콜 릿을 한줌씩 꺼냈고, 잠시 동안 초콜릿을 우적우적 씹어 먹느라 아무도 말을 하지 않았다.

카르스텐은 너무나 화가 났다. 시체를 발견한 사람이 자신이 아니라 는 사실을 참을 수 없었다. 저 멍청이 카닉이 시체를 발견하다니. 자기 보다 두 살이나 어리고 뚱뚱한 저 녀석이 죽은 사람을 실제로 보다니. 다른 아이들은 시체를 본 적이 한 번도 없었다.

“할머니가 눈을 뜨고 있었어?”

그가 물었다.

카닉은 초콜릿을 씹으면서 잠시 생각에 잠겼다.

“활짝 뜨고 있었어. 아직 눈구멍에 박혀 있는 눈은.”

필립이 끼어들었다.

“옛날에 어떤 여자애 얘기를 들었는데 말이야. 그 애 인형이 밤중에 갑자기 움직이기 시작했대. 인형의 손톱도 자라기 시작했고. 아침에 여자애가 깨어보니 자기가 장님이 되어 있더래. 인형이 그 애 눈을 긁어내버린 거지.”

“우린 지금 비디오 얘기를 하는 게 아냐!”

카닉이 소리쳤다.

“이건 다 사실이라고. 넌 환상과 현실을 구분하지 못하는 게 문제야. 그래서 네가 여기 와 있는 거야. 너도 이미 알고 있겠지만.”

그는 기억을 선명히 떠올리기 위해 눈을 감았다.

“할디스 할머니의 눈은 겁에 질려 있었어. 마치 악마를 직접 본 것처럼.”

“그건 그럴듯하네.”

카르스텐이 말했다.

“놈이 그 짓을 하기 전에 할디스 할머니한테 뭐라고 말했을까? 아니면 그냥 할머니한테 달려들어서 머리를 쪼개버렸을까? 할머니가 현관 계단에 누워 있었어?”

“응.”

“머리가 계단 쪽이야, 아니면 문 쪽이야?”

"계단 쪽."

"그럼 틀림없이 놈이 집 안에 있었을 거야."

카르스텐이 말했다.

"초콜릿을 찾고 있었겠지."

"놈이 할디스 할머니한테 초콜릿을 좀 달라고 말했으면, 할머니가 줬을 텐데."

"에르키는 뭘 요구하는 법이 없어. 그냥 가져가지. 그건 누구나 다 아는 사실이야."

갑자기 아이들이 모두 깜짝 놀랐다. 문이 열리더니 마르군의 모습이 나타났다.

"정말 아늑하구나!"

그녀는 초콜릿을 씹으며 침묵 속에서 경계의 눈초리로 자신을 바라보는 아이들을 바라보았다. 이 무정한 고아원에서는 아늑한 분위기가 불가능하다고 그녀에게 말할 사람은 아무도 없을 것이다. 그녀는 아이들이 무슨 짓을 했는지 알고 있었지만, 그래도 여전히 아이들이 대견했다.

"누가 얘길 하고 있었니?"

그녀가 아무것도 모르는 사람처럼 물었다.

아이들은 방바닥만 바라보았다. 심지어 카르스텐의 속눈썹조차 파르르 떨렸다.

"너희들 모두에게 콜라를 한 잔씩 주마."

그녀가 이렇게 말하고는 자리를 떴다.

카닉은 '내면의 충동'에 대해 생각하고 있었다. 그동안 혈당이 적당한 수준으로 서서히 올라가서 따스하고 졸린 느낌이 그를 감싸기 시작했다. 그런 느낌을 만들어낼 수 있는 건 단것밖에 없었다. 술에 취한 듯 몸이 기분 좋게 피곤했고, 졸음이 약간 몰려왔다. 마치 술에 취한 것 같았다. 이런 느낌 속에서 그는 평화를 찾았다. 무엇으로부터의 평화인지는 알 수 없었지만, 그는 항상 원하는 만큼 평화를 누릴 수 없었다.

"마르군은 분명히 다이어트 콜라를 가져올 거야?"

그는 후바부바의 포장지를 찢으면서 한숨을 내쉬었다. 상자 안에는 아이들이 하나씩 나눠 가지면 딱 맞는 숫자의 껌이 들어 있었다. 그의 너그러움은 한이 없었다. 할디스의 살인사건은 아이들을 그 어느 때보다 가깝게 만들어주었다. 대개 아이들은 서로 대립하며 싸워댔다. 아웃사이더들로 이루어진 이 작은 집단에서 하찮은 자신의 지위나마 지키려고 몸부림을 쳤다. 그들은 미래의 꿈을 이미 포기했다. 시몬만이 예외였다. 시몬에게는 부자 삼촌이 있는데, 경주마가 서른 마리나 있는 목장에 와서 살아도 좋다고 말했다고 했다. 단 말썽을 부린 대가로 넉 달 동안 형을 치른 후에. 삼촌은 또한 시몬이 죗값을 치르는 동안에는 와서 데려갈 수 없지만, 곧 함께 새로운 삶을 시작하게 될 거라고 했다.

마르군이 카닉의 예언대로 무설탕 콜라와 컵을 쟁반에 담아 가지고 다시 나타났다.

"바닥에 흘리면 안 된다."

그녀는 카닉에게 경고의 눈초리를 보냈다. 마르군은 아이들을 야단치는 사람이 아니었다. 아이들은 그녀의 자식이었고, 그녀는 이 아이들을 사랑했다. 그래서 아이들을 야단치려고 할 때마다 바람 빠진 풍선처럼 용두사미가 되어버렸다. 아이들도 모두 그녀를 사랑했다. 그들의 삶에서 그들을 사랑해주는 사람이라고는 그녀뿐이었으니까. 이곳에는 토를레이프, 잉가, 리하르트 등 다른 직원들도 있었다. 그들도 모두 괜찮은 사람들이었고, 일도 열심히 했지만 아직 젊기 때문에 좀더 나은 곳을 찾아 앞으로 나아가고 싶어 했다. 그들에게 아이들은 되도록 빨리 가로질러야 하는 거친 땅에 불과했다. 하지만 마르군은 나이가 많았다. 이미 예순이 다 된 나이라 앞으로 나아가려는 야망이 없었다. 그녀의 종착지는 이곳이었다. 회색 석면으로 뒤덮이고, 방마다 미숙하고 폐쇄적인 냄새가 나는 이 흉측한 건물. 그녀는 쓰레기 더미 속에서 언젠가 가치 있는 것을 발견할 거라는 희망을 버리지 못했다. 그래서 지하실 뒤쪽의 곰팡내 나는 공간을 좋아하는 사람들처럼 이곳을 좋아했다. 아이들은 그것을 쉽게 알아차렸다. 오로지 시몬만이 아직 결론을 내리지 못했다. 그는 다른 아이들에게 질문을 던져 그 아이들이 내놓는 대답을 받아들였다.

카르스텐이 잔에 콜라를 따라서 아이들에게 나눠주었다. 다들 껌을 씹느라 턱을 움직이고 있었다. 카닉은 자신의 전리품을 더 나눠줄 건지 아니면 앞으로 형편이 나빠질 때를 대비해서 남겨둘 것인지 생각하느라 인상을 찌푸린 채 침대 위의 물건들을 내려다보았다. 지금은 황금의 순간이었다. 앞으로 이런 순간을 또 맞으려면 아마 한참을 기다려야 할 터였다.

"지금 할디스 할머니는 어디 있어?"

마르군이 나간 후 팔테가 물었다. 그의 본명은 팔 테오도르였고, 그가 여기 오게 된 건 누군가의 착오 때문이었지만 아직 아무도 그 사실을 모르고 있었다. 그가 어른이 되면 잘못된 구금에 대한 보상금으로 수백만 크로네를 받게 될 터였다. 그 희망이 그를 버티게 해주었다.

"시체실에 있어."

카닉이 콜라를 꿀꺽 삼키고 나서 말했다.

"냉동실에."

"냉장실이야."

카르스텐이 그의 말을 바로잡았다.

"당연히 부검을 할 거 아냐. 그런데 시체가 얼어 있으면 배를 가를 수가 없잖아."

"배를 갈라?"

시몬의 눈이 두려움 때문에 어두워졌다.

카르스텐이 시몬의 어깨를 감싸 안았다.

"사람이 죽으면 배를 갈라. 사망 원인을 알아내려고."

"사망 원인은 눈에 박힌 괭이잖아."

필립이 트림을 하며 말했다.

"괭이가 정확히 뭘 맞혔는지 알아봐야 돼. 그냥 추측만 할 수는 없다고."

"괭이가 눈을 정면으로 맞혔어."

"그거야 그렇지. 하지만 사망증명서가 있어야 돼. 사망증명서가 없으면 아무도 땅에 묻힐 수 없어. 그나저나 범인이 왜 괭이를 썼을까?"

카르스텐이 말했다.

"맨손으로도 잘만 죽일 수 있었을 텐데."

"그때는 그러고 싶지 않았나 보지."

카닉이 입술을 오므리며 대답했다. 그러고는 풍선껌을 커다랗게 불었다. 풍선이 그의 얼굴을 절반이나 가렸다가 펑 터지면서 그의 코와 입을 뒤덮었다. 그는 더러운 손가락으로 껌을 떼어 다시 입 속에 넣었다.

"그래도 경찰이 지금 범인을 찾고 있는 거 아냐?"

시몬은 귓불을 잡아당기고 있었다. 마음을 진정시키고 싶은 모양이었다.

"그거야 당연하지. 경찰이 총에 총알을 채워가지고 범인을 뒤쫓고 있을걸. 방탄조끼도 입고 말이야. 틀림없이 경찰이 범인을 잡을 거야."

카르스텐이 짜증스럽다는 듯이 고개를 젖혔다.

"웃기는 건 경찰이 범인을 해치지 않고 산 채로 잡아야 한다는 거야."

그는 아이들을 바라보았다. 이건 그가 잘 아는 이야기였다.

"미국이 더 나아. 거기 경찰은 범인들을 그냥 쏴 죽이거든. 보통사람들을 훨씬 더 많이 생각하는 거지. 난 사형제도에 절대 찬성이야!"

그가 선언하듯 말했다.

이 마지막 말과 함께 모임이 끝났다.

8

스스로를 모르간이라고 밝힌 남자는 풀이 무성한 작은 둔덕에 앉아 있었다. 그의 총은 옆의 풀밭에 있었다. 에르키는 야자수와 과일 무늬로 뒤덮인 반바지를 계속 몰래 힐끔거렸다.

모르간은 상황을 정리해보려고 애썼다. 상황이 지금보다 더 나빠질 수도 있었다. 그는 은행에서 나와 도시를 벗어났고 차도 처리했다. 수중에는 약속대로 돈이 있었다. 차는 잘 숨겨놓았다. 만약 이 길이 인적이 드문 곳이라면, 며칠이 지나야 비로소 차가 발견될 터였다. 경찰은 차에서 그의 지문을 찾지 못할 것이다. 그가 장갑을 벗은 적이 없으니까. 경찰이 인질의 정체를 밝혀냈는지 궁금했다. 어쩌면 은행의 감시 카메라 화질이 형편없을 수도 있었다.

"이봐."

그가 낮은 목소리로 말했다. 북소리가 좀 작아졌어. 에르키는 속으로 생각했다. 자신의 머릿속에 질서가 좀 잡힌 모양이었다.

"적어도 이 질문에는 대답할 수 있겠지."

그는 무릎을 모으고 그루터기에 앉아 있는 에르키를 올려다보았다.

"네가 어디서 도망쳤는지 아닌지만 말해줘. 무슨 요양소나 뭐 그런 데서. 아니면 네가 혼자 살고 있는지, 엄마랑 살고 있는지. 궁금해서 그래. 뭐 그렇게 어려운 질문도 아니잖아, 안 그래?"

그는 대답을 기다리는 동안 가방에서 담뱃갑을 꺼냈다. 에르키는 대답하지 않았다. 네스토르가 막 자세를 잡으려 하고 있었다. 무릎에 턱을 괴고 손으로 다리를 감싼 채 쭈그리고 앉는 자세. 그것이 그의 자세였다. 그가 그렇게 앉아 있을 때는 에르키가 말을 할 수 있었다.

"내 말은, 너 혹시 병원 같은 데서 도망친 게 아니냐는 거야. 혹시 널 찾는 사람이 있어? 널 찾으려고 수색 같은 게 벌어지고 있는 거야?"

이 질문을 들은 에르키가 고개를 앞뒤로 흔들었다.

"우리 규칙을 정하자."

모르간이 말했다.

"내가 너한테 질문을 하나 하고, 만약 네가 그 질문에 대답한다면 너도 나한테 질문을 하나 할 수 있어. 나는 너한테 다른 질문을 하고 싶으면 반드시 네 질문에 대답해야 하고. 어때?"

모르간은 인질을 바라보았다. 이런 제안을 한 자신이 무척 대견했다. 검은 가죽 재킷과 어두운 색의 바지를 입었는데도 인질은 땀을 흘리는 것 같지 않았다. 이상한 일이었다. 모르간 자신은 땀에 흠뻑 젖어 있는데 말이다. 땀 때문에 그의 민소매 셔츠에 커다란 얼룩이 나 있었다.

"난 그저 네가 누군지 알고 싶을 뿐이야."

그가 덧붙였다.

"그런데 그게 그리 쉽지가 않네."

“악마가 양초를 들고 있을 때는 사람이 잘 볼 수 없다.”

에르키가 말했다. 지친 목소리였다. 마치 모르간처럼 한심한 사람에게 말을 낭비하는 데 너무 많은 힘이 든다는 듯이.

모르간은 에르키의 목소리에 깜짝 놀랐다. 밝고 기분 좋은 목소리였다. 게다가 말을 하는 그의 태도가 아주 엄숙했다. 에르키는 고개를 살짝 기울이고 네스토르가 속삭이는 소리에 열심히 귀를 기울였다. 강도의 제안이 친숙하게 들렸다. 그들이 정신병원에서 하던 게임과 같았다. 집단치료 시간에.

“내가 먼저 할게.”

그가 말했다.

모르간은 미소를 지었다. 너무나 정상적인 말을 들으니 마음이 놓였다.

“하지만 너한테도 똑같은 규칙이 적용되는 거야, 알지? 내가 정직하게 대답하면 나도 너한테 정직한 대답을 들을 권리가 생기는 거라고.”

에르키가 동의한다는 듯이 그와 눈을 맞췄다.

“이제 어떻게 할 거야?”

그가 이 질문을 던지는 순간 저 깊은 지하실에서 네스토르의 날카로운 웃음소리가 들려왔다.

모르간은 인상을 찌푸렸다. 그는 험악한 표정으로 검은 옷을 입은 상대를 바라보며 입술을 핥았다.

이제 어떻게 할 거야? 이건 뜻밖의 질문이었다. 뭐 멋대로 대답을 지어내도 상관없을 것이다. 이 미친놈은 그의 대답을 거의 이해하지 못할 테니까. 하지만 규칙상 거짓말을 해서는 안 되었다. 게다가 저 번득이는 눈을 보며 거짓말을 할 수는 없을 것 같았다. 그는 자신이 지금 무서울 정도로 외롭다는 사실을 깨달았다. 땀이 더 많이 흘러내렸다. 이제 어떻게 할 거야? 젠장, 그걸 내가 어떻게 알아. 돈이 가득 든 가방을 들고 도저히 이해할 수 없는 천치와 함께 이렇게 앉아 있는데. 그는 잠시 망설이다가 어깨를 으쓱했다.

"어두워지기를 기다려야지."

그가 말했다.

어두워지기를 기다린다. 네스토르가 입술을 구부려 마치 미소처럼 보이는 표정을 지었다. 저놈한테 말해, 에르키! 저놈이 눈을 뜨게 해줘.

"어두워지지 않을 거야."

에르키가 말했다.

"지금은 한여름이니까."

"내가 바본 줄 알아?"

모르간이 쏘아붙였다.

그럼, 바보지. 네스토르가 태평한 노파처럼 몸을 앞뒤로 흔들면서 쿡쿡 웃었다.

"자정부터 새벽 두 시 사이에 어스름이 깔릴 거야. 그때 가서 보자고."

모르간이 말했다.

목소리가 다시 위협적으로 들렸고, 북소리가 제멋대로 울리기 시작했다.

"이제 내 차례야. 넌 어디가 잘못된 거냐?"

에르키는 손가락을 쫙 벌렸다. 모르간은 속이 뒤집힐 것 같았다. 저 녀석이 저렇게 손가락을 벌리거나 고약하게 머리를 흔들어대지만 않는다면 참아줄 수도 있을 텐데.

정직한 대답을 해야 해. 난 어디가 잘못된 거지? 떨림이 빠르게 몸을 훑고 지나가더니 지하실의 잿빛 먼지를 휘저었다. 네스토르가 난폭하게 소리를 질렀다. 내가 어디가 잘못됐냐고? 그는 바닥을 내려다보았다. 그의 발 바로 옆 풀 속에 피처럼 붉은 자국이 생겨났다. 그것이 점점 솟아오르면서 서서히 커졌다. 발을 일 센티미터만 움직여도 운동화에 피가 닿을 것 같았다.

"뭐해? 대답 안 할 거야?"

모르간이 부루퉁한 표정을 지었다.

"서로 동의했잖아. 넌 어디가 잘못된 거야? 정직하게 대답해. 어서."

에르키는 앉은 채로 얼음처럼 딱딱하게 굳어서 자기 운동화를 뚫어져라 바라보고 있었다.

"좋아, 내가 호의를 베풀어주지. 너하고는 다르게. 넌 조금 이상하니까 말이야. 다른 질문을 할게. 하지만 이번에도 네가 나한테 제대로 대답하지 않으면 화낼 거야."

그는 자기 말이 진심임을 강조하기 위해 무서운 시선으로 에르키를 노려보았다.

"너 이 언덕을 올라올 때 무지 빠르게 걷던데. 그렇게 빠른 사람을 본 적이 없어. 너 이 근처를 잘 아냐?"

"응."

에르키가 고개를 들며 말했다. 그는 발을 움직이지 않으려고 조심하고 있었다.

모르간은 신이 난 모양이었다.

"여길 잘 알아? 그럼 우리가 어두워질 때까지 앉아서 쉴 만한 곳도 알겠네? 아니면 우리가 나뭇가지로 대충 움막 같은 걸 만들어야 되나? 어떻게 생각해?”

이제 에르키가 대답해야 할 질문이 아주 많았다. 그는 분명하지 않은 남자의 말에 짜증을 내면서 고민에 빠졌다. 잘 알아? 나뭇가지로 움막을 만들어?

“응.”

그는 핏자국을 확인하면서 말했다. 벌레 여러 마리가 몰려와서 주위를 기어 다니며 잔치를 벌이고 있었다.

“그러니까 이 일대를 잘 아는 것도 맞고, 우리가 나뭇가지로 움막을 지어야 한다는 것도 맞단 말이지?”

모르간이 신이 나서 말했다.

“좋았어. 네가 움막을 지어. 난 총을 들고 있을 테니. 난 나뭇가지에 찔리기 싫거든.”

그는 가문비나무의 가장 낮은 가지를 나른하게 옆으로 밀어냈다. 에르키는 자기 발과 아주 가까운 풀밭에 놓여 있는 총을 바라보았다.

“야,”

모르간이 말했다.

“너 관찰력이 좋냐? 예를 들어, 경찰서에서 나를 콕 집어내야 한다면 어떨 것 같아? 뭐 일이 그렇게 되지는 않겠지만, 그냥 한번 말해봐. 내 인상착의를 어떻게 설명할래?”

에르키가 속삭이듯 말했다.

“이제 내 차례야.”

“미안, 그렇지. 빨리 물어봐.”

그는 종이에 침을 묻히고 담배를 입술 사이에 끼운 다음 더듬거리며 라이터를 찾았다.

"넌 어디가 잘못된 거야?"

에르키가 말했다.

모르간은 어리둥절한 표정으로 그를 빤히 바라보았다. 불쾌하다는 듯 그의 눈이 가늘어졌다. 네스토르가 킬킬거렸다. 외투가 구석에서 양팔을 조금 펄럭거렸다. 외투는 항상 헐렁했다. 어떤 의미에서는 아무 힘이 없는 셈이었다. 에르키는 가끔 외투가 항상 허세만 부린다는 생각을 했다. 외투는 빌어먹을 허풍쟁이에 지나지 않았다.

"난 잘못된 데가 없어, 젠장."

모르간이 신경질적으로 말했다.

"지금까지 난 네 손끝 하나 안 건드렸어. 앞으로도 계속 그럴지 아닌지는 네가 얼마나 협조를 하느냐에 달렸어."

그는 자신이 없었다. 미친놈들의 생각을 알아내기는 어려웠다. 워낙 예측할 수 없는 놈들이니까. 하지만 미친놈들에게도 어느 정도의 논리는 있었다. 적어도 그가 아는 한은 그랬다. 그러니 그 논리를 찾아내기만 하면 될 일이었다.

"내 한 가지 말해주지."

그가 말했다.

"네가 어디가 잘못된 건지 나도 조금은 알아. 정신병원에서 사회봉사를 한 적이 있으니까. 너 그건 짐작도 못했지? 내가 군복무를 거부했거든. 평화주의자라서."

그는 풀밭에 놓인 권총을 내려다보며 좋아 죽겠다는 듯 웃어댔다.

"거기 이상한 놈이 하나 있었어. 제 팬티 냄새를 맡으면서 돌아다니던 놈. 그것만 빼면 파리 한 마리 못 죽이는 녀석이야. 너는 어때? 너도 팬티 냄새를 맡으면서 돌아다니냐?"

이 남자가 이토록 유치하다는 사실을 깨달은 것이 에르키에게는 따분한 일이었다. 그는 핏자국을 확인해보았다. 여전히 그 자리에 있었다.

"그런데 생각해보니까,"

모르간이 말했다.

"이제 내가 질문을 할 차례네. 너 만약 경찰서에 가서 내 인상착의를 말해야 한다면 뭐라고 할래? 빨리 말해봐."

바보 같은 놈. 우스꽝스러운 반바지를 입은 꾀죄죄한 광대 녀석. 항상 겁에 질려 있지. 저 총이 없어지면 저놈은 아무것도 못 할 거야. 정신병원 사람들이 저 녀석을 보면 틀림없이 저 녀석이 어렸을 때 제대로 보살핌을 못 받아서 저런다고 할 거야.

에르키는 이글거리는 눈으로 그를 계속 유심히 바라보았다. 모르간이 왠지 불안해질 정도였다.

키, 백칠십 센티미터쯤. 이보다 크지 않은 건 확실해.

모르간은 말없이 그의 대답을 기다렸다.

몸무게, 나보다 이십 킬로그램은 더 나갈 거야. 나이, 스물두 살쯤. 두꺼운 모래 빛깔 머리카락. 똑바로 뻗은 짙은 눈썹. 회색이 감도는 파란색 눈. 입술이 도톰한 작은 입.

모르간은 담배를 한 모금 빨고 나서 초조한 듯이 한숨을 내쉬었다.

귓불이 두툼한 작은 귀. 소시지처럼 생긴 짧은 손가락. 통통한 허벅지와 종아리. 뚱뚱해 보여. 옷차림, 바보 같아. 지능, 평균 수준. 그중에서도 약간 낮은 편.

　주위는 쥐 죽은 듯 조용했다. 새들마저 꼼짝도 하지 않았다. 오로지 에르키만이 저 아래 지하실에서 들려오는 웃음소리를 들을 수 있었다. 모르간이 일어서서 다시 총을 손에 쥐었다.

　"좋아, 비밀스럽게 굴고 싶으면 마음대로 해. 일어나. 이제 다시 출발이야!"

　모르간은 자신이 이유도 모른 채 조롱당하고 있는 것 같아서 기분이 몹시 나빴다.

　"그건 그냥 사진일 뿐이야."

　에르키가 말했다.

　"입 닥치랬지!"

　"아무도 그 사진을 뒤집어서 그 뒤에 쓰여 있는 글귀를 읽으려 하지 않아."

　"빨리 움직여!"

　"그런 거 생각해본 적 있어?"

　에르키가 말했다.

　"네가 누군지 아무도 몰라. 정말 거지같지 않아, 모르간?"

　모르간은 깜짝 놀라서 그를 바라보았다. 에르키는 일부러 천천히 일어서서 미끌미끌한 핏자국을 밟지 않으려고 크게 한 걸음을 떼더니 차를 놓아두고 온 전망대를 향해 내리막길을 걷기 시작했다. 그곳에 가면 차가운 파란색 바다를 볼 수 있을 것이다. 차들이 다니는 도로도.

　"아냐, 젠장! 계속 위로 올라가야지! 너 진짜 바보냐?"

　"내가 그냥 가고 싶은 데로 가버리면 넌 어쩔 거야?"

에르키가 낮은 목소리로 물었다.

"네 두 눈 사이에 총알을 박아 넣고 구덩이를 하나 찾아서 널 던져버릴 거야. 그러니까 빨리 움직여!"

에르키는 걷기 시작했다. 그 어느 때보다 빨리. 휴식을 취해서 기운이 나는데다가, 그는 항상 움직이고 있을 때 기분이 더 좋았다.

"그래, 그 정도 속도면 됐어. 네가 정말 이 일대를 잘 안다면 버려진 오두막 같은 거나 찾아봐. 어디 지붕이 있는 곳에 들어가 좀 쉬게."

낡은 오두막이라. 그런 곳은 아주 많았다. 비록 대부분의 오두막이 이 킬로미터쯤 떨어진 능선 반대편에 있기는 했지만. 거기까지 가려면 험한 길을 지나야 했다. 게다가 더위까지 기승을 부리고 있었다. 에르키는 목이 말랐다. 말은 하지 않았지만, 모르간도 목이 마를 것 같았다. 뒤에서 숨을 몰아쉬는 소리가 들리더니 잠시 후 아까보다 차분해진 목소리가 들려왔다.

"개울 같은 게 보이거든 나한테 말해. 목말라 죽겠어."

에르키는 계속 걸었다. 그의 길고 검은 머리카락이 좌우로 흔들렸고, 상의와 헐렁한 바지도 좌우로 실룩거렸다. 모르간은 당혹스러운 표정으로 그를 뚫어지게 바라보았다. 이 녀석은 다른 사람들하고 완전히 달랐다. 이 녀석을 어떻게 없애버리지? 내가 왜 이 검은 머리의 얼간이를 끌고 다니는 거야? 녀석을 차에 놔두고 올걸. 녀석이 경찰한테 인상착의를 말할까 봐 겁이 나서 그랬나? 아니면 다른 이유가 있었나? 저 녀석이 경찰한테 잡히더라도 아예 입을 열지 않을지도 모르는데. 그는 손목시계를 확인했다. 삼십 분 후면 라디오에서 뉴스를 할 시간이었다. 그는 걸음을 멈추고 경찰이 지금까지 무엇을 알아냈는지 들어볼 생각이었다. 그는 입과 목을 후벼 파는 갈증을 느끼며 되도록 빨리 걸었다. 아직 위스키를 마시면 안 된다는 것을 알 정도의 정신은 있었다. 미친 놈들은 언제든 위험하게 돌변할 수 있었다. 이 녀석이 특별히 건강해 보이지는 않지만, 금기의식이 없고 광기에 물든 녀석이니 어쩌면 엄청 난 힘을 발휘할 수 있을지도 몰랐다. 그러니 녀석과 거리를 두고 녀석 을 지나치게 자극하지 않는 편이 안전할 것 같기도 했다. 어쨌든 두 사 람이 서로 적은 아니었으니까. 그가 에르키를 인질로 잡은 건 순전히 충동적인 행동이었다. 녀석을 데리고 은행을 빠져나올 때는 두꺼운 방 패를 든 기분이었다. 긴장을 풀어. 그는 자신을 타일렀다. 저 녀석은 그 냥 말을 좀 이상하게 할 뿐이야. 정신병원에서 일할 때를 생각해봐. 거 기 환자들은 모두 겁에 질려 있었잖아.

에르키가 걸음을 멈추고 상의 주머니들을 차례로 두드리기 시작했 다. 그러고는 바지 주머니에 손을 찔러 넣더니 몸을 돌려 저 아래 풀밭 을 바라보았다.

"왜 그래?"

모르간이 그를 바라보며 물었다.

"뭘 잃어버리기라도 했냐? 그러니까 정신 말고 잃어버린 게 또 있는 거야?"

에르키는 다시 주머니를 전부 차례로 두드려보았다.

"담배를 찾는 거라면 내가 거저 줄 수도 있어."

"병."

에르키가 주위를 둘러보며 중얼거렸다.

"무슨 병?"

“약.”

“너 약 먹냐? 그걸 어디서 잃어버렸어?”

에르키는 대답하지 않았다. 그는 머리를 앞뒤로 여러 번 흔들면서 머릿속으로 숲길을 다시 달려 내려갔다.

“너 정신병 약을 먹는 거야? 그래, 뭐 이미 약을 잃어버렸으니 약 없이 버티는 수밖에. 그것 때문에 갑자기 발광하거나 그러지는 않을 거지?”

발광이라. 네스토르가 다시 윙윙거리는 소리를 내고 있었다. 전기가 전선을 지나갈 때 나는 소리. 그는 발광이라는 말의 뜻을 이해하지 못한다. 에르키는 다시 걷기 시작했다.

“그런 화학약품은 전부 엉터리야.”

모르간은 잃어버린 약 때문에 무슨 일이 벌어질지 생각하면서 중얼거렸다.

“그냥 널 얌전하게 만들어줄 뿐이라고. 대신 내가 위스키를 줄게.”

그가 마음을 정했다는 듯이 말했다.

에르키가 다시 걸음을 멈추고 모르간에게 시선을 고정했다.

“내 이름은 에르키야.”

“에르키?”

“난 그냥 여기에 다니러 온 것뿐이야. 네가 그 손을 잘라버릴 수 없다면, 차라리 거기에 입을 맞추는 편이 나아.”

그가 다시 걸었다. 모르간은 그의 뒷모습을 바라보며 여전히 덤불 속에 서 있었다. 원래 간수 역할을 하게 되어 있는 자신이 개처럼 포로의 뒤를 쫓아 종종걸음을 치고 있다는 생각이 들었다. 에르키는 강했고, 그보다 훨씬 빠른 속도로 가볍게 걸었다. 둘의 역할이 바뀌어 있었다.

그는 지금 늙은 여자처럼 에르키의 뒤를 따르고 있었다. 두 사람이 어디 있는지 아무도 모르니, 무슨 일이 일어나더라도 그를 구하려고 달려올 사람도 없었다. 그는 총을 잡은 손에 힘을 주었다. 허벅지에 한 발만 쏘면 충분할 것이다. 날이 어두워지는 대로 혼자 떠나야지. 시간을 벌기 위해 에르키를 묶어놓고 떠날 수도 있었다. 에르키는 불쾌한 녀석이었지만, 매혹적인 부분도 있었다. 녀석의 눈. 이상한 말들. 녀석을 둘러싸고 있는 근엄한 분위기. 마치 다른 세상에서 온 사람 같았다. 어쩌면 에르키가 아주 똑똑한지도 모른다. 천재일 수도 있었다. 원래 가장 예리한 사람들이 정신을 놓아버린다는 이야기를 언젠가 들은 적이 있었다.

모르간은 에르키와 자신의 거리가 크게 벌어졌다는 사실을 갑자기 깨달았다. 그는 불안해져서 에르키를 따라잡으려고 속도를 냈다. 우리는 도대체 어디로 가고 있는 걸까? 이 일의 결말이 어떻게 될까?

"잠깐 멈춰. 뉴스 할 시간이야!"

그의 목소리가 필요 이상으로 컸다. 마치 자신의 위치를 강요하고 싶은 것처럼. 마치 그 자신이 자신의 위치를 의심하기 시작한 것처럼. 그는 일이 이렇게 돌아가는 게 무서웠다. 에르키는 계속 걸었다. 몸을 좌우로 흔들며 그를 완전히 무시한 채.

"야! 에르키!"

북이 쾅 하고 떨어지더니 여러 번 덜걱거렸다. 에르키는 걸음을 멈추고 뒤를 돌아보았다. 뒤를 따라오던 남자가 화가 나서 몸을 부들부들 떨고 있었다. 통제력을 잃어버린 남자만큼 불쌍한 건 없어. 그는 생각했다.

"내가 명령을 내릴 때마다 멋대로 굴면 어떡해. 여기선 내가 대장이라고."

틀린 말이었다. 그는 총을 갖고 있을 뿐이었다. 에르키는 입을 꾹 다물었다.

"앉아. 뉴스 할 시간이야. 놈들이 얼마나 알아냈는지 들어봐야겠어."

둘은 널찍한 능선의 정상까지 거의 다 올라와 있었다. 능선 너머에는 부드러운 초록색의 또 다른 능선이 저 멀리 안개 속으로 뻗어 있었다. 모르간이 가방 속을 뒤져 라디오를 찾아내서는 잠시 안테나를 조정했다. 에르키는 덤불 속에 드러누워 눈을 감았다.

"그렇게 누워 있으니까 유령 같다."

모르간은 정신을 바짝 차리려고 애썼다. 그는 정말로 놀라서 에르키를 유심히 살펴보았다.

"해가 이렇게 쨍쨍한데 넌 어떻게 그리 창백하냐?"

그가 쿡쿡 웃었다.

"아무래도 넌 다른 세상에서 사는 모양이다. 거긴 아주 깜깜한 곳이지?"

그는 지역 방송국의 주파수를 맞추었다. 그러고는 라디오에서 흘러나오는 군악대의 연주 소리가 점차 작아지는 동안 초조하게 손가락으로 바닥을 두드렸다.

"이제 뉴스 시간입니다."

종이를 부스럭거리는 소리가 들렸다.

"이십 대 초반의 남자가 오늘 아침 포쿠스 은행에서 약 십만 크로네를 강탈해 달아났습니다. 강도사건은 은행이 문을 연 직후에 발생했으며,

강도는 은행의 고객 한 명을 인질로 잡고 현장을 떠났습니다. 총이 한 발 발사되었지만 부상자는 없습니다. 아직까지 강도와 인질의 행방은 알 수 없으나, 경찰이 범인의 자세한 인상착의를 확보하고 있습니다."

모르간이 인상을 찌푸렸다.

"자세한 인상착의?"

"두 사람은 하얀색 소형차를 타고 시내를 빠져나갔으며, 경찰은 도로를 봉쇄했지만 두 사람의 신병을 확보하지 못했습니다."

"무슨 소릴 하는 거야? 난 사람들 시야에서 벗어날 때까지 마스크를 안 벗었어!"

그는 라디오를 풀밭에 내려놓았다.

"허풍 떠는 거야!"

짜증이 난 그는 주머니에서 담배쌈지를 꺼내 담배를 말았다. 에르키는 자기 앞에서 끈질기게 윙윙거리는 파리 소리에 귀를 기울이고 있었다.

"경찰은 어제 아침에 살해당한 시신으로 발견된 일흔여섯 살의 할디스 호른 사건에 관해 아직 이렇다 할 단서를 잡지 못하고 있습니다. 피해자는 예리한 흉기로 잔인하게 살해된 모습으로 자택에서 발견되었으며, 피해자의 지갑이 없어졌습니다. 피해자의 훼손된 시신은 주위에서 놀던 남자아이에 의해 발견되었습니다."

모르간의 눈에 아련한 표정이 떠올랐다.

"이런 게 바로 내가 말하는 진짜 범죄라는 거야. 차이가 뭔지 알겠어? 내가 훔친 돈을 아쉬워할 사람은 아무도 없어. 은행은 보험에 들었고, 다친 사람도 없고, 자동차에도 긁힌 흔적 하나 없어. 그런데 별것도 아닌 지갑 때문에 사람을 죽이는 녀석들이 있단 말이야."

에르키는 여전히 파리가 윙윙거리는 소리에 귀를 기울이고 있었다. 파리가 자신을 놀리고 있는 게 분명했다. 그렇게 윙윙거리는 데에는 분명히 목적이 있을 테니까. 광대 같은 모르간 녀석의 수다가 짜증스러웠다. 그는 말의 의미, 중요한 순간을 위해 말을 아끼는 것의 의미를 몰랐다.

"그것도 할머니를 죽이다니! 난 도저히 이해를 못하겠어. 틀림없이 진짜로 미친놈이 그랬을 거야."

그는 에르키를 흘깃 바라보았다.

"그나저나 너 나뭇가지로 움막 잘 만드냐? 혹시 옛날에 보이스카우트 같은 거 해봤어?"

에르키는 눈을 뜨고 그를 뚫어지게 바라보았다. 모르간은 그 눈을 보며 얇은 커튼 뒤에서 희미하게 빛나는 램프를 떠올렸다.

"어쨌든 물이 있는 곳을 찾아야 돼. 너 혹시 개울이 어디 있는지 알아? 아니면 호수나?"

네스토르가 쪼그리고 앉아서 몸을 앞뒤로 흔들고 있었다. 여느 때처럼 무릎에 턱을 고인 자세였다. 이 모습을 볼 때마다 에르키는 깊은 인상을 받았다. 그는 그런 자세로 몇 시간이나 앉아 있어도 지치지 않았다. 안에 멍청한 말 몇 마디 외에는 아무것도 없기 때문에 똑바로 설 수도, 앉을 수도 없는 외투가 주머니 덮개를 흔들었다. 자기가 아직 거기 있으며, 누군가가 자신을 끌어갈 때까지 그곳에 있을 작정임을 보여주기 위해서.

"너 위스키 좋아하냐? 롱존실버, 온도는 상온."

모르간이 담배를 한 번 더 빨아들이고는 똑바로 앞을 바라보았다. 작은 가지인지 벌레인지가 그의 종아리를 괴롭히고 있었기 때문에 그는 종아리를 긁었다. 손바닥으로 벌레를 잡았더니 몸에서 땀이 났다. 그러고 나서 그는 자기 옆의 풀밭에 누워 있는 남자를 잠시 의심스러운 시선으로 바라보았다.

"어떻게 그렇게 꼼짝도 안 하고 누워 있을 수 있어?"

그가 투덜거렸다.

"네 코 바로 위에 파리들이 바글바글한데."

그는 담배를 풀밭에 비벼 끄고 갑자기 일어서서 에르키에게 다가갔다. 그러고는 몸을 수그려 에르키의 어깨를 세게 움켜쥐고 흔들었다.

에르키가 움찔했다.

"내 몸에 손대지 마!"

"그러니까 내가 널 잡는 게 싫단 말이지, 응? 내가 뭐 병이라도 옮길까 봐 겁나냐? 너 같은 인간들은 항상 박테리아나 세균을 무서워하지. 안 그래? 그런데 말이지 난 아무 문제없어. 어제 샤워를 했거든. 넌 아닌 것 같지만."

갑자기 불어온 바람 때문에 외투가 펄럭이다가 바닥에 나동그라졌다. 에르키는 깜짝 놀라 양손을 들어 올렸다.

"왜 그래?"

모르간이 그를 바라보며 물었다.

"어디 아파? 너한테 그 약을 가져다줄 수는 없어. 솔직히 그럴 수만 있다면 그렇게 했겠지만. 난 그렇게 인색한 사람이 아니라고. 그리고 그 강도사건은 말이야,"

그가 침을 꿀꺽 삼켰다.

"넌 잘 모르겠지만, 그건 우정을 위한 거였어."

이 말이 정말로 진심처럼 들렸다. 에르키는 혼란스러웠다. 조금 전까지만 해도 에어백처럼 잔뜩 부풀어서 우쭐거리던 남자가 갑자기 병원 목사처럼 다정하게 굴다니. 에르키는 일어서서 다시 걷기 시작했다. 그가 아주 빨리 움직였기 때문에 모르간은 그가 이미 한참 멀어진 다음에야 그가 다시 걷고 있다는 것을 깨달았다.

"천천히 가. 그래야 내가 따라가지."

그러나 에르키는 계속 성큼성큼 걸어 덤불 뒤로 사라졌다. 바짝 마른 나뭇가지들이 딱딱거리며 부러지는 소리가 들려왔다.

"거기서 기다려. 이 가방은 무겁단 말이야, 젠장!"

에르키는 계속 걷고 또 걸었다. 지하실에서 둘이 그를 지켜보고 있었다. 네스토르가 고개를 살짝 돌렸다. 외투에게 슬그머니 뭔가 신호를 보내고 있는 것 같았다. 외투가 응답으로 소매 한쪽을 흔들었다. 둘이서 뭔가 계획을 짜거나 중요한 결정을 내리려는 것처럼 보였다. 그는 걸음을 더 빨리했다. 이것이 그들이 원하는 것이었다. 그가 속도를 높이면 어떻게 되는지 보자는 것. 뒤에서 남자의 발자국 소리와 거친 숨소리가 들려왔다. 그는 총에 대해, 총의 위력에 대해, 하늘과 땅 사이에 있는 모든 힘에 대해 생각했다.

"에르키, 젠장! 총으로 쏴버릴 거야!"

모르간은 뛰고 있었다. 숲이 너무 울창해서 에르키가 순식간에 사라져버릴 수도 있겠다는 생각이 들었다. 덤불 뒤에 주저앉아 그가 지나갈 때까지 가만히 있기만 하면 되니까. 지금도 그는 에르키가 어디 있는지 모르고 있었다. 자동차를 세워놓은 도로까지 혼자서 길을 찾아 돌아갈 수 있을까?

"쏴버릴 거야, 에르키. 내 총에는 총알이 많아. 총알이 네 다리를 맞히면 어떻게 되는지 알아? 네 종아리가 완전히 작살날 거야!"

종아리? 에르키는 종아리가 자기 몸 어디에 붙어 있는 건지 기억해내려고 정신을 집중했다. 그것이 항상 뒤쪽에 있었으므로 그는 그것을 한 번도 본 적이 없었다. 그는 계속 걸었다. 날카로운 소리와 함께 뭔가가 휭 하고 귀 옆을 지나갈 때까지. 총알이 그의 옆을 날아가면서 자그마하게 핑 하는 소리를 냈다. 그러더니 그의 바로 앞에 있는 나무줄기에 박혔다. 하얀 나무 조각들이 사방으로 뻗친 머리카락처럼 줄기에서 튀어나왔다. 그는 걸음을 멈췄다.

"좋았어! 이제야 말귀를 알아듣는군. 그럴 줄 알았지."

모르간은 개처럼 헐떡이고 있었다.

"다음번에는 네 종아리를 쏠 거야. 그러니까 이제 좀 천천히 걸어. 조금 있으면 그만 걸어야 될 거야. 더 이상 이렇게 터벅터벅 돌아다니고 싶지 않으니까. 시간도 늦었고."

에르키는 입술을 세게 깨물었다. 뭔가가 빠르게 다가오고 있었다. 그는 자신이 그것에 가까워지고 있음을, 거의 다 왔음을 느낄 수 있었다. 하지만 아직 준비가 되어 있지 않았다. 주위를 둘러보니 이곳이 어디인지 금방 알 수 있었다. 그와 함께 있는 남자는 몰랐지만. 그는 아까보다 차분하게 걸었다. 모르간의 화를 돋우면 안 된다는 점을 명심해야 했다. 그는 나무에 난 상처를 그려보며 자기 등에 똑같은 상처가 난 모습을 상상해보았다. 총알이 폭발하듯 골수까지 곧장 파고 들어가고, 피부가 너덜너덜해지고, 수도꼭지에서 물이 쏟아지듯 피가 콸콸 쏟아질 것이다. 그러고 나면 그는 영원 속으로 뛰어들게 될 터였다.

그러고 싶은 마음이 간절했지만 그는 그 생각을 멀리 밀어내버렸다. 자신이 준비가 될 때까지, 딱 맞는 순간이 올 때까지. 그 순간이 곧 올 것이다. 그는 그것을 느낄 수 있었다. 지금까지 많은 일이 일어났다. 뒤에서 따라오는 남자는 그를 도와주라고 누가 보낸 사람인지도 모른다. 그의 생각은 이랬다. 자신은 한없는 우주 속으로 곤두박질칠 것이다. 오로지 그만을 위해 열린 길 위로. 그의 손이 닿지 않는 곳에서 다른 사람들이 그의 좌우를 지나칠 것이다. 마치 공기 중의 작은 진동처럼, 흘러가는 작은 바람처럼. 어쩌면 그의 어머니도 그렇게 주위를 어른거리고 있는지도 모른다. 팔을 날개처럼 벌린 채. 별빛이 어머니의 검은 머리카락 속에서 수정처럼 반짝일 것이다. 어머니의 뒤를 따라 플루트의 암울한 소리가 들려올 것이다. 그렇게 되지 않으려면 지금처럼 계속 걸어야 했다. 누군가를 항상 꽁무니에 매달고. 피곤해. 그는 생각했다. 우리를 이렇게 도망치게 만든 게 누구지? 결승점에서 누가 우릴 기다리고 있는 거야? 우리는 도대체 어디까지 가야 하는 거지? 피, 땀, 눈물. 고통, 슬픔, 절망!

두 사람은 나무가 듬성듬성한 곳을 지나 작은 공터로 나왔다. 모르간이 마침내 에르키를 따라잡았다. 가방이 쿵 소리를 내며 땅으로 떨어졌다. 강도의 눈에 반짝 불이 켜졌다.

"야, 저것 봐! 작은 오두막이야. 우리 거라고. 여기서 아빠 엄마 놀이를 할 수도 있겠다."

그는 진심으로 기쁜 모양이었다.

"아이고, 안으로 들어가면 얼마나 좋을까."

그는 에르키의 옆을 지나쳐 문을 향해 종종걸음을 쳤다. 에르키는 겨우 이십사 시간 전에 자신의 창자가 쏟아져 김을 피워 올리며 놓여 있던 계단 꼭대기의 검은 자국을 바라보았다. 모르간은 그것을 발견하지 못했다. 그가 썩어가는 문을 잡아당기자 문이 삐걱 소리를 내며 천천히 열렸다. 그가 안을 들여다보았다.

"어둡고 서늘해."

그가 말했다.

"어서 와."

에르키는 여전히 풀밭에 서 있었다. 뭔가를 기억해내려 애썼지만, 그것이 마치 고무줄처럼 빠져나가버렸다. 이것이 오래전부터 그를 괴롭히고 있었다. 고무줄처럼 탄력이 좋은 그의 생각.

"안이 괜찮아. 어서 들어가자."

모르간은 양치기들이 이 오두막에 살 때 거실로 썼던 곳으로 에르키를 밀어 넣고는 창가로 다가갔다.

"작은 연못도 있네. 완벽해. 저기서 수영하면 되겠다."

그는 깨진 창문 사이로 머리를 내밀고 고개를 끄덕였다. 에르키는 녹초가 된 기분이었다. 그는 침실을 향해 조심스레 몇 걸음 내디뎠다.

"너 어디 가는 거야?"

모르간이 그를 바라보며 물었다.

에르키는 문을 열고 줄무늬 매트리스를 잠시 바라보다가 재킷과 티셔츠를 찢듯이 벗고는 침대 위로 폭 쓰러졌다.

"세상에. 침대잖아!"

모르간이 미소를 지었다.

"난 상관없어. 자고 싶으면 자. 적어도 네가 어디 있는지는 내가 확실히 알 수 있으니까."

에르키는 아무 대답도 하지 않았다. 잠이 들면 좋겠다는 생각이 들었다. 그의 옆에 있는 것이라고는 죽음과 불행뿐이었으니까. 잠든 사람은 결코 죄를 지을 수 없는 법이다. 그는 일정한 리듬으로 심호흡을 했다.

"넌 일급 안내인이었어. 나중에 보자."

안전을 위해 그는 침실 창문을 확인했다. 에르키가 혹시 그리로 탈출할 수 있는지 보려고. 유리는 깨져 있었지만 창틀은 아직 건재했다. 그리고 창문은 꽉 닫혀서 열리지 않았다. 만약 에르키가 저 창문을 열려고 한다면, 그가 그 소리를 들을 수 있을 터였다.

모르간이 방에서 나갔다. 그의 발자국 소리가 더 이상 들리지 않게 되자 에르키는 눈을 떴다. 몸 아래에 뭔가 날카롭고 단단한 것이 느껴졌으므로 그는 살짝 옆으로 움직였다. 그것은 아까 그 총이었다.

9

나무들 사이로 병원 건물이 불쑥 모습을 드러냈다. 병원의 존재감이 워낙 강렬해서 세예르는 한순간 숨이 막히는 기분이었다. 그는 갓길에 차를 세우고 차에서 내려 건물을 올려다보며 잠시 서 있었다. 병원의 존재감을 마음속으로 받아들이면서. 마치 병원이 그를 향해 '이건 심각한 일이야!' 하고 소리를 질러대고 있는 것 같았다.

병원은 이 일대에서 가장 높은 곳에 서 있었다. 모름지기 정신병원이란 이렇게 생겨야 하는 법이다. 제정신으로 돌아가는 길이 쉽지만은 않다는 것을 모든 사람에게 보여주기 위해서. 전에는 그 사실을 몰랐던 사람들이라도 깊디깊은 절망 속에서 이곳에 도착해 거대한 괴물 같은 병원 안으로 이끌려 들어간다면 알게 될 것이다.

도로의 보수 상태가 형편없어서 폭도 좁고, 노면은 온통 움푹 팬 구멍 투성이였다. 그가 이곳에 와본 것은 오랜만이었다. 그때 그는 이 도로가 확장되고 보수될 거라고 생각했지만, 그런 일은 일어나지 않은 모양이었다. 젊은 순경 시절에 어떤 아가씨를 이곳에 데리고 왔던 일이 떠올랐다. 그녀는 버스 터미널의 여자 화장실에 알몸으로 갇혀 있다가 사람들에게 발견되었다. 사람들이 문을 부수고 들어가 보니 그녀의 얼굴이 공포로 일그러져 있었다. 그녀는 손에 두루마리 화장지 한 통을 들고 있었는데, 마치 그 안에 무척이나 중요한 비밀 정보가 들어 있기라도 한 것처럼 화장지를 먹기 시작했다. 그는 그녀를 향해 손을 내밀다 허공에서 멈춘 상태였다. 그녀는 마치 짐승의 발톱을 바라보듯이 그의 손을 뚫어지게 바라보았다. 그는 손에 들고 있는 담요를 그녀의 어깨에 둘러주고 싶었다. 그가 그녀에게 부드러운 목소리로 말을 걸었고, 그녀는 귀를 기울었다. 마치 시끄러운 소음 때문에 그의 말을 잘 들을 수 없다는 듯 잔뜩 긴장해서 귀를 기울이는 모습이었다. 그는 그녀의 얼굴에서 그녀의 생각을 읽을 수 있었다. 그가 무서운 벌을 주려고 왔다는 생각. 그녀를 안심시키려고 그가 하는 말, 그의 부드러운 목소리, 이 모든 것은 그냥 한 귀로 들어와서 한 귀로 빠져나가버렸다. 그래서 그는 가장 하기 싫은 일을 해야 했다. 억지로 그녀를 끌어낸 것이다. 그는 그녀의 비명소리와 날카롭다고 느껴질 정도로 야윈 어깨를 지금도 기억하고 있었다.

　등대는 위압감을 주는 건물이었지만 가까이서 보면 제대로 손보지 않은 모습 때문에 위압감이 조금 줄어들었다. 빨간 벽돌은 세월에 시달려 색이 바래서 바로 옆의 아스팔트길 같은 회색이 약간 섞여 있었다. 등대는 서서히 영원 속으로 가라앉고 있었지만 그래도 여전히 위압적이었다. 어쩌면 순전히 위풍당당한 햇빛 때문인지도 모르지만. 날씨가 이렇게 화창하지 않을 때, 나뭇가지가 앙상해지고 바람과 비가 창문을 두드리는 겨울에는 이곳이 드라큘라의 성처럼 보일 것 같았다. 지붕 위에는 녹이 슬어 푸르스름한 구리 탑이 있었다. 건물 전면은 화려하게 장식되어 있었지만 창문이 좁고 높아서 건물의 다른 부분들과 어울리지 않았다. 건물 정면의 입구는 매력적인 아치 모양이었으며, 계단이 따로 달려 있었다. 그 옆에는 커다란 유리문으로 된 전형적인 병원 입구가 있었다. 구급차를 가까이 대고 들것에 환자를 실어 안으로 데려갈 수 있는 문 말이다.

세예르는 안으로 들어가 아무런 제지도 받지 않고 접수대 바로 옆을 지나갔다.

"잠깐만요. 어디 가시는 거죠?"

젊은 여자가 뒤에서 그를 불렀다.

"아, 죄송합니다. 경찰입니다. 스트루엘 박사를 좀 만나려고 하는데요."

세예르는 그녀에게 신분증을 보여주었다.

"이층으로 올라가서 거기 있는 사람들한테 물어보세요."

그는 고맙다고 인사를 하고는 이층으로 올라가 다시 방향을 물었다. 누군가가 그를 정원과 숲이 내다보이는 대기실로 안내해주었다. 정원에 물을 뿌리면 안 된다는 금지령이 이 일대에서는 적용되지 않는 모양이었다. 엄청나게 넓은 잔디밭이 검푸른 벨벳처럼 펼쳐져 있었다. 그 돈을 다른 데 써야 하는 것이 아닌가 하는 생각이 들었다. 저 잔디밭이 여기 수용된 사람들의 증상을 크게 완화시킬 것 같지는 않았다. 그는 이런 생각을 하다가 갑자기 뒤를 돌아보았다. 누군가가 자신을 지켜보고 있다는 불편한 느낌이 들었기 때문에.

어떤 여자가 문간에 서 있었다.

"제가 스트루엘 박사예요."

그녀가 말했다.

두 사람은 악수를 했다.

"제 방으로 가시죠."

그는 그녀를 따라 복도를 내려가서 널찍한 방으로 들어갔다. 그녀는 소파를 가리키며 자리를 권했다. 마구 쏟아져 들어오는 햇빛 속에서 자리에 앉자마자 땀이 줄줄 흘러내렸다. 의사는 창가로 가서 그에게 등을 돌린 채 잔디밭을 내다보며 잠시 서 있었다. 축 처져서 시들시들해 보이는 화분의 나무를 살짝 만지작거리면서.

"그러니까,"

그녀가 몸을 돌리며 말했다.

"우리 에르키를 찾고 있는 분이시군요."

우리 에르키라. 그녀의 말투가 왠지 아주 감동적이었다. 비꼬는 듯한 기색은 전혀 없었다.

"선생께서는 에르키를 그렇게 생각하십니까?"

"저 말고는 그 녀석을 원하는 사람이 없어요."

그녀가 간단하게 말했다.

"그래요, 에르키는 제 것이에요. 제 책임이고, 제 일이죠. 그 녀석이 그 할머니를 죽였든 안 죽였든 여전히 제 것이에요."

"그 사건에 관한 얘기를 누구한테서 들었습니까?"

"구르빈 순경이 전화를 했어요. 하지만 정말이지 그 말을 믿기가 어려워요. 제가 이런 말씀을 드리는 건 제 입장을 알려드리기 위해서예요. 에르키를 한동안 저대로 내버려두면 제 발로 돌아올 거예요."

"제 발로 돌아올 것 같지는 않은데요."

그의 엄숙한 말투 때문에 그녀는 뭔가 다른 문제가 있음을 깨달았다.

"그게 무슨 소리죠? 그 아이한테 무슨 일이 있는 건가요?"

"구르빈 순경이 어디까지 얘기하던가요?"

"피네마르카에서 살인사건이 일어났고, 이른바 중요한 시간대에 에르키가 그 집 근처에서 목격되었다고 하더군요."

"그냥 근처가 아닙니다. 에르키는 피해자의 집에 있었어요. 그러니까 우리가 왜 에르키를 찾아야 하는지 이젠 아시겠죠? 피해자의 집은 아주 외딴 곳에 있습니다."

"숲으로 간 건 에르키다운 행동이에요. 그 아이는 사람들을 피하려고 하죠. 그럴 만도 하고요."

그녀는 지독하게 퉁명스러웠다. 세예르는 불끈 짜증이 치밀었다.

"죄송합니다만,"

그가 천천히 말했다.

"제 입장에서는 에르키가 살인을 저질렀을 가능성을 생각해보지 않을 수 없습니다. 그건 잔혹하고 아무 의미도 없는 범죄였어요. 범인이 피해자의 집에서 가져간 건 고작 돈 몇 푼 들어 있는 지갑밖에 없는 것 같으니까. 그 범인은 지금 자유롭게 거리를 활보하고 있습니다. 이 일대 주민들은 겁에 질려 있어요."

"항상 에르키가 누명을 뒤집어썼죠."

그녀가 말했다.

"하지만 에르키가 피해자의 집 근처에서 목격됐잖습니까. 피해자의 집이 외딴 곳에 있는데도요. 행인들이 자주 지나다니는 곳은 아니죠. 게다가 에르키는 정신적으로 문제가 있어요. 그게 이번 사건과 모종의 관련이 있을지도 모른다는 점을 무시할 수 없습니다."

"에르키가 환자이기 때문에 더 의심을 받고 있다는 말씀인가요?"

"그게, 저는……."

"잘못 생각하셨어요. 그 아이가 저지르는 짓이라고는 기껏해야 가게에서 물건을 슬쩍하는 정도예요. 초콜릿 같은 걸."

"에르키에 관한 소문이 많이 있던데요."

"그냥 소문일 뿐이에요."

"아무 근거 없는 얘기란 말입니까? 그렇게 생각하시는 건가요?"

그녀는 아무 말도 하지 않았다.

"지금까지 제가 한 얘기는 사건의 절반에 불과합니다."

그가 말을 이었다.

"오늘 아침에 강도사건이 있었습니다. 포쿠스 은행에 무장강도가 들었죠."

그녀가 갑자기 웃음을 터뜨렸다.

"이보세요 경감님. 에르키는 그렇게 노력이 많이 드는 일을 할 능력이 없어요. 이젠 경감님 말을 더 이상 못 믿겠군요."

"제 얘기는 아직 끝나지 않았습니다."

그가 날카로운 목소리로 말했다. 그녀의 마지막 말이 마음에 들지 않았다.

"은행에 침입한 강도는 젊은 남자입니다. 에르키보다 조금 더 어린 녀석인 것 같아요. 범인이 검은 옷에 스키마스크를 쓰고 있었기 때문에 당연히 우린 아직 범인의 정체를 알아내지 못했습니다. 하지만 문제는 범인이 인질을 데려갔다는 겁니다. 은행 안에 있던 사람이 인질이 됐죠. 범인은 총으로 인질을 위협해서 차에 태우고 사라져버렸습니다. 그런데 인질의 신원이 에르키 요르마라는 게 밝혀졌습니다."

이번에는 스트루엘 박사가 말을 잃었다. 그녀가 얼마나 당황하고 있는지 알 수 있을 것 같았다.

"에르키라고요?"

그녀가 더듬거리며 말했다.

"인질이요?"

그녀가 일어섰다.

"그리고 두 사람이 어디 있는지 모른다고요?"

"불행히도 그렇습니다. 도로를 봉쇄하긴 했지만. 두 사람은 어젯밤에 도난당한 흰색 메간 자동차를 타고 빠져나간 것 같습니다. 십중팔구 이미 오래전에 어딘가에 그 차를 버렸겠죠. 하지만 아직 차는 발견되지 않았습니다. 우리는 이 강도가 어떤 녀석인지, 위험한 놈인지 아닌지 전혀 모르고 있습니다. 범인이 은행에서 총을 한 발 쐈는데 아마 직원들에게 겁을 주려고 그랬을 겁니다. 범인은 심리적으로 상당히 불안정한 녀석인 것 같았습니다."

그녀가 다시 자리에 앉아 책상 위에서 뭔가를 집어 들더니 마치 매달리듯 그것을 꼭 쥐었다.

"제가 어떻게 도와드리면 되죠?"

그녀가 낮은 목소리로 말했다.

"에르키가 어떤 사람인지 제가 알아야 합니다."

"그러려면 밤새 얘기를 들어야 할 거예요."

"시간이 그렇게 많지 않습니다. 에르키가 그 노파를 죽였을 리가 없다고 믿는 이유부터 말씀해주시죠. 언제부터 에르키를 맡으셨습니까?"

"에르키는 넉 달 전에 여기 들어왔지만 그 전에도 이런저런 기관을 전전하며 많은 세월을 보냈어요. 에르키에 관한 보고서와 기록이 아주 방대해요."

"에르키가 폭력적인 성향을 드러낸 적이 있습니까?"

"이것 보세요."

그녀가 말했다.

"에르키는 믿을 수 없을 만큼 자기 방어적이에요. 정말로 궁지에 몰렸을 때에만 상대를 깨물 생각을 하죠. 그러니 그 할머니가 에르키를 아무리 자극하고 도발했다 해도 에르키가 그 할머니를 그렇게 해칠 정도는 아니었을 거예요."

"그 집에서 무슨 일이 벌어졌는지는 아직 모릅니다. 그 노파가 무슨 짓을 했는지도. 우리가 아는 건 노파가 죽었고, 노파의 지갑이 사라졌다는 겁니다."

"그럼 에르키는 절대 아니에요. 에르키는 초콜릿 같은 것만 훔쳐요. 돈은 절대 안 가져가요."

세예르가 한숨을 쉬었다.

"박사님이 에르키를 그토록 믿는 건 좋은 일입니다. 에르키에게는 그 무엇보다 신뢰가 필요하겠죠. 게다가 박사님 말고는 그 녀석 편이 하나도 없으니까요. 그렇죠?"

"이것 보세요."

그녀가 그를 노려보았다.

"저도 완전히 확신하는 건 아니에요. 그런 식의 지나친 자신감을 견딜 수 없으니까. 하지만 저는 에르키의 무죄를 믿는 것이 제 의무라고 생각해요. 조만간 에르키에게 제 생각을 말해줘야 할 때가 올 테니까요. 그 녀석이 지금 경감님이 앉아 있는 소파에 앉아서 자기가 범인이라고 믿었느냐고 묻는 날이 오겠죠."

스트루엘 박사는 사십 대 중반으로 피부가 희고 몸은 마른 편이었다. 머리는 앞머리를 길게 내린 스타일이었다. 그토록 강인한 성격에 비해 얼굴은 놀라울 정도로 여성스러웠으며, 도톰한 뺨에는 솜털이 나 있었다. 창문밖에서 무섭게 이글거리는 햇빛에 그 솜털이 드러났다. 그녀는 청바지와 하얀 블라우스를 입고 있었으며, 겨드랑이 밑이 땀에 젖어 얼룩이 져 있었다. 그녀가 눈을 가린 머리칼을 쓸어 올렸지만, 긴 앞머리가 금빛 파도처럼 다시 앞으로 내려왔다.

세예르가 소파에 앉은 채 몸을 곧추세웠다.

"에르키의 방을 보고 싶습니다."

"일층이에요. 제가 안내해드리죠. 하지만 먼저 물어볼 게 있어요. 그 할머니가 어떻게 살해됐죠?"

"괭이로 살해됐습니다."

그녀가 얼굴을 찡그렸다.

"에르키가 할 짓 같지는 않네요. 그 아이는 아주 내성적이에요."

"에르키를 믿거나, 그 녀석에게 책임감을 느끼는 사람이라면 누구나 그렇게 말하겠죠."

그는 자리에서 일어나 이마의 땀을 닦았다.

"죄송하지만 제가 지금 햇빛을 정면으로 받는 자리에 앉아 있어서요. 제가 자리를 좀 옮겨도 괜찮겠습니까?"

그녀가 고개를 끄덕이자 그는 그녀의 책상 가까이에 있는 안락의자로 자리를 옮겼다. 도중에 그는 두꺼비 한 마리를 발견했다. 두꺼비는 높이 쌓인 종이 더미 뒤에서 꾸벅꾸벅 졸고 있었다. 크고 통통한 놈이었는데, 등은 회색이 감도는 갈색이고 배는 색깔이 더 밝았다. 물론 녀석은 꼼짝도 하지 않았다. 진짜가 아니었으니까. 하지만 녀석이 갑자기 통통 뛰어다니기 시작했어도 그는 놀라지 않았을 것이다. 그 정도로 살아 있는 것처럼 보였다. 그는 호기심 때문에 두꺼비를 들어 올렸다. 그녀가 그를 지켜보다가 그가 두꺼비를 손바닥 위에 올려놓자 미소를 지었다. 방 안이 더운데도 두꺼비는 이상하게 차가웠다. 그는 녀석을 쥐고 있는 손에 조심스레 힘을 주었다. 두꺼비 안에는 젤리 같은 것이 들어 있었으므로 녀석을 이리저리 쥐어짜면 다양한 모습으로 바꿀 수 있었다. 그는 아주 조심스럽게 녀석의 모양을 바꿔보았다. 먼저 그가 몸통 속의 젤리를 가느다란 다리로 보내자 녀석의 모양이 곧바로 괴물처럼 변했다. 그는 손 안에서 녀석이 점점 따뜻해지는 것을 느끼며 계속 녀석을 쥐어짰다.

두꺼비의 눈이 그를 빤히 바라보았다. 검은 줄이 그어진 연한 초록색 눈이었다. 녀석의 등은 울퉁불퉁했지만 배는 매끈했다. 그는 녀석의 몸 아랫부분을 짜서 그 안의 젤리를 모두 상체로 보내버렸다. 이제 녀석은 어깨가 넓고 가슴이 부푼 운동선수처럼 보였다. 그 다음으로 그는 젤리를 배로 보내 머리가 늘어진 피부처럼 한쪽 옆으로 축 늘어지게 했다. 그러고는 두꺼비를 책상 위에 내려놓았다. 그의 생각과는 달리 젤리가 저절로 제자리로 돌아가지는 않았다. 그는 다시 두꺼비를 집어 들고 최선을 다해 원래 모습을 복원하려 했다. 녀석이 다시 두꺼비 모양을 되찾았다는 생각이 들자 그는 녀석을 다시 내려놓았다.

"영리한 장난감이군요."

그가 말했다.

"쓸모가 많죠."

스트루엘 박사가 두꺼비의 등을 손가락으로 쓸면서 말했다.

"어디에 쓰는 겁니까?"

"지금 경감님이 하신 것처럼 쓰는 거예요. 사람들이 이 녀석을 다루는 걸 보면 그 사람이 어떤 사람인지 조금 알 수 있거든요."

그는 고개를 가로저었다.

"그건 말도 안 돼요."

그녀는 거의 어머니 같은 미소를 지으며 그를 바라보았다.

"말이 안 되긴 왜 안 돼요. 사람들이 제각기 사물에 어떤 식으로 접근하는지 알 수 있어요. 경감님도 마찬가지죠."

그는 시큰둥하게 듣고 있었지만, 그러면서도 커다란 흥미를 느꼈다.

"경감님은 아주 조심스럽게 이걸 들어 올려서 잠시 가만히 있다가 비로소 쥐어짜기 시작했어요. 녀석의 모습이 변할 수 있다는 걸 안 다음에는 모든 가능성을 하나씩 차례로 시도해봤죠. 이 두꺼비를 역겹다고 생각하는 사람들이 많은데 경감님은 그렇지 않았어요. 녀석의 눈을 들여다볼 때 경감님이 고개를 한쪽으로 살짝 기울인 건 살아가면서 놀라운 일들을 만날 때마다 열린 마음으로 그 일과 맞선다는 뜻이에요. 경감님은 부드럽다고 해도 될 정도로 조심스레 두꺼비를 쥐어짰죠. 마치 가죽이 터질까 봐 걱정스러운 것처럼. 하지만 가죽이 터지는 일은 없어요. 적어도 제조사에서 보내온 보증서에는 그렇게 적혀 있어요. 물론 악마처럼 손톱이 날카로운 사람이 만진다면 얘기가 달라지겠지만. 경감님은 비교적 빨리 두꺼비를 내려놓았어요. 마치 이것이 위험스러운 게임으로 변할지도 모른다고 생각하는 사람처럼. 그리고 마지막으로, 경감님은 이 녀석을 두꺼비 모양으로 돌려놓은 다음에 내려놓았어요."

그녀는 잠시 말을 멈추고 한참 동안 그를 바라보았다.

"그런 걸 보면 경감님은 신중한 사람이지만 호기심이 없지는 않아요. 경감님은 또한 약간 구식이고, 익숙하지 않은 새로운 것들을 두려워하죠. 경감님은 원래 모습을 그대로 유지하는 것들, 경감님이 잘 알고 있는 것들을 좋아해요."

그는 불안한 웃음을 터뜨렸다. 그 소리를 들으니 자신이 묘하게 유순한 사람이 된 것 같았다. 자신이 젤리처럼 변해버린 듯한 기분이 들었다.

"그 두꺼비와 그 밖의 수많은 것들, 게임이나 임무 같은 것들을 통해서, 하지만 무엇보다도 시간을 두고 관찰을 한다면 저는 경감님에 대해서 경감님 자신보다 더 많은 것을 알아낼 수 있어요."

자신감이 넘치는 사람이군. 그는 생각했다.

"에르키도 이 두꺼비를 봤습니까?"

그가 그녀에게 물었다.

"물론이죠. 이건 항상 여기 있는걸요."

"에르키가 어떻게 하던가요?"

"저 역겹고 혐오스러운 동물을 치우라고 말하더군요. 그렇지 않으면 자기가 녀석의 머리를 물어뜯어서 속에 든 것을 책상 위에 전부 쏟아버리겠다고."

"에르키가 정말로 그렇게 할 거라고 생각했습니까?"

"에르키는 거짓말을 한 적이 없어요."

"하지만 에르키가 폭력적이지 않다면서요?"

갑자기 그녀가 두꺼비를 움켜쥐고는 네 다리를 모두 힘껏 잡아당기기 시작했다. 다리가 고무줄처럼 늘어났다. 그 광경을 보면서 세예르는 왠지 두꺼비가 안됐다는 생각이 들었다. 그녀가 앞다리 두 개와 뒷다리 두 개를 차례로 묶더니 두꺼비의 등이 바닥을 향하도록 책상 위에 내려놓았다. 너무나 무기력한 모습이 보기에 안쓰러웠다. 그녀는 그의 표정을 보고는 커다란 웃음을 터뜨렸다.

"에르키의 방으로 안내해드리죠."

"저 다리를 풀어주지 않을 겁니까?"

그가 불편한 표정으로 물었다.

"네."

그녀가 장난스러운 미소를 지으며 말했다.

그의 가슴속에서 거대한 파도가 솟아올랐다. 놀라운 일이었다.

두 사람은 에르키의 방을 보았다. 침대 하나, 서랍장 하나, 세면대 하나, 신문지로 덮여 있는 거울 하나가 있는 단출한 방이었다. 에르키는 거울에 비친 자신의 모습이 보기 싫었던 걸까? 높은 곳에 달린 좁은 창문은 열려 있었다. 단출한 가구와 창문을 빼면 방에는 아무것도 없었다. 바닥에도 벽에도.

"우리 쪽에서 쓰는 방하고 비슷하군요."

세예르가 신중한 목소리로 말했다.

"감방, 그 이상도 그 이하도 아니에요."

"우린 문을 잠그지 않아요."

그는 안으로 들어가서 벽에 등을 기대고 섰다.

"왜 정신과 의사가 됐습니까?"

그는 그녀의 이름표를 유심히 살펴보았다. S. 스트루엘 박사. 'S'가 무엇을 의미하는지 궁금했다. 솔베이그나 실비아겠지.

"왜냐하면,"

그녀가 눈을 감으며 입을 열었다.

"왜냐하면 평범한 사람들이……."

'평범한'이라는 단어가 사람들을 깎아내리는 말이라고 생각하는 듯한 말투였다.

"그러니까, 출세를 해서 모든 것을 갖춘 사람, 모든 규칙을 따르고 어렵지 않게 목표를 달성하며 완벽한 사회적 안테나를 갖췄고 아주 쉽게 세상을 헤쳐 나가고 자신이 원하는 것을 이룩하고 갖고 싶은 것을 얻는 목표 지향적인 사람, 이런 사람들에게 조금이라도 흥미로운 부분이 있나요?"

그녀가 너무나 익살맞은 말투로 이 질문을 던졌기 때문에 세예르는 미소를 짓지 않을 수 없었다.

"이 세상에서 흥미로운 사람은 낙오자들밖에 없어요."

그녀가 말했다.

"아니, 우리가 낙오자라고 부르는 사람들이라고 해야겠죠. 모든 형태의 일탈에는 반항이라는 요소가 포함되어 있어요. 저는 반항기가 없는 사람들을 도무지 이해할 수가 없어요."

"박사님은 어떻습니까?"

그가 물었다.

"박사님도 목표 지향적이고 출세한 사람이 아닌가요? 반항을 하고 계십니까?"

"아뇨."

그녀가 말했다.

"저도 그걸 이해할 수가 없어요. 제 가슴 깊은 곳은 절망으로 가득 차 있는데."

"절망으로 가득 찼다고요? 왜요?"

"경감님은 아닌가요?"

그녀가 그를 한참 동안 바라보았다.

"절망으로 가득 차지 않은 사람은 이 지구상에서 사리에 밝고, 지적이고, 복잡한 사람이 될 수 없어요. 절대 불가능해요."

내가 절망으로 가득 차 있나? 세예르는 생각해보았다.

"게다가 그런 사람들이야말로 이 사회에서 가장 잘 나가는 사람들이죠."

그녀가 말했다.

"건강하고, 자신감이 넘치고, 견실한 사람들. 강한 사람들이에요!"

그는 더 이상 웃음을 참을 수 없었다.

"여기에 반항의 여지가 있어요. 그리고 우리는 문제가 생기는 걸 겁내지 않죠. 실패도 무서워하지 않아요."

그녀는 앞머리를 쓸어 올렸다.

"그리고 아마 저는 여기가 아닌 다른 곳에서는 살 수 없었을 거예요."

생전 처음 보는 그에게 자신의 생각을 그토록 허심탄회하게 털어놓는 그녀의 모습은 매혹적이었다. 하지만 그는 왠지 자신이 그녀에게 낯선 사람이 아닌 것 같은 기분이 들었다.

"경감님이 일하는 곳은 어떤 곳이죠?"

그녀가 물었다.

"제가 일하는 곳이요?"

그는 잠시 생각해보았다.

"제가 일하는 곳에는 질서와 구조가 있고, 역겹고 견실한 사람들이 잔뜩 있죠."

그는 지나치게 활기찬 자신의 말투를 바꾸려고 애썼다.

"임기응변이나 상상력을 발휘할 여지가 많지 않습니다. 아주 작은 것들, 머리카락이나 지문이나 혈흔 같은 것들을 찾는 작업이 우리 일에서 커다란 부분을 차지하죠. 신발자국이나 타이어자국 같은 것. 하지만 나중에는 심리적인 부분도 다루게 됩니다. 비록 보고서를 제출할 때는 그런 부분이 큰 비중을 차지하지 않지만, 그래도 분명히 존재하고 있어요. 물론 우리 일에서 정말로 신나는 부분은 그것뿐입니다. 만약 그런 여지라도 없었다면 난 다른 일을 했을 겁니다."

"경감님이 잡아들여서 쇠창살 안에 가두는 사람들은 어떻죠?"

그는 곤혹스러운 표정으로 그녀를 바라보았다.

"우리는 우리 일을 그런 식으로 표현하지 않습니다."

저 여자가 일부러 나를 자극하고 있어. 그는 생각했다. 어쩌면 반항에 너무 집착하고 있어서 일반적인 예의 같은 건 지킬 필요가 없다고 생각하는지도 모르지.

"전 놈들을 다른 곳으로 보내고 싶다는 생각을 갖고 있습니다."

그가 차분하게 말했다.

이 여자, 널찍하고 하얀 얼굴, 빛이 눈동자 주위를 여러 겹의 고리처럼 둘러싸고 있는 검은 눈이 너무나 매혹적이어서 그는 자기가 무슨 말을 하게 될지 불안할 정도였다.

"놈들을 보낼 곳이 있다면 말이지만."

그가 말했다.

"하지만 어쨌든…… 쇠창살보다 더 나은 건 아직 마련하지 못했습니다."

"그 사람들에게 애정을 느끼시나요?"

그녀가 물었다. 그는 그녀의 표정이 궁금해서 시선을 들었다. 그녀가 또 다시 그를 놀리고 있었다.

"예, 느낍니다. 비록 애정을 표현할 시간이 많지는 않지만. 게다가 저는 교도관도 아니니까요. 하지만 교도관들이 그놈들에게 정말로 애정을 갖고 있다는 건 알고 있습니다."

"아, 그렇겠죠!"

그녀가 어깨를 으쓱했다.

"정말로 인간적인 교도소가 세상에 몇 군데쯤은 있겠죠."

"인간적이라고요?"

그는 말투가 딱딱해지는 것을 어쩔 수 없었다.

"죄수들은 마약을 먹고, 탈옥하려고 창문에서 뛰어내리다가 다리가 부러지는 부상을 입습니다. 때로는 목이 부러지는 경우도 있죠. 놈들은 정신없이 날뛰면서 서로를 강간하고, 죽이고, 스스로 목숨을 끊습니다. 교도소는 그런 곳입니다!"

그가 깊이 숨을 들이쉬었다.

"정말로 죄수들에게 애정을 품고 계시는군요!"

그녀가 미소를 지었다.

"그렇다고 했잖습니까."

"그래도 확인을 해봐야 할 것 같아서요."

두 사람 모두 입을 다물었다. 그는 이 이상한 대화에 다시 한 번 놀라고 있었다. 그녀는 다른 사람들과 달리 그가 상징하는 권위를 존중하지 않는 것 같았다. 사람들은 그 권위 앞에서 공손하게 말을 하거나 아예 입을 다물어버리는데 말이다.

"에르키."

그가 마침내 입을 열었다.

"에르키에 대해서 얘기해주십시오."

"경감님이 진심으로 관심이 있는 거라면."

"당연히 관심이 있지요!"

그녀가 복도로 나갔다.

"구내식당으로 가서 콜라나 한 잔 마시죠. 목이 말라요."

그는 자기도 모르게 그녀의 뒤를 따라 종종걸음을 치면서 머릿속에서 이는 동요를 억누르려 애썼다. 머리가 아니라 가슴이나 배가 요동치고 있는 것 같기도 했다. 이제는 그 어느 것도 확신할 수 없었다.

10

"에르키가 어느 쪽으로 갔을 것 같습니까?"

"숲으로 갔을 거예요."

스트루엘 박사가 등대 건물에서 약간 왼쪽으로 비껴난 곳을 가리켰다.

"저기에 우리가 우물이라고 부르는 작은 호수가 있어요. 비록 우리가 이미 그곳을 찾아보기는 했지만. 만약 에르키가 그 호수를 지나 계속 걸어갔다면 고속도로 밑을 지나가는 중앙로로 나올 거예요. 에르키가 피네마르카에서 목격된 것이 사실이라면, 그 방향이 맞을 거예요."

잠시 후 두 사람은 구내식당에 앉아 콜라를 마시고 있었다.

"정신병이 어떤 것인지 평범한 사람한테 설명해줄 수 있습니까?"

세예르가 그녀에게 물었다.

"경감님은 평범한 사람인가요?"

약간 놀리는 듯한 말투였다. 그는 이 질문이 칭찬인지 아니면 다른 뜻이 있는 건지 알 수가 없었다. 혼란스러운 기분으로 그는 허리띠에 꽂아 놓은 휴대전화를 만지작거렸다.

"어떤 면에서는 설명하기가 불가능해요. 너무 추상적이라서."

그녀가 나지막한 목소리로 말했다.

"하지만 저는 정신병이 일종의 은신처라고 생각해요. 정상적인 방어기제가 모조리 박살났을 때 생기는 현상이죠. 영혼이 완전히 까발려져서 누구든 그 안에 발을 들여놓을 수 있게 되었을 때. 그럴 때는 정말 순수한 마음으로 접근하는 사람조차 적대감으로 가득 찬 공격자처럼 보여요. 에르키는 그 은신처를 찾아낸 거예요. 살아남기 위해 생존전략을 만들어내려고 애쓰고 있는 거죠. 아주 서서히 상황을 장악해서 스스로 선택을 내릴 수 있는 자유와 가능성을 제한하는, 일종의 중화작용을 하는 힘을 찾아낸 거예요. 무슨 뜻인지 이해가 되시나요?"

그녀는 콜라를 한 모금 마시고서 손등으로 입을 닦았다.

"에르키가 거기서 도망치고 싶어 합니까?"

"그렇지 않을 거예요. 바로 그게 문제죠. 모든 형태의 질병에는 나름의 이점이 있어요. 우리가 열이 나서 침대에 누워 있을 때 누군가가 우리의 응석을 받아주는 것처럼. 기분이 아주 좋잖아요."

당신은 그런 말을 쉽게 할 수 있겠지. 그는 생각했다.

"에르키의 병이 얼마나 심한 겁니까?"

"에르키한테는 문제가 많아요. 하지만 적어도 침대에 누워 있지는 않죠. 음식도 먹고, 약도 먹어요. 다시 말해서, 치료에 협조적이에요."

"그럼…… 정신분열증은요? 그건 뭡니까?"

"우리가 어쩔 수 없이 그 병을 그렇게 부르는 건, 사물을 범주 별로 분류하는 게 실용적이기 때문이에요. 정신분열증은 정신병이 한동안 지속된 상태를 가리키는 말이에요. 여러 달쯤."

“에르키가 오래전부터 아팠나요?”

“다들 에르키를 포기했죠. 에르키는 고장 난 물건처럼 여기저기를 떠돌아다니고 있어요.”

그녀가 무거운 한숨을 내쉬었다.

“만약 에르키가 정말로 그 할머니를 죽였다면, 더 이상 희망이 없다고 봐야 해요. 그 누가 에르키를 도와줘도 소용없을 거예요. 적어도 제가 주고 싶어 하는 종류의 도움이라면.”

“하지만……”

그는 컵을 들어 올리며 그녀를 바라보았다.

“에르키가 병에 걸린 원인에 대해서는 얼마나 알고 계십니까?”

“잘 몰라요. 제 나름대로 세운 가설은 있지만.”

“그걸 얘기해주실 수 있습니까?”

“혹시 그게 에르키 어머니의 죽음과 관련이 있을지도 모른다는 생각이 자주 들어요.”

“소문에 따르면, 에르키가 어머니를 죽였다고 하던데요.”

세예르가 재빨리 말했다. 조금 지나치게 빨리.

“아, 저도 들었어요. 에르키가 직접 그 소문을 퍼뜨리고 다녔죠.”

“왜요?”

“그게 사실이라고 믿으니까.”

“박사님은 안 믿으시나요?”

“저는 항상 마음을 열어놓으려고 해요. 누구에게나 한 번쯤은 기회를 주어야 하니까.”

그녀가 단호하게 말했다.

그래. 그는 생각했다. 나도 한 번쯤 기회를 누릴 자격이 있어. 하지만 그 기회가 내 무릎 위에 떨어진다 해도 난 아마 그 기회를 잡지 않을걸. 저 여자의 손에는 반지가 없지만, 그건 아무 의미도 없지. 옛날에는 반지가 확실한 증거였으니까. 사귀어도 되는 사람을 구분할 수 있었어. 내가 엘리제를 만났을 때처럼. 길고 매끈한 손가락에 반지가 보이지 않아서……. 내가 지금 여기 앉아서 도대체 무슨 생각을 하고 있는 거야?

"에르키 어머니는 어떻게 죽었습니까?"

그가 물었다.

"계단에서 굴러 떨어졌어요."

"에르키가 어머니를 민 건 아니고요?"

"그때 에르키는 여덟 살이었어요."

"여덟 살짜리 아이들은 뭐든 밀어대죠. 어쩌다 보니 그렇게 될 때도 있고, 장난삼아 그럴 때도 있습니다. 그때 에르키가 집에 있었죠?"

"그 광경을 목격했어요."

"다른 사람은요?"

"아무도 없었어요."

"그 사건에 대해 얼마나 알고 계십니까?"

"거의 몰라요. 구조대원이 도착했을 때 에르키는 계단에 앉아 있었어요. 아마 오랫동안 거기 앉아 있었을 거예요. 몸을 움직일 수가 없어서."

그녀가 블라우스 호주머니에서 프린스 라이츠 담뱃갑을 꺼냈다.

"아주 오래전 일이에요."

"한 가지만 더요. 구르빈 순경 말로는 에르키가 한동안 미국에 살았다고 하던데요."

"아버지랑 여동생이랑 같이 뉴욕에 살았죠. 칠 년 동안. 온 가족이 정기적으로 고향인 노르웨이를 다녀가곤 했어요. 크리스마스 같은 때에."

"그럼…… 에르키가 조금 유별난 사람을 만난 것도 사실입니까?"

그녀가 갑자기 미소를 지었다.

"그건 제가 확인하지 못했어요. 에르키 아버지하고도 얘기를 해봤는데, 그분은 에르키가 뭘 하면서 돌아다니는지 자기도 잘 몰랐다고 하더군요. 딸한테 더 관심을 쏟았다면서. 에르키와 달리 딸은 뭐든지 잘하고, 사교성도 뛰어나대요. 경감님은 지금 그 마법사 얘기를 알고 싶으신 거죠?"

"어쩌면 에르키가 이상한 상상을 한 건지도 모르죠."

"그런 거라면 이미 에르키 머릿속에 많이 있을 걸요. 그게 도움이 되는 것 같지는 않지만. 가장 나쁜 건……."

그녀는 갑자기 입을 다물고 콜라를 뚫어지게 바라보았다. 세예르는 그녀가 이야기를 계속할지, 아니면 혹시 주제넘은 짓을 하는 건 아닌지 고민하고 있음을 알 수 있었다.

"가장 나쁜 건,"

그녀가 같은 말을 반복했다.

"제가 에르키한테 정말 그런 능력이 있는지 궁금하다는 생각을 가끔 한다는 점이에요. 에르키가 다른 사람들이 보지 못하는 걸 볼 수 있는지, 심지어 정신을 집중해서 사물을 움직일 수도 있는지. 에르키가 순전히 의지력만으로 물건을 움직인다는 말 외에는 달리 설명할 길이 없네요."

세상에, 저런 말을 하다니.

세예르는 인상을 찌푸렸다. 그녀에게 막 호감을 느끼기 시작했는데, 그녀가 조금 이상하다는 것, 처음 생각했던 것처럼 분별 있고 똑똑한 여자가 아니라는 것을 알게 된 기분이었다. 하마터면 큰일 날 뻔했어!

"계속하세요."

그가 말했다.

그녀는 밖에 있는 조각상에 시선을 고정시켰다. 무릎을 꿇은 자세로 병원 뜰을 바라보는 벌거벗은 소녀의 조각상이었다.

"에르키와 처음 상담했을 때의 일을 얘기해드릴게요. 우리 환자들에게는 모두 치료사가 한 명씩 배정되어 있을 뿐만 아니라 집단치료도 하고 있어요. 에르키를 상담할 차례가 됐을 때 저는 제 사무실에 앉아 그 아이가 제시간에 나타나는지 한번 두고 보자는 생각을 하고 있었죠. 저와 만날 장소가 어디인지는 이미 에르키에게 가르쳐줬으니까요. 에르키는 정각에 도착했어요. 제가 고갯짓으로 창문 근처의 소파를 가리켰더니 에르키는 거기 퍼질러 앉아서 계속 침묵을 지키더군요. 저는 에르키의 눈을 볼 수 없었고, 방 안은 조용했어요. 그 순간이 왠지 마법 같았어요. 첫 번째 상담, 첫 번째 말."

그녀는 조용한 목소리로 아주 느릿느릿 말하고 있었다. 세예르는 자신이 그녀의 이야기 속으로 끌려 들어가고 있음을 느꼈다. 마치 자신이 그 두 사람과 함께 그 방에 있는 것 같았다.

"'상담 시간은 정확히 한 시간이야.' 제가 이렇게 말문을 열었죠. '오늘 그 시간을 어떻게 보낼지는 네가 결정해.' 에르키는 대답이 없었어요. 저는 일부러 침묵을 깰 생각이 없었어요. 침묵을 두려워하지 않으니까. 환자들이 첫 상담 시간에 거의 말을 하지 않거나 아예 말을 안 하는 건 흔한 일이에요. 두 번째 상담 시간에도 그런 경우가 있어요. 에르키는 편안히 쉬고 있는 것 같았어요. 불안한 기색은 없었죠. 얼마 후 저는 제 얘기를 하기로 마음먹었어요."

"무슨 얘기를 하셨습니까? 의사가 자기 자신에 대해 얘기해도 괜찮은 건가요?"

"물론이죠. 어느 정도 한계가 있기는 하지만."

그녀의 목소리가 변했다. 마치 기도문을 읊는 것 같았다.

"개인적인 부분을 파고들지 않으면서도 친숙한 느낌을 줘야 해요. 꼬치꼬치 캐묻지 않으면서 관심을 보여야 하는 거죠. 단호하되 날카롭거나 권위적이어서는 안 되고, 연민을 갖되 감상적이어서는 안 돼요. 뭐 그런 규칙들이 있어요. 저는 에르키한테 우리가 앞으로 우리만의 언어를 찾아내게 될 것이며, 그 말은 오로지 에르키와 나만이 이해할 수 있을 거라고 말했어요. 다른 사람들은 그 말을 결코 해석하지 못할 거라고. 여기서 '다른 사람들'이란 에르키를 휘둘러대면서 에르키의 삶을 비참하게 만드는 내면의 목소리를 뜻하는 거였어요. 저는 우리가 의사소통 방법을 찾아낼 수 있을 것이고, 그건 우리 둘만의 비밀이 될 거라고 말했어요. 암호 같은 것. 그러니까 만약 나한테 하고 싶은 말이 있으면 암호로 하면 된다고 했죠. 그럼 내가 시간이 날 때 그걸 해석할 수 있을 테니까. 암호를 해석하는 건 내 책임이라는 말도 했어요."

그녀가 잠시 말을 멈추고 숨을 들이쉬었다.

"그래도 에르키는 꼼짝도 안 했어요. 시간은 계속 흐르고, 저는 에르키가 뭔가 신호를 보내기를 기다렸죠. 그러다가 조금 멍한 상태가 된 것 같아요. 에르키가 옆에 있는 게 왠지 마음을 편안하게 해주더라고요. 에르키는 마치 그 방의 주인이라도 되는 것처럼 앉아 있었어요. 그러다가 에르키가 일어났을 때 저는 화들짝 놀랐어요. 에르키는 저를 보지도 않고 문으로 향했어요. 그건 규칙에 어긋나는 일이니까 제가 에르키를 제지했죠. 그런데 에르키는 제자리에서 몸만 돌린 채 자기 왼쪽 손목을 가리키는 거예요. 시계를 차고 있지도 않았는데. 시간이 다 됐다는 뜻이었어요. 벽에도 시계가 없었는데, 에르키의 판단이 옳았어요. 정확히 육십 분이 흐른 뒤였으니까."

"그래서 박사님은 어떻게 했습니까?"

세예르가 말했다.

그녀가 부드럽게 웃었다.

"조금 술수를 부려봤어요. 아직 오 분이 남았다고 말했죠. 미소를 지으면서. 그랬더니 에르키가 처음으로 입을 떼더군요. 에르키가 저한테 처음으로 한 말은 '거짓말쟁이'였어요."

세예르는 창밖의 초록색 잔디밭을 내다보았다. 시간이 늦어서 곧 본부로 돌아가야 한다는 생각이 들었다. 이곳에 있는 동안 그에게 걸려온 전화는 없었다. 어쩌면 그가 여기 앉아서 정신의학의 비밀스러운 세계에 빠져 있는 동안 에르키와 강도가 발견되었는지도 모른다. 아니, 저 여자한테 빠져 있었던 건지도 모르지. 아니면 이루어질 수도 있었던 일, 그가 상상했던 것과는 다른 미래에 빠져 있었던 건지도.

"나중에 저는 일지에 이렇게 썼어요. 에르키와 일 대 영이라고."

그녀가 말했다.

"에르키가 위협을 받으면 어떤 반응을 보일 것 같습니까?"

그녀가 그를 바라보다가 그의 생각을 짐작했는지 불안한 표정으로 바뀌었다.

"가능한 한 뒤로 물러날 거예요. 방어 자세를 취하겠죠."

"하지만 더 이상 물러날 수 없다면요? 상대가 에르키를 거듭 위협하거나 도발한다면요? 그럼 어떻게 될까요?"

"아까도 말씀드렸는데, 제 말을 진지하게 듣지 않으신 것 같군요. 에르키는 상대를 물 거예요. 자신을 보호하기 위해서."

"물어요? 어딜?"

"물 수 있는 곳이라면 어디든지."

에르키는 자고 있었다. 모르간은 문간에 서서 그를 바라보았다. 들쭉날쭉한 빨간색 흉터가 에르키의 목에서부터 배꼽까지 이어져 있었다. 제대로 치료를 받지 않아 상처가 제멋대로 아문 모양이었다. 모르간은 잠시 흉터를 바라보았지만, 도대체 무엇 때문에 그토록 흉측한 흉터가 생겼는지 짐작할 수가 없었다. 그는 제자리에 서서 계속 에르키를 바라보았다. 원래 에르키를 깨우러 온 참이었는데도. 그는 한참 동안 거실의 낡은 소파에 혼자 앉아 허공을 바라보다가 라디오에 귀를 기울였다. 뉴스에서 새로운 소식은 들을 수 없었다. 뉴스에 따르면 없어진 돈이 십만 크로네라고 했다. 그는 이미 돈을 세어보았으므로 그 말이 옳다는 것을 알고 있었다.

모르간은 꼼짝도 않고 서 있었다. 잠자는 남자를 빤히 바라보는 행위가 왠지 친숙하게 느껴졌다. 잠자는 여자를 바라보면 완전히 다른 감정이 들겠지. 에르키의 호흡은 편안했고, 눈꺼풀이 파르르 떨리고 있었다. 꿈을 꾸는 것 같았다. 그의 검은 재킷과 티셔츠는 바닥에 아무렇게 나 놓여 있었다. 내가 왜 저 녀석을 깨워야 하지? 모르간은 생각해보았다. 내가 왜 외로운 강아지처럼 여기 서서 말동무가 필요하다는 생각을 하고 있는 거야? 저 녀석을 내버려둬도 상관없잖아. 저 녀석은 말도 안하고, 뒤틀린 제 머릿속에 너무 빠져 있어서 내 말을 제대로 듣지도 않는데 뭐. 그래도 잘 때는 다른 사람들하고 똑같네.

잘 때도 광기가 여전히 존재하는지, 그의 꿈도 광기에 물들어 있는지 궁금했다. 혹시 그의 내면 깊숙한 곳 어딘가에 모든 것이 정상인 구석이 있을까? 그런데 그가 그것을 받아들이려 하지 않는 걸까?

갑자기 에르키가 움찔하더니 느닷없이 눈을 떴다. 순식간에 그가 깨어난 것이다. 그는 대부분의 사람들과 달리 깨어나기 전에 몸을 약간 비틀고 신음소리를 내면서 몸을 움직이지 않았다. 그냥 눈을 떴을 뿐이다. 모르간에게 초점을 맞춘 그의 눈이 놀라울 정도로 컸다. 하지만 이내 눈이 가늘어졌다.

"너 그 가슴은 어쩌다 그렇게 된 거냐?"

모르간의 입에서 생각지도 않은 말이 튀어나왔다.

"서투르게 할복을 하려다 실패한 것 같잖아."

에르키는 대답하지 않았다. 지하실에 있는 두 녀석이 자리를 잡으려고 서두르고 있었으므로. 때로 그들은 어떻게 손을 쓸 수 없을 만큼 굼뜨게 움직였다.

"말동무가 필요해."

모르간이 선언하듯 말했다. 솔직히 말하는 편이 나을 것 같았다.

"시간이 많이 지났어. 위스키 마시자."

에르키는 천천히 침대에서 일어났다. 아무 일도 일어나지 않았다. 그는 모르간의 총을 힐긋 쳐다보고서 티셔츠를 입은 다음 그를 따라 거실로 나갔다. 모르간이 창턱에 라디오를 놓아두었다. 라디오 안테나가 깨진 창밖으로 삐죽 나가 있었다. 낡은 오두막 안의 온도는 편안한 수준이었지만, 숲 위에는 따스한 안개가 끼어 있었고, 저 아래쪽의 수면은 따스한 저녁 공기 속에서 희미하게 반짝이고 있었다.

“배고파.”

모르간이 말했다.

“그러니까 위스키를 마실 거야.”

그는 가방에서 병을 꺼내 마개를 열었다. 일 리터짜리 병이었다. 에르키는 여느 때처럼 눈을 내리깐 채 가만히 그를 지켜보았다. 이번에도 역시 뭔가를 곰곰이 생각하는 것 같은 모습이었다.

“위스키만 있으면 만사형통이야.”

모르간이 에르키의 강렬한 시선에 계속 놀라움을 느끼면서 말했다. 그의 시선은 삶과 죽음에 관해 다른 사람들은 모르는 뭔가 특별한 것, 뭔가 중요한 것을 꿰뚫고 있는 것 같았다.

“배고플 때도 좋고, 목마를 때도 좋지. 연애하다 문제가 생겼을 때도, 지루할 때도 좋아. 절망에 빠졌을 때도, 불안할 때도 좋고.”

그는 위스키를 꿀꺽 삼켰다. 독한 술기운 때문에 그의 얼굴이 고무처럼 잔물결을 일으켰다.

“적당히 술을 마시는 것만큼 좋은 건 없어.”

그가 말했다.

“적당하다는 말이 무슨 뜻인지 알아?”

에르키는 알고 있었다. 모르간은 입을 닦았다.

"난 정기적으로 꾸준히 술을 마셔. 하지만 아침에는 절대 안 마시지. 지나치게 많이 마시는 법도 없고. 운전을 해야 할 때도 안 마셔. 난 알아서 잘하고 있다고."

그가 한 번 더 술을 마셨다.

"내가 멍청하게 술을 많이 마셔서 네가 도망칠 수 있게 될 거라고 생각한다면 오산이야."

그가 병을 내밀었다. 에르키는 깜짝 놀란 얼굴로 그것을 바라보았다. 그는 알코올을 별로 좋아하지 않았다. 하지만 지금은 그의 내면이 무감각하고 텅 비어버린 것 같았다. 게다가 만약 지금 두 사람이 가진 것이 이것뿐이라면, 그가 굳이 선택을 하려고 애쓸 필요도 없었다. 그가 먹을 수 있는 건 이 위스키뿐이었다. 게다가 그가 위스키를 달라고 한 것도 아니었다. 위스키 병이 그의 앞에 불쑥 내밀어졌을 뿐이다. 그는 상표를 자세히 살펴보다가 병을 뒤집었다. 그러고는 병 입구의 냄새를 맡았다.

"그러지 마. 독약은 아니니까."

에르키는 병을 입에 대고 한 모금 마셨다. 위스키가 목구멍을 타고 내려갔지만 눈이 욱신거리지는 않았다. 익숙하지 않은 온기가 가로막 전체로 번져나갔다. 처음에는 입안이 따끔따끔하더니 그 느낌이 아래로 내려가면서 몸통을 가득 채웠다. 그 다음에 달콤한 맛이 느껴졌다. 캐러멜과 거의 비슷할 정도였다.

"좋지?"

모르간이 미소를 지었다.

"넌 어디 사냐? 원룸에 살아?"

저기 호수 옆에서 살아. 에르키는 생각했다. 공원 옆에. 시에서 돈을
대신 내주는 아름다운 곳이지. 방 하나에 부엌이랑 욕실도 있어. 위층
에는 노인이 사는데 밤에 계속 서성거려. 가끔 울 때도 있어. 그 사람이
우는 소리가 들리지만 난 전혀 신경 안 써. 만약 내가 그 사람을 도와주
고 얘기를 들어주면, 그 사람이 희망을 갖게 될 거야. 세상에는 희망이
없는데 말이야. 어느 누구에게도.

"그게 그렇게 비밀스러운 얘기야?"

모르간이 병을 향해 손을 뻗으며 말했다.

"거긴 냄새가 안 좋아."

에르키가 낮은 목소리로 말했다.

모르간은 그의 목소리에 화들짝 놀랐다.

"뭐가 냄새가 안 좋다는 거야? 네 집? 그렇겠지. 너한테서도 냄새가
나니까. 아무래도 네가 밖에 나가서 신선한 공기를 좀 마실 때가 된 것
같다."

"날고기는 냄새가 안 좋아. 특히 이렇게 더운 날에는."

"뭘 횡설수설하는 거야?"

"카운터 위에 있어. 난 매일 아침 그걸 먹어."

이런 말을 하는 그의 얼굴이 매우 진지했다. 모르간은 의심의 눈초리
로 그를 바라보았다.

"너 농담하냐? 아니면 헛것이라도 보이는 거야? 그냥 농담하는 거
지? 네가 미쳤다는 건 확실히 알겠는데, 네가 아침식사로 날고기를 먹
는다는 말은 못 믿겠다."

등골을 타고 서늘한 기운이 서서히 내려가는 것이 느껴졌다. 날이 더

운데도. 내 앞에 앉아 있는 이놈은 도대체 뭐지?

"위스키 좀더 마셔. 약을 안 먹어서 문제가 생긴 건지도 모르니까. 내 생각이지만 말이야, 너한테는 위스키가 더 좋을 거야."

그는 바닥에 앉아 총을 옆에 내려놓았다.

"이제 말해봐. 네가 정신이 오락가락한다는 걸 안 게 언제야?"

에르키는 곁눈질로 그를 한참 동안 바라보았다.

"책에 쓰여 있는 거랑 같아? 어느 날 아침에 기분이 엉망이 돼서 일어나 거울을 봤더니 끔찍하게도 눈에서 새빨간 지렁이들이 기어 나온다든가 뭐 그런 거야?"

그는 병뚜껑을 다시 닫으면서 킬킬거렸다.

에르키는 눈을 감았다. 희미하게 윙윙거리는 소리가 지하실에서 올라오고 있었다. 마치 경고처럼.

"지렁이가 아니었어."

그가 조용하고 분명한 목소리로 말했다.

"딱정벌레였어. 반짝이는 껍데기가 있는. 창에서 들어오는 빛을 받아 반짝였지. 석유처럼 시커멓게."

모르간이 혼란스러운 표정으로 눈을 깜박거렸다.

"농담이지? 그런 식으로 일이 벌어지지는 않아."

그가 생각에 잠긴 표정으로 말했다.

"내 생각에는 사람이 병에 걸리는 이유를 알아내는 게 중요한 것 같아. 순전히 그래서 너한테 물어본 거야. 혹시 유전인가? 너희 엄마도 미쳤어?"

에르키는 조용히 귀를 기울이고 있었다. 그의 입에서 쓰레기처럼 쏟아져 나오는 말에. 젖은 종이처럼, 감자껍질처럼, 커피 찌꺼기처럼, 사과껍질처럼 쏟아져 나오는 말에.

"넌 어때?"

에르키가 말했다.

"넌 언제 알았어?"

"알긴 뭘 알아?"

모르간이 눈을 깜박이며 창밖을 바라보았다.

"너랑 말하기가 쉽지 않다. 말해도 괜찮은 게 있기는 한 거야? 네가 주제를 골라봐."

그가 한숨을 푹 내쉬었다.

"밤이 되려면 아직 멀었어."

또 다시 침묵이 흘렀다. 에르키는 소파에서 다리를 깔고 앉아 있었다.

"세상의 많은 부분이 전쟁을 하고 있어."

그가 말했다.

"그래? 네 말이 맞는 것 같다. 정신병원에 대해서 좀 얘기해보지 그래?"

모르간이 말했다. 거의 애원하는 듯한 말투였다.

물론 얘기할 수는 있었다. 마음이 내킨다면. 예를 들어, 자기가 여자로 태어났다는 사실을 받아들이지 못해 침대나 샤워실에서 항상 성기를 잘라내려 하는 바람에 흥건한 피 속에서 발견되곤 하던 라그네 이야기를 할 수도 있었다. 여자가 성기를 잘라내는 건 쉬운 일이 아니다. 음료수, 차, 커피. 에르키는 생각했다. 맥주, 포도주, 독주. 이 곱슬머리 멍청이한테 그런 얘기를 다 해? 절대 안 되지.

"아이고, 관두자."

모르간이 체념한 표정으로 말하며 에르키를 바라보았다.

"너 천재냐? 머리가 눈부시게 반짝거리는 사람이야? 널 놀리는 게 아냐. 네가 영리하다는 게 나한테는 분명히 보이거든. 뭐 비록 네 겉모습은 그렇게 보이지 않지만."

에르키는 아무 말도 하지 않았다. 저 남자는 진짜 바보였다. 한심하기 짝이 없었다.

모르간은 한숨을 내쉬었다. 지칠 대로 지쳐버렸다. 에르키는 말을 하기 싫어했고, 그는 자기 목소리를 듣는 것이 지겨웠다. 게다가 그가 한 말은 허튼 소리에 지나지 않았다. 그렇다고 잠을 잘 수도 없고, 위스키를 더 마실 수도 없었다. 그는 다른 사람과 한 방에 앉아 있으면서도 상대에게서 아무런 대답도 듣지 못하는 이런 상황에 익숙하지 않았다. 왠지 불안했다.

"그 돈을 어디에 쓸 거야?"

에르키가 다정하기 짝이 없는 말투로 물었다.

"돈?"

"훔쳐온 돈. 게임기를 살 거야? 사내아이들은 전부 게임기를 갖고 싶어 해."

모르간이 벌떡 일어나더니 창가로 가서 호수를 내려다보았다. 수면이 유리처럼 빛나고 있었다. 청동처럼 붉은 빛이 감도는 짙은 갈색으로. 그는 호수에 떠 있는 황량한 섬과 물 위로 가지를 드리운 바싹 마른 전나무를 바라보았다. 조금 있으면 또 뉴스가 나올 것이다. 그는 자동차가 언제쯤 발견될지 생각해보았다. 차가 발견되면 두 사람이 숲으로 들어갔다는 걸 경찰이 알아차릴 것이다.

"오줌 좀 싸고 올게."

그가 이렇게 말하고는 방을 가로질렀다. 그러고는 총을 집어 들었다.

"여기 있어. 난 계단에서 쌀 거니까."

그는 밖으로 나가 뜨거운 공기를 들이마셨다. 하루 중 가장 더운 때였다. 그는 어둠이 오기를 갈망했지만, 날은 어두워지지 않을 것이다. 가을까지는. 젠장.

에르키는 소파에서 일어나 벽에 등을 기대고 바닥에 앉았다. 오줌줄기가 마른 풀에 닿는 소리와 모르간이 바지 지퍼를 올리는 기분 좋은 소리가 들렸다. 위스키 때문에 몸이 따뜻했다. 더 마시고 싶었다.

모르간이 안으로 들어왔다. 그에게 술을 더 달라고 해도 되겠지만, 그것은 어겨서는 안 되는 원칙에 위배되는 짓이었다. 누군가에게 뭔가를 요구하다니. 그것은 생각조차 할 수 없는 일이었다. 모르간이 고집스러운 걸음으로 다가왔다. 그러고는 가방을 끌고 가더니 등을 돌린 채 서서 라디오를 만지작거리며 안테나를 살짝 비틀었다. 에르키는 그의 민소매 셔츠와 근육질의 종아리를 물끄러미 바라보았다. 남자로 태어나서 남자가 가져야 할 모든 도구를 갖고 있으면서도 저렇게 뭔가가 어긋난 것처럼 보이다니. 마치 서로 맞지 않는 조각들을 아무렇게나 끼워 맞춰서 만들어진 사람 같았다. 방 안은 조용했다. 에르키는 막 기도를 드릴 참이었다. 마지막으로 기도를 드린 것이 언제인지 기억도 나지 않았다. 몇 년 동안 기도를 한 적이 없는 것 같았다. 단어들이 마구 뒤섞여서 덩어리로 뭉치는 것이 느껴졌지만, 도무지 입 밖으로 나오지를 않았다.

그래서 그는 대신 가방을 뚫어지게 바라보았다. 그가 한쪽 눈에 온 힘을 집중하자 자신의 시선이 방을 꿰뚫는 광선으로 변하는 것이 느껴졌다. 그 광선이 검은 가방을 때리자 순식간에 가느다란 연기가 솟아올랐다. 타는 냄새가 희미하게 느껴졌다. 모르간이 뒤로 돌아섰다. 지하실에서 우르릉거리는 소리가 올라왔다. 거대한 돌덩이들이 무너져 내리는 것 같았다. 그 소리가 점점 커져서 천둥소리처럼 변했다. 네스토르가 불같이 화를 냈다. 순식간에 더러운 마룻바닥에서 뭔가가 솟아 나오는 것이 에르키의 눈에 보였다. 피의 강이었다. 그는 그것을 뚫어지게 바라보았다. 그의 발에서 삼 센티미터쯤 떨어진 곳에 그것이 있었다. 그리고 가방은 그 건너편에 있었다.

"너 왜 그래?"

모르간이 정말로 깜짝 놀란 표정으로 말했다.

"어디 아프냐?"

에르키는 가방을 뚫어지게 바라보고 있었다.

"너 아무래도 위스키를 좀더 마셔야겠다. 그러면 좀 나아질지도 몰라."

걱정스러운 목소리였다. 에르키는 제자리에서 꼼짝도 하지 않고 피를 뚫어지게 바라보고 있었다.

"술 좀더 마시라니까."

하지만 에르키는 움직이지 않았다. 그는 손을 뻗어 가방을 잡을 수 없었다. 가방을 잡으려면 한 발짝 앞으로 나아가야 했다. 그러면 발이 저 뜨겁고 걸쭉한 피 속으로 미끄러질 것이다.

"넌 왜 일을 항상 어렵게 만드냐! 내가 술병에다 젖꼭지를 달아서 널 품에 안고 먹여주리?"

모르간이 가방을 움켜쥐고 병을 꺼내 그에게 내밀었다. 에르키는 그의 손에서 병을 잡아채 술을 마셨다. 가방이 이제는 타지 않았다.

넌 운이 좋았어. 다음번에도 이렇게 운이 좋을 거라고는 기대하지 마.

"난 구두쇠가 아냐."

모르간이 말했다.

"모르간을 네가 뭐라고 말해도 좋지만, 그래도 구두쇠는 아냐."

그가 에르키를 향해 험상궂은 표정을 지었다. 에르키는 탐욕스럽게 술을 마시고 있었다.

모르간은 부엌으로 갔다. 모르간이 이상한 사람인 것은 사실이지만 구두쇠는 아니었다. 그는 서랍을 뒤지고 있었다. 잠시 후 에르키는 그가 식품 저장실의 문을 여는 소리를 들었다. 그가 시야에서 벗어나 있는 동안 에르키는 술을 꿀꺽꿀꺽 마셔댔다. 모르간이 낮은 소리로 욕하는 소리, 물건들을 이리저리 던지는 소리가 들렸다. 그러고는 부스럭거리는 소리가 들려왔다. 그가 비닐로 싸놓은 양초를 만지작거리고 있다는 뜻이었다. 그는 식품 저장실에서 나와 침실로 들어갔다. 에르키는 그가 벽을 치는 소리에 귀를 기울이며 술을 조금 더 마셨다. 갑자기 그의 목소리가 오두막 전체에 메아리쳤다.

"이건 또 뭐야? 이리 와서 좀 봐봐!"

에르키는 자리에서 일어나 비틀거리며 앞으로 나아갔다.

"부르셨어요, 주인님?"

그는 손에 병을 들고 있었다.

모르간의 총은 창턱에 놓여 있었다.

"내가 뭘 찾아냈는지 좀 봐!"

그가 뭔가를 에르키에게 내밀었다. 여러 번 접은 갈색 종이였다.

"침대 밑바닥에 있었어. 피네마르카의 지도야. 우리가 지금 있는 곳이 어딘지 찾아보자."

그가 큰 소리로 지도를 읽었다.

"피네마르카 지도, 국립 지도 회사, 1965년. 네가 좀 도와줘야겠다, 에르키."

모르간은 권총을 들고 거실로 돌아갔다. 에르키도 뒤를 따랐다.

"너 지도 볼 줄 알아? 네가 날 좀 도와줘야 돼. 이 오두막집이 어디 있는지 찾아낼 수 있어?"

그가 지도를 펼쳤다. 지도가 그의 손가락 밑에서 부스러질 것 같았다. 에르키는 지도를 보다가 아주 자그마한 연한 파란색 점을 손가락 끝으로 짚었다.

"우린 여기 있어."

그가 말했다.

"그렇게 쉽게 찾아냈단 말이야?"

모르간이 그를 빤히 바라보았다.

"여기가 확실하다는 걸 어떻게 알지?"

"저 밖의 호수를 봐."

에르키가 말했다.

"호수 모양을 보라고. 그걸 여기 지도와 비교하면 돼. 저 호수 이름은 히메릭이야."

"세상에. 네 머리가 맑을 때도 있구나."

모르간은 창가로 가서 밖을 내다보았다. 호수는 지도 위의 호수와 똑같은 모양이었다.

"너 이 주변을 잘 아는 거지? 우리가 지금까지 온 거리가 얼마 안 되는 거지?"

그가 계속 말을 이었다.

"오늘 밤에 저 능선을 넘으면 이리로 나올 거야."

그가 다시 지도를 가리켰다.

"그리고 그냥 재미로 너랑 옷을 바꿔 입을 거야."

그가 위스키 병을 움켜쥐었다. 이제야 비로소 기분이 조금 나아지는 것 같았다. 지금 위치가 어디인지도 알아냈고, 산, 호수의 이름도 알아냈다. 그 주위를 에워싼 도로 번호도 지도에 선명히 적혀 있었다.

"내가 저쪽으로, 저게 북서쪽이지 아마, 어쨌든 그쪽으로 가는 동안 너는 우리가 온 길을 되돌아가. 내 반바지를 빌려줄게. 이 하와이안 반바지를 입으면 아주 근사해 보일 거야. 그러면 내가 널 놓아줄게. 자정쯤에."

그는 기분 좋은 표정이었다. 목표가 생겼으니까.

"아, 뉴스."

그가 갑자기 말했다. 그는 비틀거리며 라디오가 있는 곳으로 가서 소리를 키웠다. 이번에는 여자 아나운서의 목서리가 나왔다. 에르키는 다시 바닥에 앉아 눈을 감았다. 술기운 때문에 입술이 무감각해져서 기분 좋게 긴장이 풀린 것 같은 기분이 들었다.

"이번에는 피네마르카의 살인사건 소식입니다. 경찰은 포쿠스 은행의 강도사건 외에 일흔여섯 살의 할디스 호른이 잔인하게 살해당한 사건에도 총력을 쏟고 있습니다. 경찰은 살인범과 연결되어 있을 가능성이 있는 단서를 뒤쫓고 있지만, 그 단서가 무엇인지는 밝히지 않았습니다. 한편 경찰은 이 살인사건이 신속히 해결될 것으로 굳게 믿는다고 말했습니다.”

모르간이 에르키를 바라보았다.

“저 할머니가 살던 데가 어디일 것 같아? 너랑 아는 사이였냐?”

그가 머리를 긁으며 말을 이었다.

“경찰이 혹시 이 근처를 수색할까? 범인은 도대체 무슨 생각으로 그렇게 끔찍한 짓을 한 건지 원.”

에르키가 자기도 모르게 머리를 갑자기 젖히는 바람에 머리카락이 펄럭거렸다. 하지만 그는 아무 말도 하지 않았다.

11

“에르키가 정신병원에 들어온 이유가 뭡니까?”

세예르가 물었다.

“저한테 말해줄 수 있습니까? 에르키가 누굴 위협하기라도 했나요?”

스트루엘 박사는 고개를 가로저었다.

“에르키가 아무것도 안 먹었어요. 입원했을 때 심한 영양실조 상태였죠.”

“왜 음식을 안 먹은 거죠?”

“뭘 먹고 싶은지 결정할 수 없었으니까. 점심 때 식탁에 앉아서 두 종류의 고기를 놓고 계속 망설이곤 했죠.”

“그래서 박사님은 어떻게 하셨습니까?”

“에르키가 식사를 포기하고 자기 방으로 돌아가면 제가 샌드위치를 만들어서 가져갔어요. 우유나 커피 없이 그냥 샌드위치만. 그걸 협탁 위에 놓아두었죠. 처음에 에르키는 손도 안 댔어요.”

“왜요?”

"제 실수 때문이죠. 제가 샌드위치를 반으로 잘라서 가져갔거든요. 그래서 에르키는 두 조각 중 뭘 먼저 먹을지 결정할 수가 없었던 거예요."

"사람이 결정을 내리는 게 너무 어려워서 굶어 죽을 수도 있다는 말씀입니까?"

"네."

그는 고개를 절레절레 저으며 그런 사람이 일상생활을 해나가기가 얼마나 어려울지 이해하려고 애써보았다.

"에르키가 정말로 초자연적인 힘을 갖고 있다고 생각하세요?"

그녀가 양손을 펼쳐 보이며 말했다.

"전 그냥 제가 본 걸 말씀드리는 것뿐이에요. 다른 사람들한테 물어보면 또 다른 얘기를 해주겠죠."

"에르키한테 어떻게 그런 걸 할 수 있는지 물어본 적이 있습니까?"

"그걸 누구한테서 배웠느냐고 물어봤더니 미소를 지으며 이렇게 말하더군요. '마법사. 뉴욕의 마법사.'"

"하지만 그건 그냥 우연히 맞힌 거겠죠."

"그렇지는 않을 거예요. 가끔 우리가 도저히 설명할 수 없는 일들이 벌어지곤 하잖아요."

"전 그런 적 없습니다."

그가 말했다.

"그래요?"

그녀가 또 다시 그를 놀리듯이 말했다.

"모든 걸 다 아신단 말씀이세요?"

그는 자신이 웃음거리가 된 것 같았다.

"그런 뜻이 아닙니다. 에르키가 그것 말고 할 수 있는 게 또 뭐가 있습니까?"

"우리가 흡연실에서 카드놀이를 했을 때 일이에요. 에르키도 그 자리에 있었지만, 카드놀이를 하지는 않았어요. 에르키는 게임을 견디지 못하니까. 밤늦은 시간이라 밖은 어두웠고, 안에는 불이 켜 있었어요. 갑자기 에르키가 그 조용하고 독특한 말투로 이렇게 말하더군요. '탁자 위에 양초를 가져다 놓아야 해.' 저는 그래, 그러면 아늑하겠다는 생각을 했어요. 제가 에르키더러 부엌에서 양초를 몇 개 가져오라고 했지만 에르키는 싫다고 했어요. 다른 사람들도 전부 싫다고 했고요. 양초가 카드놀이에 방해가 될 거라면서. 저는 에르키한테 미안한 생각이 들었어요. 에르키가 생전 처음으로 의견을 내놓았는데 아무도 귀담아 듣지 않은 셈이니까. 그런데 그 순간 전기가 나가버렸어요. 흡연실뿐만 아니라 건물 전체가 어둠에 잠겼죠. 사람들이 허둥거리면서 양초를 찾아 헤매느라 소란이 벌어졌어요. 에르키는 '그래서 내가 미리 알려주려고 했는데' 이렇게 한마디 했을 뿐이에요.

하지만 에르키가 항상 그렇게 능력을 발휘한 건 아니에요. 한번은 나는 법을 배우고 싶다며 삼층 창문에서 뛰어내린 적이 있는데, 죽지 않은 게 다행이었죠. 자전거 보관대 위로 떨어지는 바람에 가슴에 흉측한 흉터가 남았어요. 뉴욕에 살 때 있었던 일이라고 하더군요."

"에르키와 그 마법사가 LSD 같은 마약을 했습니까?"

"저도 몰라요. 에르키 아버지도 모른다고 했고요. 아들한테 별로 신경을 안 썼으니까."

"에르키의 외모가 사람들 말처럼 혐오스러운가요?"

"혐오스러워요?"

그녀가 혼란스러운 표정으로 그를 바라보았다.

"전혀 혐오스럽지 않아요. 조금 지저분한지는 몰라도."

"에르키는 불행한가요?"

이 말을 하자마자 바보 같은 질문을 했다는 생각이 들었지만, 그녀는 그를 조롱하지 않았다.

"물론이죠. 하지만 에르키는 그걸 몰라요. 그런 감정을 허락하지 않으니까."

"그럼 어떤 감정을 허락하죠?"

"경멸. 인내. 오만."

"생각만큼 끔찍한 녀석은 아닌 것 같군요."

그녀가 무거운 한숨을 내쉬었다.

"사실 에르키는 재능도 있고 최선을 다하고 싶어 하는 아이일 뿐이에요. 에르키는 모든 걸 완벽하게 하고 싶어 하기 때문에 실수가 두려워서 결국 아무것도 하지 못하죠. 학교에 다닐 때는 말 때문에 고생을 많이 했대요. 혼자 앉아서 창문을 향해 중얼거리니까 아무도 에르키의 말을 못 들었거든요. 하지만 글쓰기 실력은 반에서 일등이었어요."

"그래서 결국 에르키의 입을 여는 데 성공하셨습니까?"

"지금은 제대로 말을 해요. 마음이 내키면. 때로는 엄청나게 논리정연하죠. 심지어 재미있기까지 해요. 에르키는 통렬한 유머감각을 갖고 있어요."

"혹시 에르키가 자살을 시도한 적이 있습니까?"

"없을걸요. 뉴욕에 살 때 창문에서 뛰어내린 것만 빼고는. 에르키가 왜 그런 짓을 했는지 저도 아직 잘 이해가 안 가지만."

"그럼 에르키가 자살 성향이 있다고는 생각하지 않는단 말이죠?"

"네. 하지만 우리 일에서 확실한 건 하나도 없어요."

"만약 에르키가 그런 행동을 한다면 이해할 수 있겠습니까?"

"네. 자살은 인간의 권리니까요."

"인간의 권리라고요? 자살을 그렇게 생각하십니까?"

그녀는 자기 손을 물끄러미 내려다보았다.

"심리치료사들은 환자들에게 죽음이 해결책이 아니라고 말하는데 제 생각은 달라요. 죽음은 당연히 근심에 빠진 사람에게 해결책이 될 수 있어요. 죽음을 선택하는 건 우리가 갖고 있는 선택 능력의 논리적인 결과예요. 그리고 자살은 인간들이 옛날부터 고려할 수 있었던 해결책이기도 하고요."

"하지만 자살을 막기 위해 최선을 다하기는 할 거죠?"

"저는 환자들에게 선택은 당신들의 몫이라고 말해요. 환자들에게 오래 사는 것이 좋다고 강요할 때나, 아니면 남이 보기에는 어떻든 환자들이 마지막 피난처라고 생각하는 정신병을 환자들에게서 강탈할 때 제가 항상 행복한 건 아니에요."

아무래도 오늘 밤에 잠자기는 글렀군. 저 여자 얼굴이 어둠 속에서 내 앞에 어른거리며 나한테 들러붙을 거야. 저 여자의 말이 내 귓가에 울릴 거고. 그는 손가락에 낀 결혼반지를 자기도 모르게 비틀고 있었다. 그 순간, 만에 하나 그녀가 그에게 관심을 갖게 되었다 해도 곧바로 그 생각을 접어버릴 수밖에 없었을 거라는 생각이 들었다. 어쩌면 이제 결혼반지를 빼놓아야 할 것 같기도 했다. 하지만 그는 항상 결혼반지를 끼기로, 무덤까지 이 반지를 가져가기로 이미 오래전에 마음을 정했다. 어쨌든 이 반지 때문에 그가 여자가 있는 사람으로 보이는 건 사실이었다. 이제 그녀도 반지의 존재를 눈치 챘다는 사실을 생각하니 마음이 불편했다.

"에르키는 숲과 시골길을 정처 없이 돌아다니는 걸 좋아하지만 대개 사람들 근처에는 안 가죠?"

"네, 안 가요."

그녀가 말했다.

"에르키가 이번에 사람들 근처에 갔다는 건, 일부러 시내까지 내려가서 은행에 들어갔다는 건…… 혹시 뭔가 신경에 거슬리는 일이 있었던 게 아닐까요? 누군가의 도움이 필요하다고 생각했던 건 아닐까요? 뭔가 일이 있었기 때문에?"

그녀는 걱정스러운 기색을 감추지 않았다. 그의 가슴속에서 또 다시 거대한 파도가 솟아올랐다. 파도가 물러나자 그는 이미 오래전부터 인적 없는 해변이 되어버린 자신의 가슴속을 살펴보았다. 몇 년 만에 처음으로 그곳에 어떤 여자가 서 있었다.

"무슨 일 있었어요?"

스카레가 그를 바라보며 물었다.

"무슨 소리야?"

"워낙 오래 자리를 비우셔서요."

세예르는 아무 말도 하지 않았다. 그는 스카레에게 등을 돌린 채 자기 사무실의 세면대 앞에 서 있었다. 스카레는 점점 걱정이 되었다. 경감이 때로 상당히 과묵해지곤 하는 건 그도 아는 사실이었다. 그런데 딱딱하게 굳은 경감의 등은 뭔가 일이 있다는 신호를 보내고 있었다.

"유용한 정보를 많이 알아냈네."

그가 고개를 돌리지 않은 채로 말했다. 그는 세면대에 찬물을 채운 뒤 붉게 상기된 얼굴에 물을 끼얹었다. 그러고는 얼굴의 물기를 닦고 손가락으로 짧은 머리를 한 번 쓰다듬은 뒤에야 이렇게 물었다.

"현장에서 발견된 발자국 사진 나왔나?"

"아뇨, 하지만 곧 나올 겁니다. 감식반에서 하는 말이 아주 아름다운 흑백사진이라고 하던데요. 운동화 자국이 거의 확실할 겁니다. 지그재그 모양의 무늬가 전형적이에요. 발자국 길이가 삼십구 센티미터니까 신발 사이즈로 치면 사십삼이겠죠. 제가 지금까지 알아낸 건 이게 전부입니다."

"스트루엘 박사는 에르키가 사람을 죽일 수 있다고는 생각하기 어렵다고 하더군. 그 여자 말이 에르키는 화가 나면 상대를 문대."

"그 여자요? 물어요?"

스카레는 그를 한참 동안 바라보았다.

"의사가 여자예요? 에르키가 인질이 됐을 때 어떻게 반응할지 그 여자가 자기 의견을 얘기해주던가요?"

"에르키가 마음을 닫아버릴 거라고 했어. 에르키가 아주 방어적이라면서 말이야. 하지만 우린 그 강도 녀석에 대해서도 아는 게 별로 없으니. 그놈이 어떤 인간인지 모르잖아."

"어쩌면 둘이서 즐거운 시간을 보내고 있는지도 모르죠."

"전에도 그런 일이 있었지. 하지만 내가 뭘 좀 생각해봤는데 말이야,

만약 강도 녀석이 제가 잡은 인질이 살인사건과 관련해서 경찰의 수배를 받고 있는 인물이라는 걸 알면 어떻게 될까?"

"겁이 나서 인질을 놓아줄지도 모르죠."

"그럴지도 모르지. 녀석은 라디오를 듣고 있을 가능성이 높아."

"하지만 언론은 인질이 할디스의 집에서 목격된 사람과 동일인물이라는 걸 모르잖아요."

"그건 시간문제지, 안 그래?"

그는 긴 복도로 통하는 문을 물끄러미 바라보았다. 복도에는 온갖 사무실들이 줄지어 늘어서 있었다.

"여긴 큰 건물이야. 그 소식이 새어나가는 데 시간이 얼마 안 걸릴걸."

"그러면 상황이 위험해질 수도 있다는 거죠?"

세예르가 그를 바라보았다.

"자네라면 어떻게 하겠나? 범죄자처럼 머리를 한번 굴려봐."

"아이고, 저는 범죄자 같은 구석이 별로 없어요!"

스카레가 말했다.

"저라면 인질을 놓아주고 싶을 거예요. 특히 인질이 정신적으로 문제가 있다면요, 다루기가 쉽지 않을 테니까요. 하지만 만약 두 사람 사이에 모종의 관계가 수립되었다면, 그렇다면 두 사람이 서로 의지하는 사이가 됐을 가능성이 있어요. 그런 상황에서 왜 둘 중 한 사람이 상대를 경찰에 넘겨주겠어요? 두 사람 모두 법의 보호를 받지 못하는 입장인데. 하지만 만약 두 사람 사이에 갈등이 일어난다면……."

"한 놈은 정신병자고, 한 놈은 총을 갖고 있어. 반드시 두 사람을 찾아내야 돼."

세예르가 말했다.

"둘이 서로를 죽이기 전에. 우리가 언론에 정보를 흘리는 게 좋겠네."

"놈이 에르키를 놓아줄 거라고 생각하세요?"

"그럴지도 모르지. 자네는 브리겐 식품점에 가서 할디스에게 식료품을 배달해줬다는 사람하고 얘기를 해봐. 오랫동안 일주일에 한 번씩 할디스를 정기적으로 만난 사람은 그 사람뿐이니까. 아마 할디스랑 서로 아주 잘 아는 사이였을 거야. 그리고 크리스토퍼가 누군지도 좀 알아봐. 할디스한테 편지를 보낸 사람 말이야. 자네 혹시 식사는 했나?"

"예. 경감님은 이제 뭘 하실 거예요?"

"난 구테바켄에 가서 시체를 발견한 아이를 만나볼 거야. 그러고는 시립병원에 가봐야지."

"왜요?"

"에르키 어머니의 죽음에 관한 자료가 있는지 보러."

"그건 십육 년 전 일이잖아요!"

"그래도 틀림없이 뭔가가 남아 있을 거야. 그건 그렇고 자네 나가기 전에 빗자루를 하나 찾아와."

"뭘 찾아오라고요?"

"빗자루. 관리실 벽장에 가면 있어."

"요즘 빗자루를 쓰는 사람은 없어요."

스카레가 참을성 있게 말했다.

"대걸레를 쓴다고요."

"그럼 대걸레를 찾아와. 뭐든 자루가 긴 걸로."

스카레는 방을 나갔다가 대걸레를 가지고 돌아왔다. 손잡이는 유리섬유였다. 할디스의 괭이 손잡이처럼.

세예르가 자세를 잡았다.

"내가 할디스 호른이야."

그가 말했다.

"자네가 살인범이고."

"그거야 문제없죠."

스카레가 그의 앞에 서면서 말했다.

"내가 괭이를 들고 계단에 서 있어. 물론 난 할디스보다 키가 크고 대걸레 손잡이가 더 길지. 하지만 아마 난 이걸 이렇게 잡고 있었을 거야. 자루 중간을 양손으로."

스카레가 고개를 끄덕였다.

"자네가 집 안에서 나를 향해 다가와서 괭이를 잡아. 해봐, 야콥."

스카레는 잠시 대걸레 손잡이를 바라보다가 양손으로 움켜쥐었다. 본능적으로 그는 한 손을 세예르의 손 위에, 다른 손은 아래에 두었다.

"잠시만 그대로 있어."

세예르는 네 개의 손을 물끄러미 바라보았다.

"할디스의 지문이 대략 여기쯤 있었어. 괭이 중간에. 손잡이 맨 밑에서 또 다른 지문이 발견됐지. 상당히 작은 지문이. 그리고 자루 꼭대기에서도 비슷한 지문이 나왔어. 그렇다면 범인이 괭이를 할디스한테서 이렇게 빼앗았다는 얘기야. 단번에. 그러고는 괭이를 잡아당겨서 들어올린 다음에 할디스를 친 거지. 그런데 자네가 한번 말해보게, 야콥. 범인의 다른 지문들은 다 어디로 간 걸까?"

스카레는 잠시 생각을 해보았다.

“범인이 지문을 닦았는데 서두르다 보니 미처 다 지우지 못한 거 아닐까요?”

“손잡이 중간에 있는 할디스의 지문은 고스란히 남겨둔 채로? 그럴 것 같지는 않은데.”

“그럼 이유는 잘 모르겠지만, 범인의 지문이 그냥 아주 희미하게 남은 걸까요?”

“왜 희미하게 남아?”

“그건 저도 모르죠. 혹시 범인의 손가락에 심한 화상자국이 있을까요? 그렇다면 지문이 없겠죠.”

“자네 완전히 공상에 빠진 것 같구먼.”

“제 생각도 그래요.”

스카레가 머리를 긁적였다.

“도무지 모르겠어요.”

“우리가 집 안에서 찾은 지문이랑 그 지문이 일치하나?”

“감식반에서 아직 작업 중이에요.”

“아무래도 이상해.”

세예르가 말했다.

“전 이상한 건 없다고 생각해요.”

스카레가 말했다.

“틀림없이 논리적으로 설명할 방법이 있을 거예요. 대개는 그러니까. 어쩌면 에르키가 손가락을 씹는 버릇이 있는지도 모르죠. 어차피 이상한 녀석이잖아요. 의사가 그런 말은 안 하던가요?”

“그 녀석이 손가락을 씹는다는 말?”

“이걸 보세요.”

스카레가 자기 손을 내밀면서 말했다.

“제 집게손가락을 보세요. 끝부분. 뭐가 보이세요?”

“뭐, 별로. 조금…… 번들거리는군.”

“맞아요. 이 손가락에는 지문이 없어요. 왜 그런지 아세요?”

“자네가 손가락을 태워먹었나?”

“아뇨. 옛날에 초강력 본드가 묻은 적이 있어요.”

“하지만 열 손가락 중에 하나만 그런 거잖아.”

“전 그냥 틀림없이 논리적으로 설명할 방법이 있을 거라는 말을 하고 있을 뿐이에요, 예? 그러니까 의사는 자기 환자가 살인을 할 만한 사람이 아니라고 생각한다는 거죠?”

그가 물었다.

“그래.”

“그 여자 말을 믿으세요?”

“박사가 에르키를 어느 정도 이해하고 있는 건 틀림없어. 정신과 의사로서 탄탄한 교육도 받았고.”

“하지만 대개 경감님은 그런 걸 고려하시지 않잖아요. 전 이게 아주 간단한 사건이라고 생각해요. 에르키 짓일 거예요.”

“자네 구르빈하고 얘기를 너무 많이 한 모양이야.”

“그냥 합리적으로 생각하려고 애쓸 뿐이에요. 에르키는 여기서 자랐어요. 그래서 피해자를 잘 알아요. 식품점 주인 말고는 피해자의 집을 찾아오는 사람이 아무도 없어요. 에르키는 살인이 일어나던 날 아침에 피해자의 집에서 목격됐어요. 그리고 에르키는 병이 깊어요.”

“내기를 걸라면 걸겠나?”

세예르가 물었다.

“그럼요. 안 걸 이유가 없죠.”

“그럼 난 에르키 짓이 아니라는 데 걸겠네.”

“만약 경감님이 지면 저랑 같이 술집에 가서 고주망태가 되도록 술을 마셔야 돼요.”

세예르는 이 말을 들으며 몸을 부르르 떨었다.

“그럼 자네가 지면 스카이다이빙을 해야 돼. 알았지?”

“세상에. 알았어요.”

“그걸 문서로 써주겠나?”

“기독교인의 말을 못 믿으시는 거예요?”

“믿고말고.”

세예르는 고개를 절레절레 저으며 대걸레를 벽에 세웠다.

“이제 가봐야겠네. 하지만 자네가 알아둬야 할 게 하나 있어. 모든 걸 합리적으로 설명할 수는 없다는 거.”

그는 이제 대화가 끝났다는 듯 서랍을 열었다.

“긴 장화를 한 켤레 사 신게.”

그가 말했다.

“왜요?”

“스카이다이빙을 해야지. 그런 장화를 신어야 발목이 안 부러질 것 아냐.”

방을 나가는 스카레의 얼굴이 조금 창백했다.

세예르는 스트루엘 박사와 나눈 이야기 중 일부를 메모했다. 메모가

끝나자 그는 전화번호부를 펼쳐 S로 시작하는 이름들을 살펴보았다. 마
치 들킬까 봐 걱정하는 사람처럼 한쪽 눈으로는 계속 문을 주시하면서.
그는 원하는 것을 금방 찾아냈다. 스트루갈이라는 이름과 스트리켄이
라는 이름 사이에 그가 찾던 것이 있었다.

스트루엘, 사라. 의사.

사라. 그는 속으로 생각했다. 낭만적이군. 이국적이고.

그런데 그때 스트루엘, 게르하르트, 의사라는 구절이 눈에 띄었다. 전
화번호도 같았다. 그는 한숨을 쉬며 전화번호부를 덮었다. 사라와 게르
하르트. 아주 잘 어울리는 이름들이었다. 그는 아이처럼 잔뜩 실망해서
전화번호부를 거칠게 다시 꽂아 넣었다.

12

　브리겐 식품점에는 갖가지 광고지와 안내문들이 덕지덕지 붙어 있어서 마치 놀이공원 같았다. 화려한 오렌지색, 분홍색, 노란색 플래카드들이 사방에 있었다. 집에서 직접 만든 부드러운 스테이크. 냉동 쇠간.

　그런 점만 빼면 건물 자체는 비교적 매력적이었다. 빨간 페인트를 칠한 이층 건물. 스카레는 브리겐이 가게 위의 아파트에서 살고 있을 거라고 짐작했다. 그는 차를 세우고 안으로 들어갔다. 가게 안에는 계산대가 두 개 있었는데, 그중 한 곳에 젊은 아가씨가 앉아 잡지를 읽고 있었다. 뽀글뽀글하게 파마를 한 머리카락이 그녀의 머리를 단단히 붙들고 있는 것 같았다. 그녀가 시선을 들어 그의 제복을 보는 순간 잡지가 그녀의 무릎 위로 툭 떨어졌다.

　스카레는 미남이었다. 어느 모로 보나 그랬다. 얼굴은 다정하고 구불구불한 금발머리는 구름 같았다. 그는 또한 모든 사람에게 똑같이 관심을 보일 줄 아는 귀한 재능을 갖고 있었다. 심지어 별로 관심이 없는 사람에게도 마찬가지였다. 지금 이 아가씨처럼. 그녀는 검은 뿔테 안경을 쓰고 있었으며, 뚱뚱한 몸은 정상보다 십 킬로그램 이상 더 무게가 나갔다. 그는 그녀에게 눈부신 미소를 지어 보였다.

"사장님 계세요?"

"오데만 브리겐 씨요? 창고에 계세요. 핀두스에서 온 물건을 풀고 있어요. 저쪽 유제품 진열대를 지나서 야채 진열대 옆의 문으로 들어가세요."

그는 고마움을 표시하고 가게 안을 가로질러 갔다. 그런데 바로 그때 브리겐이 냉동 생선 상자를 품에 안고 나타났다.

"경찰이에요? 내 사무실로 갑시다. 이리 와요."

그가 앞장을 섰다.

계산대의 아가씨는 다시 잡지를 손에 들었지만 읽지는 않았다. 그녀는 옆의 계산대 주위에 방패처럼 고정되어 있는 투명유리에 자신의 모습을 비춰보려고 고개를 왼쪽으로 돌렸다. 그녀의 머리와 얼굴이 실제보다 부드럽고 약간 흐릿하게 보였다. 안경을 벗으면 그녀는 나이 든 셜리 템플과 거의 흡사한 모습이었다. 그녀는 자신이 할디스 호른에 대해 알고 있는 것들을 속으로 되짚어보았다. 그가 그녀에게 질문을 할지도 모르니까. 그러면 그는 이삼 분 동안 계산대 옆에 서 있을 터였다. 만약 그녀가 여러 가지 대답들을 미리 암기해놓는다면, 그 시간을 이용해서 그의 얼굴을 유심히 살피며 자세히 기억해둘 수 있었다. 그의 기억 속에 그녀를 새길 수 있을 만큼 중요한 정보를 알지 못한다는 게 얼마나 안타까운지.

"아, 오데만 브리겐의 가게에 있던 그 뚱뚱한 아가씨? 그 아가씨가 작지만 아주 중요한 사실을 알려준 것이 사건 해결에 도움이 되었지.

그 아가씨 이름이 뭐더라?"

그녀는 자신의 이름이 너무나 한심하다는 사실 때문에 속이 상했다. 그녀는 잡지에 실린 클라우디아 쉬퍼의 사진을 내려다보았다. 사무실 쪽에서 두 사람이 비밀스럽게 중얼거리는 소리가 들려왔다.

"할디스 호른에게 식료품을 배달한 지 몇 년이나 되었습니까?"

스카레가 주머니에서 수첩을 꺼내며 물었다.

브리겐은 빨간색과 초록색이 섞인 나일론 겉옷의 단추를 먼저 열고 나서 질문에 대답했다.

"거의 팔 년쯤 됐을 겁니다. 그 전에는 할디스 아주머니의 남편인 토르발트 영감님이 가게로 와서 필요한 것을 사갔죠. 난 그 영감님하고도 잘 아는 사이였습니다. 두 분이 아주 오래전부터 여기 살았으니까요."

식품점 주인은 쉰 살에서 예순 살 사이였으며, 몸집이 크고 뚱뚱했다. 햇볕에 그을린 안색은 건강했고, 뺨은 붉은 색이었다. 그는 굵은 머리카락을 짧게 자르고 있었으며, 눈은 검은색이고, 입꼬리가 한쪽으로 쳐져 있었다. 팔다리는 짧고, 손은 작았는데, 그는 뭉툭한 손가락을 자꾸 쥐었다 폈다 하고 있었다. 손톱을 씹는 버릇이 있는지 손톱이 거의 다 없어져서 생살이 드러나 있었다.

"피해자가 어떤 물건을 샀죠?"

스카레가 물었다.

"그냥 일용품이죠. 우유, 설탕, 커피, 휴지, 달걀. 할디스 아주머니는 사치스러운 사람이 아니었습니다. 여유가 없는 게 아니었는데도. 은행에 돈이 있었거든요. 할디스 아주머니 말로는 적잖은 금액이라고 하던데. 이제 아주머니의 여동생이 그 돈을 상속받겠죠. 함메르페스트에 사는 여동생 말입니다. 헬가 마이."

"피해자가 사장님한테 은행에 많은 돈이 있다고 말했다고요?"

"예. 그걸 아주 자랑스러워했어요."

"그 사실을 아는 사람이 또 있습니까?"

"그럴걸요."

그런 소문이 떠돌아다니기 시작하면, 마치 뜨거운 모래밭을 기어가는 도마뱀처럼 순식간에 퍼지기 마련이지. 스카레는 생각했다. 사람들은 돈에만 집착해서 돈이 은행에 있다는 사실을 잊어버린다. 그리고 머지않아 소문이 비현실적인 성격을 띠기 시작한다. 할디스한테 돈이 있대. 그것도 엄청 많이! 어쩌면 할디스가 그 돈을 침대 밑에 보관해뒀는지도 몰라. 아니면 어디 비슷한 데거나. 노인들은 대개 그런 데다 돈을 숨기잖아. 할디스는 식품점 주인에게는 그 이야기를 해도 상관없다고 생각했을 것이다. 식품점 주인과는 워낙 잘 아는 사이니까. 하지만 그가 비밀스러운 미소를 지으며 살짝 암시하는 듯한 말을 하는 순간 소문이 새어나갔을 것이다. 어쩌면 그가 단골에게 이런 말을 했을지도 모른다. 아, 할디스 아주머니를 아세요? 알고 보니 빈털터리가 아니더라고요. 그 아주머니 남편이 죽었을 때 그런 말이 돌아서 사람들이 아주머니를 걱정했잖아요. 그가 한 이 말이 수많은 사람들의 귀에 들어갔을지도 모른다.

"두 분한테는 자식이 없었잖아요."

브리겐이 말했다.

"그래서 돈을 많이 저축한 거죠. 둘 다 사치를 부리는 데는 관심이 없었어요. 토르발트 영감님은 트랙터를 아이처럼 애지중지하면서 기름을 바르고, 반짝반짝 윤을 냈죠. 두 분이 그 돈을 어디에 쓸 생각이었는지는 하느님만 아실 겁니다. 할디스 아주머니 말처럼 정말로 돈이 많았다면 말이죠."

스카레는 메모를 했다. 할디스 호른의 은행계좌를 확인할 것.

"북부에 산다는 여동생은 어떻습니까?"

"잘 살고 있어요. 남편도 있고, 자식도 있고, 손자도 있고."

"그럼 만약 피해자에게 돈이 있다면, 그 사람들이 그 돈을 물려받는 건가요?"

"그렇겠죠. 토르발트 영감님한테는 가족이 없었습니다. 형이 하나 있었는데 오래전에 죽었어요. 할디스 아주머니 부부의 돈 중 일부는 그 형에게서 상속받은 겁니다."

"사장님은 일주일에 한 번씩 피해자의 집으로 올라가셨죠? 매번 같은 요일이었습니까?"

"아뇨, 아주머니가 전화로 주문을 했는데, 요일은 그때그때 달랐어요. 하지만 목요일에 배달을 가는 경우가 많았죠."

"마지막으로 언제 가셨습니까?"

"수요일입니다."

"이 가게 종업원이 몇 명이나 되죠?"

"요나뿐입니다. 계산대에 있는 아가씨."

"다른 사람은 없습니까?"

"지금은 그렇죠."

"그럼 옛날에는 있었다는 건가요?"

"오래전에요. 젊은 청년이었는데, 여기 오래 있지는 않았습니다."

“그 친구도 피해자를 아나요?”

브리겐은 양손으로 깍지를 꼈다가 풀었다.

“흠…… 아마 그랬을 겁니다. 내가 배달을 갈 때 따라간 적이 몇 번 있었거든요. 하지만 할디스 아주머니한테 특별히 관심이 있는 것 같지는 않았습니다.”

그의 목소리에는 약간의 당혹감과 꺼리는 기색이 배어 있었다.

“그 친구 이름을 알아야겠습니다.”

브리겐은 이름을 말해주기 싫은 것 같았다. 그가 의자에서 몸을 꿈틀거리며 겉옷 단추를 다시 잠그기 시작했다. 실내공기가 더운데도.

“토미. 토미 라인입니다.”

“젊은 청년이라고요?”

“이십 대죠. 하지만 그 녀석은 우리한테 관심이 없었습니다. 이 동네에도 관심이 없었고요.”

“그 친구가 지금 어디 있는지 아십니까?”

“아뇨.”

“전에 피해자가 빵을 넣어두는 통에 지갑을 보관했다고 진술하셨죠?”

“예. 하지만 지갑에 돈을 많이 넣어둔 적은 없습니다. 뭐, 내가 지갑을 직접 열어본 건 아니고, 아주머니가 지갑을 열어서 내게 줄 돈을 꺼낼 때 옆에서 봤죠. 지갑에는 대개 백 크로네 지폐가 몇 장 있었습니다.”

스카레는 이것을 메모해두었다.

“그럼 이제 에르키 요르마 얘기로 넘어가죠. 에르키를 아십니까?”

“물론이죠. 우리 가게에도 자주 옵니다.”

“뭘 사가죠?”

“아무것도요. 그냥 제가 갖고 싶은 걸 집어 들고 나가죠. 내가 소리를 지르면 녀석은 문간에서 뒤를 돌아봅니다. 내가 그렇게 소란을 피우는 것이 놀랍다는 표정이에요. 그러고는 제 손에 든 걸 들어 올리죠. 겨우 초콜릿 바 하나를 가지고 뭘 그러느냐는 듯이. 원래 그런 녀석이니까 난 한 번도 그 녀석 뒤를 쫓아간 적이 없습니다. 그 녀석은 어깨를 두드리며 말을 걸 만한 녀석이 아니니까. 또 그녀석이 훔쳐가는 물건도 값이 얼마 안 되고요. 그냥 푼돈이죠. 하지만 가끔은 화가 날 때도 있습니다. 녀석은 법이나 규칙이 안중에 없으니까.”

“그렇군요.”

스카레가 말했다.

“사장님 말고, 피해자가 빵 통에 지갑을 넣어둔다는 것을 알 만한 사람이 또 있습니까?”

“내가 아는 한은 없습니다.”

“하지만 토미 라인은 알지도 모르죠. 그렇지 않습니까?”

“어…… 그건 잘 모르겠네요.”

“방문 판매원이나 복권 판매인이나 전도사들은 어떨까요? 이 동네에도 그런 사람들이 오죠? 그런 사람이 피해자의 집에 간 적이 있습니까? 피해자가 그런 얘기를 하던가요?”

“그런 사람들은 할디스 아주머니의 집에 안 갑니다. 굳이 애쓸 필요가 없거든요. 거리도 너무 멀고 길도 험하니까요. 그런 사람들을 염두에 두실 필요는 없습니다. 에르키한테 초점을 맞추세요. 녀석이 농장에서 목격되었다면서요.”

“그걸 알고 계세요?”

“모르는 사람이 없죠.”

“지갑 말인데 빨간색이었습니까?”

스카레가 물었다.

“밝은 빨간색이죠. 쇠로 된 고리가 달린. 아주머니는 거기에 영감님 사진을 넣어두었습니다. 오래된 사진이죠. 영감님이 대머리가 되기 전에 찍은 거니까. 아, 그거 아세요?”

브리겐이 말했다.

“사람들이 에르키를 병원에 집어넣었을 때 얼마나 안심이 되던지. 경찰이 그 녀석을 찾아냈으면 좋겠습니다. 그 녀석이 범인이었으면 좋겠어요.”

“왜요?”

브리겐은 팔짱을 꼈다. 하지만 배가 불룩해서 제대로 꺼지지 않았다.

“그럼 녀석을 영원히 가둬둘 수 있으니까요. 그 녀석은 위험하거든요. 만약 녀석이 물리적인 증거를 통해 유죄판결을 받는다면, 다시는 밖으로 나오지 못할지도 모르죠. 그러면 이 동네가 조용해질 겁니다. 사실 그 녀석 말고 그런 짓을 할 사람이 있겠습니까?”

“피해자의 집에 손님이 오는 경우도 있었나요?”

“아주 드물었죠.”

“누가 피해자를 찾아왔습니까?”

“여동생 헬가의 손자가 오슬로에 살고 있습니다. 그 녀석이 아주머니를 찾아온 적이 있어요. 하지만 자주 오지는 않았습니다.”

“그 친구 이름을 아세요?”

“성은 마이입니다. 이름은 크리스티안 아니면 크리스토퍼고요.”

크리스토퍼라.

"그 녀석이 식당 주방에서 일했던 것 같습니다. 괜히 남을 헐뜯을 생각은 없지만, 아마 괜찮은 식당은 아니었을 거예요."

"왜요?"

"그 녀석을 한 번 본 적이 있는데, 좋은 데서 일할 녀석처럼 보이지 않더라고요."

스카레는 오슬로의 별로 좋지 않은 식당의 주방에서 일하는 사람과 좋은 식당에서 일하는 사람의 차이가 무엇일지 자기도 모르게 생각해보았다.

"그러니까 마이가 있고, 토미 라인도 있군요. 혹시 신문기자가 여길 찾아온 적이 있습니까?"

"신문사랑 지역 라디오 방송국에서 찾아왔죠. 전화도 많이 오고."

"그 사람들하고 얘기를 하셨나요?"

"하지 말라는 사람이 없었으니까, 뭐."

그랬지, 불행히도.

"경찰서까지 와주셨으면 좋겠습니다. 오늘 중으로요."

"내가요? 왜요?"

"피해자의 집에서 발견된 지문이 누구 것인지 확인해야 하거든요."

브리겐은 갑자기 숨을 쉬기가 힘들어진 것 같았다.

"내 지문을 채취하려고요?"

"그럴 생각입니다."

스카레가 말했다.

"내 지문이 왜 할디스 아주머니의 집 안에서 발견된단 말입니까?"

"팔 년 동안 일주일에 한 번씩 그 집에 갔으니까요."

"나는 식료품이랑 편지랑 주간지를 배달하러 갔을 뿐입니다!"

그의 얼굴에 두려움과 당혹감이 떠올랐다.

"저희도 알고 있습니다."

"그런데 왜 지문을 찍어요?"

"수사에서 배제하려고요."

"뭐라고요?"

스카레는 흥분하지 않으려고 애썼다.

"우리는 각각의 지문 주인이 누구인지 알아내야 합니다. 일부는 피해자의 것이죠. 나머지 지문 중에는 크리스토퍼의 것이 있을 수도 있습니다. 사장님 것도 있을 수 있고요. 그리고 범인의 지문도 있을 수 있죠. 그러니까 사장님 지문을 배제하고 주인을 알 수 없는 지문이 어떤 건지 찾아내려면 사장님 지문을 채취해야 합니다. 주인을 알 수 없는 지문이 살인범의 것일 수도 있으니까요. 아시겠습니까?"

브리겐은 다시 제 안색을 되찾았다.

"이 얘기가 새어나가지 않았으면 좋겠습니다. 내가 이 사건과 무슨 관련이 있는 것처럼 의심을 받을지도 모르니까요."

"경찰 수사에 대해 조금이라도 아는 사람이라면 그런 의심은 안 할 겁니다."

스카레가 그를 안심시켰다.

그는 브리겐에게 인사를 하고 사무실을 나왔다. 그가 요나의 계산대 옆에 와서 섰을 때 그녀는 눈썹을 정리할 계획을 세우고 있었다. 눈이 예쁜 것도 좋지만 저 입은 정말. 그녀는 속으로 생각했다. 그녀가 남자를 만났을 때 항상 가장 먼저 보는 것이 바로 입이었다. 그녀는 그의 섬세한 입술에 압도당했다. 스카레의 입은 정말이지 완벽했다. 입술이 도톰했지만 선이 지나치게 둥글지는 않았다. 만약 선이 너무 둥글었다면 여자처럼 보였을 것이다. 그의 입은 좌우대칭으로 고른 선을 이루고 있었으며, 치아도 흠 잡을 데가 없었다. 그의 눈썹 또한 살짝 곡선을 그리고 있는 윗입술과 같은 모양이었다.

"야콥 스카레입니다."

그가 미소를 지으며 말했다.

틀림없이 성경에서 따온 이름일 거야. 그녀는 생각했다.

"간단하게 한 가지 물어봐도 될까요? 할디스 할머니의 집에 간 적이 있었나요?"

"한 번 갔어요. 사장님이랑 같이."

그녀가 열심히 고개를 끄덕이며 말했지만 뽀글뽀글한 머리카락은 조금도 움직이지 않았다.

"언젠가 토요일 오후에 제 차가 고장 난 적이 있었거든요. 사장님이 할디스 할머니의 집에 들렀다 가도 괜찮다면 저를 집까지 태워다주겠다고 했어요. 할디스 할머니네 집에 커피가 떨어져서 가져다줘야 한다면서요. 오래전 일이에요."

그녀는 안경을 벗어 무릎 위에 놓아두고 있었다.

"혹시 다른 사람이 거기 간 적 있어요?"

그녀는 잠시 생각을 해보았다.

"여기서 잠깐 일한 사람이 있어요. 언젠가 CPC에서 전화로 그 사람에 대해 물은 적이 있어요."

“CPC?”

그가 깜짝 놀란 표정으로 물었다.

“범죄자 가석방 담당국이요.”

그녀가 말했다.

“시험 삼아 그 사람을 여기 취직시켜도 되겠느냐고 사장님한테 물었어요. 그건 전과자들을 위한 프로그램인데…….”

“나도 알아요.”

스카레가 그녀의 말을 잘랐다.

“토미 라인인가요?”

“네, 그게 그 사람 이름이에요.”

“그 친구가 할디스 할머니네 집에 간 적이 있어요?”

“한두 번쯤. 얼마 있다가 그만뒀어요. 여기 일이 너무 지루하다면서요. 형편없는 술집보다 못하다고 하더라고요. 지금은 그 사람이 어디 있는지 몰라요. 그 후로 본 적이 없으니까.”

“그 사람을 좋아했나요?”

그녀는 그의 얼굴을 기억하려 애쓰면서 그때를 회상해보았다. 그러나 기억나는 것이라고는 그의 팔에 있던 검푸른 문신뿐이었다. 그가 주위에 있을 때마다 마음이 불편했던 것도 기억났다. 그가 그녀를 거들떠보지도 않았는데도. 적어도 그녀에게 관심이 있는 눈치는 아니었다. 그녀가 남자들에게서 그런 눈길을 받는 경우가 워낙 드물기도 하지만. 지금 생각해보니 사실 그의 무관심에 조금 화가 났던 것도 같았다. 하찮은 범죄자조차 요나를 돌아보지 않다니.

“좋아했냐고요? 천만에요.”

그녀가 앙심을 품은 목소리로 말했다.

"사장님은 그 친구가 가석방 중이었다는 얘기를 안 하던데."

스카레가 조심스레 말했다. 이 말을 하면서 그가 마치 비밀을 말하는 듯한 눈길을 주었기 때문에 그녀는 저항할 수가 없었다.

"당연히 안 했겠죠. 토미는 사장님의 조카니까요. 사장님은 틀림없이 그런 녀석과 친척이라는 게 부끄러울 거예요. 토미는 사장님 누나의 아들이에요."

"그렇군요!"

그는 메모를 하지 않았다. 그녀에게 의미심장한 이야기를 하고 있다는 느낌을 주지 않기 위해서였다.

"그 친구가 왜 감옥에 갔는지 알아요?"

"단순 절도예요."

"사장님은 결혼했나요?"

"부인과 사별했어요."

"그렇군요."

"십일 년째 혼자 살고 있어요."

"그래요? 십일 년이라니."

그가 성실하게 맞장구를 쳤다.

"부인은 자살했어요."

그녀가 마치 간통에 관해 이야기하는 것처럼 작은 소리로 속삭였다.

스카레는 알 만하다는 듯 고개를 끄덕였다. 그런 얘기를 들으면 거의 모든 걸 이해할 수 있게 되지. 그 사람과 그 사람의 인생에 대해서, 왜 지금 같은 상황이 되었는지에 대해서. 그는 정보를 줘서 고맙다는 눈빛으로 그녀를 바라보았다.

"여기서 일한 지 얼마나 됐어요?"

그가 상냥하게 물었다.

"팔 년이요. 할디스 할머니네 영감님이 돌아가신 후로 쭉."

그녀는 대답을 분명히 하면서 불필요한 이야기를 덧붙이지 않으려고 애쓰고 있었다. 그는 틀림없이 바쁜 사람일 테니 구구절절 이야기를 늘어놓는 목격자들을 참아줄 수 없을 것이다. 하지만 그녀가 말을 계속하는 한 그는 지금 그 자리에 서 있을 수밖에 없었다. 게다가 가게 안에는 손님이 한 명도 보이지 않았다.

"에르키 요르마를 알아요?"

"정확히 말해서 안다고 할 수는 없어요. 하지만 에르키가 누군지는 알아요."

"그 사람이 무서운가요?"

"꼭 그렇지는 않아요. 만약 어두운 길을 혼자 걷다가 에르키를 만나면 당연히 무섭겠죠. 하지만 그런 상황이라면 누굴 만나도 다 무서울거예요."

당신만 빼고. 당신은 천사처럼 생겼으니까요.

"그래, 장사는 잘돼요?"

스카레가 물었다.

"빵 한 덩이에 십삼 크로네 칠십오 외레? 조금 지나친 것 같은데. 안 그래요?"

그가 빵 진열대 옆의 안내문을 턱으로 가리키며 말했다.

그녀는 체념한 듯 한숨을 쉬었다.

"사장님이 저렇게 값을 매기다가는 문을 닫게 될까 봐 걱정이에요. 이 동네에는 사람이 얼마 없기 때문에 장사가 잘 안 돼요. 그런데 여기서 삼십분 거리에 새 쇼핑센터를 짓고 있어요. 그게 들어서면 우린 전부 끝장날 거예요."

그녀는 걱정스러운 표정이었다.

"쇼핑센터라고요?"

그가 기운 내라는 듯 미소를 지어 보였다.

"하지만 사장님이 문을 닫는다면 아가씨는 거기서 일자리를 찾을 수 있을 거예요."

이 말이 그녀의 머릿속을 재빨리 훑고 지나갔다. 그녀도 바로 그런 것을 꿈꾸고 있었으니까. 비록 아무에게도 감히 말하지는 못했지만.

"한 가지 더 물어볼게요."

그가 가까이 몸을 숙이면서 낮은 목소리로 말했다.

"그냥 한 번 더 확인해야 할 것 같아서요. 사장님이 어제 하루 종일 가게에 있었어요?"

"어제는 아니에요. 저 혼자 있었어요. 사장님은 식료품점 연구소에 강의를 들으러 갔어요."

"그럼 사장님이 안 계실 때는 아가씨 혼자서 가게를 보는 건가요?"

"그럴 수밖에 없어요."

그가 몸을 똑바로 폈다.

"혹시 뭘 듣거나 보게 되거든, 아니면 뭔가 중요한 일이 생각나거든 전화를 주세요. 예를 들면 에르키가 나타나서 초콜릿을 훔쳐갔다든가 뭐 그런 거."

　그는 윙크를 하면서 주머니에서 명함을 꺼냈다. 그녀는 떨리는 손으로 그것을 받았다. 그런 일은 결코 일어나지 않을 것이다. 그녀가 이 남자에게 연락할 일은 결코 없을 것이다.

　그가 가게를 나갔고 모든 것이 끝났다. 그녀는 다시 안경을 썼다. 이제는 유리에 비친 자신의 모습을 보고 싶지 않았다. 브리겐이 생선 정리하는 것을 도와달라며 그녀를 불렀다. 그가 수상쩍은 시선으로 그녀를 바라보았다.

13

모르간은 갈망이 담긴 시선으로 깨진 창밖을 바라보았다. 저 아래에서 신선한 물이 반짝이고 있었다. 더위와 피로 때문에 몸이 무거워서 몸을 식히고 싶은 생각이 간절했다.

"얼음처럼 차가운 물에 몸을 담그면 정말 굉장할 거야. 그렇지, 에르키?"

그가 중얼거렸다.

에르키는 아무 말도 하지 않았다. 생각만 해도 몸이 떨렸다. 위스키 때문에 감각이 무뎌져서 그는 반쯤 졸고 있었다. 게다가 수영을 해본 적도 없었다. 아니 목욕조차 해본 적이 없었다. 그는 물속에서 몸이 이상하게 움직이는 것이 마음에 들지 않았다.

"난 가서 몸을 좀 담글 거야. 너도 나랑 같이 가야 돼."

모르간이 명랑한 목소리로 말했다.

그는 단호한 표정으로 에르키를 바라보았다. 불안해진 에르키의 몸이 점점 굳어졌다. 그런 일은 생각하고 싶지 않았다. 저 검은 물속에서 무슨 일이 일어날지 어찌 알겠는가.

"넌 들어가."

그가 낮은 목소리로 말했다.

"내가 너 대신 총을 들고 있을게."

"웃기지 마. 우리 둘 다 들어갈 거야. 너부터."

"난 수영 안 해."

"내가 물속으로 들어가라면 들어가는 거야."

"잘 알지도 못하면서! 난 수영 안 해!"

에르키는 자신이 싫어하는 행동을 할 수밖에 없었다. 목소리를 높이는 것.

"세상에, 넌 몸을 좀 씻어야 돼! 빨리 와. 나 농담하는 거 아냐."

에르키는 여전히 꼼짝도 하지 않았다. 세상의 그 어떤 것도 그를 물속에 집어넣을 수 없었다. 총도 소용없었다. 물속에 들어가느니 차라리 죽는 편이 나았다. 그는 아직 준비가 되지 않았고, 어느 정도는 품위를 지키면서 이 세상을 떠나고 싶었다. 하지만 그렇게 할 수 없다면 어쩔 수 없는 일이었다.

"좋았어, 가자!"

모르간은 이미 마음을 정한 상태였다. 그는 온몸으로 말을 하고 있었다. 그가 소파로 가서 에르키의 티셔츠를 움켜쥐고 그를 거칠게 일으켜 세웠다. 에르키는 균형을 잃지 않으려고 버둥거렸다.

"잠깐 몸만 담그고 나오는 거야. 겨우 몇 분밖에 안 걸려. 머리가 맑아질 거야. 물론 네 머리는 예외지만."

그가 총으로 에르키를 쿡쿡 찌르며 마당 쪽으로 몰았다.

"왼쪽으로 내려가면 저기 저 작은 섬 근처가 나올 거야."

에르키는 벌거벗은 바위 덩어리 같은 섬을 내려다보며 몸을 떨었다. 저 검은 물속으로는 절대 들어가지 않을 거야! 지하실에서는 아무 소리도 들려오지 않았다. 그를 도와줄 사람이 아무도 없었다. 마치 그들이 가만히 앉아서 귀를 기울이며 그가 어떻게 할지 궁금해하고 있는 것 같았다. 몸이 근질거리기 시작했다. 귀찮을 정도로. 그는 수영을 할 줄 몰랐다. 옷을 벗어 알몸을 드러낼 수는 없었다. 그런 굴욕은 참을 수 없었다. 그는 마지못해 마른 잡초와 풀로 뒤덮인 비탈길을 내려갔다. 한때는 이곳에 오솔길이 있었지만 지금은 잡초들이 길을 거의 다 뒤덮고 있었다. 그는 물을 바라보며, 만약 저 안에 얕은 곳이 없다면 자신이 곧장 바닥까지 가라앉을 거라고 생각했다. 뒤에 있는 모르간은 신이 나 있었다.

"틀림없이 물이 차가울 거야. 그건 아주 좋은 일이지."

섬에 도착하자 그가 에르키를 쿡쿡 찔렀다.

"옷 벗어. 아니면 그냥 입은 채로 들어가서 수영을 하든지. 난 상관없어. 그냥 물속에 들어가기나 해."

에르키는 마치 석상처럼 서서 호수를 노려보았다. 가까이 와서 보니 물은 불그스름한 색이 아니라 그냥 검은색이었다. 깊어 보이기도 했다. 바닥은 보이지 않았다. 길고 나긋나긋한 풀 몇 포기가 저 아래 쪽에 둥둥 떠 있을 뿐이었다. 그것들이 무시무시한 손가락처럼 그의 다리를 휘감을 것이다. 어쩌면 저 안에 물고기가 있을지도 모른다. 심지어 뱀장어도.

"너 안 들어갈 거야? 내가 꼭 밀어야 들어가겠어?"

모르간은 안달하고 있었다.

"난 수영 못 해."

에르키가 중얼거렸다. 그는 여전히 등을 돌린 채 서 있었다. 그의 입가가 움찔거렸다.

"상관없어. 가장자리에 매달리면 되잖아. 얼른 들어가. 난 지금 돼지처럼 땀을 흘리고 있다고."

에르키는 꼼짝도 하지 않았다.

"어떡할 거야? 너 자꾸 이러면 총으로 쏴버린다."

에르키는 북소리 속에서 날카롭게 울리는 찰칵 소리를 들었다. 모르간은 나름대로 좋은 생각을 떠올렸기 때문에 결과가 어떻게 되든 그 생각을 실행에 옮길 작정이었다. 에르키는 물을 향해 몇 걸음 다가갔다. 관자놀이로 피가 몰리는 것이 느껴졌다. 그에게 물은 불꽃의 바다만큼이나 두려운 대상이었다. 언제나 창백하던 그의 뺨이 활활 타오르고 있었다. 그는 조심스레 뒤로 돌아섰다. 총이 보이지 않았다. 모르간이 덤불 속에 숨긴 모양이었다. 그가 주먹을 들어 올린 채 위협적인 표정으로 에르키를 향해 다가오고 있었다.

"네가 겁을 먹으면 어떤 꼴이 되는지 보고 싶어."

그가 말했다.

에르키는 갑자기 옆으로 쓰러지듯 몸을 기울여 공격에 대비했다. 모르간은 멈칫하면서 경계의 눈초리로 그를 바라보았지만 걸음을 멈추지는 않았다. 에르키가 육식조처럼 쏜살같이 몸을 일으켜 앞으로 내달렸다. 그러고는 모르간의 코에 이빨을 힘껏 박아 넣었다. 그의 턱이 가위처럼 소리를 내며 닫혔고, 날카로운 이빨이 피부와 연골을 뚫고 뼈까지 파고 들어가는 것이 느껴졌다. 모르간은 비틀거리면서 양팔을 정신없이 흔들어 균형을 잡으려고 했지만 에르키는 그를 놓아주려 하지 않았다. 한참 동안 모르간에게 매달려 있던 그는 간신히 제정신을 차리고 그를 놓아주었다.

처음에 모르간은 아무 소리도 내지 않았다. 그는 아연실색한 표정으로 에르키를 바라보다가 몇 초가 흐른 후에야 방금 무슨 일이 일어났는지를 깨달았다. 코끝의 살점이 거의 떨어지기 직전이었다. 마치 실 한 가닥에 간신히 매달려 있는 것 같았다. 이내 피가 콸콸 쏟아져 나왔다. 모르간은 비명을 질렀다. 손으로 코를 만져보니 피가 흘러나오는 것이 느껴졌고, 입에서는 피 맛이 났다. 그 다음에는 묘하게 감각이 없어졌다.

"세상에!"

그가 털썩 무릎을 꿇으며 울부짖었다.

"에르키! 도와줘! 피가 나잖아!"

얼굴을 손으로 감싸고 덤불 속에 무릎을 꿇고 있는 그의 모습이 참으로 처량했다. 피가 마구 쏟아져 나오고 있었다. 에르키는 가만히 서서 그를 물끄러미 내려다보았다. 그는 엄청난 피 때문에 겁에 질려서 몸을 앞뒤로 흔들고 있었다. 그러면서도 두려움을 떨쳐내려고 애쓰고 있었기 때문에 아까보다는 조금 차분해졌다. 이제 모든 것이 달라질 것이다. 지하실에서 소란스러운 소리가 들려왔다. 그들은 그의 행동에 환호하며 그를 영웅으로 치켜세우고 있었다. 박수 소리가 한없이 계속되었다.

"날 그런 식으로 몰아붙이지 말았어야지. 난 그런 거 못 참아!"

또 소리를 지르고 있잖아. 정말 역겨워.

“상처로 균이 들어갈 거야!”

모르간이 칭얼거렸다.

“네가 무슨 짓을 했는지 알아? 넌 진짜 미친놈이야. 그냥 정신병원으로 돌아가 버려. 젠장, 난 이것 때문에 죽을 거야!”

“그러게 내가 말했잖아.”

에르키가 온순한 표정으로 말했다.

“그런데 넌 내 말을 안 들었어.”

“세상에, 이제 어떻게 하지?”

“거기에 이끼를 붙여봐.”

에르키가 말했다.

참으로 볼 만한 광경이었다. 화려한 반바지를 입은 모르간의 코가 너덜거리는 모습이라니.

“세상의 많은 지역에서 전쟁이 벌어지고 있어.”

그가 말했다.

“상처를 닦을 게 하나도 없어! 인간한테 물리는 게 얼마나 위험한 건지 몰라? 상처가 절대로 안 나을 거야. 이 망할 놈의 정신병자야!”

“겁에 질리니까 사람이 달라지는군.”

“닥쳐!”

“너도 다른 사람들처럼 파상풍 주사를 맞았을 거 아냐. 안 그래?”

이번에는 모르간이 아무런 대답을 하지 않았다. 이제야 비로소……. 저 녀석은 말이 너무 많아. 오두막이 이미 저 녀석의 횡설수설로 가득 차 있잖아.

“오래전에 맞았어.”

그가 마침내 숨을 몰아쉬며 말했다.

"아마 지금은 효과가 없을 거야. 게다가 이게 패혈증으로 악화되는 데
는 몇 시간밖에 안 걸려. 네가 무슨 짓을 했는지 알아! 이 정신병자야!"

"위스키로 상처를 닦아."

에르키가 말했다.

"붕대가 필요하면 내 팬티를 빌려줄게."

"입 닥치랬지! 젠장, 더 이상은 못 참아!"

그는 한 손으로 코를 누른 채 총을 찾으려고 덤불 속을 더듬거렸다.
에르키는 온통 초록색뿐인 바닥에서 밝게 빛나고 있는 총을 발견했다.
둘이 동시에 앞으로 몸을 던졌지만 에르키가 더 빨랐다. 그는 총을 들
어 올려 손으로 무게를 가늠해보았다. 모르간은 몸을 떨기 시작했다.
그가 두려움에 휩싸여 목구멍이 막힌 것 같은 소리를 내며 서투른 몸짓
으로 재빨리 뒤로 물러나려 했다. 그가 입을 쩍 벌리고 있었기 때문에
에르키는 이를 검게 땜질한 자국들을 볼 수 있었다. 겁에 질린 사람은
별로 보기 좋지 않다는 생각이 들었다. 그는 총을 들어 올려 팔로 커다
란 호를 그리며 있는 힘껏 호수에 던져버렸다. 희미하게 첨벙 소리가
났다.

"이 망할 놈!"

모르간은 안도감과 절망을 한꺼번에 느끼며 다시 쓰러졌다.

"내가 널 쏘아 죽였어야 하는 건데. 처음에 그냥 널 죽여버리는 건데."

그의 입술이 파들파들 떨렸다.

"널 등 뒤에서 쏘아서 네 놈 엉덩이를 엉망으로 만들어놓을 걸 그랬
어! 이런 상처가 덧나는 데는 한 시간밖에 안 걸려. 곧바로 차를 몰고

의사한테 갔어야 하는데! 네 놈이 뭔데 이런 짓을 하는 거야?”

“난 에르키 페테르 요르마야. 난 그냥 여기 다니러 왔을 뿐이야.”

모르간은 계속 흐느끼고 있었다. 그는 상처가 썩어가는 모습을 머릿속으로 그려보고 있었다. 살이 썩어 들어가고, 감염된 피가 정맥과 동맥을 따라 번개처럼 빠르게 온몸으로 퍼지다가 심장에 곧바로 한 방을 먹이는 모습. 금방이라도 기절할 것만 같았다.

“어디서 쓰러지든 건초를 먼저 깔아야 돼.”

에르키가 마치 현자처럼 말했다.

그는 길을 따라 걸어 올라가기 시작했다. 뒤에서 울부짖는 소리가 들려왔다.

“날 혼자 두고 가지 마!”

“시체를 떠나지 않는 파리는 결국 무덤에 같이 들어가게 돼.”

에르키는 이렇게 말했지만 걸음을 멈췄다. 그는 누가 그렇게 소리를 지르며 그가 필요하다고 말하는 것을 들어본 적이 없었다. 코가 엉망이 된 모르간의 모습이 그의 마음을 움직였다. 그는 이제 더 이상 한심하지 않았다. 적어도 역겨울 정도로 한심하지는 않았다.

“뭐라고 말 좀 해봐! 상처를 어떻게 좀 하게 날 도와줘. 다시는 사람들 앞에 얼굴을 들고 나설 수 없을 거야!”

모르간이 신음소리를 냈다.

“그래, 그럴 거야. 네가 은행을 털어서 경찰이 네 인상착의를 알고 있으니까.”

“나랑 같이 오두막까지 가줄 거야?”

“같이 가줄게.”

"서둘러. 피가 흐르잖아."

"왜 그렇게 서둘러? 어디 불이 난 것도 아닌데."

에르키가 이렇게 말하고는 잠시 걸어가다 다시 뒤를 돌아보았다. 모르간이 비틀거리며 그를 따라오고 있었다. 그는 입에서 피 맛을 몰아내려고 침을 뱉고 기침을 하고 있었다.

"넌 돼지기름 맛이 나."

에르키가 생각에 잠긴 표정으로 말했다.

"구역질이 날 정도로 달콤한 돼지기름. 영국 소시지처럼."

"이 망할 놈의 식인종 같으니!"

모르간이 코웃음을 쳤다.

모르간은 창백하지만 침착한 모습으로 소파에 누워 있었다. 에르키가 위스키 병을 가져다가 그의 코에 몇 방울을 떨어뜨려준 다음이었다. 모르간은 돼지 멱따는 소리를 냈다. 에르키는 머리가 깨질 것 같았다.

"그만, 그만! 나도 마셔야 되니까 조금 남겨 놔."

그가 우는 소리를 내며 말했다. 에르키는 그에게 병을 건네주었다.

"네 손가락이 상처에 닿지 않게 조심해. 네가 손가락으로 뭘 만졌는지 알 만하니까. 도저히 입에 담을 수 없는 곳들을 만졌겠지."

말하는 건 너무나 간단한 일이었다. 그의 입술에서 단어들이 날듯이 튀어나와 민들레 솜털처럼 소용돌이쳤다.

"속이 안 좋아."

모르간이 큰 소리로 침을 꿀꺽 삼키며 앓는 소리를 했다. 그는 소파에 다시 누워 눈을 감았다.

"그냥 코를 찢어버리는 게 쉽지 않을까?"

에르키가 의견을 내놓았다.

"이렇게 너덜거리는데."

"절대 안 돼! 어쩌면 의사들이 이걸 다시 꿰매줄지도 몰라."

에르키는 그를 빤히 바라보며 서 있었다. 그는 모르간과 다시 같은 방 안에 있었다. 달리 갈 데가 없었으니까. 방 안은 조용했다. 모르간이 힘겹게 숨을 몰아쉬는 소리만 들려올 뿐이었다. 마치 천장에서 뭔가가 두 사람 위로 떨어져 내린 것 같았다. 방 안이 아까보다 더 어두워서인지 더 아늑한 느낌이 들었다. 게다가 이제는 모르간이 대장이 아니었다. 놀랍게도 그는 대장 노릇에서 벗어난 것에 안도감을 느끼고 있었다. 이 편이 더 나았다. 두 사람이 동등한 입장이 되는 것이. 두 사람은 조금 긴장을 풀 수 있었다. 어쩌면 잠을 조금 잘 수 있을 것 같기도 했다. 참으로 많은 일이 일어난 하루였다. 에르키는 이제 좀 쉴 필요가 있다는 생각이 들었다. 생각을 정리하기 위해서.

"라디오 좀 켜봐."

모르간이 약간 떨리는 목소리로 말했다. 아파서 보살핌을 받아야 하는 사람들이 흔히 그렇듯이. 코가 저렇게 되다니 너무 안됐어. 에르키는 생각했다. 그렇지 않아도 작은 코가 이제는 거의 남은 게 없었다.

"뉴스 할 시간이야. 라디오 좀 켜봐."

에르키는 모든 단추를 하나씩 차례로 눌러보았다. 마침내 라디오에서 소리가 흘러나왔다. 그는 볼륨 단추를 돌려 소리를 조절했다. 그러고는 바닥에 앉아 모르간을 바라보았다. 위스키 병을 들고 누워 있는 모습이 마치 젖병을 빠는 아기 같았다. 음악이 멈추더니 아나운서가 뉴스를 읽기 시작했다. 이번에는 남자 아나운서였다.

"일흔여섯 살인 할디스 호른의 살인사건과 관련해서 경찰은 스물네 살 에르키 요르마를 찾고 있습니다. 요르마는 그저께 등대 정신병원을 탈출해 자취를 감췄습니다. 피해자와 아는 사이였던 것으로 보이는 요르마는 살인 현장 근처에서 목격된 바 있습니다. 경찰은 요르마가 현재 목격자 신분이라고 강조했습니다. 요르마는 키가 백칠십 센티미터가량이며, 길고 검은 머리에 검은 옷을 입고 있습니다. 요르마는 또한 커다란 금속 버클이 달린 허리띠를 매고 있으며, 걸을 때 몸을 좌우로 흔드는 특유의 버릇이 있다고 합니다. 요르마에 관해 알고 있는 분들은 가까운 경찰서로 연락해주시기 바랍니다."

죽음 같은 침묵이 방 안에 번져 나갔다. 모르간은 고통스러운 표정을 지으며 소파에서 일어나 앉았다. 그의 코는 끔찍할 정도로 부어 있었고, 민소매 셔츠는 피에 흠뻑 젖어 있었다.

"너 그 할머니 집 근처에 있었어?"

그의 눈에 공포가 가득했다.

"뭐 본 거라도 있냐?"

에르키는 양손을 마주 대고 비틀었다. 그는 다시 호수를 내려다보고 있었다. 호수에서 도망친 것이 기뻤다. 그래도 어쨌든 죽게 될 테지만, 물에 빠져 죽고 싶지는 않았다. 영원에 도달하는 데는 차가운 물에 들어가는 것보다 더 나은 방법이 반드시 있을 것이다.

"네가 그 할머니를 죽인 거야? 네가 했냐, 에르키?"

에르키는 멈칫거리며 몇 걸음 앞으로 나왔다.

"거기 서! 더 이상 가까이 오지 마!"

모르간이 무릎을 세우며 뒤로 물러났다.

"경찰에 잡히면 아무것도 기억나지 않는다고 할 거지? 아니면 그 목소리들이 시켰다고 하거나. 감옥에 가지 않으려고. 앉아! 내 말 안 들려? 앉으라니까!"

그의 목소리가 높아지다 못해 갈라지고 있었다. 그는 생각을 정리하려고 애쓰고 있었다. 에르키는 그냥 미친놈이 아니라 그보다 훨씬 더 위험한 놈이었다. 저 녀석은 말 그대로 미쳐 날뛰는 미친놈이었으며, 무방비 상태의 할머니를 죽였다. 그런데 그 녀석이 바로 여기, 이 방 안에 있었다! 식은땀이 배어 있는 그의 등을 타고 두려움의 전율이 흘러내렸다.

"좋아, 내 말 잘 들어. 앉아서 긴장을 풀어. 편안히 생각해. 난 너에 대해서 입을 다물 테니까 너도 나에 대해서 입을 다물어. 우리가 돈을 나눠가질 수도 있어. 돈은 충분하니까. 우린 스웨덴 국경을 넘어야 돼!"

모르간은 차분하게 말하려고 애썼다. 그를 도발하면 안 되니까. 그는 크게 뜬 눈을 에르키에게 고정시킨 채 위스키를 꿀꺽꿀꺽 마셨다. 저놈이 언제 이를 드러내고 그를 죽일지 모르니까.

에르키는 아무 말도 하지 않았다. 모르간의 코가 불안하게 욱신거리기 시작했다. 벌써 균이 퍼지기 시작한 것 같았다. 에르키는 다시 바닥에 앉아 뜰을 향하고 있는 창문 밑의 벽에 등을 기대고 있었다. 모르간은 그가 안전한 거리를 유지하고 있는 것이 다행이라고 생각했다. 사실 그는 아무런 해도 끼칠 수 없는 사람처럼 보였다. 게다가 둘이 함께 있은 지도 한참이었다. 만약 에르키가 그를 죽이고 싶었다면 벌써 오래전에 죽였을 것이다. 심지어 그는 총을 물속에 던져버리기까지 했다. 해가 지려는 기미는 아직 없었지만, 빛의 성질이 바뀌어서 더 강렬해진 것 같았다. 어쩌다 저렇게 되었을까? 뭔가가 살짝 어긋나서 저 녀석을 옆길로 밀어버린 걸까? 도저히 방향을 바꿀 수 없는 길로?

모르간은 술병을 바닥에 내려놓았다. 그는 지금 정신 나간 살인자와 단 둘이 있었다. 그러니 정신을 바짝 차릴 필요가 있었다. 지금은 비록 머리가 그리 맑지 않지만. 머릿속이 안개가 낀 것처럼 흐릿했다. 도대체 왜 저 망할 놈의 인질을 데려왔을까. 인질이 없어도 도망칠 수 있었을 텐데.

"그러니까 널 본 목격자가 있단 말이지."

그가 에르키를 뚫어지게 바라보며 천천히 말했다. 에르키는 자고 있는 것처럼 보였다.

"뚱뚱한 사내아이야."

에르키가 중얼거렸다.

"젖통이 우리 엄마만큼이나 크고 덩치도 버터로 만든 산처럼 커다란 녀석이었어."

그는 고개를 돌려 도저히 의미를 알 수 없는 표정으로 모르간을 바라보았다.

"그 여자 뇌수가 계단을 따라 흘러내리고 있었어."

"시끄러워! 듣고 싶지 않아!"

그의 목소리에 공포가 깔려 있었다. 거칠고 단조로운 잡음처럼.

"무서워서 그러는구나."

에르키가 말했다.

"난 네 얘기 안 들을 거야! 네 입에서는 정신 나간 소리밖에 나오는 게 없어! 네 머릿속의 목소리들한테나 말을 걸어보지 그래. 그놈들이 널 더 잘 이해할 텐데."

긴 침묵이 이어졌다. 창턱에서 파리 한 마리가 제멋대로 윙윙거리는 소리가 유일한 소리였다. 모르간은 오슬로에 사는 누나를 찾아가서 몸을 숨길까 생각해보았다. 누나는 그를 호되게 나무라겠지만, 경찰에 신고하지는 않을 것이다. 누나는 한시도 말을 멈추지 않는, 구제불능의 멍청한 여자였다. 하여간 모르간은 그녀의 남동생이었다. 그가 은행을 털기는 했어도 사람을, 특히 할머니를 죽인 적은 없었다.

"싫어!"

에르키가 비명처럼 소리를 지르며 일어섰다. 그가 창을 향해 몸을 기대고 밖을 내다보았다.

"왜 소리를 지르는 거야? 놈들이 널 들볶기라도 해? 말도 안 되는 소리는 집어치워. 이젠 지겨우니까. 네 머릿속에는 아무도 없어!"

에르키가 손으로 귀를 막았다.

"세상에, 넌 항상 그런 식이지, 젠장!"

모르간은 다시 코를 만져보았다. 코가 아까보다 더 심하게 욱신거렸다. 웃음이 나올 것 같았다. 저 녀석은 완전히 미친놈이었다. 어쩌면 자기가 누굴 죽였다는 사실을 기억조차 못하는지도 모를 일이었다.

"야."

그가 갈라진 목소리로 말했다.

"어쩌면 네가 정신병원으로 돌아가는 편이 나을지도 모르겠다. 어떻게 생각해?"

그의 목소리가 작고 가늘게 들렸다.

에르키는 검은 창틀에 이마를 댔다. 바깥의 향기로운 더위가 콧구멍을 가득 채우는 것이 느껴졌다. 이 방이 왠지 공격받기 쉬운 곳처럼 느껴지는 것이 마음에 들기도 했고 싫기도 했다. 이 방을 보면 뭔가가 떠올랐다. 지하실에서 투덜거리는 소리가 희미하게 들려왔다.

"이건 진짜 말도 안 돼. 말도 안 된다고."

모르간이 말했다.

"나는 코가 엉망이 된 채로 돈이 가득 든 가방을 갖고 있고, 넌 거기서서 혼자 중얼거리고 있다니. 살인 때문에 양심의 가책을 느끼면서. 게다가 우리 둘 다 경찰에 쫓기는 신세잖아. 정말 말도 안 돼!"

그는 눈을 감고 일부러 소리 내어 웃어보려고 몇 번 시도해보았다.

"까짓것 상관없어."

그가 말했다.

"일이 어떻게 되든 알게 뭐야. 어쨌든 우리 모두 죽을 텐데 뭐. 어쩌면 바로 여기, 이 먼지투성이 오두막에서 죽는 것도 괜찮겠지."

그는 다시 소파에 드러누웠다. 몸속에서 뭔가가 떼 지어 움직이다가 날아가 버리는 바람에 몸이 녹아내리는 것 같은 기분이 들었다. 몸에 전혀 힘이 들어가지 않았다. 어쩌면 그의 정신이 조금씩 새어나가고 있는 건지도 몰랐다.

"난 좀 잘 거야."

에르키는 여전히 창가에 서 있었다. 그는 그 할머니가 무슨 옷을 입었는지 기억해보려고 했지만, 그 옷이 초록색 격자무늬가 있는 빨간색이었는지 아니면 빨간색 격자무늬가 있는 초록색이었는지 잘 기억나지 않았다. 옷 모양이 머릿속에 떠오르지 않았다. 하지만 땋은 머리는 분명히 기억났다. 풀밭의 민들레를 잘라내며 체념한 듯한 표정을 지었던 것도. 아주 간단한 일이었다. 잡초가 잔디밭을 망치고 있으니 제거해야 했다. 그러고 나서 그 할머니는 두려움이 가득 찬 목소리로 그에게 소리를 질렀다.

"닥쳐!"

그가 몸을 떨면서 고함을 질렀다.

"뭐?"

모르간이 힘없는 목소리로 말했다.

"난 그냥 일이 어떻게 되든 정말 상관 안 한다는 얘기를 한 것뿐이야."

"난 뭐든 내가 원하는 대로 할 거야. 넌 나한테 이래라저래라 할 수 없어!"

에르키가 창밖의 세상을 향해 주먹을 흔들어대면서 고함쳤다.

"내 말이 바로 그 말이야."

모르간이 중얼거렸다. 그는 코를 보호하려는 듯 한 손으로 덮은 채 옆으로 돌아누웠다.

"자고 일어나면 몸이 정말 아플 거야. 어쩌면 네가 마을로 가서 도움을 청해야 할지도 몰라. 네가 그렇게 해도 상관없어. 이젠 모든 게 다 귀찮아. 난 돈을 가져오겠다고 약속했고, 약속을 지켰어."

"내 이름은 에르키 페테르 요르마야. 나도 좀 누울 거야."

"마음대로 해."

모르간이 중얼거렸다. 침묵 속에서 그의 목소리는 거의 속삭임에 가까웠다.

에르키는 침실로 들어가서 매트리스 밑을 뒤져 총을 찾아내서는 바
지 허리띠에 꽂았다. 이제 준비가 되었다. 그는 겉옷을 둘둘 말아 머리
에 베고 깊은 잠에 빠졌다.

14

"카닉에게 지금 필요한 건 트로피를 따는 거예요."

마르군이 단호하게 말했다.

"반짝반짝 빛나게 닦아두었다가 제 엄마한테 보여줄 수 있는 물건. 카닉은 해낼 수 있어요. 실력이 좋으니까. 사실 활쏘기는 그 아이가 유일하게 잘하는 일이에요."

그녀는 자신의 말을 강조하기 위해 두 번 고개를 끄덕였다.

두 사람은 그녀의 사무실에 앉아 있었다. 세예르는 자신 역시 카닉이 트로피를 따기를 바란다는 뜻으로 미소를 지어 보였다.

"아이가 사건 때문에 힘들어하고 있습니까?"

그가 그녀의 얼굴을 홀린 듯 바라보면서 물었다. 그녀는 아름답지 않았다. 넓은 이마, 주름진 피부, 약간 거뭇거뭇한 콧수염, 굵은 목소리 때문에 남자처럼 보였다. 그녀는 인간은 원래 선한 존재라는 흔들림 없는 믿음으로 가득 차 있었다. 특히 자신이 맡고 있는 아이들에 대한 믿음이 강했다. 그녀의 거친 얼굴 위로 자비심이 매력적인 열정처럼 번져나갔다.

"잘 이겨내고 있어요. 적어도 양궁경기에 정신을 집중할 수는 있는 것 같아요. 그렇게 해서 다른 모든 것과 거리를 유지하는 거죠. 여기 아이들이 온갖 일들을 겪었다는 사실을 잊으면 안 돼요. 이 아이들은 웬만한 일에는 꿈쩍도 하지 않아요."

"그렇겠죠."

세예르가 말했다.

"카닉에 대해서 얘기해주십시오."

그녀가 자세를 바꾸자 의자에서 삐걱이는 소리가 났다.

"카닉은 정말이지 진부한 사고事故의 산물이에요. 그 아이 엄마는 충동적이고 됨됨이가 형편없는 사람이죠. 제가 아는 한 카닉의 엄마는 어려서부터 인격을 발달시킬 기회가 없었어요. 카닉하고 똑같이 항상 방해만 되는 존재였죠. 귀찮기만 한 존재. 여름마다 폴란드인 일꾼들이 이리로 와서 농장에서 일해요. 카닉의 엄마는 그 인부들이 매주 싸구려 담배를 사러 들르는 주유소 상점에서 일하고 있었어요. 인부들이 돈을 펑펑 쓰고 싶은 기분이 들 때면 포르노 잡지도 샀을지 몰라요. 카닉의 엄마에게는 인부들이 올 때가 일주일 중에서 가장 빛나는 순간이었을 거예요. 인부들은 다른 사람들과 다르고 이국적이었으니까요. 게다가 카닉의 엄마 말로는 자기가 예전에 알던 남자들보다 훨씬 더 여자들에게 친절했대요. 카닉의 엄마는 이렇게 말하더군요. '그 사람들은 날 숙녀처럼 대접해줬어요, 마르군 원장님!' 이미 오래전에 순수성을 깡그리 잃어버린데다가 그걸 전혀 아쉬워하지도 않는 아가씨에게 인부들의 그런 행동은 틀림없이 깊은 인상을 남겼겠죠. 어느 날 어떤 인부가 가게에 나타났어요. 카닉의 아버지가 될 사람이었죠. 그 인부는 사 개월 동안 폴란드를 떠나 있었기 때문에 향수에 시달리고 있었다고 해요. 그 다음 일을 상상하기는 별로 어렵지 않죠.”

마르군은 세예르를 향해 달래는 듯한 미소를 지어 보였다.

“카닉이 잉태된 장소는 창고였어요. 저녁에 주유소가 문을 닫은 후 과자와 옷가지들이 들어 있는 상자들 사이에서 아이가 만들어졌죠. 카닉의 엄마는 단 한 번도 임신을 후회하지 않았어요. 적어도 곧 아이가 태어날 거라는 사실을 깨달을 때까지는. 아기는 엄청나게 울어댔지만, 아이 엄마는 배를 채워주기만 하면 아이가 소란을 피우지 않는다는 걸 알게 됐어요. 이것이 어떤 결과를 낳았는지 경감님도 곧 보시게 될 겁니다. 아이 엄마는 자신을 사랑해줄 사람을 찾아다니느라 정신이 없었어요. 지금도 그렇고요. 카닉을 데리고 있기 싫다더군요. 아이를 싫어하는 건 아닌데, 자신이 아이를 책임져야 한다는 사실을 도무지 납득하질 못해요. 카닉의 엄마는 카닉이 질병처럼 자기한테 떨어졌다고 생각하죠.”

“카닉은 무슨 짓을 저질러서 여기 오게 된 겁니까?”

“처음에는 행동이 제멋대로고 너무 충동적이라서 정규학교를 다닐 수가 없었어요. 하지만 지금은 마음의 문을 닫아버리기 시작했죠. 백일몽에 빠져 있는 시간이 아주 많아요. 그 무엇에도 열정적으로 나서는 법이 없고, 친구도 사귀지 않고요. 주목받고 싶어 하는 마음이 강해서 남들의 시선이 자신에게 쏠리면 아주 쾌활해져요. 모든 사람이 자신에게 주목하지 않으면, 아예 주목받는 걸 거부해버리는 편이에요. 매주 활쏘기를 가르치는 선생님이 오시는데, 그 시간에는 아이가 활발해져요. 모든 게 카닉 자신만을 중심으로 돌아가니까. 하지만 학교에서는 수많은 학생들 중 한 명일 뿐이니까 무슨 일에도 참여하려고 하지 않아요."

"전부 아니면 전무라는 건가요?"

"예, 그런 거죠."

"아이 방은 어디입니까?"

"이층이에요. 맨 끝 방이요. 문에 프레이아 마라부 초콜릿 스티커가 붙어 있어요."

세예르는 과자를 한 봉지 갖고 왔다. 그는 자신이 만나려는 사람이 병든 환자가 아니라는 것을 알고 있었지만, 그 가엾은 녀석이 끔찍한 경험을 했으므로 조금 더 친절하게 대해주는 편이 좋을 거라고 생각했다. 그러나 침대에 누워 있는 뚱뚱한 소년을 본 순간 세예르는 과자를 가져온 것을 후회했다.

"안녕, 카닉. 난 콘라드란다."

그는 카닉이 필립과 함께 쓰고 있는 방의 문간에 서 있었다. 카닉은 똑바로 누워서 만화책을 읽으며 뭔가 바삭바삭한 것을 먹고 있었다. 그가 시선을 들어 먼저 세예르를 보더니 곧 그의 손에 들린 봉지로 시선을 옮겼다.

"경찰관이야."

카닉은 만화책을 옆으로 던져버렸다.

"다른 애들한테 틀림없이 아저씨가 날 찾아올 거라고 얘기했는데, 애들이 안 믿었어요. 내가 별로 중요한 인물이 아니라면서."

세예르는 미소를 지었다.

"안 중요하긴 왜 안 중요해. 원장님 사무실에서 잠깐 얘기를 나눴을 뿐이야. 내가 침대에 앉아도 괜찮겠니?"

아이가 다리를 접어 올렸다. 세예르는 저렇게 무거운 몸을 이끌고 돌아다니는 것은 친구 한 명을 등에 업고 다니는 것과 같을 거라는 생각을 하며 아이에게 과자를 건네주었다.

"다른 애들하고 나눠 먹을 거지?"

"그럼요."

아이는 과자봉지를 침대 옆 탁자에 놓았다.

"그래, 네가 구르빈 순경한테 신고를 했다고?"

아이가 이마로 흘러내린 머리카락을 쓸어 올렸다. 아이는 무릎 길이로 잘라서 올을 푼 청바지와 티셔츠를 입고 있었으며, 발에는 검은 모카신을 신고 있었다.

"순경 아저씨가 계속 시간을 물었지만, 전 손목시계가 없었어요. 고장 나서 수리를 맡겼거든요."

"그거 참 안됐구나."

세예르가 말했다.

"시간을 확인하는 건 경찰한테 아주 중요한 일인데 말이야. 어떤 일이 일어났을 때 그 정확한 시간을 알면 모든 걸 설명할 수 있는 경우가 많아. 아니면 우리를 속이려고 하는 사람의 정체를 폭로하거나."

카닉은 겁먹은 시선으로 그를 바라보았다. 세예르가 뭔가를 은근히 암시한다고 생각하는 것 같았다.

"전 아저씨를 속일 수 없어요."

아이가 말했다.

"그때 시간이 몇 시였는지 도무지 알 수가 없으니까요. 하지만 제가 여기서 나간 시각이 일곱 시라는 건 알고 있어요. 이것 덕분에."

그는 침대 옆 탁자의 자명종을 가리켰다.

"그럼 너는 일찍 일어나는 편인가보구나. 지금은 여름방학인데 말이야."

"날이 너무 더워서 잠을 잘 수 없었어요. 게다가 필립이 천식 때문에 시끄럽게 씩씩거렸고요."

세예르는 방 안을 둘러보았다. 그가 들어오기 전에 필립이 침대에 누워 있었는지 침대가 움푹 꺼져 있었다. 침대 옆 탁자에는 약병들과 흡입기가 있었다. 창문 너머로 아이들 세 명의 머리가 보였다. 녀석들은 그의 경찰차를 자세히 살펴보고 있었다. 가끔 녀석들이 시선을 들어 창문을 바라보았다.

"그래도 대충 시간을 짐작해볼 수는 있을 거야. 우리가 서로 얘기를 맞춰본다면. 그날을 다시 한 번 생각해봐. 네가 여길 나선 순간부터. 그때가 아침 일곱 시라고 했지? 그럼 여기서 숲까지 걸어갔니?"

"네."

"활을 가지고?"

"음, 네."

그가 시선을 떨어뜨렸다.

"그렇다고 해서 내가 널 체포하거나 하지는 않아. 널 혼내는 건 원장님 몫이니까. 넌 빨리 걷는 편이니?"

"별로요."

"걷다가 멈춘 적 있어?"

"가끔 걸음을 멈추고 잠시 귀를 기울였어요. 까마귀나 뭐 그런 것들 소리를 들으려고요. 아마 두어 번쯤 그랬을 거예요."

"숲에 네가 자주 가는 곳이 있지?"

아이는 티셔츠 자락을 잡아당겨 배를 가렸다.

"할디스 할머니네 집 위쪽에 평지가 있어요. 거길 지나가는 오솔길이 여러 개 있기 때문에 마음대로 길을 고를 수 있어요. 전 거길 손바닥처럼 훤히 알아요."

아이의 목소리가 높아졌다가 낮아졌다. 아이는 허벅지를 쩍 벌리고 침대 가장자리에 앉아 있었다. 다리를 한데 모으고 앉는 것이 아이에게는 불가능한 일이었다.

"그래서 거기까지 올라갔니? 능선까지? 가는 도중에 두 번 걸음을 멈췄고?"

"네."

"시간이 얼마나 걸렸는지 한번 생각해볼래? 네가 하는 다른 일들과 비교를 해보면 어떨까?"

"「X파일」을 보는 시간만큼 걸렸어요."

"「X파일」? 여기서 그걸 볼 수 있어?"

"그럼요."

"그게 한 사십오 분짜리지?"

"그럴걸요."

"그럼,"

세예르가 다리를 꼬면서 격려의 미소를 보냈다.

"그럼 네가 능선에 올랐을 때 시각이 대략 일곱 시 사십오 분쯤?"

"그런 것 같아요."

카닉은 과자봉지를 흘깃 바라보았다. 커다란 봉지였다. 그는 재빨리 계산을 해보았다. 그는 커다란 봉지에는 과자가 쉰두 개 들어 있다는 것을 알고 있었다. 그렇다면 아이들에게 다섯 개씩 나눠주고, 마르군에게는 두 개를 줄 수 있었다. 경찰관의 말대로 과자를 나눠 먹는다면 말이다.

"그러고 나서 오솔길 중 하나를 택했겠지?"

"길은 네 개예요. 하나는 능선을 넘어가는 길이고, 하나는 전망대로 내려가는 길이고, 하나는 옛날 택지로 내려가는 길이고, 하나는 할디스 할머니네로 가는 길이에요."

"그럼 네가 택한 길이 그거야?"

"네. 아침을 건너뛰기 싫었거든요."

"그럼 네가 서 있던 곳에서 할디스 할머니네 집이 멀어?"

"아뇨. 하지만 가는 길에 까마귀를 한 마리 쐈어요. 화살 두 개를 잃어버렸고요. 한동안 화살을 찾아보았지만 찾을 수가 없었어요. 그게 시간을 잡아먹었죠. 화살이 아주 비싸거든요."

그가 설명했다.

"탄소 화살이에요. 한 개에 백이십 크로네나 해요."

세예르는 고개를 끄덕이며 손목시계를 보았다.

"한동안 화살을 찾다가 포기했단 말이지? 그러고 나서 할디스 할머니네로 향했고. 그게 올라갈 때보다 시간이 더 걸렸니?"

"덜 걸린 것 같아요."

"그럼 네가 할디스 할머니네 집에 도착한 시각이 아침 여덟 시 십오 분쯤 될까?"

"대충 그럴 거예요."

"거기서 뭘 봤지?"

아이는 겁먹은 표정으로 눈을 깜박거렸다.

"할디스 할머니를 봤어요."

"언제 처음으로 할머니가 눈에 들어왔어?"

"언제요?"

"시체를 봤을 때 넌 어디 서 있었지?"

"우물가요."

"우물 근처에서 걸음을 멈춘 거로구나. 그때 할디스 할머니를 본 거지?"

"네."

카닉이 아까보다 풀죽은 목소리를 냈다. 그는 경찰관이 기억해보라고 하는 일을 기억해내고 싶지 않았다.

"우물에서 계단까지 거리가 얼마나 되는지 말해줄 수 있겠니? 활쏘기를 잘한다니까 거리를 가늠할 수 있겠지?"

"삼사십 미터쯤 되는 것 같아요."

"그럴 것 같구나. 네가 할머니에게 다가갔니?"

"아뇨."

"하지만 할머니가 틀림없이 죽었다고 생각했지?"

"눈에 뻔히 보였는걸요."

"그랬지."

세예르가 인정했다.

"이제 네가 할머니를 바라보고 있는 지점에서 걸음을 멈춰 보자. 그때 무서웠지?"

"네, 무서웠어요."

"어떻게 에르키를 보게 됐지?"

"제가 주위를 둘러봤어요."

아이가 낮은 목소리로 말했다.

"겁이 나서 사방을 둘러봤어요."

"나라도 그랬을 거야. 에르키가 멀리 있었니?"

"숲 속으로 조금 올라간 곳에 있었어요."

"에르키를 분명히 본 거야?"

"분명히 봤어요. 에르키의 머리 모양을 알아봤거든요. 에르키는 가운데에 가르마를 탔어요. 검은 머리를 커튼처럼 길게 길렀고요. 에르키가 저를 노려보고 있었어요."

"넌 에르키를 보고 어떻게 했지?"

"아무짓도 안 했어요. 에르키는 조각상처럼 가만히 서 있기만 했고, 저는 곧바로 도망쳤어요."

"곧장 길을 따라 내려온 거야?"

"네. 활 가방을 들고 제가 낼 수 있는 최고 속도로 뛰었어요."

"그러니까 그때 이미 활을 챙겨서 가방 안에 넣어두었던 거로구나?"

"네. 저는 계속 뛰었어요. 할디스 할머니네 집에서부터 내내."

"에르키를 잘 아니?"

"잘 몰라요. 하지만 에르키는 이 근처 도로를 터벅터벅 걸어 다녀요. 일 년 내내. 얼마 전에 사람들이 에르키를 병원에 집어넣었어요. 에르키는 항상 똑같은 옷을 입어요. 여름이든 겨울이든. 제가 에르키를 볼 때마다 에르키는 검은 옷을 입고 있었어요. 검은색이 아닌 건 허리띠 버클뿐이에요. 크고 반짝이거든요."

세예르는 고개를 끄덕였다.

"에르키가 널 아니?"

"저를 몇 번 본 적이 있어요."

"에르키가 겁을 먹은 것 같든?"

"에르키는 겁먹은 표정을 짓는 법이 없어요."

"에르키가 아무 말도 안 했고?"

"네. 그냥 나무 뒤로 사라졌어요. 가지 꺾어지는 소리가 들렸어요. 이파리들이 부스럭대는 소리도 들렸고요."

"넌 할디스 할머니를 왜 만나러 간 거야?"

"뭘 좀 마시고 싶어서요. 목이 말랐거든요. 전에도 거기 간 적이 있어서 할디스 할머니도 우리를 알아요."

"할디스 할머니를 좋아했니?"

"아주 엄격한 분이었어요."

"원장님보다 더 엄격해?"

"원장님은 하나도 엄격하지 않아요."

"하지만 넌 할디스 할머니가 틀림없이 너한테 마실 것을 줄 거라고 생각했지? 그럼 할머니가 너희를 친절하게 대했던 모양이지?"

"친절하기도 하고 엄격하기도 했어요. 우리가 뭘 달라고 하면 항상 줬지만, 그러면서 우리를 야단쳤어요."

"어른들은 참 이상해, 그렇지?"

세예르가 미소를 지었다.

"여기 있는 아이들도 전부 할디스 할머니를 알아?"

"시몬만 빼고 전부 알아요. 시몬은 여기 온 지 얼마 안 됐거든요."

"그럼 너희가 가끔 그리로 올라가서 할머니하고 얘기도 하고 그랬니?"

"할디스 할머니한테 주스나 빵을 좀 달라고 했어요."

"혹시 너희 중에 그 할머니네 부엌에 들어가 본 사람이 있니?"

세예르가 탐색하는 듯한 시선으로 아이를 바라보았다.

"아뇨. 우린 현관 앞에서 기다렸어요. 할디스 할머니가 항상 바닥을 청소하고 있었거든요. 저희한테 그렇게 말했어요. 금방 바닥을 닦았다고."

"그렇구나. 그래 너는 구르빈 순경에게 달려가서 네가 본 걸 얘기했지?"

"네. 순경 아저씨는 제가 얘기를 지어낸 줄 아시더라고요."

"그랬어?"

"제 주소를 꼭 말해야 한다고 하셨어요."

그가 체념한 듯한 목소리로 말했다.

"그런 게 어떤 건지 아시죠?"

"그래, 알지."

세예르가 말했다.

"네가 활쏘기를 잘한다고 하더구나, 카닉."

"아주 잘해요."

아이가 으쓱거리며 말했다.

"그 활은 누구한테서 받은 거니? 아주 비쌀 텐데. 그렇지?"

"사회복지국이 사줬어요. 제가 자유시간을 의미 있게 쓸 수 있도록. 활을 사는 데 이천 크로네가 들었지만, 사실은 그리 비싼 것도 아니에요. 제가…… 제가 여유가 생기면 탄소로 틀을 만든 슈퍼 메테오 활을 살 거예요. 하늘색 금속제로."

세예르는 감탄했다.

"활쏘기를 누가 가르쳐주지?"

"크리스티안이 일주일에 두 번씩 와요. 전 곧 전국 선수권대회에 나갈 거예요. 크리스티안이 저더러 재능이 있대요."

"활이 무서운 무기라는 건 알지?"

"당연히 알죠."

아이가 반항적인 목소리로 대꾸했다.

그는 이제 무슨 얘기가 나올지 알고 있었으므로, 비난을 받아들이기 위해 고개를 숙이고 눈을 감았다. 귀를 막으면 상대의 목소리가 파리가 윙윙거리는 소리처럼 작아질 것이다.

"네가 살금살금 돌아다니면 다른 사람들은 네 기척을 알아차릴 수가 없어. 네가 열매를 따러 온 사람과 우연히 마주쳐서 실수로 그 사람을 죽일 수도 있다는 얘기야. 그런 생각 해봤니, 카닉?"

"숲 속에 사람이 있었던 적은 한 번도 없었어요."

"에르키만 빼고?"

카닉이 얼굴을 붉혔다.

"네, 에르키만 빼고요. 하지만 에르키는 열매를 딸 사람이 아니에요."

두 사람 모두 입을 다물었다. 마당에서 자그맣게 들려오는 아이들의 목소리가 세예르의 귀에 닿았다. 아이가 시선을 들어 그를 바라보며 입술을 깨물었다.

"할디스 할머니는 지금 어디 있어요?"

아이가 부드러운 목소리로 물었다.

"시립병원 지하실에."

"정말로 시체를 냉장고에 넣어요?"

세예르는 그를 향해 우울한 미소를 지었다.

"사실은 긴 서랍하고 더 비슷해. 너 그 할머니네 할아버지하고도 아는 사이였니?"

그가 화제를 바꾸기 위해 물었다.

"아뇨. 하지만 기억나요. 그 할아버지는 항상 트랙터를 몰고 있었어요. 할디스 할머니하고는 다르게 우리한테는 한 번도 말을 안 걸었어요. 그 할아버지는 아이들을 좋아하지 않았어요. 게다가 개를 한 마리 기르고 있었어요. 토르발트 할아버지가 돌아가셨을 때 그 개도 죽었어요. 먹이를 안 먹어서."

아이는 이 이야기에 사로잡힌 것 같았다.

"너 구테바켄에는 얼마나 있을 것 같니?"

"저도 몰라요."

아이가 자신의 무릎을 물끄러미 바라보았다.

"그걸 결정하는 건 제가 아니니까요."

"네가 아냐?"

"제가 원하는 것과 상관없이 사람들이 그냥 자기 마음대로 결정해요."

아이가 말했다.

"하지만 넌 여기서 잘하고 있잖아, 안 그래? 원장님한테 물어봤더니 그렇다고 하던데."

"전 달리 갈 데가 없어요. 엄마는 저를 돌볼 수 있는 사람이 못 되고, 전 도움이 필요해요."

세예르는 아이의 목소리에 배어 있는 눈물을 느낄 수 있었다.

"사는 게 쉽지 않지? 특별히 살기가 어려운 게 무엇 때문인 것 같니?"

카닉은 잠시 생각해보다가 이미 수도 없이 들은 말을 되풀이했다.

"제가 생각하기 전에 행동을 먼저 하는 거요."

"그런 걸 충동적이라고 하지."

세예르가 위로하려는 듯이 말했다.

"그게 다 네가 아직 어려서 그래. 대부분의 일들은 시간이 흐르면 저절로 해결돼. 대부분은. 그런데 말이다 혹시 에르키가 장갑을 끼고 있었니?"

그가 물었다.

카닉이 깜짝 놀라 눈을 깜박거리더니 휘둥그렇게 떴다.

"장갑이요? 이렇게 더운데요? 에르키의 손까지 보지는 못했는데요. 에르키가 손을 주머니에 넣고 있었는지도 몰라요. 잘 모르겠어요."

"내가 그걸 물어본 건 지문을 식별하는 게 중요하기 때문이야. 집 안에서 지문을 여러 개 발견했거든. 그 근처에서 다른 사람을 보거나 목소리를 듣지 못한 게 확실하니?"

세예르가 말했다.

"확실해요."

카닉이 열심히 고개를 끄덕이며 말했다.

"그 근처에서 다른 사람은 한 명도 못 봤어요."

"만약 거기 다른 사람이 있었다면 에르키가 그 사람을 봤을지도 몰라. 너는 못 봤다 해도."

세예르가 말했다.

"에르키가 한 짓이 아니라는 거예요?"

카닉이 깜짝 놀라서 물었다.

"난 아직 이렇다 저렇다 생각이 없어."

"하지만 에르키는 제정신이 아니에요."

"아마 우리들하고 다른 거겠지."

세예르가 미소를 지으며 말했다.

"에르키가 도움이 필요한 사람이라고 해두자. 그런데 왠지 이 동네에는 에르키가 범인이었으면 좋겠다고 생각하는 사람이 많은 것 같더구나. 사람들은 자기 생각이 옳다고 판명되는 걸 좋아하지. 할디스 할머니라면 뭐라고 했을 것 같니?"

그가 물었다.

"만약 에르키가 자기 정원으로 어슬렁어슬렁 들어왔다면? 할디스 할머니도 에르키를 알았지?"

"그랬을 거예요."

"할디스 할머니가 에르키를 무서워했을까?"

"할디스 할머니는 별로 무서워하는 게 없었어요. 그건 분명해요. 하지만 에르키는 뭐든 원하는 게 있으면 그냥 가져가요. 가게에서요. 아마 거기서도 할디스 할머니네 집 안으로 곧장 들어갔을 거예요. 그런 녀석이니까."

"그래서 할머니가 화를 내고?"

"할디스 할머니는 우리가 말을 안 들으면 진짜 무섭게 화를 냈어요. 에르키는 원래 남의 말을 안 듣는 녀석이고요."

"그렇구나. 그러니까 우리가 에르키를 찾아내는 게 최선이겠네. 그렇지?"

"에르키를 찾아내면 구속복을 입히나요?"

세예르가 웃음을 터뜨렸다.

"에르키가 그런 일을 겪지 않기를 바라야지. 하지만 이번 사건이 해결될 때까지는 너희가 집에서 멀리까지 돌아다니지 않는 게 좋을 것 같다. 한동안은 숲 속을 돌아다니지 않는 게 좋아. 우리가 사건의 진상을 밝힐 때까지는."

"전 상관없어요."

카닉이 말했다.

"이미 원장님이 제 활을 압수해버렸으니까요."

아이들은 한데 몰려서서 세예르가 차에 올라타는 것을 지켜보았다. 그는 아이들과 이야기를 하며 그들이 살고 있는 이 폐쇄적인 세계에 바깥의 신선한 공기를 한 모금이라도 불어넣어줄 시간이 없었다. 아이들은 반항심과 경외감이 뒤섞인 표정으로 그를 바라보았다. 몇몇 아이들은 이미 말썽을 일으켜 경찰에 잡힌 적이 있었다. 여러 번 그런 일을 겪은 아이도 있었다. 나머지 아이들 역시 언제든 그런 문제를 일으킬 위험을 안고 있었다. 검은 머리의 시몬이라는 작은 아이가 차를 몰고 떠나는 세예르에게 손을 흔들었다. 그는 시립병원으로 향하면서 그 아이들에 대해 생각해보았다. 세상에서 자신의 자리를 찾지 못한 저 뚱한 아이들. 사라 스트루엘이 관심을 가질 만한 아이들이었다. 반항아들.

15

“엘시 요르마.”

세예르는 접수대의 간호사가 볼 수 있도록 이 이름을 종이에 적었다.

“1950년 9월 4일생입니다. 1980년 1월 18일에 사고로 죽었는데 당시 이곳 시립병원으로 이송됐어요. 병원에 도착하기 전에 죽었는지, 아니면 나중에 죽었는지는 잘 모르겠습니다. 하지만 병원 어딘가에 틀림없이 관련 서류가 남아 있을 겁니다. 그 자료를 좀 찾아봐주시겠습니까?”

간호사의 눈에 호기심이 역력히 드러났지만, 동시에 내키지 않는 기색도 드러나 있었다. 휴가철이라 평소보다 적은 수의 직원들이 근무하고 있는데다가, 날도 견딜 수 없을 만큼 더웠다. 세예르는 방 안을 둘러보았다. 높게 쌓인 서류철과 책들이 방 안을 꽉 채우고 있었다. 그다지 공간이 넉넉하다고는 할 수 없는 방이었다.

“십육 년 전 일인데요.”

그녀가 말했다. 마치 그 정도 계산도 못하느냐는 투였다.

“그 후로 컴퓨터가 도입됐지만, 그분 사건은 데이터베이스에 입력되지 않았을 가능성이 높아요. 그러니까 자료를 찾으려면 제가 지하의 자료실까지 내려가야 해요."

"1980년 기록 중에서 J로 시작하는 자료를 찾아보세요. 지하 자료실에 대해서는 간호사 선생이 잘 알고 계시겠죠. 저는 시간이 있으니까 여기서 기다리겠습니다."

그가 말했다.

간호사는 이십 대 중반이었으며, 키가 크고 몸이 튼튼해 보였다. 머리는 하나로 묶고 있었다. 그녀가 안경을 코 아래로 내리고 빨간 안경테 너머로 그를 빤히 바라보았다.

"만약 제가 자료를 금방 찾아내지 못하면, 경감님이 나중에 다시 오셔야 할 거예요."

그녀가 방을 나갔다. 그는 얌전히 앉아서 뭔가 읽을 것이 없나 주위를 둘러보았다. 그가 찾아낸 것은 암 협회 학술지가 고작이었다. 별로 읽고 싶은 생각이 들지 않았다. 그래서 그는 생각에 잠겼다. 이런 곳에서는 자신이 불안한 마음으로 한없이 길어 보이는 복도를 서성이던 때의 기억을 마음속 깊은 곳에 묶어둘 수가 없었다. 의사들이 엘리제에게 갖가지 검사를 하고, 분석을 하고, 약을 먹이고, 방사선을 쪼이던 시절 말이다. 그러는 동안 엘리제의 몸은 점점 약해지기만 했다. 병원 냄새와 자그맣게 들리는 목소리들이 그 기억을 끄집어내고 있었다. 그래서 간호사가 문간에 나타났을 때 그는 완전히 다른 세상을 헤매고 있었다.

"아무리 찾아도 자료가 이것밖에 없네요."

그녀가 한 쪽짜리 입원기록을 그에게 건네주었다.

"부검 보고서는 없습니까?"

그가 물었다.

"없었어요."

"하지만 찾아봐줄 수 있겠죠? 아주 중요한 일입니다."

"그러면 일요일까지 기다리셔야 해요. 그것도 저한테 시간이 좀 난다면 그렇다는 얘기예요. 지금으로서는 이것밖에 찾을 수가 없네요."

"감사합니다."

그가 예의바르게 말했다.

"이걸 가져가도 되겠습니까?"

그녀가 그에게 어떤 서류를 하나 건네주었고, 그는 거기에 서명했다.

"한 이 분쯤 시간을 내주시겠습니까? 그동안 제가 이걸 끝까지 좀 읽어보게."

그가 말했다.

"제가 이해할 수 없는 용어가 있을 것 같아서요."

그녀는 눈으로 종이를 훑어본 후 소리 내어 그 내용을 읽었다.

"1월 18일 오후 4시 45분에 내원. 사망한 상태로 도착. 팔과 턱에 눈에 띄는 골절. 출혈과다."

"뭐라고요?"

세예르가 말했다.

"출혈과다라니요? 계단에서 떨어진 게 아닙니까?"

"제가 그 자리에 있었던 것도 아니니 모르죠. 저는 그때 겨우 열 살이었어요."

그녀가 오만한 태도로 말했다. 하지만 호기심이 그녀의 오만을 눌렀다.

"이 여자가 정말로 계단에서 떨어졌나요?"

"그렇게 들었습니다. 사고가 났을 때 아들이 옆에 있었다고 하더군요."

그가 설명했다.

"아들은 겨우 여덟 살이었습니다."

"계단에서 떨어진 게 맞을지도 모르죠."

그녀가 확신 없는 목소리로 말했다.

"하지만 저는 분명한 답을 드릴 수 없네요. 부검 보고서를 보기 전에는."

그녀는 다시 서류를 읽어 내려갔다.

"맞아요."

그녀가 마침내 말했다.

"이상하긴 하네요. 출혈이 심해서 그것만으로도 목숨을 잃을 정도였어요. 하지만 당시 무엇이 사망원인으로 밝혀졌는지는 여기 적혀 있지 않아요."

"계단에서 떨어지면서 아주 심한 부상을 입을 수도 있습니까?"

"네."

그녀가 말했다.

"특히 노인이라면."

"하지만 이 여자는 노인이 아니었어요."

그가 서류를 가리켰다.

"엘시 요르마, 1950년생. 그러니까 사망할 때 나이가 서른 살쯤 되었을 겁니다. 안 그래요?"

"이 여자 아들한테 물어보시면 안 돼요? 사고가 났을 때 아들이 옆에 있었다면서요."

"좋은 지적입니다."

그가 사려 깊은 목소리로 말했다.

"우리가 지금 그 아들을 찾고 있는 중입니다."

그는 자리에서 일어나 간호사에게 고맙다고 인사를 했다. 건물 밖으로 나온 후 그는 걸음을 멈추고 법의학 연구소를 물끄러미 바라보았다. 할디스의 시신이 저 안 어딘가에 있었다. 그는 무엇을 어떻게 하겠다고 마음을 정하지도 않은 상태에서 중앙 출입구로 향했다. 사건과 관련해서 이것저것 물어보기에는 시기가 너무 일렀다. 할디스를 부검할 차례가 되려면 적어도 일주일, 또는 그 이상이 지나야 할 것이다. 그가 접수대에서 신분증을 보여주자 즉시 들어가도 좋다는 답변이 나왔다. 스노라손은 세예르가 생각했던 것처럼 부검실에 있었다. 그는 세예르에게 등을 돌린 채 서서 고무장갑을 끼고 있었다. 부검대 위에는 별로 크지 않은 하얀 형체가 놓여 있었다. 개만 한 크기였다. 갓난아기일지도 모른다는 생각이 들어서 세예르는 인상을 찌푸렸다.

스노라손이 뒤를 돌아보며 한쪽 눈썹을 치켜 올렸다.

"콘라드?"

"그건 누구야?"

세예르가 고갯짓으로 하얀 형체를 가리키며 물었다.

스노라손이 그를 바라보며 말했다.

"할디스 호른은 아니야. 자네도 그 정도는 알 수 있겠지. 자네가 이런 시간에 여긴 웬일인지 그게 궁금하군."

세예르가 비틀린 미소를 지었다.

"자네가 아직 할디스를 부검할 때가 안 됐다는 건 당연히 나도 알아.

하지만 병원에 들렀다가 혹시나 자네를 만날 수 있을까 해서 와봤어."

"그렇군."

"그냥 할디스를 한번 보려고. 그것뿐이야. 그래야 머리가 돌아갈 것 같거든."

"혹시 할디스가 자네한테 말을 걸어주기를 기대하는 건가?"

"뭐, 비슷하지."

스노라손이 장갑을 벗었다.

"할디스는 할 말이 별로 없을 텐데."

"그렇겠지. 그냥 잠깐 보기만 하면 돼. 어쩌면 내가 혼자서 몇 마디 중얼거릴지도 모르지. 침묵을 도저히 견딜 수 없게 되면."

"하지만 자네는 내가 옆에 서서 머릿속에 떠오르는 것들을 말해주길 바라지? 그걸 바라는 거야. 자네가 내가 아는 그 사람이라면. 내가 그런 짓을 아주 싫어한다는 걸 알면서도."

"그냥 잠깐 보기만 할게."

"현장에서 시신을 못 봤어? 시신 사진도 찍었잖아."

"그랬지. 하지만 그건 어제 일이야."

마침내 스노라손이 고집을 꺾었다. 세예르는 그의 뒤를 따라 밖으로 나가서, 왼쪽으로 꺾어져 건물 깊숙한 곳으로 내려갔다. 할디스가 누워 있는 냉장실을 향해. 스노라손은 할디스의 번호를 찾으려고 서류를 뒤적이더니 서랍 하나를 열었다.

"자, 여기 대령이오."

그가 시트를 내렸다.

그녀는 보기 좋은 모습이 아니었다. 손상되지 않은 눈은 역청처럼 새

까맸다. 다른 쪽 눈이 있어야 할 곳에는 괭이가 만들어놓은 깊은 구멍
이 있었다. 괭이 때문에 코도 절반으로 잘렸고, 내출혈 때문에 이마와
관자놀이가 거무스름한 자주색으로 변색되어 있었다.

"너비 8.5센티미터, 깊이 14센티미터. 괭이 날의 폭과 길이에 정확히
들어맞아."

스노라손이 기운차게 말했다.

"오른팔 아래쪽에 가벼운 방어흔이 있어. 날이 살짝 스치고 지나간
거지. 오른쪽 눈에서 빠져나온 연결조직에 혈종이 분명히 보이고, 이차
적으로 두개골이 부러졌어."

세예르는 억지로 몸을 숙여 죽은 여자의 얼굴을 가까이서 살펴보았다.

"각도는 어때?"

"둘 중 하나야."

스노라손은 자신의 원칙에 어긋나는 일을 하느라 힘들어하고 있었다.

"누운 상태에서 괭이에 맞았거나, 아니면 서 있다가 괭이 날이 자신
을 향해 다가오는 것을 보고 놀라서 고개를 들었거나. 자네도 보면 알
겠지만, 괭이는 이마 바로 밑의 오른쪽 안와를 통해서 머릿속까지 치고
들어갔어."

"아주 순식간에 일어난 일이었겠지?"

"나는 모르지."

스노라손이 말했다.

"하지만 몸싸움 흔적이 없어. 예를 들어 옷도 멀쩡하거든. 자네도 기
억하겠지만, 이 할머니 나막신도 벗겨지지 않았어. 그러니까 아마 자네
생각이 옳을 거야. 놀라운 일이지. 이 할머니가 자기 괭이에 목숨을 잃

은 걸로 봐서는 범인이 미리 살인을 계획했을 리가 없는데. 범인은 당황해서 아무 거나 손에 잡히는 대로 집어 들었을 거야. 엄청난 분노거나 엄청난 두려움, 아니면 그 두 가지가 뒤섞인 상태였겠지. 통계적으로 이런 식의 살인은 드물어. 열정으로 인한 범죄니까. 지문을 많이 찾아냈지?”

“응.”

세예르가 말했다.

“집 안에서. 괭이에서는 희미한 지문이 두 개 나왔고. 이 할머니가 혼자 살았던 게 다행이지. 집 안에 들어가 물건을 만진 사람이 몇 명밖에 안 되니까 말이야. 시간은 우리 편이야.”

“이제 다 봤나?”

“응. 고마워.”

스노라손은 다시 시트를 덮고 서랍을 밀어 넣었다.

“때가 되면 내 보고서를 받아볼 수 있을 거야.”

세예르는 차를 몰고 본부로 향했다. 사라 스트루엘에 관한 생각이 자신의 머릿속으로 기어 들어와 자신이 방금 본 시신의 망가진 얼굴을 옆으로 밀어내고 있었다. 솜털이 나 있는 사라의 매끄러운 피부. 눈동자 주위에 밝은 색 고리들이 있는 그녀의 검은 눈.

그동안 고독하게 지냈지. 하지만 그때 난 혼자 있고 싶었어. 왜 이제 와서 다른 생활을 원하는 거지?

그는 다시 엘시 요르마에 대해 생각해보았다. 그녀는 왜 계단에서 굴렀을까? 뭔가 이유가 있었을 것이다. 그녀가 몸의 균형을 잃은 원인이 있었을 것이다. 그녀는 자기 집 계단에서 떨어졌다. 수도 없이 오르내린 계단일 텐데. 어쩌면 그녀가 계단을 뛰어 내려가다 넘어졌을지도 모른다. 아니면 계단에 물이 있었거나. 반드시 뭔가 이유가 있을 것이다. 그녀가 그때 입은 부상으로 목숨까지 잃게 된 원인도 반드시 있을 테고. 그냥 뇌진탕과 손목 골절 정도로 끝날 수도 있었을 텐데. 그는 나중에 나이를 먹으면 본부에 있는 미제사건들을 모두 조사해봐야겠다고 결심했다. 시간에 쫓기지 않고, 언론에게 시달리지도 않고 내가 원하는 대로 그 사건들을 조사해봐야지. 그걸 취미로 삼아야지. 발이 따뜻해지게 콜베르크를 발치에 앉혀두고서. 연금을 받아 살게 되면 그때, 위스키를 마시고 내가 스스로 담배를 말아 피우면서 그렇게 해야지. 얼마나 즐거울까.

성경과 똑같았다. 바다가 갈라지는 이야기. 스카레가 열린 문간에 서 있는 것을 보고 하얀 옷을 입은 사람들이 모두 허둥지둥 옆으로 비켜섰다. 그는 거대하고 후텁지근한 주방 안을 들여다보며 요리사가 가리킨 방향을 바라보았다. 저 쪽 식기세척기 옆에. 그 친구가 크리스토퍼 마이예요.

스카레의 눈에 보이는 것이라고는 그의 널찍한 등뿐이었다. 그의 목은 짧고 머리카락은 빨간색이었다. 그만이 낯선 사람이 주방 안으로 걸어 들어오는 것을 눈치 채지 못했다. 그는 식기세척기에서 김이 모락모락 피어오르는 포도주잔 수십 개가 들어 있는 선반을 들어 올리느라 정신이 없었다. 그는 그 선반을 내려놓은 뒤에야 비로소 사방이 조용해졌음을 깨달았다. 그리고 그제야 고개를 돌려 스카레를 발견했다.

"크리스토퍼 마이?"

청년이 고개를 끄덕였다. 이 사람이 왜 자기를 찾아왔는지 알아내려고 정신없이 기억을 뒤지는 듯한 표정이었다. 그러다가 기억이 떠오른 모양이었다. 할디스 이모, 그렇지. 그는 정신을 가다듬고 수건으로 손을 닦은 다음 식기세척기를 껐다. 땀방울이 그의 이마를 뒤덮고 있었다.

"어디 얘기할 만한 곳이 있습니까?"

"직원실로 가죠."

마이가 길을 안내하며 말했다. 그는 계속 바닥만 바라보았다. 모두들 자신을 지켜보고 있다는 걸 느낄 수 있었으니까. 전에는 사람들이 항상 그를 무시했으므로 이런 상황에서 어떻게 행동해야 하는지 알 수가 없었다.

직원실은 길고 좁은 방이었다. 두 사람은 문을 등진 채 구석에 앉았다. 스카레는 청년의 앳된 얼굴을 바라보며 우울한 기분에 사로잡혔다. 내가 앞으로 살아가면서 섬뜩하고 잔인한 살인사건 때문에 얼마나 많은 사람을 만나게 될까? 십 년쯤 후에는 내가 이런 일에 대해 어떤 느낌을 갖게 될까? 무고한 사람들에게 항상 어제 어디 있었느냐, 집에 들어간 시간이 언제냐, 현재 재정 상태가 어떠냐는 질문을 던지며 돌아다니는 것이 나라는 인간에게 어떤 영향을 미칠까?

그는 뒷주머니에서 수첩을 꺼냈다.

"여긴 정말 덥네요."

그가 유쾌한 목소리로 말문을 열었다. 그러고는 빨갛게 달아오른 청년의 얼굴을 바라보았다.

"전 괜찮아요."

마이가 재빨리 미소를 지으며 말했다.

"함메르페스트 출신이라서. 거긴 북쪽이라 항상 얼어붙을 듯이 추웠거든요."

스카레는 수첩을 펼치고 질문을 시작했다.

"이모님이 돌아가셨다는 걸 언제 알았죠?"

"어머니가 어제 저녁에 전화로 얘기해주셨어요."

"어머니가 뭐라고 하시던가요?"

그는 천장에 매달린 선풍기를 향해 시선을 들어 올리더니 무겁게 한숨을 내쉬었다.

"누군가가 이모 집에 침입해서 돈을 모두 훔쳐갔고, 도끼로 이모를 죽인 다음에 도망쳤다고요."

"괭이예요."

스카레가 그의 말을 바로잡았다.

"그게 그거죠."

그가 낮은 목소리로 말했다.

"사람들 말로는 이모한테 돈이 많았대요."

"댁은 그것과 관련해서 뭐 아는 것 없어요?"

"이모는 재산이 오십만쯤 됐어요."

마이가 대답했다.

"하지만 돈은 은행에 있었죠."

"그걸 전부터 알고 있었어요?"

"당연하죠. 이모가 그걸 얼마나 자랑스러워했는데요."

"혹시 다른 사람한테 그런 얘길 한 적 있어요?"

"누굴 말씀하시는 거죠?"

"친구나 동료들."

"저는 남들하고 잘 어울리는 편이 아니에요."

그가 간단하게 대답했다.

"그래도 얘기를 나누는 사람이 몇 명은 있을 것 아니에요?"

"제가 세 들어 사는 집 주인 말고는 아무도 없어요."

그가 자세를 바꾸며 스카레를 한참 동안 바라보았다.

"그 사건과 관련해서 저를 심문하러 온 거죠? 이런 걸 심문이라고 하지 않나요?"

스카레는 수첩을 내려놓고 마이를 바라보았다. 그는 이 청년이 살인을 저질렀을지도 모른다는 생각은 단 한 순간도 해보지 않았다. 돈 때문에 이모를 죽일 수도 있는 사람 같지는 않았다. 하지만 상대는 그가 찾아온 것을 그런 식으로 해석할 터였다. 이럴 때 상대의 기분이 어떤지 궁금했다. 자신의 양심이 바람에 날려 온 눈처럼 깨끗하다는 걸 속으로 확신하는 것만으로 충분할까? 아니면 누군가가 자신을 의심했다는 사실 때문에 마음이 불편할까? 크리스토퍼 마이의 눈은 초록색이었다. 순진해 보이는 눈. 모든 사람이 다 그랬다는 생각이 들었다. 스카레가 면담하고, 심문하고, 질문을 던진 사람은 모두. 어쩌면 궁지에 몰렸을 때 모든 사람이 못된 생각을 한 번씩은 해본다는 것만으로 충분할지도 모르지. 할디스 이모한테는 돈이 많은데, 나는 여기 주방에서 노예처럼 일하며 쥐꼬리만 한 돈을 받고 있다. 혹시?

"이모님을 가끔 만나러 가셨죠?"

"일 년에 세 번이 가끔이라면, 맞아요."

스카레는 다음 질문을 부드럽게 던지기 위해 미소를 지으려고 애썼다.

"이모님을 마지막으로 만난 지는 오래되었습니까?"

마이는 창밖을 바라보며 어깨를 으쓱했다.

"아마 석 달쯤 됐을 거예요. 사람에 따라 그게 오래됐다고 할 수도 있고 아니라고 할 수도 있겠죠."

"이모님께 편지를 보낸 적이 있나요? 육 일 전 소인이 찍힌?"

그가 불편한 표정으로 몸을 움직였다.

"저도 그 생각을 하고 있었어요. 생애의 마지막 며칠 동안 이모가 끝내 나타나지 않은 사람을 기다리고 있었다는 생각."

"왜 안 갔죠?"

"병가를 낸 직원이 많아서 제가 시간 외로 일을 해야 했어요."

"못 갈 것 같다고 이모님께 전화를 드렸나요?"

"아뇨, 슬프게도 안 했어요. 아마 대부분의 사람들이 그렇겠죠."

그가 웅얼거렸다.

"저 혼자 살아가는 것만으로도 바빠요. 적어도 제가 지금 깨달은 게 그거예요."

스카레는 누군가가 죽었을 때 항상 고개를 내미는 죄책감을 알아보았다. 사람들은 죄책감을 느낄 이유가 없는데도 죄책감을 느꼈다.

"여기서 일하는 게 마음에 듭니까?"

그가 물었다. 여기 앉아서 죽은 여자의 몇 안 되는 친척 중 한 사람, 가끔 그녀를 만나러 왔던 몇 안 되는 사람들 중 한 명에게 질문을 던지고 있는 것이 우스꽝스럽게 느껴졌다. 하지만 한 편으로는 자신이 불편해하는 것이 이해가 되지 않았다. 원래 그는 바로 이런 일을 하러 여기

오지 않았던가. 어쩌면 내가 요즘 일을 너무 많이 하고 있는 건지도 몰라. 그는 생각했다. 이건 내가 휴가를 낼 필요가 있다는 징조야.

"댁의 집주인 이름이 뭐죠?"

그가 물었다.

"지금 셋방에서 살고 있습니까?"

"사실 출입문과 욕실이 따로 있는 작은 원룸이에요. 월세가 이천오백이에요. 하지만 그만하면 괜찮아요. 주인도 좋은 사람이고. 가끔 와플을 만들어서 저한테 갖다 주기도 해요. 조금 외로워하는 것 같고, 나이는 틀림없이 육십 대 후반일 거예요. 제가 이런 말을 하는 건, 제가 혹시 할디스 이모의 돈에 대해 얘기했더라도 집주인은 그 돈을 훔치러 그 숲 속까지 올라갈 수 없었을 거라는 얘기를 하고 싶어서예요."

스카레는 미소를 지었다.

"무슨 말인지 알겠습니다. 제가 가서 집주인을 만나볼 필요는 없을 것 같군요. 집주인은 나이 때문에 일단 제외된 걸로 합시다."

이 말을 하는 동안 자신이 실수를 했다는 생각이 들었다. 어쩌면 집주인이 그보다 훨씬 더 젊을 수도 있었다. 어쩌면 집주인과 이 젊은이가 많은 시간을 함께 보내고 있을 가능성도 있었다. 술잔을 앞에 놓고 온갖 이야기를 나누면서. 북부에서 온 이 젊은이는 외로웠으며, 아직 친구를 사귀지 못했다. 하지만 그에게는 저 위의 숲 속 어딘가에 사는 이모가 있었다. 그리고 그 이모는 부자였다. 위스키를 함께 마시다가 자기도 모르게 이모 이야기를 했다면? 재산이 오십만 크로네나 된다고 말했다면? 그랬다면 혹시?

"그래도 집주인 이름은 알아둬야 할 것 같은데요."

스카레가 말했다.

마이는 청바지 주머니에서 지갑을 꺼내 그 안을 살펴보다가 영수증 한 장을 꺼내 탁자 위에 놓았다.

"집세 영수증이에요."

그가 말했다.

"거기 이름이랑 주소가 있어요. 전 상관없으니까 베껴 적으세요."

스카레의 눈이 휘둥그레졌다. 하마터면 놀란 기색을 겉으로 드러낼 뻔했다. 주소지는 이스트엔드였고, 이름은 라인이었다. 토마스 라인.

"미안하지만 아주 사소한 문제를 하나 확인해야겠습니다. 라인이라는 사람한테서 방을 빌린 겁니까? 토마스 라인? 이 사람이 토미라는 이름을 쓰나요? 혹시 댁이 말한 것보다 조금 젊은 사람 아닙니까?"

그가 낮은 목소리로 말했다.

마이가 깜짝 놀란 표정으로 그를 바라보았지만, 그 역시 속내를 드러내지 않으려고 조심하고 있었다. 그의 표정에는 솔직함과 두려움이 뒤섞여 있었다.

"아뇨, 노인이에요."

그가 단호하게 말했다.

"하지만 토미라는 아들이 있어요. 사실 제 아파트는 원래 그 아들 거예요. 저는 아들이 집을 비운 동안 그 방을 빌린 것뿐이에요."

"그럼 그 아들은 지금 어디 있습니까?"

"저는 몰라요. 제가 아는 거라고는 지금 집에 없다는 것뿐이에요."

스카레는 자제력을 잃지 않으려고 애썼다. 그는 가능한 한 차분하고 고르게 숨을 쉬고 포커페이스를 유지하려고 애쓰면서 황급히 메모를 갈겨썼다. 그의 표정은 차분하고 냉정했다. 그의 상관이 항상 보여주던 표정 그대로였다.

"어제는 몇 시부터 일을 시작했습니까?"

"정오부터요. 그걸 확인해줄 수 있는 사람이 아주 많아요. 하지만 살인이 아침 일찍 일어났다니 제가 범인일 수도 있다고 생각하시겠죠."

무례한 말투였다. 그는 자기 앞의 경찰관이 완전히 신경이 곤두서 있음을 알고, 눈에 보이지 않는 위험에 맞서 자신을 지키려 애쓰고 있었다.

"자동차가 있습니까?"

"시끄러운 고물차가 한 대 있어요."

"그렇군요."

스카레가 말했다.

"할디스 씨하고 가까운 사이였습니까?"

"별로요."

"그래도 이모님을 만나러 가기는 했죠?"

"순전히 우리 어머니 잔소리 때문이죠. 아시잖아요. 우리가 이모의 상속자니까. 제가 거기 간 적은 몇 번 안 되지만, 사실 그때마다 즐거웠어요. 이제 이모가 돌아가신 마당에 생각해보니 그랬던 것 같아요."

"그럼 댁은 토미 라인이라는 사람을 한 번도 만난 적이 없습니까?"

스카레가 물었다.

"없어요. 그런데 그건 왜 물으시는 거죠?"

"그냥 내 질문 목록에 끝에서 두 번째로 있는 질문이라서요."

스카레가 말했다.

"그냥 통상적인 질문이라고요?"

마이가 물었다.

"그런 셈이죠."

"그럼 마지막 질문은 뭐죠?"

"에르키 페테르 요르마. 그 친구에 대해 들어본 적 있습니까?"

크리스토퍼 마이는 자리에서 일어나 자신이 앉았던 의자를 탁자 밑으로 밀어 넣었다. 그가 지갑을 청바지 주머니에 다시 넣는 동안 빨간 머리카락 한 다발이 이마로 흘러내렸다.

"아뇨."

그가 말했다.

"한 번도 들어본 적 없어요."

16

에르키는 깨어 있었다. 그는 나른하게 몸을 굴려 옆으로 누워서 벽을 물끄러미 바라보았다. 그는 아직 잠의 언저리를 배회하고 있었다. 하지만 조금씩 정신이 돌아오더니 마침내 여기가 어딘지 알 수 있게 되었다. 아주 깊은 잠을 잔 다음이었다. 그는 권총을 기억해냈다. 총을 쏘아본 적은 한 번도 없지만, 총을 쏘려면 힘이 상당히 좋아야 한다는 것은 알고 있었다. 그는 총을 손에 들고 방을 가로질러서 부엌을 지나 거실로 들어갔다.

모르간은 자고 있었다. 그의 곱슬머리는 축축하게 젖어 있었고, 이마에는 땀이 번들거렸다. 어쩌면 정말로 상처가 감염된 것 같기도 했다. 하지만 그건 에르키가 신경 쓸 문제가 아니었다. 그는 아무런 죄책감 없이 그냥 그 사실을 인지하기만 했다. 모르간의 코를 깨문 것은 순수한 반사작용이었다. 게다가 그가 여기까지 따라오겠다고 자청한 것도 아니었다. 그가 시내로 간 것은 영혼이 뒤흔들릴 정도로 끔찍한 꿈을 꾸었기 때문이었다. 그는 그 꿈에서 도망치려 했다. 이제 안전하다는 생각이 들었을 때 그는 빈 헛간에서 자루 하나를 베고 오랫동안 잠을 잤다. 그래서 잠에서 깨어났을 때 얼굴과 목이 가려웠다. 자고 일어난 그는 시내로 내려갔다. 사람들과 자동차들이 있는 세상이 아직 존재한다는 것을 반드시 확인해야 할 것 같았다. 아스팔트가 깔린 거리는 훨씬 더 더웠다. 그가 은행으로 들어간 것은 그 안이 시원했고, 창가에 편안해 보이는 의자들이 있기 때문이었다. 다른 이유는 없었다.

그는 모르간이 누워 있는 소파 옆에서 걸음을 멈추고 총을 등 뒤로 감췄다. 그러고는 잠시 총을 조준해서 발사하는 상상을 해보았다. 초록색 소파 위에 놓여 있는 저 황금색 머리가 멜론처럼 쩍 벌어지고 그 안의 내용물이 사방으로 튀는 모습을. 그러면 모르간은 죽겠지. 순식간에 사라져버릴 거야. 교회의 그 노인처럼.

모르간이 돌아누우며 작은 소리로 끙끙거리다가 눈을 떴다.

"넌 아파."

에르키가 말했다.

모르간은 맞다고, 자신이 정말로 아프다고 중얼거렸다. 온몸에서 점점 힘이 빠져나가면서 바닥으로 가라앉는 듯한 느낌이 들었다. 자신을 돌봐줄 사람에게 모든 것을 맡기고 굴복해버릴 수만 있다면. 책임을 대신 맡아달라고 할 수만 있다면.

"뭐 원하는 거 없어?"

에르키가 상냥한 목소리로 물었다.

모르간은 신음소리를 냈다.

"내 머리에 총알을 박아줘. 그것뿐이야."

에르키는 등 뒤에서 총을 꺼내 몸을 숙이며 총구를 모르간의 미간에 갖다 댔다.

"장군."

그가 미소를 지으며 말했다.

"이제 킹은 죽은 목숨이야."

"뭘 보고 계세요?"

스카레가 물었다. 그는 주머니에서 수첩을 꺼내들고는 세예르 옆의
의자에 털썩 주저앉았다.

"발자국."

세예르가 중얼거렸다.

"여기 앉아서 이것들을 들여다보다 보니 뭔가 이상하다는 느낌이
들어."

그는 스카레를 향해 사진들을 밀어주었다. 스카레는 자신이 알아낸
사실을 상관에게 보고하는 것을 미루고 참을성 있게 사진들을 들여다
보았다.

"거기서 뭐가 보이는지 말해봐."

세예르가 말했다.

스카레는 사진들을 바라보며 말했다.

"발자국 일곱 개. 그중 세 개, 아니 네 개는 사실상 쓸모가 없네요.
나머지 세 개는 선명해서 신발 바닥의 무늬가 드러나 있어요. 홈 같기
도 하고, 파도 같기도 하고. 크기가 상당히 크네요. 사이즈 사십삼 정
도. 그렇죠?"

세예르가 고개를 끄덕였다.

"계속해 봐."

"제가 말한 것들 말고 다른 게 또 있나요?"

"그런 것 같아."

스카레는 사진들을 다시 자세히 살펴보다가 두 장만 남기고 한 장을 옆으로 밀어놓았다. 세예르가 아까 한없이 들여다보고 있던 바로 그 두 장의 사진이었다.

"둘 다 오른발이에요."

스카레가 말했다.

"무슨 운동용 신발인 것 같은데. 조깅용 운동화 같기도 하고."

"나도 같은 생각이야."

"한 장이 다른 한 장보다 더 선명하네요."

"맞아."

"그리고 여기 이 파도 모양 하나가,"

그는 손가락으로 그 부분을 가리키며 말을 이었다.

"끊어져 있어요. 신발 밑창이 찢어진 것 같은데."

"하지만 다른 사진에는 그 자국이 없지?"

세예르가 말했다.

"그런데 이거 같은 신발 아니에요? 둘 다 오른발이고요."

"같은 신발인가?"

"무슨 말씀을 하시려는 건지 잘 모르겠어요. 어쩌면 돌멩이인지도 모르죠. 홈 속에 돌이 박혀서 밑창 무늬에 이렇게 하얀 자국이 남은 거예요."

"신발에 박힌 돌이 나중에 떨어져 나갔다고? 그런 얘긴가?"

세예르가 그를 뚫어지게 바라보며 말했다.

"뭐, 예, 그럴 수도 있겠죠."

"아니면 고무 밑창이 망가질 수도 있겠지."

세예르가 말했다.

"그것 말고도 하나 더 있어. 사진 한 장의 무늬가 다른 사진보다 덜 선명해. 마치 그쪽 밑창이 더 닳은 것처럼."

"무슨 생각을 하고 계시는 거예요?"

스카레가 말했다.

"범인이 둘이었을지도 모른다는 생각."

"범인이 둘이라고요?"

"그래."

"그리고 둘 다 밑창에 홈이 나 있는 운동화를 신었다?"

"요즘 사람들이 많이 신는 신발이니까. 특히 젊은이들은."

"그럼 에르키일 가능성은 별로 없네요."

그가 말했다.

"에르키는 항상 혼자 다니니까."

"자네가 낙하산 점프를 할 날이 점점 다가오고 있어."

세예르가 즐거운 표정으로 말했다.

"천오백 미터에서 떨어지는 게 좋을 거야. 그러면 자네가 낙하를 제대로 경험할 수 있을 테니."

순수한 공포의 파도가 스카레를 덮쳤다. 그는 정신을 차리려고 숨을 크게 들이쉬었다.

"비행기 문이 열릴 때가 제일 힘들어."

세예르가 말했다.

"바람은 몰아치고, 공기는 차갑고. 천오백 미터 상공이 얼마나 추운지 깜짝 놀랄걸."

"경감님께 보여드릴 게 있어요."

스카레가 말했다. 빨리 화제를 바꾸고 싶었다.

그는 수첩을 열어 어느 한 곳을 손가락으로 가리켰다. 세예르는 인상을 찌푸리며 그 부분을 읽었다.

"이 녀석을 찾았나?"

"마이에 따르면, 토미는 집에 없답니다. 지금 어디 있는지 모르겠대요. 제가 그 집에 가봤지만, 토미 아버지도 집에 없었어요. 이웃 사람 말로는 주말여행을 갔다고 하던데요."

"그럼 일요일 밤에 다시 가보지. 누가 집에 있을지도 모르잖아. 그리고 내가 생각을 해봤는데 말이야. 자네 생명보험을 들어두는 게 좋을 거 같아. 듀오 보험사 걸로. 내가 번호를 찾아서 알려줄게."

"토미가 집에 없고, 제가 그 아버지를 찾으러 간 순간 그 아버지도 집에 없었다는 사실이 마음에 걸려요."

"어쩌면 산 속에 오두막 같은 걸 갖고 있는지도 모르지. 자네 혹시 스키 장비 같은 것 갖고 있나? 딱 한 번 뛰어내리려고 스카이다이빙복을 살 수는 없잖아. 하지만 장화는 아주 중요해. 그리고 약국에 가면 부목용 붕대를 좀 살 수 있을 거야. 혹시 모르니까."

세예르는 의자 등받이에 등을 기대며 밝은 미소를 지었다.

"킹즈암즈가 쉰 종류나 되는 맥주를 팔고 있다는 거 아세요?"

스카레가 이를 갈며 말했다.

"그 집은 새벽 두 시까지 문을 열어요. 그러니까 우리가 저녁 여덟 시부터 시작하면 상당히 많은 종류의 맥주를 맛볼 수 있을걸요. 제가 남자 화장실과 가까운 테이블을 예약해두죠."

"바람의 압력이 하도 커서 자유낙하 도중에 입을 벌리면 다시는 닫을 수 없게 된다네. 바람 때문에 사람이 아귀처럼 변해버리지."

"경감님이 아주 좋아하는 위스키 있잖아요. 레이머스 그로우스던가. 제가 킹즈암즈에 확인해봤더니 거기도 있더군요."

"그냥 점프에만 정신을 집중하게. 어쩌면 이번 사건이 우리 생각하고는 다를지도 몰라. 누군가가 돈을 노리고 있었어. 만약 토미 라인이 잠적한 거라면 그럴 만한 이유가 있었겠지. 어쩌면 그 자한테 공범이 있을지도 모르고."

"그랬다면 밤에 들이닥쳤을 거예요. 아침 일찍이 아니라. 게다가 차를 몰고 왔겠죠. 도망치기 쉽게."

스카레가 자리에서 일어섰다.

"냉장고에 맥주를 가득 채워놓는 거 잊지 마세요. 하루 일과가 끝난 다음에는 맥주만 한 게 없어요."

세예르는 그녀의 노크 소리를 듣지 못했다. 사라가 손에 가방을 들고 갑자기 그의 앞에 서 있었다. 집에 들러서 옷을 갈아입고 온 모양이었다. 게르하르트가 있는 집이겠지. 그는 속으로 생각했다.

그녀가 앞으로 몇 걸음 다가와서 그의 책상 앞에 멈춰 섰다. 그는 가슴 속에서 펼쳐지고 있는 여러 가지 감정들과 놀라움을 감추려고 애썼다.

사라 스트루엘이 그를 빤히 바라보았다. 경감이 아까와 다르게 보였다. 당황한 모습. 그가 정신을 차리고 다시 상황을 장악하려 애쓰는 기색이 역력했다.

"어쩐 일로 오셨습니까?"

그가 더듬거리며 말했다.

"저도 아직 모르겠어요."

그녀가 말했다.

오랜 침묵이 흘렀다. 그녀의 눈동자가 춤을 추었다. 그는 자신의 얼굴이 점점 경직되는 것을 느끼며 수줍게 그녀를 지켜보았다.

"왜 왔느냐고 다시 안 물어볼 거예요?"

그녀가 말했다. 여전히 미소 띤 표정이었다.

게르하르트랑 같이 이스라엘로 휴가를 떠나려는데 새 여권이 필요해서 온 거겠지. 여권과가 일층에 있으니까, 돌멩이 하나로 새 두 마리를 잡아보자고 생각했을 거야.

"궁금하지 않아요?"

사실 난 무서워.

"지금 이 순간 경감님은 제 사무실의 그 두꺼비만큼 무기력해요."

그녀가 말했다.

"제가 여기 온 건 경감님을 다시 뵙고 싶었기 때문이에요."

조금 있으면 꿈과 현실을 구분하지 못하게 될 거야.

"목이 마른데."

그녀가 사무실 안을 둘러보았다.

"마실 것 좀 있어요?"

그는 마치 몽유병 환자처럼 멍하니 자리에서 일어나 그녀에게 물 한 잔을 가져다주었다.

어쩌면 게르하르트가 저 여자를 때리는지도 모르지. 그래서 저 여자가 그와 헤어질 생각을 하고 있는지도.

"미안해요."

그녀가 부드럽게 말했다.

"저 때문에 당황하셨죠. 전 그냥 솔직하게 말하는 게 좋다고 생각해요."

"예, 물론이죠."

그가 진지한 표정으로 말했다. 마치 그녀가 뭔가 중요한 사실을 밝힌 증인이고, 자신은 사건을 반드시 해결하겠다고 결심한 사람이라도 되는 것처럼.

"때로는 생각이 다른 사람도 있다는 걸 알아요. 하지만 우린 성인이잖아요."

"박사님 생각은 전혀 잘못 되지 않았습니다."

그는 물 한 잔을 한 번에 다 마셔버리고는 책상에 시선을 고정시켰다. 그는 세계지도가 그려진 책상 덮개를 뚫어지게 바라보고 있었다. 전쟁이 벌어지고 있는 아프리카 대륙이 눈에 들어왔다. 그의 내면에서도 뭔가가 날뛰고 있었다. 석유통처럼 불만 갖다 대면 화르르 타오를 것 같았다. 작은 불똥이 튀기만 해도 그는 불길에 휩싸일 것이다. 이를테면, 그의 손을 향해 가까이 다가온 그녀의 손 같은 것. 그녀의 손은 책상 위에 놓여 있었다. 부드럽고 가느다란 손. 그것이 그의 손에 거의 닿아 있었다.

"제가 경감님을 죽이겠다고 위협한 것도 아니잖아요."

그녀가 부드러운 미소와 함께 그의 손을 툭툭 두드리면서 말했다.

"죽이겠다고 위협해요?"

그가 말했다.

"전 그냥 경감님을 다시 만나고 싶었다고 말했을 뿐이에요. 그것뿐이에요."

"우린 누구든 우릴 도와주는 분들을 고맙게 생각합니다."

그가 어색하게 말했다. 그녀가 사건과 관련해서 뭔가 중요한 사실을 생각해냈음이 분명했다.

"제가 경감님을 조금 도와드릴게요."

그녀가 그의 눈을 깊숙이 들여다보면서 말했다.

"한 가지 질문에 대답만 하시면 돼요."

그는 잔을 움켜쥐면서 순순히 예의바르게 고개를 끄덕였다.

"저를 만나서 기쁘세요?"

콘라드 세예르 경감, 몸무게 팔십삼 킬로그램, 키 백구십육 센티미터인 그가 벌떡 일어섰다. 이런 일이 가능할 거라고는 생각하지 못했다. 그는 창가로 가서 강과 배들을 내려다보았다.

내 방어 시스템이 무너지고 있어. 내 영혼으로 통하는 길이 활짝 열려버렸어. 숨을 곳이 없어.

"전 시간이 아주 많아요."

그녀가 말했다.

"경감님이 대답하실 때까지 기다릴게요."

만약 내가 대답을 한다면 뭔가가 시작되는 건가? 정신 차려. 내가 사람을 죽였다고 자백을 하는 것도 아니잖아. 그냥 그렇다고 대답하기만

하면 돼.

그는 고개를 돌려 그녀의 눈을 바라보았다.

경찰서 교환원들이 에르키를 보았다는 사람들의 제보를 기록하고 있었다. 에르키는 네 곳에서 목격되었다. 하지만 그 네 곳이 각각 멀리 떨어져 있었기 때문에, 그가 그토록 짧은 시간에 그렇게 긴 거리를 이동하는 것은 불가능했다. 유모차를 밀고 가던 젊은 여성이 285번 고속도로에서 그를 보았다고 했다. 그녀는 그의 티셔츠를 기억하고 있었다. 비슷한 시각에 오슬로 외곽의 셸 역에 있던 또 다른 여자는 그가 석유를 한 통 샀다고 주장했다. 그는 걸어서 역에 나타났고 역시 걸어서 사라졌다고 했다. 어떤 트럭 운전수는 자기가 그를 태우고 국경을 넘어 스웨덴의 외르예까지 데려다주었다고 주장했다.

불행히도 카닉 스넬링겐의 귀에까지 들어온 얘기는 이 마지막 목격담뿐이었다. 팔테가 그에게 이 이야기를 해주었다.

"에르키는 스웨덴으로 가는 중이야. 라디오에서 그랬어. 운전수 아저씨가 불쌍해, 카닉. 그 아저씨는 자기가 태워준 사람이 누군지 전혀 몰라!"

카닉은 이 이야기를 듣고 무서웠을까? 전혀 그렇지 않았다. 그는 숲 속에서 화살 두 개를 잃어버렸다. 진짜 깃털이 달린 그린 이글 탄소 화살 두 개. 하나에 백이십 크로네나 하는 물건이었다. 그는 화살을 찾으러 가고 싶어 미칠 지경이었다. 숲 속에는 동물들이 살고 있으니 화살이 동물들에게 짓밟힐지도 몰랐다. 비가 올 수도 있었다. 그러면 화살이 천천히 가라앉아서 땅에게 먹혀버릴 것이다. 그는 자기가 그 두 개의 화살을 쏘았을 때 정확히 어디에 서 있었는지 알고 있었다. 화살이 나무들 사이로 날아가 어디에 떨어졌는지 머릿속으로 그려볼 수도 있었다. 그는 에르키에 관한 이야기를 듣자마자 화살을 찾으러 가려 했지만 늦은 시간이라 위에서 허락해주지 않았다. 그는 자기 방에 앉아서 물끄러미 마당을 내다보고 있었다. 후련하게 트림을 하고 나니 저녁식사로 먹은 스튜 안의 부추와 순무 맛이 입 안에 다시 맴돌았다. 오늘은 수영 시간이 없었다. 그리고 마르군은 항상 서류 작업 같은 것에 정신을 빼앗기고 있었다. 그의 활은 그녀의 사무실에 있는 커다란 금속 캐비닛 안에 있었다. 그녀가 몇 개 안 되는 귀중품들을 보관해두는 곳이었다. 카르스텐의 사진기, 필립의 잭나이프도 그 안에 있었다. 필립은 어른들이 함께 있을 때만 잭나이프를 사용할 수 있었다. 캐비닛은 잠겨 있었지만, 그녀의 책상서랍 속에 있는 작은 플라스틱 상자에 캐비닛 열쇠가 다른 중요한 열쇠들과 함께 보관되어 있었다. 이건 다들 아는 사실이었다.

그는 갈망이 담긴 시선으로 숲 쪽을 바라보다가 커다란 까마귀 여러 마리가 머리 위로 미끈하게 날아가는 모습을 보았다. 갈매기도 두어 마리 눈에 띄었다. 일 킬로미터도 채 떨어지지 않은 곳에 쓰레기장이 있었다. 갈매기들은 거기서 먹을 것을 많이 찾아먹고 앨버트로스처럼 크고 뚱뚱해졌다. 카르스텐의 모습이 보였다. 녀석은 소각로 옆에서 자기 자전거 위로 몸을 숙이고 병 받침대를 자전거에 고정시키려고 애쓰고 있었다. 받침대의 클립이 너무 큰 모양이었다. 그는 고무호스를 잘라서 쐐기처럼 끼워 넣고 있었다. 그가 계속 이마를 손으로 훔쳤기 때문에 얼굴이 자전거 기름과 흙투성이였다. 잉가가 그 옆에 서서 그를 지켜보고 있었다. 그녀는 구테바켄에서 가장 키가 컸다. 심지어 리하르트보다 더 컸다. 그런데 몸은 바비 인형처럼 비쩍 말랐고, 얼굴은 성모처럼 아름다웠다. 카르스텐은 정신을 집중하려고 했지만 쉽지 않았다. 잉가는 그것을 재미있어 하고 있었다. 그것만은 분명했다.

구테바켄에 살아서 좋은 점은 여기서 더 이상 나빠질 수가 없다는 거야. 카닉은 생각했다. 적어도 지금보다 더 많이 나빠질 수는 없었다. 만약 그가 도망치거나 법을 어긴다 해도 그냥 집으로 다시 보내질 뿐이었다. 구테바켄으로. 아무도 그를 지옥 같은 곳으로 보낼 수 없었다. 그가 아직 너무 어리니까. 울레르스모 교도소나 일라 교도소 같은 곳은 그에게 아직 먼 미래의 일이었다. 그리고 그는 지금 미래에 별로 관심이 없었다. 하지만 어른들은 항상 미래를 이야기했다. 너 나중에 뭐가 되려고 그러니, 카닉? 지금과는 완전히 다른 삶을 살겠다는 것이 그의 대답이었다. 온갖 규칙을 지켜야 하는 이 지긋지긋한 건물에서 살 때처럼 살지는 않을 것이다. 필립과 같은 방을 쓰며 매일 밤 녀석이 씨근덕거리는 소리를 들어야 하다니. 설거지를 하고 텔리비전 시청실을 청소기로 청소해야 하다니. 그리고 마르군의 잔소리를 들어야 하다니.

그는 마음을 정하고 창가에서 물러나와 방문을 열었다. 멀리서 마르군의 목소리와 수돗물 쏟아지는 소리가 들렸다. 그녀가 빨래를 하고 있는 모양이었다. 시몬은 항상 그렇듯이 그녀 옆에서 뭐라고 재잘거리고 있을 것이다. 그렇다면 그녀가 아래층의 세탁실에 있다는 뜻이었다. 세탁실은 일층 샤워실 옆에 있었다. 그리고 그의 활이 있는 그녀의 사무실은 세탁실 반대편 끝에 있었다. 카닉은 뚱뚱했지만 그렇다고 행동이 굼뜨지는 않았다. 그는 살짝 방을 빠져나와 건물 바깥쪽 계단을 이용해

살금살금 아래층으로 내려갔다. 바깥쪽 계단은 사실 비상구였기 때문에 계단으로 통하는 문이 법에 따라 항상 열려 있었다. 구테바켄은 이미 화재를 두 번이나 겪었다. 자파가 소방수 제복을 너무 좋아하는 탓이었다. 계단이 삐걱거렸다. 카닉은 극도로 조심하면서 좁은 계단 위에 자신의 엄청난 체중을 실었다. 그는 혹시 마르군이 사무실 문도 잠가 놓지는 않았을까 걱정하면서 그녀의 사무실 문을 향해 나아갔다. 하지만 아이들을 잠긴 문 앞에 서 있게 만들어서는 안 된다는 것이 마르군의 지론이었다. 카닉은 살며시 사무실 안으로 들어가서 캐비닛을 바라보다가 서랍을 하나씩 열어서 마침내 열쇠 상자를 찾아냈다. 그는 되도록 소리를 내지 않고 빨리 움직이려 애쓰면서 작은 맹꽁이자물쇠를 열었다. 그 안에 상자가 있었다. 그의 활, 그의 자랑이자 기쁨. 본체는 짙은 빨간색이고 끝 부분은 검은색인 그 활이 그 안에 있었다. 심장이 두근거렸다. 그는 상자를 꺼낸 다음 캐비닛을 잠그고 열쇠를 다시 서랍에 넣은 뒤 사무실을 나갔다. 복도로 나온 그는 지하실로 가서 뒷문을 통해 밖으로 빠져나갔다. 마당에 있는 사람들은 결코 그를 볼 수 없었을 것이다. 건물에서 상당히 멀어진 후 잉가의 웃음소리가 들려왔다.

그는 숲을 잘 알고 있었으므로 이미 수백 번도 더 가본 오솔길을 금방 찾아냈다. 이제 아무도 그의 발자국 소리를 들을 수 없으므로 그는 조금 전보다 무겁게 발을 내디뎠다. 그 소리를 들은 새들이 노래를 그쳤다. 그가 무서운 무기를 들고 있음을 눈치 채기라도 한 것처럼. 카닉은 할디스의 집 서쪽으로 이어지는 오솔길을 계속 따라갔다. 할디스의 집에 너무 가까이 가고 싶지는 않았다. 그 죽은 여자 때문에 너무 귀찮아졌다는 생각이 들었다. 그는 만약 그녀의 집과 현관문과 계단을 다시 보게 된다면 그때의 모든 기억이 공포와 함께 물밀듯이 몰려오리라는 것을 알고 있었다. 게다가 거기는 화살이 있는 곳도 아니었다. 그는 화살을 찾고 싶을 뿐이었다. 일단 화살을 찾은 후에는 까마귀를 한두 마리 쏜 다음에 집으로 갈 작정이었다. 어쩌면 마르군이 전혀 눈치 채지 못하게 화살을 다시 제자리에 돌려놓을 수 있을지도 몰랐다. 전에도 그런 적이 있었으니까. 카닉은 항상 다른 사람들을 좋게만 보는 마르군 같은 사람들이 재미있었다. 그녀에게는 그것이 종교와도 같았다. 그녀는 다른 사람들을 좋게 보아야 한다는 도덕적 의무감을 느끼는 것 같았다. 그가 현금 상자에 들어 있던 천 크로네짜리 지폐를 오백 크로네짜리와 바꿔치기 했을 때도 그랬다. 그녀는 아이들이 그런 짓을 할 수 있다는 생각은 아예 해보지도 않고 자신의 형편없는 기억력을 탓하며 이렇게 말했다.

"요즘은 지폐가 전부 똑같아 보여."

카닉은 계속 터벅터벅 걸었다. 비록 몸은 뚱뚱했지만 체력은 괜찮은 편이었다. 그래도 숨이 가쁘고 땀이 났다. 걸으면서 그는 자신이 가장 좋아하는 공상 속으로 계속 빠져들어 갔다. 아무도 모르는 비밀의 공간, 그가 지금 이곳의 현실을 거의 잊어버릴 수 있는 곳. 공상 속에서 주위를 둘러싼 나무들의 모습이 변하더니 곧 이국적인 숲으로 바뀌었다. 저 멀리서 강물이 콸콸 흘러내렸다. 그는 애리조나의 산악지대 출신인 제로니모 추장이었고, 그의 임무는 아름다운 알로페를 아내로 맞이하기 위해 말 열여섯 마리를 마련하는 것이었다. 그는 눈을 감았다. 넘어지지 않으려고 아주 잠깐씩 눈을 뜨기는 했지만.

바람이 속삭인다. 니모, 니모. 그의 침대에는 백인의 머리가죽이 오백

개 있었다. 그 위대한 추장처럼 그는 손으로 상자를 쓰다듬으며 생각했다. 모든 것에는 힘이 있다. 우리가 그것을 향해 손을 뻗으면 그것도 우리를 향해 손을 뻗을 것이다.

집에서 아주 먼 곳까지 왔을 때 개 짖는 소리가 들렸다. 그것만 빼면 숲 속은 평화로웠다.

모르간의 이마에서 땀이 흘러내렸다. 그의 앞에서 총구가 흔들리고 있었다. 어쩌면 아직 잠이 덜 깬 건지도 모른다. 어쩌면 그의 몸속으로 퍼져나가고 있는 세균 때문에 이런 초현실적인 환상이 보이는 건지도 모른다. 열에 들뜬 환상.

그는 에르키를 바라보며 저 녀석은 이런 환상을 항상 보고 있으니 삶이 지옥 같겠다고 생각했다. 죽음과 파괴와 처벌을 보여주는 위협적인 환상, 광기 어린 공포의 환상을 항상 보고 있다니.

"속이 메스꺼워."

그가 신음처럼 말했다.

"토할 것 같아."

그는 한참이나 자고 일어난 다음이었다. 바깥의 햇빛이 아까와 달랐고, 그림자도 더 길었다.

에르키는 모르간의 피부가 누르스름해진 것을 눈치 챘다. 그가 권총을 아래로 내렸다.

“토하고 싶으면 토해.”

그가 말했다.

“여기 바닥은 이미 더러우니까 네가 토해도 별 차이 없을 거야.”

“너 그 총은 도대체 어디서 난 거야? 네가 총을 물속으로 던지는 걸 내가 봤는데!”

모르간은 힘겹게 일어나 앉아서 총을 자세히 살펴보았다.

“처음부터 계속 갖고 있던 총이지?”

그는 총에 맞을 수 있는 부위를 줄이려고 몸을 공처럼 둥글게 말았다.

“그 할머니한테도 이걸 쓰지 그랬어? 라디오 뉴스에서는 네가 그 할머니를 때려 죽였다고 하던데!”

에르키는 분노 때문에 뺨이 이글이글 타오르는 것을 느꼈다. 그가 다시 총을 들어 올렸다.

모르간이 비명처럼 소리쳤다.

“쏘고 싶으면 쏴. 나도 이젠 상관없어!”

자신도 깜짝 놀랄 일이었지만, 그는 이 말이 진심임을 깨달았다. 이제는 그냥 아무래도 좋았다.

“넌 병원에 가야 돼.”

에르키가 말했다.

총이 흔들렸다. 만약 에르키가 지금 총을 쏜다면 그는 총에 맞을 터였다. 그가 그만큼 가까이 있었다.

“네가 언제부터 내 몸을 걱정했다고 그래? 내가 그 말을 믿을 것 같아? 미친놈이 하는 말을 누가 들어주기나 할 것 같아? 하! 난 다시 도로로 나갈 힘이 없어. 몸이 너무 아프다고. 현기증도 나고, 식은땀도 나.

이거 쇼크 증상이지?"

그는 다시 누워서 눈을 감았다. 저 미친놈이 그에게 총을 쏘아도 상관없었다. 그는 꼼짝도 않고 누워서 총성이 울리기를 기다렸다. 총에 맞아도 별로 아프지 않다는 말을 어디선가 읽은 적이 있었다. 그냥 몸이 커다란 충격을 받을 뿐이고, 순식간에 모든 것이 끝난다고 했다.

에르키는 모르간의 코를 빤히 바라보았다. 코가 부어오른데다가 끔찍스러운 파란색으로 변해 있었다. 그는 혀로 자신의 이빨을 핥았다. 입 안에 느껴지던 피부와 지방층의 맛, 그리고 역겨운 피 맛이 아직도 생생하게 느껴졌다.

모르간이 기다리던 총성은 울리지 않았다.

"젠장."

그가 투덜거렸다.

"네가 일을 아주 엉망으로 만들어버렸어. 난 패혈증으로 죽을 거야."

에르키는 양팔을 옆으로 떨어뜨렸다.

"내가 널 위해서 눈물을 흘려줄게."

"지옥에나 가버려!"

"넌 아이의 손에 들린 달걀일 뿐이야."

"정신 나간 헛소리는 집어치워!"

모르간은 자신이 무슨 희극 속으로 끌려 들어온 것 같았다. 틀림없었다. 오늘 일어난 일 중에 그 어느 것도 현실처럼 느껴지지 않았다.

"상처가 덧난 거 안 보여? 오한이 나서 온몸이 떨린다고."

"엄마를 부르고 싶으면 불러."

에르키가 말했다.

"네가 그랬다고 아무한테도 말 안 할 테니까."

모르간은 코웃음을 치려 했지만 생각대로 되지 않았다.

"엄마를 부르고 싶으면 너나 불러."

"우리 엄마는 죽었어."

"그렇겠지. 아마 네 엄마도 네가 죽였을걸."

에르키는 뭐라고 대답을 하고 싶었다. 말이 혀끝에 걸려 금방이라도 쏟아져 나올 것 같았다. 하지만 그는 자신을 억제했다.

"네 겉옷 좀 빌려줄래?"

모르간이 웅얼거렸다.

"추워 죽겠어."

그는 에르키를 흘깃 바라보았다.

"너 왜 그래? 표정이 이상해."

"엄마는 계단에서 넘어졌어."

에르키는 온몸의 근육에 힘을 주며 총을 꽉 움켜쥐었다. 너무 쉬웠다. 이건 그냥 말일 뿐이었다. 하지만 그 말이 그를 배반하고 제멋대로 쏟아져 나왔다. 그에게 생각할 여유조차 주지 않고. 갑자기 그가 바닥에 털썩 주저앉았다. 총이 벽까지 미끄러져갔다. 총이 벽에 부딪치는 소리가 들렸다. 그는 몸을 거의 반으로 접고 있었다. 마치 발작을 일으키는 것처럼. 그는 모든 것을 양손으로 붙들어두려고 했다. 하지만 그것들이 그에게서 쏟아져 나왔다. 자신의 내장 냄새가 났다. 상한 고기, 폐기물, 독액, 담즙의 냄새. 자그맣게 반짝이다가 터져버리는 물집, 내장이 쿨럭거리며 비어져 나오는 소리, 공기와 가스가 만들어내는 세상에서 가장 이상한 소음. 그는 자신의 불행 속에서 몸부림치며 바닥에서 꿈틀거렸다.

"너도 토할 것 같아?"

모르간이 놀란 표정으로 말했다.

"그러면 안 돼. 넌 가서 도움을 청해야 돼! 이 지저분한 집에서 파상 풍으로 죽느니 한동안 감옥살이를 하는 편이 더 나아. 넌 길을 알잖아. 그러니까 가서 사람을 좀 불러오란 말이야, 젠장. 그러면 우리 둘 다 여 기서 나갈 수 있어!"

아무 대답이 없었다. 에르키는 신음소리를 내고 몸부림을 치며 바닥 을 굴러다녔다. 그의 신발이 바닥에 부딪쳐 소리를 냈다. 마치 누가 그 를 때리는 것 같은 소리였다. 마치 누가 그를 붙들고 잡아당기면서 이리 저리 휘돌리는 것 같은 소리였다. 어느 정도 시간이 흐르자 그가 기침을 하며 숨을 헐떡거렸다. 트림을 하며 속을 게워내는 것 같기도 했다. 모 르간은 몸을 떨었다. 세상에, 정신병원이 따로 없네! 이 방 안에 뭔가가 있어서 두 사람을 중독시킨 모양이었다. 어쩌면 바닥 널의 틈새에 저주 가 숨어 있다가 두 사람이 안으로 들어온 순간부터 조금씩 배어 나왔는 지도 모른다. 은행에서 총을 휘두르던 것이 마치 전생의 일처럼 느껴졌 다. 틀림없이 경찰이 수색 팀을 풀었을 것이다. 지금쯤이면 틀림없이 차 가 발견되었을 것이다! 그 빌어먹을 방수포를 차에다 씌우지 말걸.

에르키가 바닥에 누운 채로 점점 잠잠해졌다. 그는 숨을 거세게 몰아 쉬면서 누워 있었다. 모르간은 총을 힐끔 보았다.

"발작 한 번 굉장하네, 그렇지?"

그가 부드럽게 말했다.

"무슨 일이야?"

에르키는 자신의 몸을 한 조각, 한 조각씩 모으기 시작했다. 모르간이 보기에는 그가 잃어버린 물건을 찾고 있는 것 같았다. 그가 눈먼 사람처럼 바닥을 더듬거리는 동안 검은 머리카락이 그의 눈을 찔렀다.

"너 헛것을 보는 거냐?"

모르간이 불안한 표정으로 물었다.

"위스키 좀 갖다 줄래?"

에르키는 몸을 일으켜 앉았다. 그는 눈을 감은 채 몸을 숙여 자기 배를 움켜쥐고 있었다. 그의 몸의 모든 근육이 강철로 만든 스프링처럼 단단하게 감겨 있었다. 침이 그의 턱을 타고 흘러내렸다.

"나한테 잔소리하지 마."

그가 쿨룩거리며 말했다.

"너한테 잔소리할 생각은 없었어. 그냥 추워 죽겠어서 그래. 너한테 겉옷을 좀 빌릴까 했지. 위스키 좀 남았냐? 가서 좀 봐줄래? 네…… 발작이 끝난 다음에."

"나한테 잔소리하지 말랬지!"

에르키가 마침내 일어서자 폴리에스테르 바지에서 천 스치는 소리가 희미하게 났다. 그는 방을 가로질러 가서 노인처럼 허리를 구부렸다. 여전히 배를 움켜쥔 채였다. 우선 그는 총을 집어 든 다음 침실로 들어갔다. 그의 겉옷은 베개처럼 돌돌 말려서 침대 위에 놓여 있었다. 그는 한 손으로 배를 움켜쥔 채 그것을 잡아채듯 집어 들고 거실로 비틀거리며 돌아왔다. 술병은 라디오 옆에 있었는데 뚜껑이 없었다. 그는 병을 집어 들어 창밖의 호수를 바라보며 한 모금 마셨다. 그의 몸이 차분해지려면 시간이 필요했다. 이번에는 아무런 예고도 없이 몸이 반으로 갈라져버렸다. 그의 앞에 놓여 있는 삶은 별로 매력적이지 않은 것 같았다. 그는 검은 호수를 물끄러미 바라보았다. 잔물결 하나 일지 않았다. 그 물은 죽어 있었다. 모든 것이 죽어 있었다. 아무도 널 원하지 않아. 사람들은 그저 네가 자기들에게 줄 수 있는 것만 원할 뿐이야. 모르간은 네 겉옷과 위스키를 원하지. 그것 말고 또 줄 것이 있니, 에르키?

그는 겉옷을 들고 서서 위스키를 마셨다. 겉옷을 모르간에게 덮어줄 수도 있을 것이다. 다정하게. 문제는 그렇게 한다고 해서 뭐가 달라지느냐는 것이었다. 그렇게 하면 삶이 살아갈 가치가 있는 것으로 변할까?

"다 마시지 마!"

에르키가 어깨를 으쓱했다.

"넌 약간 알코올중독 증세가 있어."

그가 분명치 않은 목소리로 말했다.

"코가 아파 죽겠단 말이야."

"같이 약탈하는 건 기쁜 일이고, 함께 죽는 건 파티야."

에르키가 그에게 술병을 넘겨주며 말했다. 모르간은 눈에 눈물이 고일 때까지 술을 들이켜다가 병을 내려놓고 숨이 막혀 헉헉거렸다. 그는 무릎을 구부린 채 옆으로 누웠다. 소파 끝에 에르키가 앉을 자리를 마련해주려는 것처럼. 그는 그 자리에 앉든지, 아니면 그를 총으로 쏠 것이다. 하지만 그는 이제 무섭지 않았다. 이유는 알 수 없었지만.

에르키는 망설였다. 그는 소파 끝에 마련된 자리를 보고 그것이 자기 것임을 깨달았다. 그는 겉옷을 모르간의 어깨에 조심스레 덮어주었다. 지하실에서 여럿이 함께 터뜨린 웃음소리가 올라와 그의 귓가에 울려 퍼졌다.

"닥쳐!"

그가 짜증을 내며 소리쳤다.

"난 한마디도 안 했어."

모르간이 말했다.

"그 녀석들이 너한테 도대체 뭐라고 그러는 거야? 네가 듣는 그 목소리들 말이야. 그 녀석들 얘기를 해봐. 어떤 녀석들인지. 그러면 나는 적어도 지금보다 더 현명해져서 죽을 수 있겠지."

위스키가 그의 위장 속에서 뜨겁게 타오르고 있었다. 기분이 한결 나아졌다.

"넌 왜 그 녀석들한테 귀를 기울이는 건데? 그 녀석들이 실제로 존재하는 게 아니라는 건 너도 알잖아, 안 그래? 옛날에 들었는데 말이야, 미친 사람들은 자기가 미쳤다는 걸 안대. 하지만 난 도무지 이해를 못하겠어. 사람들 말로는 나도 목소리를 듣는다고 그러거든. 젠장, 나도 들어. 가끔. 내면의 목소리. 상상 속에서 듣는 것처럼. 하지만 난 그게 그냥 상상이라는 걸 알아. 그 목소리들이 시키는 대로 해야겠다는 생각은 절대 안 든다고."

"그래도 그 녀석들이 너더러 은행을 털라고 할 때는 예외겠지?"

에르키가 말했다.

"야, 그건 내가 직접 결정한 거야."

"무슨 근거로 그렇게 확신하는 거야?"

"내 목소리 정도는 알아들을 수 있어."

에르키는 소파 위의 빈자리를 여전히 노려보고 있었다. 모르간은 진정한 호기심을 느끼며 그를 바라보았다.

"녀석들 얘기를 좀 해봐. 녀석들의 모습이 보이기도 해? 입에는 엄니가 있고 몸에는 초록색 비늘이 있어? 녀석들이 좋은 말을 할 때도 있어? 녀석들한테 당하면 안 돼. 젠장, 아까 난 녀석들이 널 아주 끝장내 버리는 줄 알았어. 혹시 내가 녀석들하고 얘기를 해보면 안 될까? 녀석들이 외부인한테는 귀를 기울일지도 몰라."

모르간은 쿡쿡 웃어댔다.

"미친개하고 아이들은 주인이나 부모보다 이웃사람들이 손봐줘야 하는 경우가 많잖아."

그는 힘겹게 몸을 일으켜 에르키 옆에 앉아서 한 손을 들어 올려 에르키의 이마를 세 번 톡톡 두드렸다.

"야, 이 안에 있는 녀석! 애 좀 그만 괴롭혀. 애가 기진맥진했잖아. 난장을 치려거든 어디 다른 사람 머리를 찾아가. 이 정도 했으면 그만둘 줄을 알아야지!"

에르키는 무슨 일인지 모르겠다는 표정으로 눈만 깜박거렸다. 모르간의 목소리가 아주 진지했다. 그가 킬킬거리기 시작했다.

"이 안에 있는 녀석이 여럿이냐? 떼거지로 있는 거야?"

"응. 둘이야."

"두 놈이 한 사람을 괴롭혀? 거 비겁한 놈들이네. 한 놈한테 썩 꺼지라고 해. 그러고 나서 대장 놈하고 결판을 짓는 거야. 남자 대 남자로."

에르키가 불안한 표정으로 웃음을 터뜨렸다.

"외투는 걱정 안 해도 돼. 걔는 그냥 벌벌 떨면서 구석에 누워 있기만 하니까."

"외투?"

모르간이 놀란 표정으로 그를 바라보았다. 이 아이의 정신병이 얼마나 깊은지 이제야 분명히 느낄 수 있었다.

"걔는 복도의 갈고리에 걸려 있었어."

시간이 갑자기 휘리릭 뒤로 돌아갔다. 모든 것이 옛날 그때처럼 생생하게 떠올랐다. 사람들의 얼굴과 손, 눈썹을 치켜 올린 표정, 등을 돌린 모습, 비단과 벨벳, 색색가지 실패들이 언뜻언뜻 지나갔다. 그는 양옆에 초록색 도랑이 쭉 뻗어 있고, 온통 구멍이 팬 길을 따라 뒤로 날아가서 집에 다가갔다. 문이 열리고 좁은 복도와 위로 뻗은 계단이 나왔다. 그는 계단에 앉아 있었다. 거의 계단 꼭대기에. 이 계단은 아버지가 소나무로 직접 만든 것이었다. 그 나무는 가늘게 뜬 눈들로 가득 차 있었으며, 그 눈들은 항상 그를 지켜보았다.

"걔는 그냥 거기 걸려 있었어. 아버지의 외투였지. 그 안에는 아무것도 없었어. 공기밖에는. 외투는 다락방에서 불어오는 바람 때문에 벌벌 떨면서 계속 움직였어. 한번은 걔가 뒤집힌 적도 있어. 그런데 바로 그때 엄마가 굴러 떨어지면서 공기가 움직이기 시작했어."

"굴러 떨어져?"

모르간이 묘한 표정으로 그를 바라보았다.

"우리 엄마 말이야. 엄마가 계단에서 미끄러졌어. 내가 밀었거든."

"왜 그랬는데?"

모르간은 목소리를 낮췄다.

"엄마가 미웠어?"

"난 사람들한테 항상 내가 엄마를 밀었다고 말했어."

"하지만 실제로는 안 밀었다? 아니면 너도 잘 모르는 거야? 왜 네가 밀었다고 한 거야?"

에르키의 눈앞에 여러 가지 모습들이 나타나 거친 대들보 위에서 깜박거렸다. 그는 손을 들어 어떤 지점을 가리켰다. 모르간은 자기도 모르게 고개를 돌려 그의 시선을 따라갔다. 그의 눈에 보이는 것이라고는 더러운 벽뿐이었다. 에르키는 말이 없었다.

"너 그거 알아?"

모르간이 몸을 움직여 편한 자세를 취하면서 말했다.

"네 머릿속의 목소리들이 네가 아니라 다른 목소리들하고 얘기를 할 수 있다면 굉장하지 않겠냐? 내 말은, 정신병원에 있는 다른 환자들의 머릿속에서 들리는 목소리 말이야. 그러면 녀석들이 서로 싸우느라 너희를 괴롭히지 않을 거야. 젠장, 이럴 때 보면 난 진짜 천재 같다니까. 어떻게 하면 그 녀석들을 없앨 수 있는지 알아? 옛날부터 사람들이 쓰던 전술을 써. 녀석들을 서로 이간질시키란 말이야. 그러면 녀석들이 서로를 없애버릴걸. 술병 좀 줘!"

에르키는 바닥에서 병을 집어 들었다.

"이리 줘. 술을 더 마시고 싶단 말이야!"

모르간은 병을 향해 팔을 뻗었다. 에르키는 병을 꼭 움켜쥐고 놓으려 하지 않았다.

"공급원과 싸우는 사람은 목이 말라서 죽을 거야."

그가 엄숙하게 말했다. 그러고는 병을 그에게 순순히 넘겨주었다.

모르간은 술을 두 번 꿀꺽꿀꺽 마셨다.

"네 엄마는 왜 계단에서 떨어진 거야? 그 얘길 해봐. 내가 널 담당하는 의사라고 치자. 나 그런 거 잘 해. 일단 나한테 기회를 한번 줘봐. 자, 어서 모르간 아저씨한테 말해봐. 그 얘기를 해보라고, 친구. 그러면 다 괜찮아질 거야."

그가 낮은 소리로 쿡쿡 웃었다. 그는 술이 많이 취한 상태였다.

에르키의 손이 검은 바지를 입은 자신의 허벅지를 더듬기 시작했다. 그는 한 손을 총에 갖다 대고 총이 바닥에 자리를 잡는 것을 느꼈다. 그의 손이 장갑처럼 총에 꼭 들어맞았다. 이건 의미심장한 일이었다. 여기에는 뭔가 의미가 있었다.

"엄마는 사람들 대신 바느질을 해줬어."

"옷 만드는 사람?"

"비단으로 만든 웨딩드레스. 양복과 외투. 손님들이 낡은 옷을 가져와서 그걸 뜯어서 바느질을 다시 해달라고 할 때도 있었어. 그런 일이 제일 많았지. 낡은 옷을 뜯는 거."

"술 좀 마셔."

모르간이 그의 말을 끊었다.

"오래된 기억을 헤집는 건 힘든 일이니까."

에르키는 술을 한 모금 마셨다. 지하실은 조용했다. 먼지가 가라앉아서 모든 것이 회색이었다. 한순간 녀석들이 완전히 사라져버렸을지도 모른다는 터무니없는 생각까지 들었다. 침묵 속에서 그의 목소리가 수정처럼 선명해졌다. 그 자신의 목소리. 그의 말은 미리 계획된 것이 아니었다. 단어들이 점차 생명을 얻었다. 그가 수상쩍다는 생각이 들어 말을 하지 않고 참고 있으면, 새로운 단어들이 나타나 생명을 얻고 싶어 했다. 한 단어가 또 다른 단어로 이어졌고, 그는 그것을 막을 힘이 없었다.

"난 계단에서 놀고 있었어."

그가 조용히 말했다.

"여덟 살 때야."

넌 놀고 있었던 게 아냐. 네가 함정을 만들어 놓았잖아. 사실을 감추려 하지 마. 우리도 그 자리에서 모든 걸 다 봤다고. 외투도 널 봤지. 복도에 걸려 있었으니까.

에르키는 신음소리를 냈다. 그의 분노가 점점 강해지고 있었다. 아니, 분노가 아니라 절망감인가? 지금 여기서 입을 열어 이런 쓰레기들을 쏟아 내고 있다니. 질병, 죽음과 불행, 달팽이, 벌레, 두꺼비. 그는 분노에 차서 머리를 마구 흔들었다. 모르간은 귀를 기울이고 있었다. 에르키는 그가 귀를 기울이고 있다는 것을 느낄 수 있었다. 몸으로 사무치게. 마치 살갗이 맞닿은 것처럼. 그런데 그는 누가 자기 몸에 닿는 것을 참지 못했다. 곱슬머리 사라도 마찬가지였다. 그녀의 목소리와 함께 들려오던 사랑스러운 하프 소리가 그의 머릿속에 울렸다.

"왜 계단에 있었어?"

모르간은 계속 술을 마시고 있었다. 현재 그는 곤드레만드레 취하는 것 외에는 아무 계획이 없었다. 그것은 근시안적이지만 기분 좋은 목표였다.

"원래 그런 데는 놀기 좋은 장소가 아니잖아."

"계단."

에르키가 무거운 목소리로 말했다.

"다락방. 복도에는 불이 켜 있었어. 재봉틀 소리가 들렸지. 마치 시계가 똑딱거리는 소리처럼. 내가 계단에서 논 건 엄마랑 가까이 있고 싶어서야."

"그럼 이제 무대는 마련됐군."

모르간이 말했다.

"이제 연극을 시작해도 되겠어. 불이 켜 있고, 재봉틀이 돌아가고, 어린 에르키는 여덟 살이야."

"난 지하실에서 낡은 낚싯줄을 찾아내 케이블카를 만들었어. 다락방 앞의 맨 위 계단에서부터 일층까지 쭉."

"그 낚싯줄을 거기다 매단 거야?"

"난 빈 성냥갑 몇 개에 구멍을 뚫어서 그걸 케이블카로 삼고, 그 안에 아몬드랑 건포도를 잔뜩 채운 다음에 아래로 내려 보냈어. 그때 전화벨이 울렸는데, 엄마가 이렇게 말했지. '전화 좀 받을래, 에르키?' 난 그러기 싫었어. 노는 데 정신이 팔려 있었으니까. 방금 케이블카 하나에 아몬드를 꽉 채운 참이었거든. 난 계단에 가만히 앉아 있었어. 엄마가 문간으로 나와서 두 걸음 걸었지. 그런데 엄마 발이 낚싯줄에 걸리면서 엄마가 앞으로 쓰러졌어. 엄마는 항상 조용한 사람이었는데 그때는 비명을 지르더라. 엄마 몸이 앞으로 기울어지면서 쓰러졌어. 누가 아래층으로 던진 가구처럼."

모르간은 말문이 막혔다. 그의 눈이 반짝이고 있었다. 너무 무서운 이야기를 열심히 듣고 있는 아이의 눈 같았다.

"난 세 번째 계단에 앉아 있었어. 벽하고 가까운 쪽에. 엄마가 내 옆을 우당탕 지나가더니 바닥까지 곧장 떨어졌어. 바닥에 떨어졌을 때는 난간에 엄마 몸이 감겨 있었지."

"엄마 목이 부러진 거야?"

모르간이 속삭이듯 말했다.

"넌 진짜 이상한 놈이야. 갑자기 지극히 정상적인 모습으로 정상인처럼 말하고 있으니 원. 왜 그렇게 갑자기 정상이 된 거야?"

에르키는 갑자기 잠에서 깨어난 사람 같았다.

"처음에는 나더러 미친놈이라고 소리를 지르더니, 이제는 왜 정상인이 됐는지 설명하라고? 당연히 난 정상이지. 그러는 넌 정상이야? 넌 은행을 털었고, 네 코는 썩어 들어가고 있어."

"네 엄마가 왜 돌아가신 거야?"

"피가 전부 몸 밖으로 흘러나와서."

"뭐라고?"

"피가 전부 입으로 흘러나왔어. 폭포처럼 콸콸 쏟아져 나와서 계단 발치에 작은 호수가 생겼어. 천장의 불빛이 피에 반사되는 게 보였지. 외투는 검은 그림자 같았어. 전화벨이 계속 울리고 있었지만 난 전화를 받을 수 없었어. 그러려면 그 커다란 피 웅덩이에 발을 담가야 할 테니까. 그래서 카펫이며 바닥이며 집안 전체에 피 웅덩이를 끌고 다녀야 할 테니까. 결국 전화벨이 멈췄어. 난 낚싯줄을 풀어서 주머니에 집어 넣은 다음에 꼼짝도 않고 앉아서 기다렸어. 엄마 입에서 쏟아져 나오던 피가 멈추고, 엄마 얼굴은 바위처럼 회색이었지. 나는 조금 있으면 누가 올 거라고 생각했어. 아버지든, 손님이든 누가 올 거라고. 그런데 아무도 안 왔어. 피가 전부 탁하게 변할 때까지도. 이젠 천장의 불빛이 피에 반사되지 않았어."

에르키는 입을 다물었다. 마음이 편안하지 않았다. 그저 텅 빈 것처럼 느껴질 뿐이었다. 그는 총을 만져보았다. 약실에 총알이 딱 하나 들어 있었다. 여기에 무슨 의미가 있는 것이 틀림없었다. 이 총알은 그를 위해 마련된 것이 분명했다.

"그건 알겠는데, 피가 입에서 흘러나왔다고? 왜 그렇게 된 건데?"

"위스키 좀 줘."

"네 엄마 머리가 깨진 거야?"

"엄마는 바느질을 했어."

"그 얘긴 아까 했잖아."

"엄마는 낡은 옷을 뜯고 있었어. 한 땀, 한 땀, 면도칼로. 엄마는 천을 당길 때나 앉은 자세를 바꿀 때 항상 면도칼을 입술 사이에 물었어. 그 때 전화벨이 울린 거야. 엄마는 입술에 면도칼을 문 채 방을 가로질러 와서 낚싯줄에 걸려 넘어졌지. 면도칼은 엄마의 목구멍 속으로 사라져 버렸고."

모르간이 숨이 막히는 것 같은 소리를 내며 한 손으로 자기 목을 움켜 쥐었다. 끈적끈적한 피부 밑에서 펄떡펄떡 뛰고 있는 맥박이 느껴졌다. 면도칼을 삼키는 모습을 생각해보니 속이 메스꺼웠다.

"야, 에르키. 내가 보기에 넌 지극히 정상이야."

그가 말했다.

"어쩌면 네가 정신병원에 너무 오래 있었던 건지도 몰라. 네 엄마는 사고로 돌아가신 거야. 네 잘못이 아니라고. 게다가 면도날을 입술에 무는 건 진짜 멍청한 짓이지. 네가 그 일을 자기 탓으로 돌리는 것도 진 짜 멍청한 짓이고."

"내가 낚싯줄을 맸어."

"하지만 넌 그냥 놀고 있었던 거잖아, 안 그래? 이제부터 그 일은 사 고였다고 생각해."

모르간은 에르키를 위로하기 위해 이런 말을 했지만, 전혀 효과가 없는 것 같았다.

"인간들은 자기가 자신의 삶을 통제할 수 있다고 생각해."

에르키가 말했다.

"하지만 통제하지 못해. 그냥 이런저런 일들이 일어나버려."

두 사람 모두 오랫동안 말이 없었다.

그러다가 모르간이 물었다.

"지금 무슨 생각해?"

"고향에 살던 농부 아저씨. 요하네스."

"그럼 요하네스 얘기를 해봐. 이제 우리 사이가 잘 나가고 있으니까."

모르간은 시간이 멈춰버린 것 같다는 생각이 들었다. 미래는 더 이상 존재하지 않았다. 오로지 현재만 있을 뿐이었다. 거친 나무 벽 네 개로 둘러싸인 이 집 안에는 그와 에르키밖에 없었다. 조명은 희미하지만 편안한 집. 위스키가 그의 핏줄 속에서 타오르고 있었기 때문에 몸이 공중에 둥둥 떠 있는 것 같았다.

에르키는 요하네스를 생각해보았다. 백발에 주름진 얼굴을 한 흐리멍덩한 눈빛의 노인. 그 흐리멍덩한 눈 속에 자신의 모습이 보이는 것 같았다. 자신과 요하네스가 서로 비슷한 사람들인 것 같았다. 아무런 희망이 없는 눈. 그런데 어느 날 그가 사다리 꼭대기에 올라가 있었다.

"요하네스는 얼마 전부터 술을 마시기 시작했어. 부인이 죽었거든. 요하네스는 겨우 몇 달 만에 완전히 쪼그라들어서 거의 없는 거나 마찬가지인 사람이 돼버렸어."

"우리 아버지가 돌아가신 다음에 우리 엄마도 그랬는데."

모르간이 말했다.

"요하네스는 술을 마시기 시작했어. 항상 술을 마셨지. 끊임없이. 몇 달 동안. 사람들이 계속 요하네스를 찾아와서 도와주려고 했지만, 아무 소용이 없었어."

"그래서 그렇게 술을 마시다 죽은 거야?"

"아니. 나중에는 요하네스가 정신을 차리고 술을 끊기로 했어. 목사 랑 술 한 병을 나눠 마신 다음에 끊기로 한 거지."

"그 목사 참 훌륭하네."

"목사가 나를 보더니 소리를 질러댔어. 하지만 난 걸음을 멈추지 않 았지. 멈출 수도 있었지만 나는 있는 힘을 다해 문밖으로 뛰어나가서 온실 뒤에 숨었어."

"목사가 왜 소리를 지른 건데?"

"나한테 그런 식으로 계속 잔소리할 거야?"

에르키가 고개를 돌려 술병을 움켜쥐었다. 모르간은 그가 술병을 가 져가도록 내버려두었다.

"요하네스는 교회에서 잡역부로 일하기로 했어. 그래서 높은 사다리 꼭대기에 올라가서 교회 벽에 열심히 하얀 페인트를 칠하고 있었던 거 야. 그런데 그때 에르키 요르마가 나타났지. 요하네스는 아무 소리도 못 들었어. 일을 하느라고 정신이 없었거든. 휘파람까지 불면서. 술이 깨서 정신이 말짱하고 기분도 좋았어. 그런데 나는 바로 그런 모습 때 문에 실망했지. 요하네스가 다른 사람들하고 똑같아졌으니까.

어쨌든 나는 요하네스를 향해 소리를 질렀어. '아저씨, 거기 올라가 있는 아저씨!' 그런데 세상에, 내 고함소리에 요하네스가 깜짝 놀란 거 야! 요하네스가 너무 무서워서 벽을 밀었는데, 그 바람에 사다리가 커다란 원을 그리며 움직였어. 요하네스는 뒤로 떨어졌고."

"세상에!"

"요하네스가 돌바닥에 쿵 하고 떨어졌어. 난 머리가 깨진 요하네스를 바라보며 거기 서 있었어. 요하네스의 다리가 한동안 움찔거리다가 잠잠해졌어. 난 묘석 뒤에 숨었어. 조금 있으니까 목사가 달려왔어. 목사가 소리를 지르면서 울부짖는 소리가 들렸어."

"그래서 사람들이 그게 너 때문이었다고 하는 거야?"

"그건 나 때문에 벌어진 일이야."

"아니 세상에, 어떻게 하면 그렇게 재수 없는 사람이 될 수 있냐?"

모르간이 말했다.

"너 혹시 십삼일의 금요일에 태어났냐?"

"나중에 사람들이 날 잡으러 집으로 왔어."

"그 사람들한테 뭐라고 했어?"

"아무 말도. 네스토르가 나더러 입 다물고 있으라고 했거든."

"네스토르?"

모르간은 눈을 비비며 말을 이었다.

"네가 어쩌다 이렇게 한심한 꼴이 됐는지 난 도저히 이해를 못 하겠다. 난 내가 재수 없는 팔자라고 생각했는데. 그건 그렇고 어제 발견된 그 할머니는 어떻게 된 거야? 그것도 사고였냐? 어떻게 된 건지 말해봐."

에르키는 고개를 돌려 그를 정면으로 바라보았다.

"아까도 말했지만, 그냥 이런저런 일들이 일어나버려."

"그거 제법 멋있는 대답인데, 그렇지? 경찰이 널 심문할 거야. 그러니까 경찰한테 무슨 말을 할 건지 미리 생각해둬야 해."

“난 파도야.”

에르키가 연극을 하는 것처럼 말했다.

“난 딱 한 번만 부서져.”

“그럼 네가 경찰한테도 그렇게 말할 거라고 생각해도 되겠네. 그럼
넌 정신병원에 처박히는 신세가 되겠지.”

그는 이마를 훔쳤다.

“코가 아파.”

그가 투덜거렸다.

에르키는 어깨를 으쓱했다.

“네가 노력하기만 한다면 의지력으로 코를 고칠 수 있어.”

“뭐?”

“네가 가진 힘을 전부 동원해서 세균한테 겁을 주면 돼. 네가 스스로
치료해야 한다고.”

“난 그 잘난 중국인이 아냐. 그런 건 안 믿어.”

“그래서 네가 아픈 거야.”

“네가 내 대신 한번 해보지 그래?”

그가 비꼬듯이 말했다.

“어차피 난 지금 힘을 쓸 수 있는 상태가 아니니까. 뼈가 흐물흐물해
졌어.”

“네가 직접 해야 돼.”

“그럴 줄 알았어. 알려줘서 고맙다.”

그가 의기소침하게 말했다.

“있잖아, 옛날에 텔레비전에서 어떤 사람을 봤는데, 생각만으로 유리

를 깨뜨리더라. 진짜 굉장했어. 그런데 그게 전부 조작이었대."

"정신력으로 유리를 깨뜨리는 건 별로 굉장한 일이 아냐."

에르키가 말했다.

"나도 할 수 있어. 유리는 항상 압력을 받고 있으니까 쉬워."

"우와, 애 말하는 것 좀 봐! 그러면 여기저기 돌아다니며 공연을 안 하는 이유가 뭔데?"

"그러고 싶지 않아."

"그런 재주는 누구한테 배웠어?"

"마법사. 센트럴파크에서."

"너한테 그런 유머감각이 있다니 다행이다. 앞으로 우리한테 그런 게 필요할 거야."

"마법사가 어떤 재주를 부렸는지 알아?"

에르키가 물었다.

"마법사는 손의 피부가 터질 때까지 잡아당겨서 늘일 수 있었어."

"그럼 네가 시범을 한번 보여봐. 하지만 위스키 병은 깨뜨리면 안 돼."

"여긴 유리가 없어."

에르키가 말했다.

"창문이 전부 깨져버렸어."

"이미 누가 와서 저렇게 해놓았나 보네."

"그래도 저쪽 창문에는 아직 커다란 조각이 몇 개 남아 있어."

에르키가 손가락으로 방향을 가리키며 말했다.

"그래? 그럼 저걸 깨봐."

모르간이 기대에 차서 말했다. 그는 즐거워하고 있었다. 비록 일이 심하게 잘못될 것 같다는 느낌이 동시에 들기는 했지만.

에르키는 휘청거리며 소파에서 일어섰다. 그는 창문을 노려보다가 바닥에 털썩 주저앉아 고개를 숙이고 눈을 감았다. 모르간은 희열과 슬픔이 뒤섞인 기분으로 그를 바라보았다. 그는 창틀 오른쪽 위 구석에 있는 유리조각을 뚫어지게 바라보았다. 햇빛이 창을 통해 들어왔기 때문에 유리조각이 반짝였다. 에르키는 아무 소리도 내지 않고 조각상처럼 앉아 있었다. 모르간은 안개가 낀 것 같은 머리로 다음에 뭘 할 건지를 자신이 결정해야 할지도 모른다는 생각을 했다. 하지만 더위와 위스키 때문에 몸에서 힘이 다 빠져나간 상태였고, 가만히 앉아서 꾸벅꾸벅 조는 것이 너무 기분 좋았다. 그의 인생은 그가 예상했던 대로 풀리지 않았다. 에르키의 인생도 마찬가지였다. 바닥에 앉아 있는 그가 우스꽝스럽게 보였다. 고집스러운 의지력이 바위처럼 단단하게 뭉쳐 있는 것 같았다. 모르간은 그가 깡말랐으며 벌레처럼 연약해 보인다는 사실에 충격을 받았다. 그런 그가 그를 위해 마법을 보여주려 하고 있었다. 그의 마법이 실패했을 때 그가 얼마나 실망하게 될지 생각해보니 고통스러울 지경이었다. 그를 위로하기 위해 무슨 말을 해야 할까. 모든 것을 위스키 탓으로 돌리면 될까. 위스키 때문에 몸에서 힘이 빠졌다고 하면서.

그때 유리가 깨졌다. 작게 챙 소리가 나면서 깨진 것이 아니라 커다란 소리와 함께 산산조각이 났다. 유리가 방 안으로 비처럼 쏟아져 내렸다. 모르간은 화들짝 놀랐다. 겁이 나서 가슴이 철렁 내려앉았다. 에르키는 여전히 바닥에 앉아 있었다. 그러다가 그가 고개를 들더니 주위를 둘러보았다. 처음에 그는 졸음에 겨운 것처럼 보였다. 하지만 이내 놀란 표정으로 바뀌었다.

“뭔가가 이상해.”

그가 이렇게 말하고 나서 문으로 향했다.

“뭔가가 이상해? 너 어떻게 그런 재주를 부린 거야?”

모르간은 대경실색한 표정이었다.

“너 어디 가?”

“밖에.”

에르키가 대답했다.

“뭘 좀 확인하러.”

18

카닉은 활을 내렸다. 그는 약 이십오 미터 떨어진 곳에 서서 텅 빈 창문을 바라보고 있었다. 창문을 맞힌 건 그리 대단한 재주가 아니었지만, 투명하게 반짝이는 유리를 겨냥하는 건 그래도 어려운 일이었다. 화살은 유리에 부딪쳐 커다란 소리를 냈다. 그는 자신이 방금 크룩 장군의 눈에 화살을 꽂았다고 상상했다. 그는 가까이 다가가서 집을 뚫어지게 바라보았다. 텅 빈 폐가는 오후의 햇살 속에서 더 황폐해 보였다. 그는 안에 들어가면 벽에 박혀 있는 화살을 찾아올 수 있다는 것을 알고 있었다. 화살통에 화살 한 대가 남아 있었으므로 그는 또 다른 목표를 찾아 사방을 두리번거렸다. 늦은 저녁이 되어가고 있었지만, 그는 구테바켄에 돌아갔을 때의 일을 걱정하지 않았다. 전에도 이미 여러 번 겪은 일이므로 그는 어떤 일이 벌어질지 잘 알고 있었다. 그래서 무섭지 않았다. 모든 것이 한심할 정도로 예측을 벗어나지 않았다. 어른들은 상상력이 너무 없었다. 마르군은 아마 캐비닛 열쇠를 다른 곳에 숨길 것이다. 그리고 그것으로 모든 일이 끝날 가능성이 높았다. 게다가 그녀는 그가 잃어버린 화살을 다시 찾아서 다행이라며 기뻐할 터였다. 그가 화살 때문에 걱정하고 있다는 것을 그녀도 알고 있었으니까. 그는 그녀가 새로 열쇠를 숨긴 장소를 찾아낼 것이고, 그 이상 별다른 일은 없을 터였다.

그는 회색 나무로 지어진 낡은 집과 문 앞의 납작한 돌계단을 뚫어지게 바라보았다. 텅 빈 창문도. 그는 이미 여러 번 저 안에 들어가서 찬장을 죄다 뒤져보았다. 심지어 거실에 있는 낡은 소파에서 잠을 잔 적도 있었다. 그는 문에 시선을 고정시켰다. 나무에 까만 얼룩이 여러 개 있었다. 그는 그 얼룩 중 하나를 겨냥하기로 했다.

그는 제로니모 추장이었다. 문은 멕시코 병사였으며, 검은 얼룩은 그 병사의 심장이었다. 적. 부족의 여자들과 아이들을 강간하고 죽인 놈들. 그는 전사로서 영혼 저 깊숙한 곳에서부터 그들을 증오했다!

이번에는 무릎을 꿇은 자세로 활을 쏘고 싶었다. 제로니모 추장이 그랬던 것처럼. 그것은 커다란 도전이었다. 그는 한쪽 무릎을 꿇고 화살통에서 화살을 꺼냈다. 이 화살에는 노란색과 빨간색 깃털이 달려 있었다. 그는 화살을 활에 메기고 허리를 똑바로 폈다. 그러고는 조준기를 이용해 활이 똑바로 수평을 유지하게 했다. 그는 검은 얼룩을 바라보다가 문 한가운데에 있는 얼룩을 골랐다. 예전에 문고리가 있던 곳에서 왼쪽으로 약간 떨어진 곳에 있는 얼룩이었다. 그가 시위를 잡아당기자 활이 턱밑으로 미끄러지고 활시위가 코끝 바로 위의 제자리를 향해 움직이는 것이 느껴졌다.

아파치 만세!

활을 살짝 조정하자 얼룩이 시야에 들어왔다. 그런데 뭔가 이상한 일이 벌어지고 있었다. 문이 열리고 검은 형체가 문간에 나타났다. 하지만 그의 뇌는 이미 명령을 내린 다음이었다. 그의 손에서 힘이 빠지면서 그는 활을 내리고 싶다는 생각을 했지만, 화살이 쏘아져 나가는 것을 막을 수는 없었다. 화살은 초속 백 미터에 가까운 속도로 날아갔다.

화살은 아무 소리 없이 박혔다. 에르키는 계단에 서 있다가 깜짝 놀라며 아주 작은 소리를 냈을 뿐이다. 카닉은 노란색 화살이 그의 검은 바지에서 튀어나와 있는 것을 보았다. 에르키는 깜짝 놀란 표정이었지만 아무 말도 하지 않았다. 그는 머뭇거리며 화살을 뽑으려고 손을 움직였다. 그때 카닉의 모습이 눈에 들어왔다. 그 뚱뚱한 녀석.

그는 누더기가 다 된 바지와 잔뜩 부풀어 오른 몸을 알아보았다. 그가 광기 서린 눈으로 오솔길을 달려 내려갈 때 꽉 움켜쥐고 있던 상자에 무엇이 들어 있었는지 이제야 알 것 같았다. 그 안에는 활이 들어 있었다. 아이가 활을 내렸다. 활은 햇빛을 받아 붉은색으로 빛났고, 아이가 조금 전에 쏜 화살은 에르키의 오른쪽 허벅지에 박혀 있었다. 아프지는 않았다. 그는 화살을 움켜쥐고 이를 악물었다. 화살이 아주 쉽게 미끄러지듯 빠져나왔다. 그 순간 뭔가가 풀어지는 느낌, 단단한 집게가 풀어지는 느낌이 들었다. 아이는 몸을 돌려 뛰기 시작했다.

그때 에르키는 오랫동안 해본 적이 없는 행동을 했다. 아이의 뒤를 따라 뛰기 시작한 것이다. 뜨거운 피가 허벅지에서 쏟아져 나왔다. 카닉은 숨을 헐떡이고 있었다. 그것만 빼면 열심히 달리고 있는 그의 입에서는 아무 소리도 나지 않았다. 그는 활을 떨어뜨렸다. 자기가 그런 짓을 할 수 있으리라고는 한 번도 생각해본 적이 없지만, 활은 도망치는 데 방해가 되었다. 게다가 에르키 요르마라는 시커먼 녀석이 그의 뒤를 쫓고 있었다! 자신이 지금 무시무시한 상황에 처했다는 생각이 들자 몸에서 힘이 빠져나가 한순간 몸이 텅 비어버렸다. 그는 집중력을 잃고 나지막한 가지와 덤불에 걸려 비틀거렸다. 지금 넘어지면 끝장이야. 그는 속으로 생각했다. 그는 지금 죽지 않으려고 도망치고 있었다. 자신의 집 구테바켄으로 돌아가고 싶었다. 마르군과 다른 아이들이 있는 집으로. 그 보기 싫은 건물 안의 안전한 삶으로. 옆 침대에서 씨근덕거리는 필립에게로. 크리스티안이 있는 집으로. 전국 선수권대회에서 다른 선수들을 모두 물리치는 꿈으로. 갓 구운 빵과 저녁식사를 먹을 수 있는 집으로. 화면이 깜박거리는 텔레비전이 있고 이주일에 한 번씩 침대보를 갈아주는 집으로. 갑자기 목숨이 너무나 소중해졌다. 목숨을 지키기 위해 싸워야 했다. 이런 생각들이 그를 압도했다.

그때 그가 휘청거리다가 철퍼덕 넘어져 마른 풀 속에 얼굴을 처박고 말았다. 하지만 그는 포기하지 않고 계속 몸부림쳤다. 추적자가 자기를 죽이기 전에 먼저 추적자를 죽일 수 있게 무기가 될 만한 것을 찾아야 했다! 그는 막대기를 찾으려고 주위를 둘러보았지만 잔가지들밖에 없었다. 돌멩이도 눈에 띄지 않았다. 궁지에 몰린 그는 자신의 목숨이 스르르 사라져가는 것을 보았다. 그는 모든 것을 포기하고 몸을 공처럼 둥글게 만 채로 꼼짝도 하지 않았다. 카닉은 자기가 이렇게 어린 나이에 죽을 거라고는 상상도 해본 적이 없었다. 그는 마지막 남은 힘으로 마음을 다잡았다. 에르키의 발자국 소리가 점점 가까워지더니 마침내 그가 누워 있는 곳 바로 옆에서 멈췄다. 에르키는 미친놈이었다. 그러니 다른 사람들처럼 행동하지 않을 것이다. 그것이 가장 무서웠다. 무슨 일이 벌어질지 도무지 알 수 없다는 것. 그가 에르키에 관해 들었던 모든 이야기가 그의 뇌리를 뚫고 지나갔다.

"늑대를 무서워하는 사람은 숲에 가면 안 돼."

에르키가 속삭였다.

카닉은 그 나지막한 목소리를 들었지만 꼼짝도 하지 않았다. 그는 이미 죽은 거나 마찬가지였다. 그는 조심스레 고개를 들어 헐렁한 검은색 바지를 입은 에르키의 다리를 힐긋 보았다. 에르키는 상처에 별로 신경을 쓰지 않는 것 같았다. 이 사람이 인간이 아니라는 또 하나의 증거였다. 아마 그는 고통도 느끼지 않을 것이다. 자기 고통도 느끼지 못하니 틀림없이 남의 고통도 느끼지 못할 것이다. 그는 감정이 없는 사람이었다. 인간이 아니라는 것은 어떤 일에도 감정을 느끼지 못한다는 뜻이었다.

"일어나."

그의 목소리는 위협적이지 않았다. 심지어 놀란 기색이 조금 배어 있기까지 했다. 카닉은 계속 고개를 푹 숙인 채 휘청거리며 일어섰다. 이제 곧 매질이 시작될 것이다. 그는 이마와 관자놀이로 매질을 받아내야 할 것이다. 따귀를 세게 맞는 건 카닉이 상상할 수 있는 최악의 일이었다. 그런 매질은 너무 굴욕적이었다. 하지만 아무 일도 일어나지 않았다.

"오두막으로 가."

에르키가 한 말은 이것뿐이었다.

그가 목소리를 높이지 않았기 때문에 왠지 더 위협적으로 들렸다. 그것은 사디스트의 말투였다. 남에게 고통을 주는 것을 즐기는 사람. 그의 목소리는 너무나 선명하고 조용해서 그와 어울리지 않았다. 그를 가까이서 보니 정신을 차릴 수 없을 정도로 불길한 몰골이었다. 카닉은 감히 그의 눈을 바라보지 못했다. 그와 눈을 마주치는 것만은 되도록 오랫동안 피하고 싶었다. 그 눈을 보면 완전히 정신을 차릴 수 없을 테니까.

오두막으로 가라니. 그는 그동안 내내 이 낡은 집에 숨어 있었던 모양이다. 라디오에서 들은 것처럼 스웨덴으로 향한 것이 아니었다. 에르키와 함께 오두막 안으로 들어가는 건 죽은 사람들의 영역에 발을 들여놓는 것과 같았다. 일단 그 안에 들어가고 나면 그가 도와달라고 비명을 질러도 아무도 듣지 못할 것이다. 그의 몸이 부들부들 떨리기 시작했다. 자신이 지금까지 한 모든 일 때문에 벌을 받을 거라는 생각이 들었다.

네가 지금 정신을 차리지 않으면 나중에 뭐가 될지 정말 모르겠다, 카닉.

지금까지 한 번도 걱정해본 적이 없는 미래가 이제는 그를 찾아오지 않을 것이다. 조금 있으면 미래가 사라져버릴 테니까. 어쩌면 고통스러운 죽음을 맞게 될 수도 있었다. 카닉이 진심으로 두려워하는 건 고통뿐이었다. 몸이 너무 심하게 떨렸기 때문에 살덩어리들이 출렁거렸다. 어쩌면 기절한 척하면 이 자리에서 사라져버릴 시간이 있을 것도 같았다. 바닥에 털썩 쓰러져 눈에 띄지 않게 덤불을 헤치며 도망칠 수 있을지도. 이 악몽에서 도망칠 수만 있다면 무엇이든 상관없었다. 하지만 그가 도망칠 수 있는 곳이 어디에도 없었다. 게다가 그는 기절하지도 않았다. 에르키는 가만히 기다리고 있었다. 참을성 있게. 자기가 이기리라는 확신이 있었으니까. 카닉은 결코 도망칠 수 없다는 확신이 있었으니까.

그때 총이 카닉의 눈에 들어왔다. 절망 속에서 그의 머릿속에 어떤 생각이 떠올랐다. 죽음을 앞둔 영혼에서 우러나온 생각. 에르키가 자신을 고문하는 대신 그냥 총으로 머리를 쏴주면 얼마나 좋을까. 그것이 카닉의 마지막 희망이었다. 그는 마지못해 천천히 풀밭을 헤치며 나갔다. 자기 다리가 어떻게 움직이는 건지 도무지 알 수가 없었다. 다리가 그의 의지를 거스르고 오두막을 향해 움직이고 있었다. 그가 가고 싶지 않은 방향으로, 그의 마지막을 향해. 에르키는 그의 뒤에서 걷고 있었다. 그는 커다란 독수리 버클이 있는 허리띠에 총을 끼우고 한 손으로 상처를 감싸고 있었다. 그의 다리에서 피가 계속 흘러내렸다. 상처 주위를 묶어 놓으면 피가 멈출테니 심각하게 걱정할 필요는 없었다.

"겁이 나는 모양이구나."

에르키가 말했다.

카닉은 걸음을 멈추고 저 미친놈의 말이 무슨 뜻인지 이해해보려고 했다. 이것도 고문의 일부인가? 자기를 안심시킨 다음에 치명적인 일격을 날리려고? 자기가 곧 죽을 거라는 사실을 깨닫고 공포에 떠는 그의 모습을 즐겁게 감상하려고? 그가 이런 생각을 하느라고 오랫동안 가만히 서 있었기 때문에 결국 에르키가 그를 살짝 밀었다. 카닉은 몸을 움츠리며 작은 소리로 훌쩍였다. 하지만 총성은 울리지 않았다. 그는 다시 걸어서 나무들 사이로 오두막이 보이는 곳까지 왔다. 한참 동안 달린 것 같았는데, 사실 그가 도망친 거리는 겨우 몇 백 미터 정도였다. 두 사람은 예전에 정원이었던 곳에서 걸음을 멈췄고, 카닉은 거기서 두 번째로 충격받았다. 금발머리의 남자가 밝은 색 반바지를 입고 문간에 서 있었다.

상대가 둘이었다. 한 사람은 그를 붙들 것이고, 나머지 한 사람이 그를 고문할 것이다! 그는 다시 기절하려고, 앞으로 쓰러지려고 했지만 무릎이 말을 듣지 않았다. 난 여기서 죽을 거야. 그는 눈을 감으며 생각했다. 그러고는 고개를 푹 수그린 채 총성이 울리기를 기다렸다. 에르키가 또 다시 그의 등을 밀었다.

"저기 저 사람은 자기 이름이 모르간이래."

모르간이 눈을 휘둥그렇게 뜨고 두 사람을 뚫어져라 바라보았다.

"야, 에르키! 정육점에 가서 돼지비계라도 사온 거냐?"

그는 문틀에 몸을 기대고 서서 카닉의 엄청난 이중 턱과 에르키의 허리만큼이나 굵은 허벅지를 믿을 수 없다는 듯 바라보았다.

카닉이 그의 코를 보고 인상을 찌푸렸다.

"이 애가 내 허벅지를 쐈어."

에르키가 말했다.

"젠장, 에르키, 너 피가 철철 흘러!"

"이 애가 날 쐈다고 했잖아."

그가 몸을 숙여 화살을 집어 들었다.

"이걸로."

모르간은 노란색과 빨간색 깃털을 어루만지며 호기심 어린 눈길로 화살을 자세히 살펴보았다.

"이런 세상에. 너 인디언 놀이를 한 거냐? 카우보이 노릇을 하는 녀석도 어디 있는 거야?"

카닉은 열심히 고개를 저었다.

"난 그, 그냥 여기서 여, 연습을 하고 있었어요."

"연습? 무슨 연습?"

"전국 청소년 서, 선수권대회 때, 때문에요."

그는 막힌 숨을 내뱉듯이 간신히 말을 했다. 에르키는 녀석이 백파이프처럼 숨을 몰아쉬는 소리를 분명히 들을 수 있었다.

"녀석을 안으로 데리고 들어와."

모르간이 두 사람이 지나갈 수 있도록 옆으로 비켜섰다. 에르키는 앞에 선 카닉을 밀면서 피를 멈추기 위해 무엇으로 다리를 묶으면 좋을지 생각해보았다.

"난 집에 가야 돼요."

카닉이 새된 소리로 말했다.

"소파에 앉아."

모르간이 냉정하게 말했다.

"먼저 이게 어떻게 된 일인지 분명히 알아봐야겠어. 어쩌면 널 이용할 수도 있을 것 같으니까."

모르간의 코 때문에 카닉은 그를 뚫어져라 바라볼 수밖에 없었다. 떨어져 나온 살점이 무시무시하게 덜렁거리고 있어서 끔찍하기 짝이 없었다. 코의 색깔을 보니 썩은 감자가 생각났다. 바닥에 있는 위스키 병, 벽난로 위의 라디오, 그 옆의 벽에 박혀 있는 화살이 눈에 들어왔다. 곱슬머리 남자는 분명히 술에 취해 있었다. 그렇다고 해서 안심해도 되는 것은 아니었다. 그는 소파에 털썩 주저앉아 양손을 무릎 위에 놓은 채 멍하니 앉아 있었다. 그때 그가 두려워하던 질문이 날아왔다.

"네가 여기 있는 걸 아는 사람이 있어?"

아니. 아무도 몰랐다. 사람들은 어디부터 찾아봐야 할지 감도 잡지 못

할 것이다. 마르군이 재빨리 머리를 굴려 캐비닛을 열어보고 활이 없어진 것을 알아차릴 때까지. 그래서 그가 숲으로 갔다는 것을 깨달을 때까지. 하지만 숲은 엄청나게 넓었다. 그러니 사람들이 그를 언제쯤 찾아낼 수 있을지 알 수 없는 노릇이었다. 게다가 사람들은 한참 후에야 비로소 그를 찾아 나설 것이고, 마르군은 처음에는 카르스텐과 필립에게만 나가서 찾아보라고 할 것이다. 그런데 두 녀석은 구제불능의 게으름뱅이라서 길을 잘 몰랐다.

"대답해!"

모르간이 이렇게 말하고 나서 딸꾹질을 했다.

"아뇨."

그가 모기 같은 소리로 말했다.

"아무도 몰라요."

"별로 좋은 상황은 아니네, 그렇지?"

카닉은 고개를 숙였다. 좋은 상황이 아니라는 말로는 부족했다. 이것은 종말의 시작이었다.

"너 얼음처럼 차가운 맥주 같은 건 없지?"

모르간이 입술을 핥았다. 이 질문을 하는 순간 갑자기 참을 수 없는 갈증이 그를 사로잡았다.

이것은 카닉이 전혀 예상하지 못한 질문이었다.

"과자가 좀 있어요."

그가 웅얼거렸다.

"좋았어. 그걸 먹자. 입에 침이 다 말라버렸어."

카닉은 청바지 주머니에 손을 넣어 사탕과자 상자를 꺼냈다. 모르간이 그 상자를 채가더니 끈적끈적하게 달라붙은 과자 뭉치를 들고 잠시 씨름하다가 과자 세 개를 입에 넣었다.

"우리 소개를 할게."

그가 입맛을 다시면서 말했다.

"이쪽은 에르키. 자꾸 말을 걸면서 괴롭히는 악마가 썬 녀석이야. 내 이름은 모르간인데, 오늘 아침에 조금 소란을 피워서 지금 경찰이 날 쫓고 있지. 우린 여기서 같이 시간을 죽이고 있어."

그러고 나서 그는 이렇게 덧붙였다.

"내 코를 이 꼴로 만든 게 저기 있는 저 미친놈이야. 네가 어떤 놈을 건드렸는지 알려주는 거야."

카닉은 그가 어떤 사람인지 이미 알고 있었다.

"이제 네 차례네. 네가 누군지 말해봐."

난 제로니모가 되고 싶은 사람이에요. 탐험가, 최고의 명사수가 되고 싶은 사람.

"뭐? 방금 뭐라고 했지?"

"카닉이요."

"그게 정말로 네 이름이야?"

"나도 어쩔 수 없었어요."

그가 숨을 고르려고 애쓰면서 말했다.

"아하! 제법 웃길 줄 아는 녀석이네!"

에르키는 바닥에 주저앉아 있었다. 그는 자신의 가죽 재킷을 찾아 몸에 두르고 양손으로 허벅지를 움켜쥐고 있었다.

"전에 저 애를 본 적이 있어."

그가 낮은 목소리로 말했다.

모르간이 깜짝 놀란 표정으로 그를 바라보았다.

“어디서?”

“죽은 여자의 집에서.”

“뭐라고?”

모르간이 카닉에게 고개를 돌렸다.

“에르키가 널 봤어? 근처에서 놀고 있었다던 애가 너냐? 라디오에서 얘기하던 애? 그게 너야?”

카닉은 시선을 내렸다.

“세상에, 이거 문제가 심각한데. 젠장, 저 녀석이 너를 본 거야, 에르키. 저 녀석을 없애버려야 돼!”

카닉은 깜짝 놀라서 작은 소리로 비명을 질렀다. 마치 고무 장난감을 밟았을 때처럼 삑 하는 소리가 났다. 두려움 때문에 그의 긴 속눈썹이 퍼덕거렸다.

“내가 듣기로는 네가 경찰을 만났다고 하던데, 맞지?”

카닉은 대답하지 않았다.

“그러거나 말거나. 에르키는 신경도 안 쓰는데 뭐. 좀 이상한 녀석이야. 사실 우리는 아주 사이가 좋아. 심심한 게 문제지. 우리는 여기서 밤이 오길 기다리고 있어. 그러고 보니 생각나는데, 에르키는 밤이 되면 정말로 돌아버려. 이빨이 길게 자라고 귀도 뾰족해진다고. 안 그래, 에르키?”

에르키는 대답하지 않았다. 그는 곁눈질로 카닉을 살피고 있었다. 겁에 질린 아이의 통통한 얼굴에서 눈이 반짝였다. 그는 입술을 세게 깨물고 있었고, 뺨은 하얗게 질려 있었다.

"야."

모르간이 말했다.

"너 점심 도시락이나 음료수 같은 거 없지? 우린 배가 고파서 죽을 지경이야."

"가방 안에 초콜릿이 조금 있어요. 하지만 지금쯤 다 녹았을 텐데."

에르키가 즉시 반응을 보였다. 그가 재빨리 일어서서 양손을 흔들어대기 시작했다.

"빨리 가서 그 가방 가져와!"

"진정해."

모르간이 말했다.

"네가 가서 가져와. 이 녀석은 그냥 도망쳐버릴 거야. 너 그거 나랑 나눠먹어야 된다!"

에르키는 가방을 찾으려고 절룩거리며 밖으로 나갔다. 그는 한 손으로 허벅지의 상처를 움켜쥔 채 비틀거리며 덤불 속을 돌아다녔다. 마침내 가방이 눈에 띄었다. 조금 더 떨어진 곳에는 활도 있었다. 그는 그것들을 전부 끌고 돌아와서 가방을 열어젖혔다. 안에는 화살 몇 개와 뭔지 알 수 없는 물건들, 그리고 초콜릿이 있었다. 마스 초콜릿바 하나와 스니커스 초콜릿바 하나였다. 그는 떨리는 손가락으로 그것을 집어 들고 집 안으로 들어갔다. 양손에 초콜릿바를 하나씩 든 모습이었다. 스니커스와 마스. 스니커스와 마스. 부드럽고, 살짝 녹아내린 초콜릿. 하나에는 땅콩과 캐러멜이 들었고, 다른 하나에는 태피 과자가 들어 있었다. 포장지가 부스럭거렸다. 그는 양손으로 초콜릿바의 무게를 가늠하며 방을 가로질렀다. 둘 다 괜찮았다. 그는 스니커스를 좋아했지만, 옛날부터 그가 가장 좋아하는 건 마스였다. 도무지 선택할 수가 없었다. 그가 먹을 수 있는 건 둘 중 하나뿐인데. 모르간이 벌떡 일어나서 스니커스를 채갔다.

"내가 이걸 먹을게. 넌 마스를 먹어. 저 뚱보한테는 대신 위스키를 주지 뭐."

카닉은 창턱에 놓여 있는 술병을 슬며시 바라보았다. 그는 옛날부터 맥주를 마시는 데 아무런 거부감이 없었다. 술에 취하는 것이 좋았다. 너무 빨리 취하지만 않는다면. 하지만 독한 술을 먹고 싶다고 생각한 적은 한 번도 없었다. 그는 고개를 저었다. 두 남자는 애들처럼 입술을 핥으며 정신없이 초콜릿을 먹고 있었다. 절망스럽다 못해 웃음이 나올 것 같았지만, 그의 입에서 나온 건 헉 하는 작고 불쌍한 소리뿐이었다.

"우린 널 해치지 않아."

에르키가 이상한 미소를 지으면서 말했다.

"우린 아직 그런 결정을 내리지 않았어."

모르간이 마지막 남은 초콜릿을 꿀꺽 삼키면서 말했다.

"이 애한테는 우리에게 필요한 게 하나도 없어. 초콜릿만 빼고."

"어쩌면 이 뚱보 녀석이 우리를 도와줄 수 있을지도 몰라."

모르간이 말했다.

"어쨌든 모든 게 엉망이 돼버렸으니까. 야닉이 있든 없든."

"카닉이에요."

카닉이 말했다.

모르간은 손등으로 입을 닦았다.

“너 엄마가 있는 집에 가고 싶지?”

“그러고 싶지 않아요.”

“그래? 그럼 어디로 가고 싶은데?”

“구테바켄이요.”

그가 반항적인 목소리로 말했다. 저 두 사람이 자기를 죽이지 않으리라는 희망을 다시 얻은 것처럼. 두 사람이 저토록 즐겁게 초콜릿을 먹는 걸 보니 그들이 훨씬 더 인간적으로 보였다.

“그게 뭔데?”

“남자애들이 사는 집이에요.”

모르간이 킬킬거렸다.

“세상에, 아무래도 우리 셋 다 똑같은 놈들인 것 같은데. 아직 나이도 어린 게 무슨 짓을 했기에 그런 데서 살게 됐냐? 너무 많이 먹는 거 말고 무슨 짓을 했어?”

“그건 신진대사 장애예요.”

카닉이 말했다.

“우리 엄마도 기분이 최악일 때 항상 그런 말을 했지. 위스키를 마셔. 그러면 신진대사에 도움이 될 테니까.”

“아뇨, 괜찮아요.”

그는 마르군을 생각하며 그녀가 지금쯤 뭘 하고 있을지 그려보려고 했다. 그녀는 벌써 몇 번이나 시계를 보며 시간을 확인했을 것이다. 그래도 그녀는 시간이 조금 더 지난 후에야 비로소 걱정하기 시작할 것이다. 그는 한번 밖에 나가면 오랫동안 안 들어오는 습관이 있었다. 아마 그녀는 저녁이 돼서야 아이에게 무슨 일이 생겼는지도 모른다는 생각을 할 것이다. 그녀는 카닉이 저녁식사를 건너뛴 적이 한 번도 없다는 사실을 알고 있었다. 따라서 여덟 시쯤부터 창밖을 내다보기 시작할 것이고, 한 시간이 더 지나면 카르스텐과 필립더러 나가서 카닉을 찾아보라고 할 것이다. 하지만 그때쯤이면 자신이 무슨 꼴이 되어 있을지 어찌 알겠는가! 저녁때까지는 시간이 꽤 남아 있었다. 바다처럼 많은 시간이. 그는 지금 술에 취한 미친놈 두 명과 함께 있었고, 두 놈 중 한 명은 총을 갖고 있었다! 절망감 때문에 그는 다시 술병을 흘깃 바라보았다. 모르간이 그것을 눈치 챘다.

"마셔. 여기서는 참을 필요 없어."

그래서 카닉은 술을 한 모금 마셨다. 지금의 상황에서 도망칠 수 있는 방법은 이것뿐이었다. 술을 한 모금 마시자 목구멍이 폭발하는 것 같은 느낌이 들더니, 위장까지 그 느낌이 죽 내려가면서 속에서 맹렬하게 불이 타올랐다. 그는 숨이 막혀 헉헉거리며 눈물을 훔쳤다.

"서너 번 더 마셔봐."

모르간이 바닥에 앉아 손가락을 빨면서 친절하게 말했다.

"조금 지나면 기분이 아주 좋아질 거야. 왜 그런 데서 살게 됐는지 우리한테 말해봐."

"그걸 내가 어떻게 알아요?"

카닉이 말했다. 약간 짜증이 배어 있는 목소리였다. 하지만 그는 말을 하자마자 짜증낸 것을 후회했다. 혹시 모르간이 그걸 모욕으로 받아들였으면 어쩌지?

"어른들이 널 왜 거기에 집어넣었는지 정말 모른단 말이야? 너 바보구나. 내가 은행강도가 된 걸 우리 엄마 탓으로 돌리는 것 같냐? 에르키가 자기 머릿속이 와글거리는 걸 제 엄마 탓으로 돌리는 것 같아?"

카닉은 번개처럼 재빨리 모르간을 흘깃 바라보았다. 은행강도라고?

"저 녀석 티셔츠에 뭐라고 쓰여 있는지 한번 봐 봐. 아마 저 녀석은 '다른 목소리들'을 탓하고 있을걸."

"지금 나를 공격하는 거야?"

에르키가 순진한 목소리로 말했다. 그는 운동화 밑창에 박힌 작은 돌멩이를 떼어내느라 정신이 없었다. 그러더니 운동화 끈을 잡아당기기 시작했다. 그는 여전히 피가 흐르고 있는 허벅지를 그것으로 묶을 생각이었다.

카닉은 소파에서 몸을 꼼지락거렸다. 그는 소파를 혼자서 다 차지해야 할 만큼 몸이 컸으므로 마치 푸딩처럼 소파 너머로 살이 흘러내리고 있었다. 그가 움직일 때마다 스프링이 삐걱거렸다.

모르간은 갑자기 현기증이 났다. 지금 이게 뭐 하는 짓이지? 얼마나 오랫동안 여기 앉아 있게 될까? 이유는 알 수 없었지만, 혼자가 된다는 생각만 해도 견딜 수 없었다. 경찰에 잡히면 서로 다른 곳으로 보내질 것이며, 에르키와 헤어져서 다시는 볼 수 없게 될 거라고 생각하니 참을 수가 없었다. 그에게는 달리 기댈 사람이 없었다. 이 덥고 더러운 방, 위스키로 인한 취기, 에르키의 나지막하고 기분 좋은 목소리, 그리고 눈을 내리깐 뚱뚱한 아이……. 그는 지금 이 상황이 끝나는 것이 싫었다. 그런 생각만 해도 숨이 막혔다. 혼란에 빠진 그는 술병을 움켜쥐었다.

"뿌리, 줄기, 이파리."

그가 중얼거렸다.

카닉은 두 사람 다 제정신이 아님을 깨달았다. 어쩌면 둘이서 함께 정신병원에서 탈출한 건지도 몰랐다. 둘은 시한폭탄이었다. 그러니 가만히 있는 것이 상책이었다. 그는 가능한 한 숨소리를 내지 않으려고 애썼다.

에르키는 조금 떨어진 곳으로 가서 낡고 망가진 옷장에 등을 기대고 바닥에 앉아 있었다. 지금은 모든 것이 평화로웠다. 북소리와 백파이프 소리는 더 이상 들리지 않았다. 그는 한 손을 총 위에 올려놓은 채 쉬고 있었다.

19

인부 하나가 빨간색 트랙터를 고원 방향으로 몰았다. 그는 짤막한 임도林道로 가서 거기에 트랙터를 세워둘 생각이었다. 하지만 초록색 방수포를 발견하고 깜짝 놀라서 한동안 물끄러미 바라보다가 엔진을 끄고 트랙터에서 내렸다.

그는 자동차 지붕에서 매끄러운 초록색 방수포를 걷어내고 안을 들여다보았다. 차 안은 텅 비어 있었다. 앞좌석 바닥에 작은 약병 하나가 떨어져 있을 뿐이었다. 그는 문을 열고 약병을 집어 들어 라벨을 읽어보았다. '트릴라폰, 이십오 밀리그램, 하루 세 번 복용.' S. 스트루엘 박사가 에르키 요르마라는 사람에게 처방해준 약이었다. 길가에 버려진 작은 하얀색 자동차. 문도 잠겨 있지 않은 상태. 그는 그날 아침에 은행 강도 사건이 있었던 것을 기억해냈다. 뉴스에서 들은 적이 있었다. 이 자동차는 르노 메간이었다. 그는 트랙터로 돌아가서 휙 방향을 돌려 집으로 향했다.

그로부터 한 시간도 채 되지 않아 자동차 두 대가 고원으로 올라왔다.

그리고 남자 다섯 명과 개 세 마리가 쏟아져 나왔다. 잔뜩 흥분한 셰퍼드 세 마리는 곧바로 으르렁거리며 낑낑거렸다. 샤리프라는 이름의 다섯 살짜리 수컷이 앞장을 서고, 그보다 몸집이 좀 작고 색깔도 연한 네로라는 녀석이 그 뒤를 따랐다. 네로도 샤리프 못지않게 흥분해서 고개를 주억거렸다. 나머지 한 마리는 털이 더 텁수룩했으며, 움직임도 차분했다. 녀석의 이름은 젭이고, 조련사는 엘만이었다. 함께 순찰에 나설 때마다 그는 혹시 이번이 마지막일지도 모른다고 생각했다. 그는 젭의 검은 머리를 내려다보았다. 녀석을 은퇴시킬 때가 다 되었지만, 자신에게 새로운 개를 훈련시킬 힘이 남아 있는지 장담할 수가 없었다. 젭에 비하면 모든 개가 실망만 안겨줄 것 같았다.

출발 지점의 상황은 이상적이지 않았다. 습기가 모조리 날아가 버린 바짝 마른 숲에는 냄새가 그리 오랫동안 남아 있지 않을 터였다.

샤리프가 차 안으로 뛰어 들어갔다. 녀석은 꼬리를 흔들며 운전석과 바닥, 고무 매트 옆의 카펫, 그리고 조수석의 냄새를 맡았다. 그러고는 다시 밖으로 나와서 여전히 꼬리를 힘차게 흔들며 건조한 땅에 코를 대고 쿵쿵거리더니 오솔길을 따라 내려가기 시작했다. 다른 개들도 똑같은 과정을 되풀이했다. 사람들은 울창한 숲을 바라보다가 자신들이 타고 온 자동차 문을 잠갔다. 개들은 주인들을 빤히 바라보며 자신을 해방시켜줄 마법의 단어를 기다리고 있었다.

다섯 남자는 모두 총을 갖고 있었다. 허리띠에 느껴지는 총의 무게는 위안과 동시에 두려움을 안겨주었다. 오늘의 임무는 조련사들을 흥분시켰다. 그들이 젊은 시절 경찰에 투신하면서 그리던 일이 바로 이것이었다. 경찰견 순찰대에 지원하기 전에 꿈꾸던 일. 세 조련사 모두 나이가 지긋했다. 세예르의 심술궂은 표현처럼 서른 살에서 마흔 살 사이를 지 긋한 나이로 봐도 된다면 그렇다는 말이지만. 그들은 지금까지 다양한 사람과 물건들을 찾아 나서서 많은 성공을 거두었다. 그들은 숲의 평화 와 앞으로 어떤 일이 벌어질지 짐작할 수 없는 상황, 그리고 개들과 일 하는 것이 좋았다. 개들이 숨을 헐떡이는 소리, 잔가지가 부러지는 소 리, 이파리가 바스락거리는 소리, 곤충 수천 마리가 윙윙거리는 소리. 모든 감각이 곤두섰고, 땅에 고정된 그들의 눈은 아무리 작은 것도 놓치 지 않았다. 담배꽁초, 부러진 잔가지, 불을 피웠던 흔적 같은 것들. 그들 은 개들이 꼬리를 힘차게 흔드는지, 아니면 갑자기 꼬리를 내리고 멈춰 서는지 유심히 살폈다. 그러면서 본부에서 소식이 들려오기를 기다리고 있었다. 두 사람이 다른 곳에서 발견되었다는 소식 같은 것. 아니면 강 도가 다른 은행을 털었다거나, 인질이 건강한 상태로 발견되었다거나, 머리가 깨진 시체로 도랑에서 발견되었다는 소식 같은 것. 무슨 일이 일 어날지는 아무도 알 수 없었다. 그들을 흥분시키는 것이 바로 이런 것이 었다. 하루하루가 전혀 똑같지 않다는 것. 어쩌면 나무에 목이 매달려 있는 사람을 발견할 수도 있고, 지친 몸으로 나무 밑에 앉아 있다가 경 찰을 보고 반가워하는 사람을 발견할 수도 있었다. 아니면 약물과용으 로 죽은 사람을 발견할 수도 있었다. 일이 끝나고 나면 해방감이 찾아왔 다. 긴장이 풀리는 느낌. 하지만 이번에는 뭔가가 달랐다. 도망치고 있 는 두 사람. 그들은 십중팔구 필사적이고 절박한 심정일 것이다.

추적해!

이것이 마법의 단어였다. 개들은 즉시 신경을 곤두세웠다. 몇 초 동안 녀석들은 오솔길이 시작되는 지점을 정처 없이 맴돌았다. 하지만 곧 단한 가지 일, 즉 차 안에서 맡은 냄새를 쫓는 것에만 초점을 맞추고 빠르게 달리기 시작했다. 엘만이 속삭였다.

"틀림없어. 녀석들이 냄새를 찾아낸 거야."

다른 사람들도 고개를 끄덕였다. 개들이 근육을 팽팽하게 긴장시키며 능선 위로 사람들을 이끌었다. 샤리프가 앞장을 선 가운데 세 마리 모두 냄새를 쫓고 있었다. 더위 속에 위아래가 붙은 작업복을 입은 남자들은 숨을 헐떡이며 그 뒤를 따랐다. 세 마리의 개는 흩어지지 않고 함께 달렸다. 녀석들은 출발하기 전에 물을 많이 마셨을 뿐만 아니라, 지구력도 대단했다. 인간으로서는 그저 부러울 따름이었다. 남자들은 모두 건강했다. 오랫동안 열심히 개를 조련시키다 보면 저절로 그렇게 되었다. 하지만 망할 놈의 더위가 힘을 빼앗아가고 있었다. 두 도망자가 과연 어디까지 달아났을까?

숲은 죽은 것 같았다. 물을 달라고 소리치고 있는 것 같기도 했다. 남자들은 지도를 갖고 있었으므로 숲 속의 오솔길들이 어디로 향하는지, 그리고 옛날에 핀란드인들의 거주지가 있던 곳이 어디인지 알고 있었다. 남자 한 명이 껌을 찾으려고 주머니에 손을 집어넣었다. 하지만 네로에게서 눈을 떼지는 않았다. 네로는 코를 좌우로 휘두르면서 이따금 작은 원을 그리며 길을 우회했다. 마치 여기서 돌아서고 싶은 것처럼. 하지만 녀석은 이내 계속 앞으로 나아갔다. 샤리프는 여전히 맨 앞에서 움직이고 있었다. 녀석의 머리와 등은 까만색이었다. 저물어가는 햇빛 속에서 녀석의 털이 두툼하게 빛났다. 녀석의 꼬리는 커다란 황금색 깃발 같았고, 발은 널찍하고 강해 보였다. 털을 잘 손질한 독일산 셰퍼드보다 더 아름다운 것이 이 세상에 있을 것 같지 않았다. 독일산 셰퍼드는 완벽한 개였다. 개라면 모름지기 이런 모습이어야 했다.

십오 분 후 녀석들이 자리를 바꿔 젭이 선두가 되었다. 개들은 경쟁 본능이 발동해서 한층 더 열심히 움직였다. 그래도 점점 기운이 빠지는지 꼬리가 축 늘어지기 시작했다. 코를 킁킁거리며 냄새를 맡는 모습도 조금 전처럼 열성적이지 않았다. 처음에는 네로와 샤리프가 계속 열심히 앞으로 나아갔지만, 조금 시간이 흐르자 되돌아가고 싶어 했다. 힘들게 산길을 올라온 남자들은 서두르지 않고 이 기회를 이용해 잠시 쉬었다. 그들은 능선에 올라와 있었다. 중앙로와 통행료 징수소 옆의 바리케이드가 내려다보였다.

"틀림없이 놈들이 여기서 쉬었을 거야."

세예르가 낮은 목소리로 말했다.

다른 사람들도 고개를 끄덕였다. 놈들이 여기 서서 바리케이드와 경찰차를 내려다보다가 계속 나아갔을 것이다. 어느 방향으로 갔을까?

"여기 담배꽁초가 하나 있어요."

스카레가 그것을 집어 들었다.

"직접 만 거예요. 빅벤 종이로."

그는 꽁초를 비닐 봉지에 넣어 주머니에 간수한 뒤 수색을 계속했지만 아무것도 찾아내지 못했다.

"젭을 계속 선두에 세우고, 다른 녀석들한테는 정찰을 맡기는 게 어때?"

엘만이 의견을 내놓았다.

네로와 샤리프는 근처를 좌우로 누비며 사방 약 오십 미터 거리까지 땅을 수색하기 시작했다. 젭은 오솔길을 따라 계속 달렸다. 냄새가 불분명했다. 개들은 아까처럼 열성적이지 않았다. 녀석들은 가끔 걸음을 멈추고 산만하게 행동했다. 남자들은 뒤를 돌아보았다. 살해당한 여자가 살던 농가 쪽으로 내려가지는 않았을 것이다. 그럼 옛날에 핀란드인들이 살던 곳으로 올라갔을까? 더위가 심했으므로 도망자들이 산 속에 있는 낡은 오두막에서 쉬어 갔을 가능성이 컸다. 만약 그렇다면 개들이 그곳에서 그들의 흔적을 찾아낼 것이다. 바짝 마른 땅보다는 냄새가 강할 테니까.

숲 속은 이상할 정도로 조용했다. 가을에는 사냥꾼과 산딸기를 따러 온 사람들 때문에 숲 속이 훨씬 더 부산했다. 하지만 지금은 너무 더워서 누구도 꼭 필요한 일이 아니면 숲 속을 걸어 다니지 않았다. 돈을 받고 일을 하기 위해 숲을 통과해야 하는 사람이나, 모험을 갈망하는 구제불능의 욕구가 너무 커서 좀이 쑤시는 사람이라면 또 몰라도.

세예르는 손으로 이마를 훔친 후 총을 확인해보았다. 그는 사격연습장에서는 명사수였지만, 실제로 총격전이 벌어지면 그것이 그리 큰 의미가 없다는 것을 알고 있었다. 그래서 마음이 불안했다. 판단을 조금만 잘못해도 엄청난 결과가 생길 수 있었다. 정직을 당하거나, 장애인이 되거나, 죽을 수도 있었다. 무슨 영문인지 자신이 지금 쉽게 공격받을 수 있는 입장이라는 생각이 들었다. 마치 삶의 의미가 더 커진 것 같았다. 그는 이런 생각들을 억지로 밀어내고 기운차게 걸으면서 스카레를 흘깃 바라보았다. 스카레는 햇빛을 가리려고 모자챙을 아래로 내려서 쓰고 있었다.

"정신병원에서 나온 그 불쌍한 녀석이 어떻게 됐는지는 하느님만 아시겠지."

세예르가 중얼거렸다.

"제 생각에는 그 녀석하고 같이 있는 놈도 걱정해야 할 것 같은데요."

스카레가 말했다.

"그 녀석이 살인범인지는 아직 확실치 않아. 우리가 아는 거라고는 그 녀석이 현장에 있었다는 것뿐이야."

스카레는 선글라스 알을 붙였다 뗐다 할 수 있는 철테 안경을 쓰고 있었다.

"주위를 둘러보세요."

그가 말했다.

"사람이 별로 없죠?"

"내가 그 말을 한 건 순전히 사실을 정확히 밝히기 위해서였어. 그냥 두 녀석이 서로 같은 입장이라고 해두자고."

"둘 중 하나가 총을 갖고 있다는 점만 빼면 그렇죠."

스카레가 말했다.

일행은 계속 걸었다. 네로와 샤리프는 양편에서 계속 원을 그리며 돌았다. 이제 일행은 덤불이 울창한 곳을 지나고 있었다. 군데군데 공터도 나왔다. 뜨거운 피가 힘차게 그들의 몸을 돌았다. 햇빛은 아름답고 화려한 황금색이었고, 나무들을 장식한 다양한 색조의 초록색은 놀라울 정도였다. 그늘에서는 초록색이 거무스름하고 강렬한 빛을 띠었고, 사방이 탁 트인 곳에서는 황금빛이 섞인 노란색을 띠었다. 이파리와 가지에는 온통 가시가 달려 있어서 사람들을 찔러댔다. 풀잎이 일행의 다리를 어루만졌다. 가지들은 뒤로 휘어졌다가 재빨리 제자리로 되돌아오며 사람들의 얼굴을 때렸다. 벌레가 몸에 앉자 사람들은 손바닥으로 녀석을 후려쳤지만, 곧 벌레 잡기를 포기해버렸다. 쓸데없이 힘이 너무 많이 들기 때문이었다. 딱 한 번 스카레가 곱슬머리 속으로 날아 들어 오려는 성난 장수말벌을 손으로 후려쳤을 뿐이다.

얼마 후 일행은 물이 졸졸 흐르는 개울가에서 걸음을 멈추고 개들에 게 물을 먹였다. 남자들은 차가운 물을 얼굴과 목에 끼얹었다. 개들은 여전히 냄새에 집착하고 있었다. 냄새가 희미해서 더 초조해하는 것 같 기도 했다. 녀석들은 여전히 집요하고 열성적이어서 결코 포기하려 하 지 않았다. 사람들이라면 도망자들이 멀리까지 달아난 것으로 판명될 경우 포기해버릴 수도 있을 텐데. 어쩌면 도망자들이 어디 그늘에 누워 서 작은 연못 위에 발을 드리운 채 쉬고 있는지도 몰랐다. 사람들은 너 도나도 차가운 물에 몸을 담글 생각을 하기 시작했다. 바보 같은 생각 이었지만, 일단 그런 생각이 떠오르고 나니 견딜 수가 없었다. 얼음처 럼 차갑고 잔물결이 이는 물에 타는 듯이 뜨거운 몸을 담그거나 머리칼 에 밴 땀을 씻어내고 싶었다.

"베트남에서는,"

엘만이 갑자기 입을 열었다.

"미국 군인들이 더운 한낮에 덤불 속을 지날 때면 헬멧 속에서 뇌가 끓어오르곤 했어요."

"끓어올라? 세상에."

세예르가 고개를 절레절레 저었다.

"그러고 나면 사람들이 완전히 달라졌죠."

"무슨 일이 일어나도 결코 예전 모습으로 돌아가지 않았겠지. 하지만 솔직히,"

그가 고개를 돌려 다른 사람들을 바라보았다.

"정말로 그런 일이 가능하다고 생각하나?"

"물론 아니죠."

"자네도 의사는 아닌 것 같은데."

세예르는 이렇게 말하고 나서 이마를 훔친 다음 다시 모자를 썼다.

남자들은 조용히 쿡쿡거렸다. 개들은 사람들의 대화에 아랑곳하지 않았다. 녀석들은 계속 앞으로 나아가며 가끔 오솔길 옆의 잡초들 속에 코를 박았다. 하지만 걸음을 멈추지는 않았다. 녀석들은 천천히 나아가고 있었지만, 오솔길을 벗어나지 않았다. 사람들은 도망자들이 울창한 숲 속보다는 오솔길을 택한 모양이라고 생각했다.

"우리가 놈들을 찾아낼 거야."

세예르가 엄숙하게 말했다.

"생각해보니 놀라운 것이 있는데,"

엘만이 눈으로 젭의 뒤를 쫓으며 한숨과 함께 말했다.

"남자의 운명이 비극적이라는 생각이 드는군요."

"그게 무슨 소리예요?"

스카레가 뒤를 돌아보며 말했다.

"테스토스테론 말이야. 그것 때문에 남자들이 그토록 공격적인 거야. 테스토스테론 맞지?"

"그래서요?"

"뭐, 그래서 우리가 여자를 수색하는 경우가 거의 없는 거지. 이런 더위 속에서 여자들이 얼마나 옷을 훌훌 벗고 있을지 한번 생각해봐!"

세예르는 낮은 소리로 혀를 끌끌 찼다. 그러고는 사라를 생각했다. 그녀의 눈동자를 고리처럼 둘러싸고 있던 빛도.

스카레가 그의 갑작스러운 표정 변화를 눈치 챘다.

"걱정되세요, 콘라드?"

"난 괜찮아. 걱정해줘서 고맙네."

분위기는 아직 희망적이었다. 자그마한 비행기 한 대가 푸른 하늘 저 높은 곳에서 나타났다. 햇빛에 비행기 동체가 하얗게 빛났다. 세예르는 그 비행기를 한참 동안 바라보았다. 저 위에는 선선한 바람이 불고 있었다. 머릿속으로 그는 낙하산을 등에 메고 그 비행기에 타고 있는 자신을 상상했다. 상상 속에서 그는 비행기 문을 열고 잠시 아래를 내려다보았다. 그러고는 밖으로 몸을 던져 한동안 수직으로 낙하하다가 공기 기둥을 타고 편안히 허공을 둥둥 떠다녔다.

"저거 보이나, 야콥?"

세예르가 고개를 돌리며 비행기를 가리켰다.

스카레는 불편한 표정으로 비행기를 바라보았다. 그의 상상력이 지나치게 왕성해지기 시작했다.

"누구 거울 가진 사람 있어?"

모르간은 사팔뜨기처럼 눈을 뜨고 자기 코에 초점을 맞추려고 애썼다.

"친구가 있는 사람은 거울이 필요 없어."

에르키가 찬장 옆에서 중얼거렸다.

모르간은 카닉을 바라보았다.

"저 녀석이 말은 잘하지? 믿을 수 없을 정도야."

"제 활 가방에 거울이 있을 거예요."

카닉이 말했다. 그는 여전히 무서워서 에르키의 눈을 바라보지 못했다. 어쩌면 에르키는 저기 앉아서 어떤 끔찍한 방법으로 카닉을 죽일지 궁리하고 있을지도 몰랐다. 그의 표정이 그 정도로 이상했다.

"가서 가져와, 에르키."

모르간이 말했다.

에르키는 아무 대답이 없었다. 그는 여전히 기분 좋은 졸음기와 피로를 느끼고 있었다. 모르간은 에르키를 포기하고 활 가방을 세워놓은 계단으로 가서 활과 함께 안으로 질질 끌고 들어왔다. 그리고 화살과 그 밖의 장비들을 뒤져 거울을 찾아냈다. 사방의 길이가 십 센티미터쯤 되는 작은 정사각형 거울이었다. 그는 주저하며 거울을 얼굴 높이로 들어올렸다.

"이런 젠장! 이렇게 끔찍한 꼴은 본 적이 없어!"

카닉은 모르간이 자기 코를 보지 못했을 거라고는 생각하지 못했다. 그의 말은 사실이었다. 그의 코는 정말로 끔찍했다.

"균이 들어간 거야, 에르키. 내 이럴 줄 알았어!"

그는 거울을 들고 방 안을 서성거리기 시작했다.

"세상이 다 감염됐어."

에르키가 중얼거렸다.

"질병, 죽음, 비참함."

"파상풍 증세가 나타나는 데 시간이 얼마나 걸리지?"

모르간은 큰 소리로 혼자 중얼거렸다. 손이 하도 심하게 떨려서 거울이 덩달아 흔들렸다.

"며칠 걸릴 거예요."

카닉이 의견을 내놓았다.

“확실해? 너 그런 거 잘 알아?”

“꼭 그런 건 아니에요.”

모르간은 토라진 아이처럼 한숨을 쉬더니 거울을 던져버렸다. 코를 보고 나니 용기가 깡그리 사라질 것 같았다. 이제는 코가 그리 많이 아프지 않았다. 메스꺼운 느낌도 그리 강하지 않았다. 그냥 기운이 없을 뿐이었지만, 그건 다른 이유 때문이었다. 음식과 물을 먹지 못했다는 것. 뭔가 다른 생각을 할 필요가 있었다. 그는 카닉을 바라보며 눈을 가늘게 떴다.

“그래, 네가 살인을 목격했단 말이지, 응? 말해봐. 네 생각에는 어떻게 된 일인 것 같아?”

카닉의 눈이 커졌다.

“아니에요.”

그가 말했다.

“전 목격자가 아니에요.”

“아니라고? 라디오에서는 그렇다고 하던데?”

카닉은 재빨리 고개를 숙이며 속삭이듯 말했다.

“전 그냥 그 사람이 도망치는 걸 봤을 뿐이에요.”

“그럼 그 사람이 이 재판정에 있나요? 배심원들을 위해 손을 들어 그 사람을 가리켜보세요.”

모르간이 연극배우처럼 말했다.

카닉은 양손을 무릎에 딱 붙였다. 죽어도 에르키를 지목하지 않을 작정이었다.

“너 꼭 경찰한테 그렇게 지껄여야 했냐?”

"지껄이지 않았어요. 경찰이 저더러 뭐 본 게 없냐고 묻기에 그냥 대답했을 뿐이에요."

그가 말했다.

모르간은 아이의 말을 듣기 위해 몸을 앞으로 숙여야 했다.

"너 교묘하게 빠져나가려고 하는 모양인데, 네가 지껄인 게 분명해. 너 그 할머니랑 아는 사이야?"

"네."

에르키의 머리가 한쪽으로 약간 기울어져 있었다. 잠든 것 같았다.

"저 녀석도 어쩔 수 없었을 거야."

모르간이 말했다.

"머릿속이 뒤죽박죽이라."

"뒤죽박죽이요?"

"심지어 그 일을 기억도 못해."

"그래요?"

"어쩌면 내가 오늘 아침에 포쿠스 은행을 털면서 자기를 인질로 잡았다는 것도 잊어버렸는지 몰라."

그는 재미있다는 표정으로 아이를 바라보았다.

"저 녀석이 때마침 은행 안에 서 있었거든. 내가 도망치려면 저 녀석이 필요했지. 너 그거 아냐?"

모르간이 쿡쿡 웃었다.

"은행을 털고 나서 인질을 잡는 건 경품권이 들어 있는 부활절 달걀을 사는 것하고 비슷해. 어떤 사람들은 운이 좋아서 제대로 된 장난감을 선물로 받지. 하지만 난 새로 조립해야 하는 부품만 한 줌 받았어."

그는 코에 대해서는 잊어버렸다.

"저 녀석은 아무것도 기억 못해. 게다가 내면의 목소리들이 시키는 일만 하지. 아마 넌 이해 못하겠지만, 난 저 녀석이 불쌍해."

모르간은 다시 바닥에 앉아 진지한 표정으로 카닉을 바라보았다.

"너 그거 아냐? 난 어렸을 때 보육원에 있었어. 아침마다 조회가 열렸지. 선생이 글을 읽거나 노래를 하는 동안 우리는 바닥에 둥그렇게 앉아 있어야 했어. 생각을 잡는 게임도 있었는데 말이야, 선생이 우리 눈을 깊숙이 들여다보면서 이렇게 속삭이는 거야. '뭔가 생각을 해라!' 그러면 우리는 정말 열심히 생각을 했지. 조금 있으면 선생이 소리를 질러. '그걸 잡아, 그걸 잡아!' 그러고는 마치 생각을 하나 잡아 들이는 것처럼 허공으로 손을 뻗었지. 우리도 그걸 따라했고."

모르간은 잠시 말을 멈췄다가 다시 입을 열었다.

"'그걸 놓치지 마!' 선생이 이렇게 소리를 지르면 우리는 그게 날아가 버릴까 봐 겁이 나서 꼭 붙들었어. 그런데 그게 날아가 버리더라고. 우리가 손을 벌리면 그 안에는 아무것도 없었어. 그냥 먼지하고 땀만 있었지. 내 생각에 그건 집중력 훈련이었던 것 같은데, 그걸 하면 우리 기분만 끔찍해질 뿐이었어. 어른들은 애들한테 진짜 이상한 짓을 많이 한다니까."

그는 그때를 생각하며 체념한 듯 고개를 절레절레 저었다.

"에르키의 문제도 똑같아. 혼란에 빠져서 자기 생각을 붙들지 못하거나, 같은 걸 자꾸만 자꾸만 생각하는 거야. 그런 걸 강박이라고 하지. 난 그게 어떤 문젠지 알아. 저런 사람들이 있는 데서 일을 한 적이 있거든."

에르키가 툴툴거리는 소리가 들렸다.

"저 녀석이 왜 내 코를 깨물었는지 알아?"

"전혀 모르겠어요."

카닉이 울먹이면서 말했다.

"내가 저 녀석을 저 아래로 데려가서 수영을 하려고 했거든. 저 녀석은 싫다고 했는데. 저 녀석은 수영을 못해. 잔소리 듣는 것도 싫어하고. 너도 저 녀석한테 잔소리하면 안 돼. 자칫하다가는 순식간에 저 녀석이 네 귀를 물고 늘어질 테니까. 그보다 더 나쁜 일이 벌어질 수도 있고."

"저 이제 가도 돼요?"

카닉의 목소리가 실처럼 가늘었다. 그는 에르키에게 들리지 않게 가능한 한 작은 소리로 말하고 있었다.

모르간이 눈을 부릅떴다.

"이제 가도 되냐고? 도대체 왜 그런 생각을 하는 건데? 네가 우리보다 쉽게 여기서 빠져나가는 걸 우리가 그냥 둘 것 같아? 네가 무슨 대단한 일을 했다고. 이건 우리 운명이야."

그가 엄숙하게 말했다.

"우린 여기 갇혀서 경찰이 와서 우리를 가둬주기를 기다리고 있어. 하지만 스스로 자수할 생각은 없지. 우린 자부심 강하고 용감하니까. 싸워보지도 않고 포기하는 짓은 안 해."

모르간의 목소리에는 술이 불러온 비애가 가득 차 있었다. 저 사람 말하는 게 제로니모 같아. 카닉은 속으로 생각했다. 에르키만 정신이 나간 것이 아니었다. 두 사람 모두 제정신이 아니었다. 어쩌면 카닉 자신도 미친 것 같기도 했다. 자신이 정말로 미친 건지 아닌지 콕 집어서 말하기가 어려웠다. 하지만 그는 어쨌든 정신병원이 아니라 문제아들을 개선시키는 학교에서 살고 있었다. 아니, 거기도 정신병원인가? 정신을 차릴 수 없을 만큼 욕지기가 올라와서 그는 모직물 덩어리 같은 것이 목구멍 속에서 점점 커지는 것 같은 느낌을 가라앉히려고 침을 꿀꺽 삼켰다. 어떤 의미에서 그는 이 두 사람과 함께 여기 있어야 마땅했다. 그는 그것을 알고 있었다.

"네 엄마는 아직 살아 계시냐?"

모르간이 갑작스레 물었다. 그는 벽에 꽂혀 있던 카닉의 화살을 빼내서 자세히 살펴보고 있었다.

"그럴걸요."

아이가 뚱한 목소리로 말했다.

"아니, 이 녀석이."

모르간이 쏘아붙였다.

"너 그 정도로 원한이 많냐? 엄마가 살았는지 죽었는지 모른다는 얘기라면 아예 말도 꺼내지 마. 우리 어머니는 살아계셔. 실업수당으로 살고 있지. 여동생도 하나 있는데, 걔는 미용실을 운영하고 있어."

"그럼 그 여동생이 아저씨 코를 고쳐줄 수 있겠네요."

"너 그렇게 자꾸 빈정거릴래? 내 동생은 진짜 잘나가. 네 엄마는 살아 계시냐, 카닉?"

"네."

"정부에서 주는 보조금으로 살아?"

"네?"

"네 엄마한테 직업이 있는지, 아니면 실업수당으로 사는지 묻는 거야."

"전 잘 몰라요."

"엄마가 너한테 돈을 보내시냐?"

"가끔 소포만 보내요."

"내가 좋은 걸 하나 가르쳐주지. 다음에 네 생일이 되거든 엄마한테 슬림패스트(다이어트 식품의 일종-옮긴이)를 보내달라고 해."

카닉은 슬림패스트가 뭔지 도무지 알 수 없었다. 그는 자리에 앉은 채 엄마를 생각했다. 거의 만나지도 못하는 엄마. 엄마는 마르군이 전화를 걸어 잔소리를 해야만 아들을 보러 왔다. 그럴 때면 아들에게 초콜릿을 가져다주는 경우가 많았다. 엄마 얼굴이 어떻게 생겼는지 잘 기억나지 않았다. 엄마와 이야기를 많이 나눠본 적도 없으니까. 엄마는 아들을 제대로 바라보지도 않고 그냥 힐끔힐끔 쳐다볼 뿐이었다. 그러다가는 몸을 움츠리며 끔찍하기 짝이 없다는 표정으로 시선을 피했다. 갑자기 오래전의 일이 생각났다. 어느 날 학교에서 돌아온 그가 부엌 문간에 멈춰 서서 엄마를 뚫어지게 바라본 적이 있었다. 엄마가 다른 사람처럼 보였다. 하루 만에, 아니 그가 학교에 가 있던 몇 시간 만에 머리가 훨씬 길게 자라 있었다.

"가발 썼어?"

그가 물었다.

엄마는 읽고 있던 신문을 옆으로 던져버리고는 마지못해 그에게 시선을 돌렸다.

"아니, 가발 아냐. 진짜 머리카락을 붙인 거야."

"뭐?"

그는 너무 놀라서 즉시 식탁에 앉았다. 바뀐 건 머리뿐만이 아니었다. 손톱도 길게 늘어나 있었고, 짙은 빨간색이 번쩍거리는 새 차의 페인트처럼 밝게 빛나고 있었다.

"붙였다는 게 무슨 뜻이야?"

그는 정말로 궁금해서 물어보았다.

"풀로 붙인 거야?"

"그래. 이 머리가 몇 주 동안 갈 거야."

엄마는 머리를 뒤에서 하나로 모아 부채처럼 펼쳐서 그에게 자기 말이 옳다는 것을 보여주었다. 엄마는 새로운 머리와 함께 새로운 위엄을 얻었다. 엄마의 표정이 달라졌고, 자세도 더 꼿꼿했다. 엄마는 마치 여왕 같은 자세로 앉아 있었다.

유혹이 너무 컸다. 카닉은 식탁 너머로 갑자기 몸을 내밀어 더러운 손으로 머리카락 한 다발을 잡아 뽑았다. 머리카락은 꿈쩍도 하지 않았다. 믿을 수가 없었다.

"이 멍청이!"

엄마가 펄쩍 뛰어 뒤로 물러나면서 소리를 질렀다.

"이게 얼마짜린 줄 알아?"

"풀로 붙였다고 했잖아."

"그래서 이걸 망가뜨리려고?"

"누가 해줬어?"

"미용사가."

"돈이 얼마나 들었는데?"

그가 뚱한 표정으로 물었다.

"알고 싶어? 하지만 그건 네가 상관할 일이 아냐. 넌 돈 한 푼 없잖아."

"맞아. 용돈도 없어."

"너한테 용돈이 왜 필요해? 네가 날 위해서 해준 일이 뭐가 있다고!"

"나한테 뭘 부탁한 적도 없잖아."

"네가 뭘 할 수 있는데, 카닉?"

갑자기 엄마가 탁자 위로 몸을 숙이며 도전적인 시선으로 그를 바라보았다.

"네가 할 수 있는 일이 있기나 해, 카닉?"

그는 식탁보에 말라붙은 잼을 잡아 뜯었다. 아무 생각도 나지 않았다. 그는 글도 잘 못 읽고 운동 실력도 형편없었다. 다트 게임에서는 아무도 그를 이기지 못했지만, 그는 그 말을 하지 않았다.

나중에 엄마가 새로 붙인 머리를 틀어 올려 그 위에 비닐 샤워캡을 쓰고 샤워를 하고 있을 때, 그는 엄마의 핸드백 안을 살짝 들여다보았다. 그 안에 돈이 없다는 건 알고 있었다. 엄마는 마르군보다 영리하기 때문에 샤워를 하러 가면서 돈을 가지고 갔다. 하지만 그는 가방 안에서 미용실 영수증을 찾아냈다. 어른들이 쓴 글씨는 읽기 어려웠지만, 이번만은 그도 열심히 노력해보았다. 머리와 손톱, 2,300크로네, 완불. 숨이 막히는 것 같았다. 그는 소리를 지르며 욕실로 들어가서 샤워커튼을 찢듯이 젖혔다.

"저 돈이면 자전거를 살 수 있었어!"

그가 소리쳤다.

"다른 애들은 전부 자전거가 있단 말이야!"

엄마가 다시 커튼을 닫았다.

"머리는 저절로 자라잖아."

그가 소리쳤다.

"것도 공짜로!"

"내 물건에 손대지 마."

엄마도 고함을 질러댔다.

"널 혼내줄 아빠가 있어야 하는데. 내가 마녀 같은 꼴로 돌아다니면 제대로 된 남자를 절대 못 만나. 그러니까 근사하게 꾸며야 된다고. 이게 다 너를 위해서야."

샤워커튼을 통해 엄마 몸의 윤곽이 보였다. 엄마를 끌어내리려면 조금 힘이 들 것이다. 그가 정말로 그럴 생각이 있다면 말이지만. 아니면 싱크대로 가서 찬물을 틀 수도 있었다. 그러면 샤워기 물이 너무 뜨거워져서 엄마 몸이 익어버릴 터였다. 하지만 그러고 싶지 않았다. 그건 진부한 방법이었다.

카닉은 기운이 다 빠져나가버린 것 같았다. 그는 무릎에 이마를 대고 한숨을 쉬었다. 배도 고팠다. 저 두 사람이 초콜릿을 모두 빼앗아가 먹어버렸기 때문에. 하지만 그의 생각은 자꾸만 과거로 향하고 있었다. 한번은 그가 엄마보다 먼저 집에 돌아왔을 때 벽장에서 하수구 세정제 상자를 찾아낸 적이 있었다. 갑자기 재미있는 생각이 떠올랐다. 그는 이 세정제가 어떻게 작용하는지 잘 알고 있었다. 싱크대가 막혔을 때, 싱크대가 막히는 건 항상 있는 일이었지만, 어쨌든 그럴 때 싱크대 하수구 위에 푸르스름한 하얀색의 작은 구슬처럼 생긴 이 세정제를 살살 뿌려주면 되었다. 이 구슬들이 물과 만나면 고약한 냄새를 풍기는 부식성 기체로 변했다. 그가 전에 빈 우유팩을 찾아내 깨끗이 씻어서 말려 놓은 적이 있었다. 그는 우유팩 바닥에 구슬 같은 세정제를 넉넉히 뿌린 다음 욕실로 들어가 샤워실 하수구의 창살 모양 마개를 들어 올렸다. 그리고 우유팩을 그 안에 넣은 다음 다시 마개를 닫았다. 엄마가 샤워를 하다가 질러댄 고함소리를 그는 앞으로도 결코 잊지 못할 것이다. 엄마가 뜨거운 물을 틀자 유독성 가스가 샤워실을 가득 채웠다. 엄마는 기침을 하고 침을 튀기며 샤워실에서 뛰쳐나왔다. 엄마의 입에서는 엄마가 알고 있는 가장 더러운 욕들이 튀어나왔다. 엄마는 욕을 많이 알고 있었다. 카닉이 혼자 힘으로 가스실을 만드는 데 성공한 것이다!

모르간이 그의 생각을 방해했다.

"그건 그렇고, 너 또 뭘 갖고 있냐?"

그가 물었다.

"붕대로 쓸 만한 것 있냐?"

카닉은 잠시 생각해보았다. 그는 여러 종류의 화살, 여분의 활줄, 풀과 오늬가 들어 있는 가방, 활줄에 칠하는 왁스, 집게, 조준기를 닦는 면 수건을 갖고 있었다.

"면 수건이 있어요."

그가 말했다.

"내 코에 쓸 수 있을 만큼 커?"

카닉은 밑동만 남아 색이 변해버린 그의 코를 흘깃 바라보았다.

"네."

모르간이 벌떡 일어서서 활 가방이 있는 곳으로 갔다. 수건은 노란색이었고 보풀보풀했다. 안경을 닦을 때 사용하는 것과 똑같았다.

카닉이 그를 바라보며 말했다.

"상처에 실 보푸라기가 들어갈 거예요."

"상관없어. 그냥 이걸 덮기만 하면 돼. 머리를 움직일 때마다 상처 속으로 공기가 들락날락하는 게 느껴져서 기분이 나빠. 여기 테이프도 있네. 이것도 내가 써야겠다. 날 좀 도와줘!"

그가 면 수건을 흔들면서 말했다.

카닉은 조금 애를 먹었지만, 두툼한 손가락으로 최선을 다해 모르간의 코를 수건으로 감쌌다. 그러고는 이로 테이프를 끊었다. 테이프가 수건을 단단히 고정시켜주었다.

"보기 좋은데요."

그가 말했다.

"그럼 우리 파티하자!"

모르간이 병을 움켜쥐며 갈라진 목소리로 말했다.

"술하고 여자만 있으면 시간 가는 줄 모르지!"

그가 카닉에게 윙크를 했다.

에르키는 자고 있었다. 코에 노란 수건을 붙인 모르간은 이상한 몰골이었다. 봄에 처음으로 햇빛이 날 때 엄마가 집 뒤에서 일광욕을 하면서 코가 화상을 입지 않게 쓰던 거랑 비슷했다. 엄마는 햇빛이 피부 구석구석까지 스며들도록 다리를 쩍 벌린 채 누워 있었다. 그는 가끔 엄마를 몰래 훔쳐보았다. 다리 사이로 구불구불한 검은색 털이 살짝 보였다. 그 폴란드 남자가 들어간 곳이 그곳이고, 그가 만들어진 곳도 그곳이었다. 엄마는 그 일에 대해 자세한 이야기를 해주지 않았지만 그는 알고 있었다. 그는 자신이 그 사실을 분명히 알게 된 것이 언제인지 기억해내려고 했지만 소용이 없었다.

그는 카르스텐과 필립을 생각했다. 그 녀석들이 어디서 자기를 찾고 있는지 궁금했다. 만약 그 녀석들이 이 집에 불쑥 나타난다면? 아마 녀석들은 곧장 안으로 달려 들어올 것이다! 그는 가끔 두 남자를 바라보며 저 사람들이 그동안 무슨 이야기를 나눴을지 생각해보았다. 에르키가 인질인 것 같지는 않았다. 그가 총을 갖고 있으니까. 게다가 모르간이 그걸 신경 쓰는 것 같지도 않았다. 그는 병을 집어 들고 술을 한 모금 마신 다음 다시 모르간에게 건네주었다. 이젠 위스키를 마셔도 목구멍이 타오르지 않았다. 마취를 한 것처럼 둔해진 모양이었다. 그의 몸에는 아무 감각이 없었고, 움직임이 묘하게 굼떴다. 잠들기 전에 여기서 도망쳐야 하는데.

"이제 가도 돼요?"

그가 구석에 있는 에르키를 향해 조심스레 간청했다.

"에르키가 결정할 거야."

모르간이 무뚝뚝하게 말했다.

"이 안에서는 저 녀석이 대장이거든. 지금은 저 녀석이 자고 있으니까 네가 내 말동무를 해줘야 돼. 너 같은 고깃덩어리만 있으면 나도 오래 버틸 수 있을 거야."

그가 코웃음을 쳤다.

두 사람 모두 심한 취기가 올라오기 시작했다. 모르간은 자기가 지금 여기서 뭘 하고 있는 건지, 앞으로 무엇을 할 계획이었는지 잊어버렸다. 그는 이 조용한 방이 마음에 들었다. 바깥의 눈부신 햇빛에 비하면 방 안은 놀라울 정도로 어두웠다. 옷장 옆에서 들려오는 에르키의 숨소리에 귀를 기울이는 것도 기분 좋았다. 사람들은 계획을 짜거나 약속을 하면 안 된다. 그냥 가만히 앉아서 이런저런 생각들이 정처 없이 떠오르는 것을 내버려두어야 한다. 가까이에 앉아 있는 뚱뚱한 녀석의 몸이 약간 구부정하게 늘어져 있었다. 밖에서는 아무 소리도 들리지 않았다. 새소리도 없고, 심지어 나뭇잎이 살랑거리는 소리도 없었다. 위스키가 빠르게 줄어드는 것이 조금 걱정스러웠다. 몇 시간만 지나면 그는 다시 정신이 멀쩡해질 것이다. 조만간 무겁고 둔한 몸을 일으켜 뭐라도 해봐야 할 것 같았다. 하지만 뭘 어떻게 해야 할지 도무지 알 수 없었다. 수중에 돈은 있었지만, 이 집을 떠나 도로로 나가거나 도망칠 기운이 없었다. 그는 친구도 없었다. 우체국을 턴 죄로 감옥에 갇혀 있는 녀석만 빼고. 그 녀석은 곧 가석방으로 나올 것이다. 모르간은 그때 도주용 자동차의 운전을 맡았다. 둘은 간신히 도망쳐서 안전한 곳에 도착하자마자 헤어졌다. 이틀 뒤 그 친구 녀석이 경찰에 잡혔다. 그가 우체국을 터는 모습이 텔레비전으로 방영된 탓이었다. 그 바보 녀석은 복수를 하고 싶어 했다. 그는 숲 속 어딘가에 총을 숨겨놓았다고 말했다. 하지만 돈은 경찰이 녀석의 아파트에서 찾아냈다. 그는 경찰한테 모르간 얘기를 하지 않았다. 정말이지 믿을 수 없을 만큼 놀라운 일이었다. 그 녀석이 경찰의 압박을 이겨내고 혼자 벌을 받기로 했다니. 그때까지 모르간을 그렇게 위해준 사람은 하나도 없었다! 나중에야 자신이 그 녀석에게 영원한 빚을 졌다는 느낌이 슬금슬금 머릿속으로 기어 들어왔다. 그리고 얼마 후 교도소 면회실에서 친구 녀석이 넌지시 이런 말을 했다.

"여기서 나가도 난 빈털터리야. 네가 어떻게 좀 해줄래?"

포쿠스 은행을 터는 것은 시작에 불과했다. 십만 크로네를 둘이서 반씩 나눠봤자 오래가지 않을 터였다. 그는 친구가 어떤 녀석인지, 습관이 무엇이고 갈망하는 것이 무엇인지 알고 있었다. 그 녀석은 돈이 떨어지는 즉시 다시 그를 찾아올 것이다. 경찰이 그때 자기도 잡아 갔더라면 더 좋았을 거라는 생각이 들었다. 그의 머릿속에서 낮게 붕붕거리는 소리가 들렸다. 어쩌면 그도 에르키처럼 미쳐가고 있는 것 같았다. 이것이 그에게 처음으로 들려온 내면의 목소리였다. 머릿속에서 벌레 한 마리가 빙글빙글 날면서 밖으로 나가려고 애쓰는 소리.

20

모르간은 잠에서 깨어 눈을 비볐다. 머리가 혼란스러웠다. 카닉은 고개를 약간 앞으로 숙인 채 옆에서 자고 있었다. 이중 턱이 아래로 눌려 가슴에 퍼져 있었다. 그 피부와 지방 덩어리를 뭐라고 표현할 길이 없었다. 그는 뻣뻣한 다리를 쭉 펴고 손을 머리에 갖다 댔다. 코는 그리 아프지 않았다. 감각이 거의 사라진 것 같았다. 이미 죽어버린 것 같기도 했다. 조금 있으면 썩은 과일처럼 살덩어리가 떨어져 나올 것이다.

카닉이 눈을 떴다. 밖에서 푸르스름한 빛이 들어오고 있었다.

"저녁이야."

모르간이 작은 소리로 말했다.

"전 집에 가야 돼요."

카닉이 다급하게 말했다.

"사람들이 절 찾아 나설 거예요!"

모르간은 에르키를 흘긋 바라보았다. 혹시 총이 어디 있는지 볼 수 있을까 하고. 총은 그의 바지 허리띠에 꽂혀 있었다. 그는 천천히 일어나서 약간 비틀거리다가 균형을 잡은 다음 옷장으로 걸어갔다. 그는 그곳에 잠시 서서 생각을 해보다가 몸을 숙였다. 구석진 곳이라 어두웠다. 그는 자고 있는 에르키의 몸 한쪽에 한 발을 딛고 한 손으로 머뭇거리며 에르키의 허리를 더듬었다. 그런데 뭔가 축축하고 끈적끈적한 것 때문에 갑자기 미끄러져 넘어져버렸다. 이 초 만에 그는 어리둥절한 표정으로 다시 일어섰다.

"젠장!"

카닉이 깜짝 놀란 표정을 지었다.

"무슨 일이에요?"

"사방이 피투성이야! 이 녀석 피를 철철 흘리고 있어!"

차가운 공포가 카닉의 어깨를 스멀스멀 가로질러 갔다.

"에르키!"

모르간이 비틀비틀 뒤로 물러나면서 소리쳤다.

"피를 너무 흘려서 죽어버렸어. 몸이 차가워!"

"안 돼!"

카닉이 갈라진 목소리로 날카로운 비명을 질렀다. 그는 힘겹게 일어섰지만 곧바로 벽에 몸을 기댔다.

"이 녀석 죽었어!"

마치 악몽을 꾸듯이 카닉은 서서히 돌아서서 자신을 노려보는 모르간을 바라보았다.

"네가 무슨 짓을 했는지 알겠어? 네가 그 활로 에르키를 죽인 거야. 젠장, 카닉!"

카닉은 고개를 저었다. 그의 입술에서 무슨 소리가 터져 나왔다. 제대로 만들어지기도 전에 흩어져버린 비명 같았다.

"전 다리를 맞혔을 뿐이에요."

"화살이 틀림없이 사타구니 혈관에 맞았을 거야. 어쩌면 동맥에 맞았는지도 몰라."

모르간은 카닉에게 시선을 고정시킨 채 뒤로 더 물러났다.

"난 이제 더 이상 못 참아. 이 미친놈 소굴에서 나갈 거야!"

그의 몸이 심하게 흔들렸다. 총이 필요했지만, 총을 가져오려면 저 차가운 시체에 손을 대야 했다. 어쩌면 손에 피가 묻을지도 몰랐다.

"너도 와서 좀 도와!"

카닉은 나무 벽에 매달려 있었다. 그가 소리를 지르기 시작했다.

"그럴 생각은 없었어요! 에르키가 문을 열었기 때문에 나도 어쩔 수 없었다고요. 아저씨가 사람들한테 자초지종을 말해줘요. 그걸 본 사람이 아저씨밖에 없잖아요!"

모르간은 필사적으로 소리를 지르고 있는 뚱뚱한 아이의 모습에 마음이 움직여서 잠시 가만히 있었다. 그는 침을 꿀꺽 삼키고는 에르키의 시체를 다시 흘깃 바라보고 나서 바닥에 털썩 주저앉았다.

"안 그래도 이미 모든 게 엉망진창이었는데. 난 은행을 털고 인질을 잡았어. 감옥에서 한참 썩을 거야."

"시체를 호수에 던져버리면 돼요. 그러고 나서 에르키가 도망쳤다고 하는 거예요!"

카닉은 양손을 쥐어짜듯 비틀고 있었다.

"그럴 생각은 없었어요. 어쩌다 보니 그렇게 된 거라고요! 우리 에르키를 호수에 던져버려요!"

"넌 그냥 경찰한테 사실대로 말하면 돼. 하지만 난 여기서 나가야겠다."

모르간의 눈이 가늘어졌다. 그는 여기서 빠져나갈 길을 찾아야 한다는 생각에 정신을 차리려고 애썼다.

카닉에게서 흐느낌이 터져 나왔다. 눈물이 강처럼 줄줄 흘렀다. 그의 얼굴은 절망 그 자체였다.

"저 녀석을 호수에 던져봤자 소용없을 거야."

모르간이 다급하게 말했다.

"이 안이 온통 피투성이잖아. 피가 흥건해."

"핏자국 위에 옷장을 놓으면 돼요."

"그래도 소용없어."

"제발요!"

"경찰이 우리를 찾고 있어. 경찰이 금방 여기 나타날지도 몰라. 우린 시간이 없어. 저 녀석을 호수로 끌고 가려면 우리 몸도 피투성이가 될 거야. 소용없어, 카닉. 게다가 넌 너무 어려서 감옥에 안 갈 거야. 넌 빠져나갈 수 있어. 에르키가 제정신이 아니라는 이유로 그 할머니를 죽이고도 빠져나갈 수 있는 것처럼. 하지만 나는,"

그가 분노에 차서 주먹으로 바닥을 치며 고함쳤다.

"난 빠져나갈 수 없어. 나한테는 망할 놈의 핑곗거리가 하나도 없다고!"

그는 신음소리를 내며 머리를 쥐어뜯었다. 이 모든 일이 어떻게 시작됐는지 기억해내려고 애쓰면서. 오늘 하루가 믿을 수 없을 만큼 길었다는 생각이 들었다. 마치 하루 만에 평생을 다 살아버린 것 같았다. 몸이 마비되는 것 같은 끔찍한 느낌이 엄습했다. 그의 뇌는 기능을 멈춰버렸다. 그 망할 놈의 위스키 때문이었다. 카닉은 숨을 헐떡이며 바닥에 쭉 뻗어 있었다.

"집 뒤에 가파른 데가 있어요."

그가 흐느끼며 말했다.

"에르키를 거기 갖다 놓으면 에르키가 혼자 알아서 굴러 내려갈지도 몰라요."

"세상에. 더 이상은 못 참아!"

카닉이 일어서서 모르간에게 다가와 그를 세게 흔들었다.

"그렇게 해야 돼요. 그렇게 해야 돼요!"

"싫어, 안 해."

"나랑 같이해요. 그러고 나서 도망치는 거예요. 그렇게 해야 돼요! 에르키가 없어져도 아쉬워할 사람 하나도 없어요."

"틀렸어."

모르간이 조용히 말했다. 그는 이 말을 하자마자 이것이 진실임을 깨닫고 깜짝 놀랐다.

그는 흐느끼며 창밖을 내다보았다. 저 먼 곳의 풍경이 아스라하게 보였다. 여기서 도망치지 않으면 에르키처럼 미쳐버릴 것 같았다. 지금이라도 긴장을 늦춘다면 말도 안 되는 소리를 지껄이게 될 것이다. 그런 느낌이 들었다. 자신이 저 아래로 가라앉아서 남들과는 다른 세상으로 떠나버릴 수도 있다는 생각. 그러면 그는 사람들의 말을 이해하지 못해서 깜짝 놀란 표정으로 사람들을 그냥 바라보기만 할 것이다. 그래도 상관없었다. 그는 그저 사람들을 내버려둘 것이다. 그건 내가 걱정할 일이 아냐. 이 세상이 문제야. 생각할 게 너무 많아. 그는 감옥 안에서 자신을 협박하고 있는 그놈도 생각해야 하고, 불행한 표정으로 자기 앞에 서 있는 뚱뚱한 아이도 생각해야 했다.

"그렇게 해야 돼요."

카닉이 소리쳤다.

모르간은 고개를 떨어뜨렸다. 카닉이 헐떡이는 소리와 함께 다른 소리가 들려왔다. 저 멀리에서 뭔가가 점점 가까이 다가오고 있었다. 저 멀리서 개가 짖었다.

"너무 늦었어."

그가 신음하듯 말했다.

"경찰이 오고 있어."

세예르는 지도를 살펴보았다.

"옛날에 핀란드인 거주지가 있던 곳이 가까워지고 있어."

그는 눈을 가늘게 뜨고 방향을 가리켰다.

"틀림없이 놈들이 저쪽의 낡은 집에 숨어 있을 거야."

"놈들을 찾으면 어떻게 하죠?"

스카레가 물었다.

세예르는 수색대원들을 차례로 한 명씩 바라보았다.

"뭔가 극적인 조치를 취할 필요는 없을 거야. 상당한 거리를 두고 멈춰 서서 먼저 커다란 소리로 우리 측 인원이 얼마나 되는지 분명히 알려주는 게 좋을 것 같군. 우리가 무장하고 있다는 것도."

"하지만 놈이 인질을 앞세우고 인질 관자놀이에 총을 겨눈 채 밖으로 나오면 어떻게 해요?"

"그럼 도망치게 내버려둬야지. 멀리 못 갈 거야. 우린 다섯 명이고 그

쪽은 두 명이니까."

스카레는 이마의 땀을 닦았다.

"다들 총을 꺼내면 안 돼."

세예르가 말했다.

"이 더위 속에서 자네들 같은 장정을 집까지 메고 갈 생각은 없으니까. 일이 마무리되고 나면 여기서 벌어진 일들을 자세히 설명해야 할 거야. 서면으로. 사실 그대로, 양심적으로. 내 명령이 떨어지기 전에는 아예 총을 쳐다보지도 마. 내 생각이 바뀌면 알려줄 테니."

그가 걷기 시작하자 다른 대원들이 헉헉거리며 그의 뒤를 따랐다. 그들은 그를 전적으로 믿고 있었다. 비록 가끔은 그가 지나치게 신중한 것 같다는 생각이 들기도 했지만. 이런 수색작업에 나서는 경우는 드물었다. 이 무더위 속에서 이렇게 범인을 쫓고 싶은 생각은 없었지만, 기분 좋은 흥분이 몸을 가득 채웠다.

"히메릭 호수가 틀림없이 저 아래에 있을 텐데."

세예르가 방향을 가리키며 말했다.

"지도가 맞다면 아주 가까워. 여기서는 호수가 안 보이지만. 내 맥주 한 순배를 걸고 장담하는데, 개들이 틀림없이 저 방향으로 갈 거야."

"집 같은 건 안 보이는데요."

엘만이 손으로 햇빛을 가리면서 앞쪽의 울창한 숲을 바라보았다.

"아마 저기 저 숲 뒤에 있을 거야. 적어도 놈들이 우리를 먼저 볼 수는 없겠군."

그들은 계속 앞으로 나아갔다. 개들은 앞장서 달리며 숲을 향해 곧장 나아갔다. 스카레는 주님께서 보살펴주시기를 바라며 가끔 하늘을 올려다보았다. 조용한 숲이 왠지 위협적으로 느껴졌다. 침묵이 불길했다. 마치 무서운 폭풍을 일으키기 위해 힘을 모으고 있는 것 같았다. 하지만 하늘에는 구름 한 점 없었다. 나무들 위에 희미한 안개가 걸려 있을 뿐이었다. 땅은 계속 습기를 빼앗기고 있었다. 그 습기가 위로 올라가 머리 위에서 우윳빛 안개가 되었다. 어쩌면 범인과 인질이 창문을 열어놓고 무기를 겨눈 채 경찰을 기다리고 있는지도 몰랐다. 아니면 이미 오래전에 저쪽 능선을 넘어가버렸거나. 숲이 서서히 가까워졌다. 집은 어디에도 보이지 않았다.

그들은 젭을 시켜 소리를 들어보게 하기로 했다. 엘만이 젭을 불러들였고, 사람들은 가만히 서서 그 커다란 검은 개를 지켜보았다. 녀석의 커다란 머리가 좌우로 움직이고, 귀가 가볍게 떨리며 안테나로 변했다. 갑자기 녀석의 귀가 곤두서더니 녀석이 머리로 숲을 가리켰다. 녀석은 귀를 쫑긋하고 사람들이 볼 수 없는 어떤 곳을 겨냥하듯이 서 있었다. 엘만은 머릿속으로 젭의 귀에서 숲 속으로 이어지는 선을 그려보았다.

"저 안에 누가 있어요."

그가 속삭였다.

세예르가 조사에 나섰다. 젭은 그의 뒤를 따라가려 했지만, 누군가가 줄을 잡아당기는 바람에 움직이지 못했다. 녀석이 날카로운 소리로 짖어댔다. 앞으로 걸어가는 세예르의 머리가 초록색 숲을 배경으로 은처럼 반짝였다. 시간이 째깍거리며 흘렀다. 스카레는 땀을 흘리고 있었다. 다른 사람들은 개를 쓰다듬었다. 세예르는 계속 걸었다. 덤불에 도착하자마자 그는 왼쪽으로 방향을 틀어 숲 가장자리의 덤불 속으로 들어섰다. 그는 몸의 긴장을 풀려고 애썼다. 이제 나무들 사이로 뭔가가 보였다. 나무들보다 더 어둡고 더 단단한 것이었다. 그는 한 손을 총에 갖다 댔다. 가죽 총집이 뜨거웠다. 곧 나무들이 듬성듬성해지더니 공터가 나타났다. 그 공터에 집이 한 채 있었다. 어둡고 묵직하게 보이는 통나무 오두막이었다. 그는 창문을 유심히 바라보았다. 유리가 모두 깨져 있었다. 사람은 눈에 보이지 않았다. 그는 풀밭 속으로 몸을 낮췄다. 저 창가에 누가 있더라도 그를 볼 수는 없을 거라는 확신이 들었다. 비록 오두막은 무덤처럼 조용했지만, 저 안에 아직 누가 있을 가능성이 있었다. 어쩌면 놈들이 잠을 자거나 쉬고 있는지도 몰랐다. 어쩌면 그를 기다리고 있을 수도 있었다. 강렬한 햇빛에 바짝 말라버린 지붕에서 풀이 자라고 있었다. 창이 조그맣고 창살이 있어서 빛이 안으로 많이 들어갈 것 같지는 않았다. 아마 집 안은 기분 좋게 서늘할 것이다. 그는 저 안에 누가 있다는 것을 느낌으로 알 수 있었지만, 오두막에서는 여전히 아무 소리도 들리지 않았다. 일어서서 저 집 문을 향해 걸어가는 건 생각도 할 수 없는 일 같았다. 놈들이 깜짝 놀라서 두려움 때문에 마구 총을 쏘아댈 가능성이 있었다. 그는 제자리에서 움직이지 않았다. 솔방울을 저 나무 벽에 던지면 둔탁한 소리가 날 것이다. 그러면 저 안에 있는 두 놈 중 한 명이 무슨 일인지 보려고 창가로 나올 가능성이 있었다. 바짝 마른 소나무 아래를 찾아보니 커다란 솔방울이 하나 있었다. 솔방울을 문에다 던져야 할 것 같다는 생각이 들었다. 저 안에 누가 있다면 그 소리를 들을 것이다. 돌계단에 갈색이 섞인 빨간색 얼룩이 보였다. 핏자국 같았다. 그는 미간을 찌푸렸다. 누가 다쳤나? 그는 팔을 들어 솔방울을 던졌다. 가볍게 톡 하는 소리가 났다. 그는 재빨리 몸을 낮추며 움츠렸다. 아무 변화도 없었다. 그는 꼬박 일 분을 기다렸다. 시간이 째깍거리며 흘렀다. 바지 기장이 짧은 작업복 때문에 몸을 웅크리기가 어려웠다. 일 분이 지났다. 그는 뒤로 돌아 몸을 낮춘 채 일행에게 돌아갔다.

"내가 집 안으로 들어가겠네."

스카레가 걱정스러운 표정으로 그를 바라보았다.

"놈들이 저 안에 있는 것 같지는 않은데요. 너무 조용하잖아요."

"젭이 뭔가 소리를 들었어요."

엘만이 말했다.

세예르와 스카레는 다시 오두막 쪽으로 걸어갔고, 다른 사람들은 개들과 함께 뒤에 남았다. 세예르가 문을 밀어보았다.

"이봐! 경찰이다. 안에 누구 없나?"

대답이 없었다. 모든 것이 조용했다. 은행강도가 밖으로 뛰어나와 총을 쏠 거라는 생각은 처음부터 하지 않았다. 그가 그렇게 죽을 리가 없었다. 게다가 이 집에는 인기척이 전혀 없었다. 그는 거실을 들여다보았다. 초록색 소파, 낡은 옷장이 보였다. 뜻밖에 회색 가방도 하나 있었다. 그는 몇 걸음 안으로 걸어 들어가다가 어깨 너머로 스카레에게 속삭였다.

"놈들이 여기 있었어."

그는 먼지투성이 바닥에 서서 잠시 방 안을 둘러보며 눈이 어두운 방 안에 적응하기를 기다렸다. 그러자 구석에 누군가가 있는 것이 눈에 들어왔다. 검은 옷을 입은 검은 머리의 여윈 남자였다. 그는 앉은 것도 아니고 누운 것도 아닌 자세로 머리를 옷장에 기대고 있었다. 아주 불편해 보였다. 세예르는 이제 자신의 안전 따위 안중에 없었다. 누군가가 자신에게 달려들지 모른다는 생각도 들지 않았다. 그는 그 생기 없는 남자에게 걸어가서 그 옆에 무릎을 꿇고 앉았다. 가장 먼저 떠오른 생각은 그의 몸집이 아주 작다는 것이었다. 수척하고 가냘파서 힘이라고는 하나도 없어 보였다. 그의 눈은 감겨 있었고, 얼굴은 유령처럼 창백했다. 심한 영양실조에 시달리는 아이 같았다. 헝클어진 검은 머리가 어깨까지 내려와 있었다.

"에르키."

세예르가 속삭이듯 말했다.

에르키는 피 웅덩이 속에 있었다. 세예르는 그의 가느다란 목에 손을 대보았지만 맥박이 느껴지지 않았다. 상처가 난 곳이 어딘지 알 수가 없었다. 아마 복부 어딘가를 맞았을 것이다. 그의 몸에는 아직 온기가 조금 남아 있었다. 세예르가 막 몸을 일으키려고 했을 때 무슨 소리가 들렸다. 처음에는 스카레인 줄 알았지만, 갑자기 뭔가 시커먼 것이 그의 시야 속으로 미끄러져 들어왔다. 기분 나쁘게 삐걱거리는 소리가 들렸다. 옷장 문이 삐걱거리며 천천히 열렸다. 목덜미의 털이 곤두섰다. 그는 깊이 숨을 들이쉬었다. 삐걱거리는 소리가 멈췄지만, 옷장 안에는 아무도 없었다. 그가 앉아 있는 곳에서는 옷장 안이 보이지 않았지만, 그 안에 누가 있을 리가 없었다. 은행강도 녀석이 인질을 총으로 쏜 뒤 낡은 옷장 안에 숨을 이유가 없지 않은가. 놈은 분명 도망쳤을 것이다. 옷장 문이 열린 것은 세예르가 바닥을 가로질러 걸어오는 동안 마룻널이 흔들렸기 때문일 것이다. 그는 뒤로 물러나서 옷장을 향해 몇 걸음 다가가 옷장 안을 바라보았다. 순간적으로 반짝이는 금속이 보였다.

총이 심하게 흔들리고 있었다. 세예르는 깜짝 놀라서 숨을 들이쉬며 자기 총으로 손을 뻗다가 생각을 바꾸었다. 그는 입을 벌리고 서서 자신을 바라보고 있는 생물을 당혹스러운 시선으로 바라보았다. 공포에 물든 창백한 얼굴과 들어 올린 총이 보였다. 옷장 안에 서 있는 건 카닉이었다. 세예르는 어떻게 된 일인지 종잡을 수가 없었다. 그는 총을 들고 서 있는 아이의 자세와 총을 멀거니 바라보았다.

실수를 저지르면 안 돼. 신중하게, 아주 신중하게. 저 아이는 언제 폭발할지 모르는 상태니까 어떤 행동을 할지 예측할 수 없어. 침착하자. 목소리도 차분하게 유지해야 돼. 내가 겁내고 있다는 걸 드러내면 안 돼.

"저는 그럴 생각 없었어요!"

카닉이 새된 소리를 질렀다. 그의 목소리가 침묵을 가르자 세예르는 미리 마음의 준비를 하고 있었는데도 화들짝 놀랐다.

"에르키가 끼어든 거예요! 모르간한테 물어보세요!"

아이는 세예르의 가슴을 겨누고 있었으므로, 총을 발사한다면 틀림없이 그를 맞힐 수 있을 터였다. 만약 아이가 총을 쏠 수 있다면 말이지만.

세예르는 양손을 늘어뜨렸다.

"공이치기를 당기지 않았어, 카닉."

그러고 나서 그는 말을 덧붙였다.

"모르간이 누구지?"

카닉은 깜짝 놀란 표정으로 총을 바라보았다. 혼란 속에서 그는 안전장치를 더듬거렸지만 두려움 때문에 무감각해진 손가락이 말을 듣지 않았다. 그래도 그는 안전장치를 조작하는 데 간신히 성공했다. 하지만 그때는 이미 세예르가 총을 꺼내 들고 있었고, 그의 뒤에 서 있는 곱슬머리 남자도 총을 겨누고 있었다.

"모르간은 침실에 있어요."

카닉이 훌쩍거리며 말했다. 그리고 이 말과 함께 총을 바닥으로 떨어뜨리고 몸을 구부리더니 한없이 토하기 시작했다. 그는 여전히 옷장 안에서 나오지 않은 채 썩어가는 마룻널 위에 먹은 것을 토했다. 스튜와 위스키, 모든 것이 밖으로 쏟아져 나왔다. 그는 옷장에 몸을 기댄 채 먹은 것이 올라오는 것을 막으려 하지 않았다. 세예르는 그가 구토를 끝낼 때까지 기다리다가 총을 발로 차서 뒤에 있는 스카레에게 보낸 다음 침실을 찾으러 갔다.

모르간은 문 뒤에 서서 기다리고 있었다. 하지만 지금 그는 마지막 남은 힘을 짜내서 마당을 가로질러 숲을 향해 달아나고 있었다. 그의 금발머리와 화려한 반바지가 엘만의 눈에 띄었다. 모르간이 도망치는 것은 애당초 불가능했다.

엘만이 몸을 낮추고 커다란 개의 머리를 두드리며 녀석의 귀에 입을 대고 속삭였다.

"젭, 공격해!"

개가 뛰어올라 마치 털 달린 번개처럼 모르간을 뒤쫓았다. 모르간은 뛰고 있었다. 개가 자기 뒤를 쫓아오는 소리나 누가 고함을 지르는 소리는 듣지 못했다. 사실 그의 귀에 들리는 소리라고는 자신의 발이 땅에 닿는 소리뿐이었다. 그는 열심히 달렸지만, 순식간에 힘이 바닥났다. 젭은 그의 하얀 손을 발견하고 왼손을 노렸다. 녀석이 이제부터 하려는 행동은 공격적인 것과는 거리가 멀었다. 오랫동안 훈련받은 대로 명령을 수행하는 행위일 뿐이었다. 모르간은 멈춰 서서 숨을 헐떡거렸다. 무릎이 후들거렸다. 쫓아오는 사람이 없는지 확인해봐야 할 것 같았다. 그 순간 그가 휘청거리며 바닥에 엎어졌다. 그는 몸을 뒤집어 풀

속에 쭈그리고 앉았다. 그러고는 겁에 질린 표정으로 자신에게 다가오는 생물을 바라보았다. 검은 동물이 턱을 반짝이며 달려오고 있었다. 녀석의 혀는 빨간색이었고, 이빨은 누렸다. 개가 뛰어오르려고 몸을 웅크렸다. 그가 목표로 삼았던 하얀 손은 사라져버렸다. 이제 그의 눈에 보이는 것이라고는 빨간 얼굴과 그 한가운데에 있는 노란 천뿐이었다. 그것은 완벽한 과녁이었다. 녀석은 힘차게 뛰어올라 앞으로 돌진하며 턱을 꽉 닫았다. 모르간이 가슴이 찢어질 듯한 비명을 질렀다. 사람들이 그곳에 도착했을 때, 그는 얼굴을 손에 묻은 채 앉아서 흐느끼고 있었다. 세예르는 잠시 걸음을 멈추고 그 소리에 귀를 기울였다. 훌쩍이는 그 소리에 틀림없이 안도감이 배어 있었다.

21

사라는 의자 가장자리에 꼼짝도 않고 앉아 있었다. 세예르가 그녀에게 자초지종을 이야기하는 중이었다. 그녀는 모든 것을 알고 싶어 했다. 에르키가 어떤 자세로 누워 있었는지, 그가 고통을 느꼈는지. 세예르는 아마 고통을 느끼지 못했을 거라고 말했다. 그는 이미 지칠 대로 지친 상태였을 것이고, 피가 빠져나가면서 남은 힘마저 모두 사라졌을 것이다. 어쩌면 스르르 잠이 들 때와 같은 기분이었는지도 모른다. 세예르는 한참 동안 앉아서 모든 것을 기억해내려고 애썼다. 말해줄 것은 이제 단 한 가지뿐이었다.

"에르키가 죽었다니, 믿을 수가 없어요."

그녀가 속삭이듯 말했다.

"에르키가 정말로 죽었다니. 지금도 에르키의 모습이 눈에 선한데. 어딘가 다른 데 있을 것 같아요."

"어디 말입니까?"

그녀가 당황한 표정으로 미소를 지었다.

"광활한 어둠 속에서 세상 걱정 없이 우리를 내려다보며 떠다니고 있 겠죠. 아마 이런 생각을 하고 있을 거예요. 저 아래에서 몸부림치고 있 는 사람들이 여기가 얼마나 아름다운지 알 수 있다면 얼마나 좋을까."

그녀가 묘사한 광경을 상상하며 세예르는 미소를 지었다. 순간적으 로 스쳐 지나간 슬픈 미소였다. 그는 뭔가 할 말을 찾아 헤맸다. 지금부 터 그녀에게 해야 하는 이야기의 고통을 줄여줄 말을.

"제가 엉켜 있는 두꺼비를 풀어놨어요."

그녀가 말했다.

"고맙습니다. 이제 안심이 되는군요."

그녀는 입고 있는 얇은 재킷을 단단히 여몄다. 그가 천장의 불을 켜지 않고 책상 위의 램프만 켜 놓았기 때문에, 램프의 초록색 불빛에 사무 실이 물속처럼 보였다.

"당신이 알아야 할 것이 있습니다."

그녀가 시선을 들고 그의 표정을 읽어보려고 했다.

"에르키의 겉옷에서 지갑이 하나 나왔습니다."

그가 목을 가다듬었다.

"빨간 지갑인데, 할디스 호른의 것이에요. 그 안에 사백 크로네쯤 되 는 지폐가 있었습니다."

그는 입을 다물고 그녀의 반응을 기다렸다. 초록색 불빛 때문에 그녀 가 창백하게 보였다.

"일 대 영. 콘라드가 이기고 있네요."

그녀가 슬픈 미소를 지으며 말했다.

"난 이긴 게 아니에요."

그는 이것 말고 달리 할 말을 찾아낼 수 없었다.

"지금 무슨 생각을 하고 계세요?"

사라가 물었다.

"누가 당신을 데리러 오기로 했습니까?"

그가 미처 생각을 하기도 전에 튀어나온 말이었다. 물론 그가 그녀를 집까지 태워다줄 수는 있었다. 하지만 게르하르트도 틀림없이 차를 갖고 있을 것이다. 그리고 그녀가 전화를 하면 그가 즉시 달려올 것이다. 그는 게르하르트의 모습을 상상해보았다. 그는 어딘가에 있는 집의 거실에 앉아서 전화기를 힐끔거리며 시계를 뚫어지게 바라보고 있을 것이다. 자기 여자를 언제라도 데리러 갈 수 있도록 준비를 갖추고서.

"아뇨."

그녀가 어깨를 으쓱하며 말했다.

"전 택시를 타고 왔어요. 우리 집 대장이 휠체어를 타시거든요. 저랑 같이 집에 처박혀 있어요. 다발성경화증을 앓고 있어서."

세예르는 깜짝 놀랐다. 사라가 병든 남편과 사는 모습을 상상할 수 없었다. 그는 완전히 다른 생활을 상상했다. 그리 순수하지만은 않은 생각이 그의 뇌리를 스쳤다.

"제가 집까지 태워다드릴까요?"

"그래주시겠어요?"

"집에서 절 기다리는 사람도 없는데요, 뭐. 혼자 살거든요."

그가 마침내 이 말을 입 밖에 냈다고 해서 달라지는 것은 없었다.

저는 혼자 살거든요.

그가 자신을 그런 식으로 말한 적이 있었던가? 아니면 자신이 ‘홀아비’라거나 ‘독신’이라고 말한 적은?

차를 타고 가는 동안 두 사람 모두 말이 없었다. 그는 곁눈질로 그녀의 무릎을 볼 수 있었다. 나머지 부분에 대해서는 그저 그곳에 있다는 느낌, 갈망뿐이었다. 운전대를 잡은 그의 손이 그의 속내를 드러내고 있는 것 같았다. 세예르는 뭔가 붙들 것이 필요하다고 커다란 소리로 고함을 지르고 싶었다. 저 여자는 무슨 생각을 하고 있을까? 그는 감히 고개를 돌려 그녀를 바라보지 못했다. 에르키가 죽었다. 그녀는 몇 달 동안 그를 치료했는데도 그를 구하지 못했다.

그녀가 집으로 가는 길을 알려주었다. 그녀의 집에 도착했을 때, 사라를 옆에 태우고 지구 끝까지 차를 몰고 갔다가 돌아온다면 정말 좋겠다는 생각이 들었다.

“어리석은 소리라는 건 알지만,”

그녀가 갑작스레 입을 열었다.

“이해하기가 너무 어려워요.”

“에르키가 죽었다는 것 말입니까?”

“아뇨. 에르키가 그 할머니를 죽였을지도 모른다는 거요.”

그는 무릎 위에 올려놓은 양손을 비틀어대며 앉아 있다가 어색한 표정으로 입을 열었다.

“아까 당신이 이런 말을 했습니다. 가끔씩, 아주 오랜만에 한 번씩, 우리가 도저히 설명할 수 없는 일들이 일어나곤 한다고요.”

그녀가 어깨를 으쓱했다.

“그래도 전 포기하고 싶지 않아요.”

"무슨 뜻입니까?"

"전 그 일을 설명할 방법을 찾아볼 거예요. 그게 어떻게 된 일인지 알아낼 거예요."

"어딜 찾아볼 건데요?"

"제 논문, 제 기억. 에르키가 한 말과 하지 않은 말. 전 그 일을 꼭 이해해야 해요."

"나중에 뭘 찾게 되거든 저한테도 알려주시겠습니까?"

마침내 그녀가 시선을 들고 미소를 지었다.

"제가 안으로 들어갈 때까지 봐주시겠어요?"

그녀가 물었다.

당혹스러운 요청이었지만, 그는 그녀를 얌전히 문까지 호위해주고 그녀가 먼저 초인종을 짧게 누른 다음 열쇠를 열쇠구멍에 집어넣는 모습을 지켜보았다. 초인종을 누른 것은 아마 게르하르트에게 자신이 돌아왔음을 알리는 신호일 것이다. 세예르는 그녀의 남편을 만나고 싶지 않았다. 그녀의 남편을 직접 본다면, 두 사람의 관계에 관한 그의 공상이 너무나 생생한 현실이 되어버릴 것 같았다. 그녀의 집은 장애인을 위해 유난히 큰 문이 달린 테라스가 있는 작은 단층집이었다. 두 사람은 거실 문간에 서 있었다. 세예르는 어렸을 때 읽은 책을 떠올렸다. 사랑에 푹 빠진 주인공이 어떤 여자를 집까지 데려다주는 장면이었다. 그녀에게 마음을 온통 빼앗긴 주인공은 그녀가 혼자 살 거라고 생각했다. 그런데 집으로 가는 길에 그녀가 그에게 집에서 조니가 기다리고 있다는 말을 했다. 그 말을 듣는 순간 그는 가슴이 철렁 내려앉았다. 그런데 그녀의 집 거실에 들어가 보니, 조니는 햄스터였다.

게르하르트 스트루엘은 더운 날씨인데도 니트 재킷을 입고 책상에 앉아 책을 읽고 있었다. 그는 세예르보다 더 나이가 많았다. 머리는 대머리였고, 검은 눈에는 안경을 쓰고 있었다. 그의 옆 마룻바닥에는 독일산 셰퍼드 한 마리가 누워 있었다. 녀석이 고개를 들어 세예르를 물끄러미 바라보았다.

"아빠."

사라가 말했다.

"이분은 콘라드 세예르 경감이세요."

게르하르트 스트루엘은 햄스터가 아니라 아버지였다!

세예르는 상대가 내민 손을 맞잡으며 정신을 차리려고 애썼다. 그녀는 왜 그에게 이 사람을 보여주는 걸까. 자기 집과 보살핌이 필요한 아버지를. 어쩌면 그녀가 이런 말을 하고 있는 것 같기도 했다.

"여기서 날 데려가줘요!"

"집에 개가 기다리고 있어서 가봐야겠습니다."

그가 말했다.

"어머, 죄송해요."

그녀가 재킷을 만지작거리며 말했다.

"경감님 시간을 뺏을 생각은 없었어요."

게르하르트 스트루엘이 세예르를 한참 동안 바라보았다.

"그래 이제 다 끝난 거요?"

예, 끝났습니다. 그는 속으로 생각했다. 시작도 해보기 전에. 이제 저는 꼼짝도 할 수 없어요. 이럴 수는 없습니다. 이제 그는 그녀를 다시 만나고 싶다면 수화기를 집어 들고 그녀에게 전화를 할 수밖에 없는 난처

한 처지였다. 그녀가 먼저 움직였으니 이제 그가 움직일 차례였다.

사라가 손을 내밀었다.

"우린 잘 맞는 팀이었죠, 안 그래요?"

어쩌면 그녀가 심은 씨앗이 자랄지도 모른다. 잘 맞는 팀이라.

그는 이름의 뜻을 설명해놓은 책에서 그녀의 이름을 찾았다. 사라. '공주'라는 뜻이었다.

나중에 침대에 누워서 천장을 바라보며 그는 그녀와 상상 속의 대화를 계속했다.

당신이 나타날 줄 알았어요. 그동안 당신을 기다리고 있었습니다.

당신에 대해서 말해주세요. 그녀가 미소를 지으며 말했다.

알고 싶은 게 뭐죠?

어린 시절의 기억. 아름다운 이야기.

그럼 아름다운 얘기를 하나 해드리죠. 내가 다섯 살이 되던 해 여름에, 아버지를 따라서 로스킬레에 있는 성당에 간 적이 있습니다. 난 그 안에 뭐가 있는지 전혀 몰랐죠. 나는 따스한 햇살이 비치는 바깥을 버리고 안으로 들어가 돌로 된 바닥 위에 섰습니다. 교회 안에는 관이 가득 차 있었어요. 아버지는 그 안에 사람들이 누워 있다고 설명해주셨죠. 그분들은 모두 이 교회에서 일했던 신부님들이라고. 신부님들은 신도석 양편에 줄을 지어 누구나 볼 수 있도록 누워 있었습니다. 대리석으로 된 관은 믿을 수 없을 만큼 아름다웠어요. 교회 안이 추워서 몸이 얼어붙는 것 같았습니다. 그래서 날 다시 밖으로 데리고 나가달라고 아버지 손을 잡아당겼죠. 결국 아버지도 내가 불쌍하다는 생각이 들었는지 미소를 지으며 말씀하셨습니다.

"저 신부님들은 영원한 잠을 주무시고 계셔. 우리 둘은 이 더위에도 집으로 가서 정원을 가꿔야 하는데 말이다! 난 잔디를 깎아야 하고 넌 잡초를 뽑아야 하잖아."

수많은 관들이 줄지어 놓여 있던 모습이 내 머리를 떠나지 않았습니다. 어머니가 딸기 푸딩을 들고 정원으로 나올 때까지. 딸기 푸딩은 지하실에 보관해두었기 때문에 차가웠지만, 크림은 따뜻했습니다. 난 푸딩을 먹으며 그게 사실일 리가 없다고 생각했어요. 그 관 속에는 거미줄과 먼지만 있을 뿐 아무것도 없을 거라는 생각이 들었죠. 푸딩이 너무 맛있어서 삶이 영원히 계속되지 않는다는 말이 도무지 곧이들리지 않았습니다. 파란 하늘을 올려다보니 뭐가 보였는지 아세요? 하얀 날개의 천사들이 우리 머리 위에 떠 있었습니다. 나는 천사들이 우리를 데리러 왔다고 생각했습니다. 아직 푸딩을 다 먹지도 않았는데! 아버지는 천사들을 보고 행복한 미소를 지으셨습니다.

"봐라, 콘라드! 얼마나 아름다운지 봐!"

하늘에 떠 있는 건 방위군의 낙하산병 열다섯 명이었는데, 근처의 축구장에 착륙했습니다. 나는 그 아름다운 모습, 그 병사들이 소리 없이 살랑살랑 떨어지던 모습을 결코 잊지 못할 겁니다.

세예르는 한참 동안 잠을 이루지 못했다. 너무 피곤해서 아예 피로가 느껴지지도 않는 수준에 이르렀지만, 머릿속에서 뭔가가 자꾸만 눈에 불을 밝히고 있는 것 같았다. 그는 두 눈을 크게 뜨고 어둠 속을 노려보았다. 그가 몸을 뒤척일 때마다 콜베르크가 귀를 쫑긋 세웠다. 날이 너무 더워서 잠을 잘 수가 없었다. 그는 몸을 긁어대다가 이내 체념한 듯 침대에서 일어나 옷을 입고 거실로 갔다. 콜베르크가 타박타박 그의 뒤를 따랐다. 누군가와 그렇게 가까워지고 싶은 것이 그의 진심일까? 매일 아침 자신의 침대 옆자리에 누군가가 있기를 바라는 걸까? 콜베르크라면 뭐라고 할까? 수컷 개 두 마리를 붙여놓아 봤자 효과가 없겠지.

"밖으로 나가고 싶은 거냐?"

그가 속삭이듯 물었다. 콜베르크는 컹컹 짖어대며 문으로 달려갔다. 새벽 두 시였다. 아파트 건물은 별 하나 없는 하늘을 향해 고독하게 뻗은 기둥 같았다.

처음에 그는 시내의 묘지로 갈 생각이었지만, 마음을 바꿨다. 자신이 죄책감을 느끼고 있다는 사실을 믿을 수가 없었다. 그는 이런 일이 일어날 수 있다는 글을 읽은 적이 있었지만, 막상 닥치고 보니 어떻게 해야 할지 알 수가 없었다. 이사를 갈까? 자동차도 새로 사고. 엘리제가 떠난 시점을 기준으로 선을 긋는 거야. 그렇지 않고서는 이걸 벗어날 수 없어. 내가 가는 길에 장애물이 버티고 있는 것 같아.

그는 셔츠 차림이었다. 드러난 팔에 닿는 밤공기가 가려움증을 달래주었다. 그는 걷고 또 걸었다. 에르키가 걷고 또 걸었던 것처럼.

이 세상에 계속 남아 있을 생각이라면, 사는 것처럼 살아야 돼. 그는 이런 결론을 내렸다. 그러고는 뒤로 돌아서서 자신이 사는 아파트를 바라보았다. 은은한 조명을 받고 있는 저 육중한 회색 시멘트 기둥에는 어딘지 사람을 불안하게 만드는 구석이 있는 것 같았다. 여기서 도망쳐야겠어. 난 땅 위에 있고 싶어. 나무에 둘러싸인 풀밭에 서 있고 싶어.

"우리 이사 갈까, 콜베르크? 시골로?"

개가 그를 올려다보았다.

"넌 내가 지금 무슨 소리를 하는 건지 모르지? 넌 다른 세상에 살고 있으니까. 그런데도 우리는 사이가 좋구나. 네가 이렇게 멍청한데도."

콜베르크가 기쁜 듯이 그의 손에 코를 대고 킁킁거렸다. 그는 카키색 바지 주머니 속에서 이미 오래전에 잊어버리고 있던 개 비스킷을 꺼냈다. 콜베르크는 주인이 왜 자기한테 선물을 주는지 알 수 없었지만, 과자를 냉큼 삼키고는 열심히 꼬리를 흔들어댔다.

"제일 싫은 건 내가 앞으로도 결코 이유를 모를 거라는 점이야."

그가 중얼거렸다.

"두 사람 사이에 도대체 무슨 일이 있었던 걸까? 할디스가 무슨 짓을 했기에 에르키가 그렇게 겁을 먹은 거지? 이제 두 사람 다 죽어버렸으니 절대 알 수가 없지. 하지만 우리가 전혀 모르는 게 세상에 어디 한두 가지인가. 우리가 그 사실을 받아들이고 있다는 게 더 이상하지. 마치 미래에 이보다 더한 일, 이것과는 완전히 달라서 우리가 이해할 수 있는 일이 일어나기를 평생 동안 기다리고 있는 것 같아. 하지만 너는,"

그는 개를 내려다보며 말을 이었다.

"이 멍청한 녀석은 그저 다음 끼니때를 기다릴 뿐이지."

그는 방향을 돌려 집으로 걸어갔다.

묘지에 등을 돌린 셈이었다. 가슴속 깊이 아픔이 느껴졌다.

스카레는 기분이 좋아 보였다. 샤워를 하고 피부도 구릿빛으로 태웠으니까.

"무슨 일이야?"

세예르가 그를 빤히 바라보며 물었다.

"아무것도 아니에요. 그냥 기분이 좋아서 그래요."

"그래?"

그가 말했다.

"감식반에서 무슨 연락 없었나? 일치하는 지문을 찾아냈대?"

"에르키의 지문이 집 안 곳곳에 있었대요. 심지어 거울까지 만졌다고 하더라고요. 괭이에 있는 지문이 문제이긴 한데, 감식반에서 지금 작업 중이에요."

"어젯밤에 심문 보고서 작성했어?"

"여기 대령했습니다, 경감님."

그가 세예르에게 플라스틱 서류철에 들어 있는 서류를 넘겨주고는 입술을 깨물었다.

"그 애는 이제 어떻게 되는 거죠?"

"별일 없을 거야. 그게 우발적인 사고였다고 모르간이 확인해줬잖아. 아마 그냥 구테바켄에서 계속 살게 될걸. 어느 모로 보나 그게 제일 좋은 방법이기도 하고. 어린 녀석이 이번에 고생을 많이 했어. 그 녀석한 테 필요한 건 평화로운 환경이야. 또 다시 다른 데로 옮기는 건 안 돼. 내가 지금 그 아이를 만나러 가볼 생각일세. 아마 녀석의 상태가 그리 좋지는 않겠지만, 그 녀석이 혹시 에르키에 대해 모르간이 미처 보지 못한 걸 봤을지도 모르니까. 어쩌면 그 녀석이 이번 사건을 이해할 실 마리를 제공해줄지도 모르지."

스카레가 그를 한참 동안 바라보았다.

"정말 그럴까요? 녀석은 혼이 달아날 정도로 겁에 질린 아이일 뿐이에요."

"아이들은 관찰력이 좋아."

세예르가 고집스럽게 말했다.

"꼭 그렇지는 않아요. 그냥 어른들이 못 보는 걸 볼 뿐이에요."

"그게 우리한테 쓸모가 있을 수도 있어."

스카레가 인상을 찌푸렸다.

"뭔가 꿍꿍이가 있는 거죠, 그렇죠?"

"그게 무슨 소린가?"

"이번 사건을 있는 그대로 받아들이지 못하시는 것 같아서요. 경감님 답지 않아요."

"그냥 호기심 때문에 이러는 것뿐이야."

세예르가 말했다.

"피곤해 보이세요."

"밤새 온몸이 가려워서 혼났다 왜!"

이 놀라운 말을 남긴 채 세예르는 자기 사무실로 들어가 버렸다.

"네 이름이 모르텐 가르페야?"

"맞아요."

"그런데 넌 이름이 모르간이라며?"

"내 친구들이라면, 뭐 친구가 있다면 말이지만, 어쨌든 날 모르간이라고 부를 거예요."

"친구가 없어? 왜 모르간이라는 이름을 고집하는 거지?"

"더 근사하게 들리잖아요, 안 그래요?"

스카레의 보고서에는 이 대목에서 두 사람이 웃음을 터뜨렸다는 사실이 빠져 있었다.

"그래, 모르텐, 네가 이 세상에 혼자란 말이야? 그래?"

"친구가 별로 없어요. 딱 하나 있기는 한데, 지금 감옥에 있죠. 오슬로에는 여동생도 있어요."

"친구가 감옥에 있어?"

"무장강도 혐의예요. 내가 도주용 차를 몰았어요. 그 친구는 경찰한테 내 얘기를 안 불었죠. 내가 훔친 돈은 그 친구한테 줄 거였어요."

"그러니까 그 녀석이 너를 아주 오랫동안 얽어맬 구실을 만들었다는 얘기로군, 그렇지?"

"그래요."

"그래서 그런 관계를 끝장내고 싶었나?"

"아무래도 앞으로 오랫동안 감옥살이를 해야 할 것 같으니까, 이젠 아무 상관없어요."

"맞아, 상관없지. 강도사건에 대해서는 나중에 얘기하자. 먼저 에르키 얘기부터 해봐."

스카레는 모르간이 오랫동안 침묵하다가 입을 열었다고 보고서에 적어 놓았다.

"에르키는 자기 엄마가 어쩌다 죽었는지 전부 얘기해줬어요. 에르키랑 나는 둘 다 전갈자리예요. 그 녀석이 나보다 일주일 늦게 태어났죠. 제일

착한 사람도, 제일 못된 사람도 전부 전갈자리라는 거 아세요?”

“아니, 몰라. 너한테 전부 얘기해줬다는 게 무슨 뜻이야?”

세예르는 보고서에서 잠시 시선을 떼고 고개를 들어 오랫동안 이런저런 꾀를 동원해 에르키에게서 진실을 알아내려 했던 전문가들을 생각해보았다. 그런데 이 모르간이라는 남자는 겨우 몇 시간 만에 그 일을 해낸 것 같았다.

“할디스 호른의 살인사건에 대해서 에르키가 조금이라도 기억하는 것 같았어?”

“별로요. 에르키 말로는 그 할머니가 소리를 지르면서 에르키를 위협했대요. 에르키는 그 일을 생각할 때면 아련한 표정을 지었어요.”

“자기가 할디스를 죽였다고 말했어? 자기가 그랬다고 분명히 말한 거야?”

“아뇨. 그 이상한 눈으로 나를 보면서 이렇게 말했어요. ‘그냥 이런저런 일들이 일어나버려.’”

“에르키가 폭력적인 사람 같았어?”

“내 코를 봤잖아요. 새 살이 돋아나면 아주 볼만할 거예요. 그래봤자 달라질 것도 없지만. 솔직히 난 신경 안 써요. 내가 행복해지는 건 감옥에서 토미의 옆방에 들어가 벽을 두드리면 그 녀석 면상이 얼마나 고약하게 변할지 생각할 때뿐이에요. 그 녀석은 이제 돈을 구할 길이 없다는 걸 알게 되겠죠.”

“그 녀석 이름이 토미야?”

“토미 라인이에요.”

"그렇단 말이지! 에르키랑 같이 있으면서 무슨 얘길 했어?"

"기억이 잘 안 나요. 에르키가 워낙 이상한 얘기를 많이 해서. 우린 죽음에 대해 많이 얘기했어요. 형사님은 죽음에 대해 생각해본 적 있어요? 우리가 실제로 죽게 될 거라는 생각 말이에요. 나는 주위에서 사람들이 죽어가는 걸 보면서도 언젠가 나도 그런 일을 겪게 될 거라는 생각을 할 수가 없어요. 오늘 내가 죽는 걸 상상하려고 해봤는데, 그것도 여러 번, 그런데 그게 도저히 내 머릿속에 집어넣을 수 없는 까다로운 수학 방정식 같더라고요. 아시겠어요?"

"알다니 뭘?"

"형사님도 언젠가 죽을 거라는 거."

"그래, 알아."

"그럼 아무래도 나한테 뭔가 문제가 있는 모양이네요."

"걱정 마. 조만간 너도 실감하게 될 테니까. 너보다 나이 많은 사람들 중에도 그걸 아직 받아들이지 못하는 사람이 많아. 에르키는 총이 어디서 난 거야?"

"나도 그걸 물어봤어요. 그랬더니 이상한 말을 중얼거리더라고요. 이웃 사람이 황소를 원하면, 하느님은 우리한테 암소를 보내준다나 어쩐다나."

"마지막에 에르키가 얼마나 취해 있었어?"

"나만큼은 아니었어요. 하지만 서 있을 때 심하게 휘청거리기는 했죠."

"에르키하고 카닉은 서로 무슨 얘기를 했어?"

"별로 얘기 안 했어요. 개처럼 서로를 지켜보기만 했죠. 카닉은 겁이 나서 제정신이 아니었기 때문에 감히 에르키를 바라보지도 못했어요."

"에르키가 그 아이한테 겁을 주는 것 같던가?"

"그렇지는 않았어요. 우린 그 애한테 잘 해줬어요. 아이를 해치지도 않았고요. 그냥 술에 취해 있었을 뿐이라고요. 카닉이 나타날 때쯤에는 뭐랄까, 파도가 높았다고나 할까. 이상한 건, 조금 지나니까 그 아이가 우리랑 같이 있는 걸 오히려 즐거워하는 것 같더라고요. 아이가 안정을 되찾았죠. 어떤 의미에서 우리 셋은 같은 사람들이에요. 셋 다 뭘 해야겠다는 생각도 없었어요. 그냥 경찰이 오기를 기다리고 있었죠."

"에르키가 죽었다는 걸 알았을 때 카닉의 반응은 어땠어?"

"겁에 질렸죠. 나더러 자길 도와달라고 싹싹 빌더라고요."

"뭘 도와달라는 거야?"

"그게 우발적인 사고였다고 경찰한테 말해달라고 했어요."

"우발적인 사고였나?"

"그럼요. 카닉은 문을 겨냥하고 있었어요. 우리가 안에 있다는 건 몰랐죠. 바로 그 순간에 에르키가 문을 열 줄도 몰랐고."

"그렇군. 다른 건 뭐 없어?"

"무슨 말이에요?"

"녀석이 도망치자거나 시체를 숨기자는 얘길 하지는 않았어?"

"아뇨, 아뇨. 그런 소리는 절대 안 했어요. 내가 그러면 안 된다고 녀석을 타일렀거든요."

"그러니까 그 녀석이 그런 소리를 하기는 한 거네?"

"어, 아뇨, 꼭 그런 건 아니에요. 그 녀석은 무슨 소리를 하는 줄도 모르고 정신없이 지껄인 거예요. 겁에 질려서 제정신이 아니었으니까. 그거야 뭐 이상할 것도 없잖아요, 안 그래요? 녀석이 아직 열두 살이라 미성년자라는 게 녀석한테는 다행이죠."

22

세예르는 운전석에 앉아 문을 세게 닫았다. 잠을 설쳤는데도 무슨 영문인지 갑자기 머리가 맑아진 것 같았다. 아무래도 지금이 결정적인 순간인 것 같다는 생각이 강하게 들었다. 느낌이 분명했다. 시간이 정지한 것 같은 느낌. 그는 차창 밖을 내다보며 이런 느낌이 든 이유가 될 만한 것을 찾아보려고 했다. 마치 몸이 굳어버린 것처럼 꼼짝도 할 수 없었다. 기분이 나쁘지는 않았다. 그냥 이상할 뿐이었다. 그는 운전대를 잡고 있는 자신의 손을 바라보았다. 손등에 나 있는 털 한 가닥, 한 가닥과 손마디를 가로지른 가느다란 주름들이 보였다. 하얀 손톱은 깨끗하고 고르게 다듬어져 있었다. 문자판에 작은 황금색 왕관이 그려져 있는 손목시계도 바라보았다. 백미러로 자신의 눈을 들여다보기도 했다. 그의 얼굴은 생각보다 늙어 보였지만, 놀라울 정도로 잔뜩 긴장하고 있었다. 자동차 경적 소리에 그는 정신을 차렸다. 그러고는 기어를 넣은 다음 줄지어 늘어선 자동차들을 지나 광장을 가로질러 갔다.

아이는 똑바로 서 있었다. 왼발 끝은 바깥쪽을 향하고, 오른발 끝은 똑바로 앞을 향한 자세였다. 그는 머리와 턱을 들어 올렸다. 양팔은 옆구리에 편안하게 늘어뜨렸다. 그는 깊고 길게 숨을 들이쉬었다가 천천히 내쉬었다. 그러고는 마치 남들이 눈치 챌까 봐 두려워하는 사람처럼 조심스레 왼쪽으로 고개를 돌렸다. 서두르지 않고 부드럽게, 아주 부드럽게. 그는 눈을 가늘게 뜨고 삼십 미터 떨어진 황금색 원을 바라보았다. 원이 점점 더 선명해졌다. 그는 한 번 더 숨을 깊이 들이쉬고는 그대로 숨을 멈췄다. 그의 거대한 가슴이 부풀어 오르는 순간 그는 활을 눈 높이로 들어 올렸다. 그러고는 활시위를 잡아당겨 고정시키고 과녁을 겨냥했다. 작은 빨간색 점이 과녁의 아래쪽 가장자리에 닿는 것이 보였다. 이번에는 십 점 만점을 쏘고 싶었다. 그는 그럴 능력이 있었다. 모든 것이 찰칵 하고 맞아 떨어지는 완벽한 순간에는. 화살이 활을 떠나 날아갔다. 활줄이 떨렸다. 화살이 날카로운 소리를 내며 과녁 중앙에 꽂히는 순간 그는 연습한 그대로 우아하게 활을 내렸다. 그러고는 허파를 채우고 있던 공기를 밖으로 내보내며 화살통으로 손을 뻗어 새로 화살을 잡았다. 시선은 고정된 채였고, 발의 자세도 그대로였다. 그는 화살을 시위에 물렸다. 십 점 만점을 세 번 쏘고 싶었다. 운이 좋다면 두 번째 화살이 덜컥 소리를 내며 첫 번째 화살 옆에 꽂힐 것이다. 그는 숨을 들이쉬고 눈을 감았다. 그러고는 다시 눈을 뜨고 과녁을 뚫어지게 바라보았다. 황금색 원의 중앙에 꽂혀 있는 첫 번째 화살의 빨간 깃털이 보였다.

무슨 소리가 들렸지만 그는 그 소리를 무시하려 했다. 훌륭한 궁사는 어떤 상황에서도 흐트러지지 않고 집중력을 계속 유지해야 하는 법이다. 소리가 점점 커지고 강해졌다. 기분이 나빴다. 화살 세 개를 연달아 쏘고 싶은데. 문제의 소리는 자동차에서 나는 것이었다. 두 번째 화살이 활시위를 떠나 날아갔다. 팔 점이었다. 그는 짜증스레 툴툴거리며 고개를 돌렸다. 경찰차 한 대가 마당으로 들어왔다.

카닉은 활을 내리고 선 채로 꼼짝하지 않았다. 세예르였다. 아마 그냥 인사나 하려고 들렀을 것이다. 잘 지내는지, 잠은 잘 자는지 물어보려고. 그는 좋은 사람이었다. 무서워할 필요가 없었다. 카닉은 미소를 지었다.

"잘 있었니, 카닉?"

세예르는 미소 짓지 않았다. 아주 심각한 표정이었다. 지난번처럼 상냥하지도 않았다. 뭔가 걱정거리가 있는 사람 같았다. 그가 고개를 돌려 과녁을 바라보았다.

"십 점을 쐈구나."

그가 말했다.

"네."

카닉이 자랑스럽게 대답했다.

"저게 어려운 일이니?"

그가 호기심 어린 시선으로 반짝이는 활을 바라보았다. 그러나 그의 표정은 그대로였다.

"예, 어려워요. 전 일 년이 넘게 연습하고 있어요. 십 점짜리를 하나 더 쏠 수 있었는데, 경감님이 오시는 바람에 정신이 흐트러졌어요."

"미안하구나."

세예르는 진지한 표정으로 아이의 눈을 바라보았다.

"우리가 너한테서 활을 빼앗았는데, 지금 이렇게 연습을 하고 있다니. 어떻게 된 거지?"

카닉은 땅바닥을 내려다보았다.

"이건 크리스티안 거예요. 크리스티안이 빌려줬어요."

"네가 감독하는 사람 없이 활을 쏘면 안 되는 걸로 알고 있었는데?"

"원장님이 잠깐 화장실에 갔을 뿐이에요. 저는 전국선수권대회 연습을 해야 돼요."

그가 말했다.

"그건 나도 알아. 그래도 원장님하고 얘기를 해봐야겠다."

세예르는 건물과 단단한 마분지를 정중앙에 덧댄 과녁을 향해 차례로 고갯짓을 했다. 이 아이가 열성을 보이는 것이라고는 이것뿐인데, 이제 그는 이것을 아이에게서 빼앗아갈 참이었다. 정말 싫은 일이었지만, 뭔가가 그의 머릿속에서 째깍거리고 있었다. 폭발하기 직전의 시한폭탄처럼. 심장박동이 빨라졌다. 어쩌면 아무 의미 없는 일일 수도 있지만, 반대로 이것이 모든 것을 의미할 수도 있었다. 그가 방금 본 이 자그마한 단서가. 그는 마음을 가라앉히려고 애썼다.

"하지만 이렇게 사방이 탁 트인 데서는 활을 쏴도 되잖아요, 네?"

카닉이 말했다. 애원과 샐쭉함이 동시에 밴 목소리였다.

"숲에서만 안 쏘면 되는 거잖아요. 제가 선수권대회에서 이기려면 마지막 순간까지 매일 연습해야 돼요."

"시합이 언젠데?"

세예르의 입에서 그의 것 같지 않은 목소리가 흘러나왔다. 몹시 갈라진 목소리였다.

"사주 후에요."

카닉의 발은 여전히 활을 쏠 때의 자세를 유지하고 있었다. 검은 모카신을 신은 발. 발이 아주 커서 사이즈가 사십삼 정도 될 것 같았다. 모카신 밑창은 가죽이었으므로 운동화와는 달리 지그재그 무늬가 하나도 없었다. 열두 살짜리 아이들은 대개 운동화를 신었다. 세예르는 그가 모카신을 신고 있는 것을 보고 깜짝 놀랐다. 카닉의 모카신은 정장구두처럼 보였기 때문에 반바지처럼 짧게 자른 청바지와 잘 어울리지 않았다. 그는 머릿속에서 고개를 드는 이상한 느낌을 가라앉히려고 계속 안간힘을 썼다.

"어젯밤에 잠은 잘 잤니?"

그가 상냥하게 물었다.

카닉은 이 말을 듣고 혼란에 사로잡혔다. 이 경찰관 아저씨의 목소리는 부드러웠지만, 눈은 바위처럼 차가웠다.

"쿨쿨 잘 잤어요."

아이가 뻐기듯이 대답했다. 자기 입에서 나온 거짓말 때문에 머리가 어지러웠다. 그동안 너무 많은 일이 일어났다. 그는 마르군이 필립의 침대보를 갈아주러 들어왔을 때 잠에서 깨었지만 고른 숨소리를 유지하려고 애썼다. 그러다 다시 잠들까 봐 걱정스러웠다. 악몽이 계속 그를 괴롭히고 있었다.

"난 잠을 설쳤다."

세예르가 말했다.

"그래요?"

카닉이 말했다. 불안감이 점점 커지고 있었다. 어른들이 그에게 속내를 털어놓는 건 자주 있는 일이 아니었다. 그런데 이 사람은 달랐다.

"내 앞에서 활쏘기를 보여줄 수 있겠니?"

그가 물었다.

카닉은 망설였다.

"그러죠 뭐. 하지만 지금은 리듬이 깨져서 화살이 잘 안 맞을지도 몰라요."

"그냥 궁금해서 그래."

세예르가 말했다.

"활쏘기를 가까이서 본 적이 없거든."

그는 카닉을 지켜보았다. 정신을 집중하고, 활을 들어 올려 과녁을 겨냥한 다음 화살을 쏘는 전 과정은 아름다운 동작들로 이루어져 있었다. 몸이 산처럼 거대한 이 아이의 동작인데도 아름다웠다. 활은 옆으로 푹 퍼진 이 아이의 몸을 매혹적으로 바꿔 놓았다. 화살은 구 점을 기록했다. 카닉은 활을 내렸다.

세예르는 시선을 들어 건물을 흘깃 바라본 다음 아이에게 시선을 돌렸다.

"활을 쏠 때 장갑을 끼니?"

그가 고갯짓으로 아이의 손을 가리키며 물었다.

"궁사의 장갑이에요."

카닉이 말했다.

"이걸 안 끼면 활줄 때문에 손가락 끝이 너덜너덜해질 거예요. 어떤 사람들은 가죽 골무를 쓰지만 전 장갑이 더 좋아요. 사실 장갑은 원래 활시위를 잡아당기는 손에만 끼면 돼요. 하지만 저는 균형감각을 위해서 양손에 다 끼는데, 그게 효과가 좋아요. 그리고요,"

그가 숨도 쉬지 않고 말을 이었다.

"활을 쏘는 사람들은 저마다 자기만의 스타일이 있어요. 크리스티안은 활을 쏘기 직전에 눈을 한 번 깜박해요."

"특수 장갑이구나."

세예르가 장갑을 뚫어지게 바라보며 말했다.

"손가락이 세 개뿐이야?"

"활시위를 잡아당겼다 놓을 때 손가락 세 개만 쓰니까요. 엄지랑 새끼손가락은 필요 없어요."

"그래?"

"이건 여분으로 갖고 있던 거라 별로 쓴 적이 없어요. 그래서 이렇게 뻣뻣한 거예요."

카닉이 설명했다.

"하지만 조금 지나면 부드러워질 거예요."

"새 것이라고?"

세예르의 눈이 가늘어졌다.

"왜 새 것을 쓰는데?"

"왜냐고요?"

카닉의 불안감이 점점 커졌다.

"그게, 왜냐하면, 옛날에 쓰던 걸 버렸거든요."

"아, 그래?"

세예르는 아이에게서 시선을 떼지 않았다. 카닉은 얇은 가죽장갑 속에 들어 있는 자신의 손가락 세 개를 내려다보았다. 손가락에 붙어 있는 가느다란 줄이 손목 근처에 벨크로 천으로 고정시킨 얇은 줄과 연결되어 있었다.

"옛날 장갑을 왜 버렸니?"

"왜냐고요?"

카닉이 점점 더 동요하고 있었다.

"버리면 안 되나요? 오래돼서 낡은 장갑이었어요."

"그래?"

세예르는 코로 힘겹게 숨 쉬고 있었다.

"어디다 버렸어?"

"기억 안 나요."

그는 몸을 꼼지락거리며 식은땀을 흘렸다. 날이 너무 더웠다. 다른 아이들은 토를레이프와 잉가를 따라 물놀이를 갔지만, 그는 같이 가고 싶지 않았다. 수영복을 입으면 기분이 비참해지는데다가, 활쏘기를 연습해야 했으니까. 어디선가 트로피가 그를 기다리고 있었다. 생전 처음으로 그가 누군가를 이길 수 있는 순간이 다가오고 있었다. 원장님은 왜 안 오는 거지? 일이 어떻게 되어가는 거야?

"장갑을 어디다 버렸어, 카닉?"

"소각로에요."

그가 발을 꼼지락거리기 시작했다.

"너 발을 움직였다."

"젠장!"

"넌 거짓말을 했어, 카닉. 숲 속에서 에르키를 봤다고 했지?"

"정말로 봤어요! 봤다고요!"

"에르키가 널 본 거겠지. 그건 얘기가 달라."

세예르는 차분한 목소리를 내려고 안간힘을 썼다.

"너한테 말해줄 게 하나 있다. 난 에르키가 죽은 건 우발적인 사고였다는 네 말을 믿어. 모르간도 그렇다고 확인해주었고."

한순간 카닉이 안도의 표정을 지었다.

"하지만 네가 그 일을 뉘우치는 것 같지는 않구나."

"무슨 말씀이세요?"

카닉이 불안감을 역력히 드러내며 말했다.

"이제 에르키가 죽었으니 아무 얘기도 할 수 없겠지. 네가 에르키보다 한 발 앞섰어. 그래서 구르빈에게 그렇게 신고한 거야. 그 일을 저지른 사람이 바로 너라는 얘기를 에르키가 하기 전에 넌 재빨리 달려가서 범인이 에르키라고 말해버렸지. 에르키는 미친놈이라 아무도 그 녀석 말을 믿지 않을 테니까."

그 순간 마르군이 두 사람을 향해 다가왔다. 그녀는 미심쩍은 시선으로 둘을 바라보며 불안한 듯 헛기침을 했다.

"무슨 문제라도 있나요?"

세예르가 고개를 끄덕이자 마르군의 얼굴이 창백해졌다.

"카닉."

그녀가 입을 열었다. 이 끔찍한 침묵을 어떻게든 없애려는 것처럼. 그럴 필요가 없는데도.

"그 모카신을 신지 말라고 했잖아. 카르스텐한테 먼저 확인을 받아야지. 네 운동화는 어쨌니?"

활이 툭 떨어졌다. 카닉의 심장이 급격히 졸아들면서 뜨거운 피가 그의 얼굴로 몰렸다. 사람들이 말하던 그의 미래가 그를 찾아온 것이다.

  살인사건의 진상은 아마 이랬을 것이다. 카닉은 활을 들고 숲에 가 있었다. 그는 까마귀 한 마리를 쏘고 나서 집으로 돌아갈 생각이었지만, 할디스를 만나러 가보아야겠다는 생각이 떠올랐다. 어쩌면 할디스가 문을 등진 채 잔디밭에서 일하는 모습을 카닉이 보았는지도 모른다. 그는 살짝 안으로 들어가서 빵을 넣어두는 통 안에서 지갑을 찾아냈다. 그가 운이 좋았던 것일 수도 있고, 할디스가 지갑을 어디에 두는지 그가 처음부터 알고 있었을 수도 있다. 그는 다시 살금살금 밖으로 나왔는데, 그만 할디스가 괭이를 들고 계단 위에 서 있는 모습이 눈에 띄었다. 보통 생각보다 행동이 빨라서 문제인 카닉은 겁에 질린 나머지 그녀의 손에서 괭이를 빼앗았다. 어쩌면 할디스가 그와 몇 분 동안 몸싸움을 벌인 끝에 그에게 무기를 빼앗겼을 가능성도 있다. 그는 괭이를 들어 올려 할디스를 가격했다. 손에 궁사용 장갑을 끼고 있었으므로 괭이에는 희미한 지문만 남았다. 할디스가 쓰러지자 그는 잔디밭을 가로질러 도망치다가 잠시 걸음을 멈추고 우물을 뒤돌아보았다. 그때 갑자기 나무 사이로 거무스름한 형체가 보였다. 누군가가 카닉의 모습을 목격한 것이다. 그는 도로를 따라 달리다가 지갑을 떨어뜨렸다. 에르키는 할디스의 집으로 가서 시체를 발견했다. 이때 그는 놀란 나머지 부엌으로 들어가 이리저리 어슬렁거리며 문과 창턱을 건드렸을 것이다. 바닥에는 그의 운동화 자국이 찍혔을 테고. 밖으로 나온 그는 도로에서 카닉이 도망치다 떨어뜨린 지갑을 발견해 그것을 안주머니에 집어넣고 계속 걸었다. 방금 일어난 끔찍한 일에 압도당한 채 그는 사람들이 살고 있는 시내로 향했다. 카닉은 구르빈 순경에게 달려가 할디스가 죽었다고 신고했다. 그리고 집 근처에서 누굴 봤다고 말했다. 운 좋게도 그 사람은 미친놈 에르키였다. 모르간이 뭐라고 했더라?

'둘이서 개처럼 서로를 지켜보고 있었어요.'

세예르는 재킷 주머니에서 휴대전화를 꺼내 번호를 눌렀다.

스카레가 전화를 받았다.

"무슨 일이에요?"

그는 주위를 둘러보았다.

"별일 아냐."

그는 차창을 통해 안개처럼 흐릿한 숲을 바라보았다. 지금 곧장 바다 속으로 뛰어들 수만 있다면. 이 먼지투성이 더위에서 벗어날 수만 있다면.

"누구 전화한 사람 없나?"

그가 물었다.

스카레는 말이 없었다. 지난 이십사 시간 동안 세예르의 행동이 수상쩍었다.

"누구라니, 누굴 말씀하시는 거예요?"

"나 참, 누구든, 아무나."

"아무 전화도 없었어요."

스카레가 말했다.

"알았네."

두 사람 모두 잠시 말이 없었다.

"무슨 일이 있었어요?"

스카레가 물었다.

"할디스를 죽인 건 에르키가 아냐."

"정말, 죽겠네. 지금 그런 말씀을 하시면, 처음부터 다시 시작하라고요? 다른 얘기를 해보세요. 전 지금 농담을 들을 기분이 아니에요."

"농담하는 거 아냐. 에르키는 범인이 아냐."

"옛, 경감님!"

다시 침묵이 흘렀다. 스카레는 세예르의 말을 한참 동안 곱씹어보았다.

"좋아요."

그가 마침내 입을 열었다.

"경감님이 무슨 말을 하시려는 건지 이제 알 것 같아요. 어떤 여자한테서 경찰서로 전화가 왔어요. 브리겐의 식품점에서 카운터를 보는 여자인데, 제가 반드시 알아야 되는 엄청 중요한 일이 생각났다고 하더라고요."

"그 여자가 뭐라고 했는데?"

"구테바켄에 사는 아이 한 명이 오데만 브리겐과 함께 할디스의 집으로 올라가서 일을 도와준 적이 여러 번 있대요. 그게 누군지 아세요?"

"카닉."

세예르가 말했다.

"맞아요. 그 녀석은 대개 초콜릿을 보수로 받았대요. 그러니까 할디스가 지갑을 어디에 두는지 그 녀석이 알고 있었을지도 몰라요."

세예르는 고개를 끄덕였다.

"그건 그렇고, 누가 경감님을 찾아 왔었어요."

"누구라니, 그게 누군데?"

"스트루엘 박사요."

"그래? 무슨 일이래?"

"저야 모르죠. 메모를 남기고 싶다면서 종이랑 봉투를 달라고 했어요. 지금 경감님 책상 위에 그 메모가 있어요."

세예르는 차에 시동을 걸었다. 그의 머릿속이 소용돌이처럼 정신없이 돌아가고 있었다.

"야콥."

그가 기뻐서 어쩔 줄 모르는 목소리로 말했다.

"이게 무슨 의미인지 자네도 알지?"

"이번엔 또 무슨 얘기예요?"

"자네가 낙하산을 메고 뛰어내려야 한다는 얘기야."

"예, 예, 그런 것 같네요."

한참동안 말이 끊겼다.

"하지만 그 말을 하고 나니, 내기를 하는 게 별로 좋은 일이 아니라는 생각이 드는군. 내기의 결말이 어떻게 되든 나한테는 별로 중요하지 않아. 자네가 낙하산 점프를 안 한다고 해도 내가 자네를 무시하지는 않을 걸세."

"그렇다고 경감님이 저를 예전보다 더 높이 평가하지도 않겠죠. 안 그래요?"

"난 이미 자네를 최고로 평가하고 있어."

"전 당연히 낙하산 점프를 할 거예요."

"자네는 신념이 강한 사람이군."

"제 신념이 시험을 받는 게 이번이 처음도 아니지만, 이번에는 그래야 할 것 같아요."

　세예르는 사무실 문을 열고 안으로 들어갔다. 하얀 봉투 하나가 책상 위에 놓여 있었다. 세계지도가 그려진 책상덮개 위에. 봉투는 마치 하얀 돛을 단 배처럼 지중해 위에 있었다. 그는 봉투를 들어 손가락을 봉투 안으로 집어넣었다. 그 안에서 메모를 꺼내는 그의 손이 떨리고 있었다.

　스카레가 뛰어 들어오다가 세예르가 종이를 손에 들고 부들부들 떨며 서 있는 모습을 보고 갑자기 걸음을 멈췄다.

　"죄송해요."

　그가 당황한 표정으로 말했다.

　"무슨 일 있어요?"

우리나라에 처음 소개되는 작가 카린 포슘은 노르웨이에서 '범죄소설의 여왕'으로 통한다. 1995년부터 발표한 범죄소설이 10편이 채 안 되는데도 이런 별명을 얻은 것을 보면, 그녀의 작품이 얼마나 성공을 거뒀는지 짐작할 수 있다.

1954년생인 포슘은 원래 스무 살 때인 1974년에 시집으로 문단에 등단했다. 이 시집은 노르웨이에서 권위 있는 문학상의 신인상을 받을 정도로 호평을 받았으며, 포슘 자신도 한 인터뷰에서 첫 시집이 출판되었을 때가 자신의 문학인생에서 가장 자랑스러운 순간이라고 밝힌 바 있다. 그녀는 그 후 시집 한 권과 단편집 두 권을 더 발표했다.

그러나 그녀가 작가로서 명성을 얻게 된 것은 1995년에 발표한 범죄소설 『이브의 눈』을 통해서였다. 이 작품은 "대단히 박진감 있고 단숨에 독자를 사로잡는 힘이 있다"는 평을 받았다. 포슘은 이어 1996년부터 1998년까지 콘라드 세예르 경감이 등장하는 소설 세 편(『돌아보지 마』, 『누가 사악한 늑대를 두려워하는가』, 『악마가 양초를 붙들고 있다』)을 1년에 한 편씩

연달아 발표해서 또다시 커다란 성공을 거뒀다. 『돌아보지 마』는 북유럽 최고의 탐정소설에 수여하는 유리열쇠 상(The Glass Key, 진짜 유리열쇠를 수상자에게 수여한다)을 수상했고, 『누가 사악한 늑대를 두려워하는가』는 북셀러 상을 수상했으며, 세 작품 모두 영국, 미국, 프랑스, 이탈리아, 독일, 덴마크 등 여러 나라 언어로 번역되었다. 이 세 작품 이후에도 포숨은 거의 1년에 한 편 꼴로 정통소설과 범죄소설을 발표하고 있다.

포숨은 비극, 드라마, 미스터리, 심리적 전개가 좋아서 범죄소설을 쓴다고 말한다. 실제로 그녀의 범죄소설은 여타 추리소설들과 조금 다른 독특한 분위기를 풍긴다. 수사관과 범죄자의 치밀한 두뇌싸움도, 잔인한 범죄 묘사도, 선과 악의 대결도 그녀의 소설에서는 찾아볼 수 없다. 그렇다고 CSI 시리즈처럼 치밀하게 증거를 분석하는 과학수사를 지향하지도 않는다. 콘라드 세예르 경감은 포숨 자신의 표현처럼 "진지하고 품위 있으며, 자신의 일을 사랑하는" 경찰관일 뿐이다. 그는 또한 '죽을 때까지 함께 하겠다'는 결혼식 때의 맹세를 '자기가 죽을 때'로 해석해서 병으로 세상을 떠난 아내를 영원히 그리워하는 고지식한 남자이기도 하다. 범죄자 쪽을 살펴보아도 『누가 사악한 늑대를 두려워하는가』에 등장하는 범죄자와 용의자들 중에는 철저한 악인이 없다. 사건의 실체와 범인의 정체는 등장인물들 사이의 심리적 상호작용을 통해 드러난다.

포숨은 이 작품에서 범죄와 수사과정 못지않게 등장인물들의 심리묘사에도 공을 들인 듯하다. 원래 시를 쓰던 사람이라서 그런 걸까? 아니면 굳이 범죄소설만 고집하지 않고 정통소설도 함께 쓰고 있기 때문에 그런 걸까? 포숨은 범인이 누군지 궁금해서 끝까지 쉬지 않고 작품을 읽게 만드는 범죄소설의 공식을 충분히 따르면서도 정신분열증 환자인 에르키의 심리를 깊이 있게 파고든다. 사람의 머릿속을 들여다보는 듯한 그 글솜씨 덕분에 작품을 다 읽은 후에는 애잔한 느낌마저 들 정도다. 폭력적이고 유치하게만 보이던 은행강도 모르간이 십수 년 동안 닫혀 있던 에르키의 마음을 열고 그의 상처를 치유해주는 과정이나 어렸을 때 어머니가 사고로 죽은 것을 자기 탓으로 돌리고 평생 자신을 비웃는 내면의 목소리에 시달리며 갖가지 오해를 자초하다가 모르간의 위로를 받고 자는 듯 세상을 떠나는 에르키의 모습이 특히 그렇다.

포숌의 작품들은 지금까지 여러 편의 영화와 TV 시리즈로 제작되었다. 아마 범죄소설의 긴박감과 인간적인 측면이 잘 어우러진 것이 높은 평가를 얻은 덕분일 것이다. 우리나라에서도 이렇게 품격 있고 치밀한 범죄소설이 나왔으면 좋겠다는 생각이 든다.

김승욱